삼국지

5

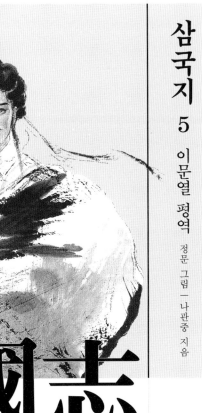

삼국지 5 이문열 평역

정문 그림 — 나관중 지음

三國志

세 번 천하를 돌아봄이여

알에이치코리아

장소
張昭

서서
徐庶

차례

5
세 번 천하를 돌아 봄이여

용이 어찌 못 속의 물건이랴 15

다시 다가오는 초야의 인맥 47

드디어 복룡(伏龍)의 자취에 닿다 72

와룡선생 104

삼고초려와 삼분천하(三分天下)의 계책 125

높이 이는 장강의 물결 160

북풍(北風)은 누운 용을 일으키나 191

표류하는 형주 216

얻는 자와 사는 자 241

빛나는구나, 당양벌의 조운과 장비 261

달은 밝고 별 드문데 까막까치는 남으로 나네 287

와룡은 세 치 혀로 강동을 일깨우고 306

오주 드디어 결전의 탁자를 베다 331

큰 불길 속의 작은 불길 356

용이 어찌 못 속의 물건이랴

조조가 하북을 평정하고 허도로 돌아왔다는 소식은 멀리 형주에 있는 유비의 귀에도 들어왔다. 하루는 대낮부터 벌겋게 술이 오른 장비가 유비를 보러 들어와 투덜거렸다.

"형님, 도대체 언제까지나 이 코딱지만 한 시골 구석에 쭈그리고 앉아 계실 작정이오?"

코딱지만 한 시골이란 유비가 그 전해부터 유표에게서 얻어 다스리고 있는 신야현(新野縣)을 가리키는 말이었다. 울적한 마음을 달래며 돗자리를 치고 있던 유비가 손길을 멈추고 조용히 그런 장비를 건너다 보았다. 그곳으로 옮긴 뒤부터 새로이 치기 시작한 돗자리였다. 이제는 젊은 날의 어느 때처럼 저잣거리에 내다 팔기 위해서는 아니었으나 돗자리 치기는 유비에게 여러 가지 뜻이 있었다.

군사들이 베어 온 골풀을 다듬어 한 줄기 한 줄기 돗자리 틀에 넣으면서 이런저런 시름을 잊는 것 외에도, 그렇게 짜인 돗자리를 보면서 참고 기다리며 작은 일에도 정성을 다한다는 자세를 스스로 가다듬었다. 거기다가 남들이 모두 천하게 여기는 그 일에 정신이 팔려 있는 모습을 보여줌으로써 은연중에 자신의 소탈하고 야심 없음을 강조해두는 것도 그 무렵 들어서는 아주 중요했다.

　"조조 놈이 원가(袁家)를 깡그리 때려잡고 허도로 돌아왔단 말요."

　유비가 아무 말이 없자 장비가 한 번 더 충동하듯 말했다. 그제서야 유비가 나직이 물었다.

　"그게 어쨌단 말이냐?"

　"이젠 다 틀렸소. 조조 놈을 잡기는 이제 영 글렀단 말이오. 중원이 통째 그 손아귀에 들어갔으니 사실은 천하를 차지한 것이나 다름없소. 이젠 정말로 돗자리나 치며 남은 세월을 보내셔야겠소."

　"실은 나도 여러 번 유경승에게 조조가 비워둔 허도를 치자고 말했다. 그러나 듣지 않으니 난들 어찌하겠느냐?"

　유비가 그렇게 말하자 장비는 더욱 부아가 나는 모양이었다. 돌연 목소리를 높이며 욕설을 퍼부어댔다.

　"유표 그 쓸모없는 늙은 것은 이제 무덤 쓸 땅도 남지 않게 될 것이오. 젊은 계집의 치마폭에 휩싸여 천지를 분간하지 못하고 있으니."

　"그렇게 함부로 말하는 게 아니다."

　유비가 문득 엄한 표정으로 나무랐다. 그러나 장비는 이미 내친김이라는 듯 조금도 움츠러드는 기색이 없었다.

　"형님도 그렇소. 우격다짐을 써서라도 일이 되도록 했어야 될 것 아니오? 진작 허도로 밀고 갔더라면 지금쯤은 조조 놈 갈 곳이 없었을 게요."

"세상 일이 그리 네 뜻대로만 되는 것은 아니다. 다 때가 있으니 서둘지 말아라."

유표의 마음이 여린 때문에 좋은 기회를 놓친 게 애석하기는 자신도 마찬가지였으나 유비는 짐짓 속마음을 숨기며 장비를 달랬다. 그래도 장비는 한동안을 더 불퉁거리다가 사냥이라도 하겠다며 말을 달려 나갔다.

"형주에서 사람이 왔습니다."

장비가 나간 뒤 유비가 한층 울적한 심경으로 돗자리를 치고 있는데 손건이 들어와 알렸다. 만나보니 유표 곁에서 일하는 주리(州吏)였다.

"우리 사군께서 장군을 부르십니다."

그 같은 전갈을 들은 유비는 곧 의관을 갈아입고 말에 올랐다. 까닭은 알 수 없었으나 신야로 옮긴 이래 유표가 사람을 보내 부르는 일이 그리 잦지는 않았다.

바깥에 나오니 날이 흐리고 눈발이 조금씩 날리고 있었다. 따뜻한 남쪽으로 치우친 지방이라고는 하나 겨울은 역시 어쩔 수 없는 것 같았다.

'벌써 이곳 형주로 내몰린 지도 너덧 해가 되는구나. 내 나이 이미 마흔일곱, 아직도 남의 식객 노릇이나 하고 있으니 아아, 장차 남은 날이 어찌되려는가……..'

찬바람을 맞으며 말등에 올라 길을 재촉하던 유비는 문득 속으로 그렇게 탄식했다. 홍안의 청년으로 큰 뜻을 품고 고향을 떠난 지 이십여 년, 아직도 그는 무릎 댈 땅조차 없는 떠돌이에 지나지 않았다. 그런 자신에 대한 새삼스런 깨달음은 유비로 하여금 절로 지난 세월을 되돌아보게 했다. 특히 형주로 옮겨 앉은 뒤의 너덧 해는 이제는 거의 후회와 같은 느낌으로 그를 괴롭혔다.

유비는 조조에게 쫓긴 나머지 어쩔 수 없어 의지해 갔으나 유표는 그를 맞아 몹시 두터이 대접했다. 한낱 갈데없는 객장(客將)으로서가 아니라, 피붙이의 정과 귀한 손님을 모시는 예로서였다.

그 덕분에 유비의 가솔들과 측근은 오랜만에 평안한 나날을 보낼 수 있었다. 생각하면 그 무렵의 몇 년은 거의 칼의 숲을 헤치고 피의 내를 건너며 지낸 것이나 다름없었다.

그러던 어느 날이었다. 전에 남의 밑에 있다가 항복하여 유표의 장수가 된 장무(張武)와 진손(陳孫)이 강하의 백성을 약탈하며 모반을 꾀한다는 급한 전갈이 들어왔다. 때마침 유비를 불러 함께 술을 마시다가 그 같은 전갈을 들은 유표가 놀라고 걱정스런 얼굴로 말했다.

"그 두 도적이 다시 모반을 한다면 화가 결코 작지 아니하겠구나!"

그때 유비가 나서서 말했다.

"형님께서는 걱정하실 필요가 없습니다. 바라건대 저를 보내 그 두 도적을 잡도록 해주십시오."

그 말에 어둡던 유표의 얼굴이 일시에 밝아졌다. 청하기라도 해야 할 판에 스스로 가겠다고 나서니 유표는 그 자리에서 허락하고 삼만 군사를 유비에게 내주었다.

"아우는 먼저 가서 도적들의 기를 꺾어놓게. 내 곧 뒤따라감세."

그 같은 명을 받은 유비는 그날로 행군을 시작하여 하루 만에 강하에 이르렀다.

유비가 왔다는 말을 듣자 장무와 진손도 군사를 이끌고 나와 맞섰다. 유비는 관, 장 두 아우와 조운을 데리고 문기 아래로 나와 그런 장무와 진손의 세력을 살폈다.

그때 장무는 한 마리 말 위에 높이 앉아 거드름을 피우고 있었는데 유비가 보니 그 말이 예사말이 아니었다.

"저 말은 반드시 천리마일 것이다."

장무는 제쳐놓고 한참이나 그 말만 바라보던 유비가 탐나는 듯 그렇게 중얼거렸다. 그런데 곁에 있던 조운이 미처 그 말이 끝나기 전에 자신의 말을 박차 달려 나가며 소리쳤다.

"제가 저 도적을 죽이고 말을 가져다 주공께 바치겠습니다."

조운이 창을 휘두르며 적진으로 뛰어들자 그쪽에서도 장무가 겁 없이 말을 몰며 마주쳐왔다. 조운은 속으로 잘됐다 싶었다. 두 말이 엇갈리기 세 번도 되기 전에 장무를 찔러 말에서 떨어뜨리고, 놀란 그 말의 고삐를 잡았다. 그 말을 탐내는 유비에게 바치고자 함이었다.

진손은 조운이 자기 동료를 찔러 죽이고 그 말을 뺏어 돌아가는 걸 보자 두려운 중에도 분기를 참을 길이 없었다. 긴 칼을 휘둘러 뒤쫓으며 동료의 말을 되찾으려 했다.

"저놈은 내가 맡겠소."

그걸 본 장비가 장팔사모를 꼬나들고 말 배를 차며 소리쳤다. 조운이 적의 우두머리 둘을 모두 죽여버릴까 봐 걱정된다는 듯한 서두름이었다.

장무가 조운의 적수가 되지 못했던 것처럼 진손도 장비의 적수로
는 아무래도 모자랐다. 장비의 한 창에 찔려 말 아래로 떨어지니 그
걸 본 졸개들은 그대로 풍비박산 흩어져버렸다.

유비는 나머지 무리들을 달래 항복받고 강하의 여러 현을 다시
평온케 만든 뒤 형주로 돌아갔다. 유표는 친히 성 밖까지 나와 이기
고 온 유비를 성안으로 맞아들이고 크게 잔치를 열어 그 공을 치하
했다.

술이 반쯤 올랐을 무렵이었다. 유표가 문득 술잔을 멈추고 말했다.

"아우가 이토록 웅재(雄才)를 갖추고 있으니 우리 형주로서는 실
로 의지하는 바 크네. 다만 걱정스러운 것은 남월(南越)의 오랑캐가
느닷없이 몰려오는 것과 장로, 손권이 움직이는 것이네. 그들만 아
니라면 두 다리를 편히 뻗고 지낼 수 있으련만……."

그러자 유비가 자신 있게 대답했다.

"그 일이라면 형님께서는 너무 심려하지 마십시오. 이 아우에게
세 장수가 있는데 모두 쓸 만한 인물들입니다. 장비로 하여금 남월
과의 경계를 돌며 보살피게 하고 관우는 고자성에서 장로를 막게 하
며 조운은 삼강(三江)으로 보내 손권을 당하게 하신다면 무엇을 달
리 걱정할 게 있겠습니까?"

유표가 들으니 가슴속의 걱정이 한꺼번에 스러지는 말이었다. 기
꺼이 그 말을 따라 장비와 관우와 조운을 각기 유비가 정한 곳으로
보내 지키게 했다.

유표의 장수요, 처남인 채모(蔡瑁)는 그 소식을 듣자 곧 누이인 채

부인을 찾아보고 말했다.

"유비는 수하 장수 셋을 외지로 내보내고 자신만 이 성안에 남아 있습니다. 반드시 우리 형주의 큰 근심거리가 될 것이니 누님께서 알아서 하십시오."

형주에서 유비의 세력이 지나치게 커지는 게 마땅치 않아서 하는 말이었다. 이때 채부인은 전처가 낳은 장남을 제치고 자신이 낳은 아들에게 형주를 넘겨주게 하기 위해 밤낮으로 유표를 졸라대는 중이었다. 아우의 말이 진실이라면 형주는 제 아들이 물려받기 전에 유비에게 먼저 넘어갈 것 같아 안달이 났다. 그날 밤이 되자 유표의 베갯머리에서 속살거렸다.

"제가 들으니 형주 사람들이 모두 유현덕을 우러러 그와 오가고 있다고 합니다. 어떤 일이 있을지 모르니 미리 방비를 해야지요. 특히 지금 유현덕을 성안에 있게 하는 것은 아무것도 이로울 게 없으니 바깥으로 내보내는 게 좋겠습니다."

우선 유비를 유표에게서 떼어놓고 일을 꾸미려는 속셈이었다. 그러나 그사이 유비의 인품에 흠뻑 반해버린 유표는 그 말을 들으려 하지 않았다.

"그게 무슨 소리요? 유현덕은 어진 사람이니 쓸데없는 걱정은 마시오."

유표가 그렇게 나오자 채부인도 당장은 어찌는 수가 없었다. 더는 조르지 않았지만 그래도 한마디 쐐기를 박아두는 것은 잊지 않았다.

"그랬으면 오죽 좋겠어요? 하지만 다른 사람의 마음이 내 마음 같지 않을까 봐 걱정입니다."

유표는 그 말까지 타박을 주지는 않았으나 찌푸린 얼굴로 입을 다무는 걸 보아 마음이 움직인 것 같지는 않았다.

그런데 일은 뜻밖의 방향에서 채부인의 뜻대로 이루어졌다. 다음 날이었다. 유표가 보니 유비가 매우 좋은 말을 타고 있는데 전에 보지 못했던 말이었다.

"말이 아주 훌륭하군. 어디서 얻었는가?"

유표가 이리저리 말을 살피다가 물었다. 무장은 아니지만 전란의 시대를 살다 보니 좋은 말을 탐내는 것은 그도 마찬가지였다. 유비가 겸연쩍은 듯 대답했다.

"지난번 싸움에서 얻었습니다. 바로 장무가 타던 것입니다."

"참으로 좋은 말이다. 여포의 적토마인들 이보다 더하겠는가?"

유비의 대답을 듣고도 유표는 그렇게 찬탄하기를 마지않았다. 유비는 유표가 그 말을 탐내는 걸 보자 기꺼이 유표에게 바쳤다.

"마음에 드신다니 받아주시면 기쁘겠습니다."

그 말을 들은 유표는 건성으로 몇 번 사양하다 말을 받았다. 그리고 그 자리에서 말을 갈아 타고 성안으로 돌아가니 모사 괴월(蒯越)이 그 말을 살피다가 물었다.

"전에 보이지 않던 말을 타셨습니다. 어디서 얻으셨습니까?"

"유현덕이 준 것일세."

유표는 기쁜 얼굴로 말을 얻은 경위를 밝혔다. 그러나 얼굴은 밝지 못했다.

"전에 선형(先兄) 괴량(蒯良)이 말의 상을 잘 보았는데 저 역시 조금은 볼 줄을 압니다. 지금 이 말은 눈 아래 눈물받이[淚槽]가 있고 머리에도 흰 점이 있는 걸로 보아 적로(的盧)란 이름의 말이 틀림없습니다. 이 말은 반드시 그 주인을 해친다고 하니 주공께서는 타지 않도록 하십시오. 전 주인인 장무가 죽은 것도 바로 이 때문이라 할 수 있습니다."

그런 괴월의 말을 듣자 유표는 공연히 가슴이 섬뜩했다. 그리고 그 말을 자기에게 준 유비까지 문득 의심스러워졌다.

유표는 다음 날 일찍 유비를 불러 시치미를 떼고 말했다.

"어제 좋은 말을 주어 참으로 고맙네. 하지만 생각해보니 이 말은 나 같은 위인이 탈 물건이 못 되는 것 같네. 아우는 언제 싸움에 나갈지 모르는 사람이라 항상 좋은 말이 필요할 게 아닌가? 내게 준 뜻은 고마우나 돌려보낼 테니 잘 쓰도록 하게."

이미 그 말이 주인을 해친다는 걸 알면서도 그 사실은 알려주지 않고 말만 돌려보낸다는 것은 그만큼 유비를 의심한다는 뜻이었다. 그러나 아무것도 모르는 유비는 고맙게 적로마를 되돌려받았다. 그로서는 내심 아끼면서도 마지못해 바친 말이었기 때문이다.

유비가 고마워하며 되돌려받는 것으로 미루어 나쁜 뜻으로 그 말을 자신에게 보낸 것이 아님을 알게 되었으나 한번 시작된 유표의 의심은 스러지지 않았다. 며칠 전 밤에 채부인이 속살거리던 말이 떠오르며 문득 유비를 성안에 데리고 있고 싶지 않은 기분이 들어 다시 말했다.

"현제가 이 성안에 머문 지 오래되어 자칫하면 군사 다스리는 일을 잊어버릴까 두렵네. 양양에 딸린 땅으로 신야(新野)란 현이 있는데 그리로 가보는 게 어떻겠는가? 그리 넓지는 않아도 돈과 곡식은 넉넉한 곳이니 거느린 군마를 이끌고 가서 머물 만은 할 것이네."

말하자면 점잖은 축객(逐客)이었다. 그러나 유비는 기꺼이 응낙하고 다음 날로 형주를 떠나 신야로 향했다. 본래 데리고 있던 군마며 가솔들도 모두 따라나섰음은 말할 나위도 없었다.

그런데 유비가 막 형주를 벗어날 무렵이었다. 한 사람이 말 앞을 막아서며 길게 읍(揖)을 한 채 말했다.

"공께 드릴 말씀이 있습니다."

유비가 보니 유표의 막하에서 손[客] 노릇을 하고 있는 이적(伊籍)이란 사람이었다. 자를 기백(機伯)이라 쓰며 산양(山陽) 땅에서 왔는데 재주만큼 중하게 쓰이지는 못하고 있었다.

"무슨 말씀이신지……."

유비가 고삐를 당겨 말을 멈추며 물었다.

"공이 타신 말은 탈 만한 짐승이 못 됩니다."

이적은 그렇게 대답한 뒤 황망히 말에서 내려 까닭을 묻는 유비에게 가만히 일러주었다.

"어제 들으니 괴월은 유표에게 그 말의 이름은 적로이며 그걸 타면 반드시 주인을 해치게 된다고 했습니다. 유표가 그 말을 공에게 다시 돌려준 것은 오로지 그 때문인데, 공은 어찌하여 다시 그 짐승을 타고 계십니까?"

그 말에 유비가 대답했다.

"선생께서 이 유아무개를 이토록 어여삐 보아주시니 무어라 감사를 드려야 할지 모르겠습니다. 그러나 사람이 죽고 사는 것은 다 천명에 달린 것인즉 어찌 한 마리 말에 좌우되겠습니까?"

조금도 꺼림칙해하는 기색이 없는 표정이었다. 이적은 유비의 그같이 초연한 응대에 깊이 감복했다. 그때부터 한층 유비를 우러르며 가깝게 지냈다.

유비가 신야에 이르자 군민이 함께 기뻐하며 맞아들였다.

조조가 언제 원소를 깨뜨리고 그 여세를 몰아 형주로 밀고 내려올지 모르는 때에 유비 같은 실력자가 자기들을 지켜주러 온 까닭이었다. 유비도 그런 백성들의 기대를 저버리지 않았다. 정치를 새롭게 하여 강한 자를 억누르고 약한 자를 도우며 조세를 가볍게 하고 법을 공정하게 시행하니 오래잖아 신야는 인근의 그 어떤 고을보다 살기 좋은 땅이 되었다.

그사이 해가 바뀌어 건안(建安) 십이년이 되었다. 유비에게 오랫동안 기다리던 경사가 있었으니, 그것은 바로 쉰을 바라보는 나이로 첫아들을 보게 된 일이었다. 감부인이 낳은 유선(劉禪)이었다.

유선이 태어나던 날 밤 백학 한 쌍이 현청 지붕 위로 날아와 마흔 번이나 운 뒤에 서쪽으로 날아갔다고 한다. 또 태어날 때는 이상한 향기가 방안에 가득하여 사람들은 모두 귀하게 여겼다.

유비는 태어난 아들의 아이 적 이름을 아두(阿斗)라고 지어 불렀는데, 그것은 감부인이 북두칠성을 삼키는 꿈을 꾸고 잉태하였기에 그리한 것이었다. 모두가 하나같이 태어난 아들의 범상치 않은 미래를 짐작게 하는 길조들이라 할 수 있었다.

그 무렵 조조는 원소의 잔당들을 쫓아 한창 북방을 누비고 있었다. 신야에서의 생활에 안주함도 잠시, 유비의 야심은 다시 꿈틀거렸다. 유비는 곧 형주로 가 유표를 찾아보고 권했다.

"지금 조조는 모든 군사를 몰아 북방을 평정하고 있으니 허창은 반드시 비어 있을 것입니다. 만약 형주와 양양의 군사를 들어 그 틈을 엿보고 허창을 친다면 큰일을 이룩할 수 있습니다. 때를 놓치지 않도록 하십시오."

그러나 유표의 대답은 실망스럽기 그지없었다.

"나는 형주를 차지하고 있는 것만으로도 넉넉하네. 따로 무얼 또 꾀한단 말인가?"

패기라고는 터럭만큼도 없는 대답이었다. 유비는 더 말해야 소용없을 것임을 깨달았다. 굳게 입을 다물고 서 있다가 이내 물러나려 했다.

"우리 뒤채로 가 술이나 드세. 마침 할 말도 있고…….."

유표가 문득 돌아가려는 유비의 소매를 끌었다. 그리 즐겁지는 않았으나 유비는 잠자코 유표를 따라 후당으로 갔다.

하지만 술이 반이나 오르도록 유표는 입을 떼지 않았다. 말없이 술잔을 기울이다가 이따금씩 길게 탄식을 내뱉을 뿐이었다.

"형님께서는 무슨 까닭으로 그토록 길게 탄식하십니까?"

참다못한 유비가 조용히 술잔을 놓으며 물어보았다. 유표가 망설이다 대답했다.

"실은 내게 몹시 마음 쓰이는 일이 있네. 하지만 말하기가 쉽지 않으이."

"어떤 일이기에 그렇습니까?"

유비가 진지하게 다시 물었다. 유표가 아직 머뭇거리는데 문득 병풍 뒤에서 채부인의 기척이 났다. 그러자 유표는 고개를 가로저으며 끝내 대답을 안했다. 채부인이 들어서는 안 되는 일인 것 같았다.

분위기가 그렇게 되니 술자리는 곧 끝이 났다. 유비는 무엇이 유표를 괴롭히는지 궁금하면서도 끝내 듣지 못한 채 신야로 돌아갔다. 하지만 채부인이 걸려 있다면 유표의 집안일일 것이라 여겨 그 뒤로는 형주로 가는 일을 삼갔다. 쓸데없이 남의 집안일에 말려들어 해를 입고 싶지는 않았기 때문이었다.

유비가 다시 오랫동안 잊고 있던 돗자리 치기를 시작한 것은 그 무렵부터였다.

"배운 도둑질은 어쩔 수 없는 모양이지."

유비를 얕보는 사람들은 그렇게 수군거렸으나 딴 뜻이 있는지라 유비는 그런 사람들의 수군거림에 아랑곳하지 않았다.

그러던 어느 날이었다. 남양 인근에 있는 젊은 선비 여럿이 유비를 보러 왔다. 각기 학문을 닦아 이제는 세상에 나가 쓰일 길을 찾고 있는 이들로 은근히 유비의 세력과 사람됨을 살피러 온 듯했다.

당시에는 이따금씩 있는 일이었다. 그럴 때 유비는 잠자코 그들에게 있는 대로를 보여주고 그들이 하는 말을 듣고만 있었다. 원래도 겉꾸밈을 싫어하거니와 쓸데없이 사람들을 끌어들여 유표를 자극하고 싶지 않아서였다.

그날도 유비는 그들을 맞아 전처럼 있는 대로 보여주었다. 그 얼마 전에 누가 쇠꼬리 털을 많이 가져다주었는데 유비는 그걸 손으로 꼬면서 가만히 그들이 하는 말을 듣고만 있었다. 유비의 세력이 보잘것없는 것에 실망하고 그토록 어지러운 시기에 기껏 돗자리의 골풀 대신 쓰려고 쇠꼬리 털이나 꼬고 앉아 있는 유비가 한심스러워 한동안 건성으로 떠들던 선비들은 이윽고 하나둘 일어나 가버렸다.

그런데 유독 한 젊은이만이 모두들 다 가고 난 뒤에도 남아 유비가 하는 양을 유심히 살피고 있었다. 앞서 나간 사람들과 마찬가지로 시골 구석에서 글줄이나 읽고 시덥잖은 야심에 들떠 있는 선비쯤으로 여겨졌다. 거기다가 나이도 어려 보여 유비는 그를 아는 체 않고 쇠꼬리 털만 말없이 꼬아나갔다.

한동안 유비가 하는 양을 물끄러미 바라보던 젊은이가 문득 목소리를 가다듬어 물었다.

"장군께서는 마땅히 크고 깊은 뜻을 되살리시어 천하를 위해 일하셔야 하거늘 어찌 하찮은 장인들처럼 쇠털이나 꼬고 앉아 계십니까?"

제법 준엄한 기운마저 느껴지는 물음이었다. 그제서야 유비는 가만히 그 젊은이를 건너다보았다. 형형한 눈빛이며 단아한 용모가 조금 전에 떠들다 간 무리와는 다름을 이내 알아볼 수 있었다. 더불어 이야기할 만하다 여긴 유비는 꼬고 있던 쇠꼬리 털을 내던지며 한숨 섞어 대답했다.

"그게 무슨 소리요? 내가 어찌 천하의 일을 잊고 있을 리 있겠소? 다만 답답하여 이 일로 잠시 걱정을 잊고자 하였을 따름이오."

그러자 그 젊은이가 다시 물었다.

"장군께서 헤아리시기에는 유표가 조조를 당해낼 수 있다고 보십니까?"

한층 대담한 물음이었다. 유비가 솔직하게 대답했다.

"아마 미치지 못하겠지요."

"장군 스스로는 조조에 비해 어떻다 보십니까?"

"역시 알 수가 없소."

유비가 다시 음울하게 대답했다. 그 젊은이는 어이없어하는 눈길로 유비를 살피다 결연히 말했다.

"유표도 장군도 모두 조조에게 미치지 못하심을 아시면서도 불과 수천의 무리로 강한 적을 앉아서 기다리고만 계신단 말입니까? 좋은 계책이 못 됩니다. 이대로 계셔서는 아니 됩니다."

"실은 나도 그걸 걱정하고 있소. 그래, 이제 어찌하면 좋겠소?"

유비가 진지하게 물었다. 아직 새파란 젊은이에게 쉰 고개를 바라보는 천하의 유비가 가르침을 청하는 자세로 물은 것이었다. 젊은이가 거침없이 대답했다.

"형주는 결코 사람이 적은 고을이 아닙니다. 다만 호적에 오른 수가 적을 뿐입니다. 따라서 지금 호적에 있는 대로만 사람을 끌어내 쓰려 하면 민심이 기꺼이 따르지 않을 것입니다. 유표에게 말씀을 드려 호적에서 빠진 백성들을 모두 올리도록 하십시오. 그렇게 되면 많은 백성들을 끌어낼 수 있고 조조와의 싸움도 해볼 만해질 것입니다."

실로 놀랍고도 고마운 깨우침이 아닐 수 없었다.

유비가 가장 겁내는 것은 하북을 아우른 뒤에 조조가 거느리게 될 백성들의 머릿수였다. 그런데 그 젊은이는 몇 마디로 그 걱정을 덜어주었다.

"고맙소. 실로 이 유비의 속이 확 트이는 듯하오. 선생의 높으신 이름은 어떻게 되시며 지금 어디에 사시오?"

유비가 문득 옷깃을 여미며 물었다. 그러나 젊은이는 이제 할 말을 다 했다는 듯 몸을 일으키며 말했다.

"더벅머리 서생에게 이름이 있은들 뭐 그리 대단할 것이며, 사는 곳이 어디인들 남 앞에 자랑으로 내놓겠습니까? 우연히 세상 구경을 나왔다가 몇 마디 되잖은 말로 장군의 귀를 어지럽혀드렸을 뿐입니다. 뒷날 인연이 닿으면 다시 뵙기로 하고 오늘은 이만 물러나겠습니다."

그러고는 유비의 만류도 소용없이 방을 나가버렸다. 『위략(魏略)』이나 『구주춘추(九州春秋)』에는 그 일이 유비가 번성(樊城)에 있을 때라고 하나 아무래도 신야에서의 일로 봄이 옳으리라.

어쨌든 그 젊은이가 돌아간 뒤 유비는 곧 유표에게 글을 보내 들은 말을 그대로 적어 보냈다. 유표도 두말없이 따라 몇 달 안 돼 형주의 호적은 실제와 비슷하게 되었고, 유표는 그만큼 넉넉히 백성의 머릿수를 확보하게 되었다. 하지만 그 일로 새삼 그 젊은이가 범상하지 않음을 깨달은 유비가 다시 그를 만나보려 했으나 찾을 길이 없었다.

그 뒤 웬일인지 유표는 유비를 잊은 듯 내왕 없이 지냈다. 그러다가 거의 반년 만에야 문득 사람을 보내 유비를 불렀다.

유비가 형주에 이르니 유표는 전에 없이 반갑게 맞아들였다. 그리고 서로 예를 끝내기 바쁘게 후당으로 끌어들이더니 곧바로 술자리를 벌였다.

"요사이 들으니 조조는 원소의 잔당을 뿌리 뽑고 허도로 돌아왔다 하네. 그 세력이 날로 강성해지니 다음으로는 반드시 우리 형주와 양양을 삼키려 들 것이네."

몇 순배 술이 돈 뒤 유표가 그렇게 허두를 뗐다. 그에게도 역시 조조의 북방 평정은 흘려 듣고 넘길 수 없는 일이었다. 무슨 뜻으로 그런 말을 꺼내는지 몰라 유비는 가만히 술잔을 멈추고 유표를 살폈다. 유표는 그 눈길을 피하며 겸연쩍은 얼굴로 새삼 지난 일을 후회했다.

"지난날 아우가 권하는 말을 듣지 않은 게 한스럽기 짝이 없네. 조조가 하북에 정신이 팔려 있을 때 그 등 뒤를 쳐야 했는데…… 이제는 그 좋은 기회를 영영 잃어버렸네그려!"

유표가 자신의 말을 들어주지 않아 호기를 놓친 것은 못내 애석했으나 스스로 그렇게 후회하고 나오자 유비는 그 일로 더 유표를 괴롭히고 싶지 않았다. 오히려 좋은 말로 유표를 위로했다.

"지금 천하는 여러 토막으로 나뉘어 매일 싸움이 그치지 않고 있습니다. 어찌 기회가 다시 없다고 말할 수 있겠습니까? 만약 제가 앞서고 형님께서 뒤를 밀어주신다면 구태여 그 일을 한스럽게 여기실 까닭도 없을 것입니다."

"아우가 그렇게 말하니 한결 마음이 가벼워지네그려. 자네 말이 옳으이."

유표가 다소간 기운을 찾은 얼굴로 그렇게 말하며 술잔을 권했다.

둘은 다시 이런저런 얘기를 주고받으며 술잔을 나눴다. 어느 때쯤 되었을까, 유표의 말수가 점차 줄어드는가 싶더니 문득 눈물을 주르르 흘렸다.

"형님께서는 무슨 말 못할 걱정거리라도 있으신지요?"

유비가 놀라 물었다. 유표가 한참을 머뭇거리다가 울적한 목소리로 대답했다.

"그렇다네. 전에도 한번 아우에게 말하려 한 적이 있었으나 틈을 얻지 못했지."

"어떤 일이길래 형님께서 그토록 결정을 어려워하십니까? 만약 제가 쓰일 데가 있다면 말씀해주십시오. 설령 죽는 한이 있더라도 마다하지 않겠습니다."

유비가 진심 어린 얼굴로 그렇게 말했다. 유표도 감동을 감추지 못하고 가슴속의 근심을 털어놓았다.

"실은 후사 문제일세. 전처 진씨에게서 맏아들 기(琦)를 얻었는데 사람됨은 어지나 너무 부드럽고 물러 큰일을 맡기기에는 부족하네. 또 후처 채씨에게서는 둘째 종(琮)을 얻었는데 비록 총명하나 맏아들 대신 세우려고 보니 예법에 어긋나는 것 같아 두렵네. 그렇다고 다시 맏아들 기를 세운다 해도 일은 곧 쉽지 않네. 자네도 알다시피 지금 형주의 군무(軍務)는 모두 채씨 집안 사람들 손에 있지 않은가? 기를 세운다면 뒷날 반드시 변란이 있을 것이니 이를 어쩌면 좋겠는가? 그래서 얼른 결정을 내리지 못하고 밤낮없이 걱정만 하고 있다네."

"예부터 맏이를 제치고 그 아래로 후사를 삼는 일은 나라를 어지럽히는 지름길이 되어왔습니다. 만약 채씨 집안 사람들의 권세가 무겁다면 조금씩 줄여나가면 되지 않겠습니까? 잔정에 빠져 어린 아들을 후사로 세우셔서는 아니 될 것입니다."

유비는 옳다고 믿는 바대로 대답했다. 그러나 유표는 무겁게 입을 다물고 있을 뿐 이렇다 저렇다 말이 없었다. 겉으로는 근심하는 체해도 유표의 마음은 이미 후처가 낳은 종에게 기울어져 있었던 듯했다. 그것도 헤아리지 못하고 맏이를 세우라고 했으니 유비로 보면 실수를 한 셈이기도 했다.

거기다가 더욱 유표가 함부로 말하지 못한 것은 채부인이 병풍 뒤에서 둘의 얘기를 엿듣고 있으리란 짐작 때문이었다. 평소부터 유비를 의심해오던 채부인은 실제로 그날도 유표와 유비의 얘기를 병풍 뒤에서 엿듣고 있다가 유비에게 깊은 원한을 품게 되었다.

유비도 유표가 어두운 얼굴로 말이 없는 데다 병풍 뒤에서 희미한 인기척이 나자 자신이 잘못 말했음을 깨달았다. 얼른 몸을 일으켜 측간에 가는 양하며 어색한 분위기를 수습했다.

하지만 측간에 쭈그리고 앉아서 생각하니 새삼 자신의 신세가 처량하게 느껴졌다. 나이 쉰이 가깝도록 아직도 자신의 기업을 마련치 못하고 남에게 빌붙어 지내는 것도 그러하려니와 이제는 남의 여자 눈치까지 살펴야 하는 지경이 되어버린 게 그랬다. 거기다가 벗은 허벅지께에 다시 두둑하게 붙은 살을 보자 유비는 자신도 모르게 눈물이 솟았다.

한참 뒤에 유비는 눈물 흔적을 지운다고 지우고 방 안으로 돌아갔으나 워낙 스스로가 비참하게 느껴져 흘린 눈물이라 눈가에 흔적이 남았던 듯하다. 기다리던 유표가 괴이쩍게 여기는 눈길로 물었다.

"자네 눈가에 눈물 자국이 있네. 어찌 된 일인가?"

그 물음에 유비는 자신도 모르게 긴 탄식을 쏟으며 말했다.

"이 비의 몸은 언제나 말안장을 떠나지 않아 넓적다리에 살이 남아나지 못했습니다. 그런데 이곳에 온 지 여러 해, 싸움 없이 보내 말을 타지 않았더니 넓적다리에 살이 다시 생겨났습니다. 세월은 자꾸 지나가고 늙음은 다가오는데 아직도 이룬 공업(功業)은 아무것도 없으니 이 어찌 슬픈 일이 아니겠습니까!"

"내가 듣기로 아우는 허창에 있을 때 조조와 더불어 푸른 매실을 안주로 술을 마시며 천하의 영웅에 관해 이야기한 적이 있다더군. 그때 아우는 천하의 명사들을 모두 꼽아 보였지만 조조는 하나도 인정하지 않고 아우와 자기만이 영웅이라 할 만하다고 말했음을 들었네. 조조의 권세와 힘으로도 오히려 아우를 먼저 영웅으로 손꼽았는데, 공업을 이루지 못한 게 무슨 걱정이 되겠는가?"

유표가 좋은 말로 유비를 위로했다. 이때 유비는 괴로운 마음으로 마구 들이켠 술 때문에 다시 취기가 올라 있었다.

불쑥 치솟는 호기로 평소의 조심성도 잊고 감추었던 마음을 드러냈다.

"형님의 말씀은 퍽 위로가 됩니다. 사실 말이야 바른말이지, 만약 이 유비에게 의지할 바탕만 있다면 천하의 하찮은 무리들이야 걱정할 게 무엇이겠소!"

그러자 문득 유표의 얼굴이 굳어지며 말이 없었다. 언제나 유비를 야심 없는 호인(好人)으로만 알아왔던 그로서는 유비의 감춰진 면모를 본 것 같아 새삼 경계심이 일었다.

술기운에 무심코 말했으나 유표의 굳어진 얼굴을 보자 유비는 자신이 다시 실수했음을 깨달았다. 한층 취한 체하며 몇 마디 흰소리를 한 뒤 역관으로 돌아가 곯아떨어지는 시늉을 했다.

하지만 유표는 유비의 그 같은 말을 듣고 보니 결코 마음이 즐겁지 않았다. 꺼림칙한 기분으로 안채에 들자 채부인이 다시 유표의 속을 긁어댔다.

"조금 전 제가 병풍 뒤에서 유비가 하는 말을 들으니 사람을 매우 가볍게 보는 데가 있었습니다. 넉넉히 형주를 삼키려 들 사람입니다. 지금 없애지 않으면 반드시 뒷날 큰 근심거리가 될 것입니다."

그렇지만 아직 유표의 마음이 그 정도까지는 되지 않았다. 발벗고 나서 유비를 변명해주고 싶지는 않았지만 고개만은 무겁게 가로저었다.

비록 고개는 가로저어도 채부인은 유표의 마음이 흔들리고 있음을 눈치챘다. 가만히 아우 채모를 불러 그 일을 의논했다. 채모는 누이로부터 그간의 얘기를 듣자 거침없이 말했다.

"먼저 역관을 들이쳐 유비를 죽인 뒤에 주공께 알리도록 해야겠습니다. 그렇게 되면 주공께서도 못 이긴 체 인정하실 것입니다."

채부인도 그 말을 옳게 여겼다. 이에 허락하니 채모는 그 밤으로 군사를 점고하여 유비가 묵고 있는 역관을 들이치려 했다.

그때 유비는 역관에서 촛불을 밝혀둔 채 앉아 있었다. 곯아떨어진 체하는 것도 잠시, 낮의 일로 어떤 변화가 있을지 몰라 마음을 가다듬고 주위를 살피는 중이었다.

그런데 삼경이 지났을 무렵이었다. 이제는 별일 없겠지 하며 막 자리에 누우려는데 누군가가 와서 문을 두드렸다. 유비가 맞아들여 보니 이적이었다. 이적이 나지막하면서도 다급한 목소리로 말했다.

"어서 몸을 일으키시어 피하십시오. 머지않아 채모가 군사를 이끌고 올 것입니다."

"유경승에게 인사도 않고 어떻게 떠나란 말인가?"

이적의 재촉에도 불구하고 유비는 아직 그 일이 믿기지 않는지 그런 한가로운 소리를 했다. 이적이 답답한 듯 깨우쳐 주었다.

"만약 공께서 작별하러 갔다가는 반드시 채모에게 해를 입으실 것입니다. 얼른 피하기나 하십시오."

그러자 유비도 비로소 일이 심상치 않음을 알아차렸다. 급히 함께 데리고 온 군사들을 깨워 일제히 말에 오르게 한 뒤 날이 밝기를 기다리지도 않고 어둠 속을 헤쳐 신야로 돌아갔다.

채모가 군사들을 끌고 역관에 이른 것은 이미 유비가 떠난 지 오랜 뒤였다. 가도 멀리 가서 뒤쫓아봐야 소용없음을 알자 채모는 꾀를 썼다. 역관의 벽에다 유비가 써두고 간 것처럼 시 한 수를 써 붙이고 급히 유표를 찾아 자못 분해하며 일러바쳤다.

"유비가 주공께 반할 뜻을 드러내 불측한 시 한 편을 역관 벽에 써 붙여놓고 간단 말도 없이 달아났습니다."

유표는 처음 그 말을 믿지 않았다. 낮에 보여준 유비의 언행이 좀 꺼림칙하기는 했지만 그토록 빨리 속마음을 드러내리라고는 생각하지 않은 까닭이었다. 그 바람에 몸소 역관으로 가서 유비가 써 남겼다는 시를 읽어보았다.

여러 해 하릴없이 괴로움만 겪다   數年徒守困

헛되이 옛 산천을 바라보누나.　　　　空對舊山川

용이 어찌 못 속의 물건이랴　　　　龍豈池中物

우레 타고 하늘로 오르려 하네.　　　乘雷欲上天

　그 같은 시를 읽자 유표도 드디어 노했다. 워낙 유비가 낮에 한 말과 짝이 맞는 글귀라, 막연히 의심하던 일에서 뚜렷한 증거를 잡아낸 기분까지 들어 칼을 뽑아들고 소리쳤다.

　"내 맹세코 이 의리 없는 놈을 죽이리라!"

　그러나 앞뒤 없는 노기도 잠시 몇 발 옮기지 않아 문득 생각하니 이상한 게 있었다. 유비와 함께 있었던 때가 수없이 많았으나 한번도 그가 시를 짓는 걸 보지 못했기 때문이었다. 뿐만 아니라 아무리 기억을 되살려봐도 유비가 시문을 즐긴다는 말은커녕 제대로 지을 줄 안다는 말도 들은 적이 없었다.

　'이는 반드시 나와 유비를 이간시키기 위해 꾸민 계책일 것이다…….'

　이윽고 유표는 마음속으로 그렇게 중얼거리고 다시 역관으로 돌아가 칼끝으로 그 시를 긁어내버렸다.

　불같이 노했던 유표가 다시 표정을 풀며 말 위에 오르는 것을 보자 채모는 다급했다. 유표의 속마음을 살펴려고도 하지 않고 재촉했다.

　"이미 군사를 점고해 나왔으니 이대로 신야로 몰아가 유비를 사로잡도록 하십시오."

　그러나 유표는 허락하지 않았다.

　"서둘러서는 아니 된다. 천천히 도모하도록 하자."

자신이 뱉어놓은 말이 있어 그렇게 얼버무리긴 해도 이미 유표에겐 유비를 죽일 마음까지는 없었다.

한편 채모는 유표가 마음속에 의혹을 품고 일을 얼른 결단하지 못하는 걸 보자 생각을 바꾸었다. 아무래도 유표에게 미리 알리고는 유비를 죽이기 어렵겠다 싶어 채부인과 의논 끝에 계책을 바꾸기로 한 것이었다.

이튿날이었다. 채모는 모든 관원들을 양양으로 모이게 해놓고 유표를 찾아가 말했다.

"근년에 거듭 풍년이 들었기로 주(州)의 여러 관원들을 양양에 불러모아 그들이 애쓴 공을 위로했으면 합니다. 바라건대 주공께서도 함께 가셔서 자리를 빛내주시면 좋겠습니다."

듣기에는 그럴듯한 청이었지만 실은 거기에 이미 음흉한 속셈이 깔려 있었다. 유표의 건강으로는 그게 불가능함을 채모는 이미 알고 있었기 때문이었다. 과연 유표는 난색을 지으며 대답했다.

"나는 요즘 몸에 병이 일어 양양까지 갈 수가 없다. 내 두 아들로 하여금 나를 대신해 손님을 접대케 하라."

"두 분 공자님께서 아직 나이 어려 혹 예절에 어긋나는 일이 있을까 두렵습니다. 어렵더라도 주공께서 몸소 가심이 좋겠습니다."

채모는 뻔히 알면서도 능청을 떨었다. 역시 속셈이 따로 있어서였다.

유표가 한참 생각하다가 문득 좋은 수가 있다는 듯 말했다.

"그렇다면 신야로 가 유비를 불러 손님들을 대접게 함이 어떻겠는가? 그 사람은 나이도 지긋하고 세상 일에 경험도 많으니 잘 해낼 것이다."

바로 채모가 바라던 대로였다. 채모는 일이 자기가 꾸민 대로 돼 가자 남몰래 기뻐하며 사람을 뽑아 신야로 보냈다. 자신을 대신해 양양으로 가서 손님 접대를 좀 해달라는 유표의 청을 유비에게 전할 사자였다.

한편 한밤중에 신야로 도망쳐 간 유비는 모든 화근이 자신의 실언에 있음을 부끄럽게 여겼다. 누구에게도 형주에서 있었던 일을 말하지 않은 채 속으로만 앓고 있는데 문득 형주에서 사람이 왔다.

"장군께서는 양양으로 가시어 저희 주공 대신으로 손을 좀 치러 주십시오. 주공께서 편찮으셔서 몸소 납시지 못하시기에 특히 장군께 청을 드리는 것입니다."

유비로서는 얼른 그 의도를 짐작하기 어려운 청이었다. 가야 할지 어떨지를 얼른 분간 못해 망설이고 있는데 손건이 나서서 말했다.

"어제 보니 주공께서는 몹시 서둘러 되돌아오셨는데 마음 또한 그리 즐겁지는 않으신 것 같았습니다. 어리석은 생각으로는 틀림없이 형주에서 무슨 일이 있으셨던 걸로 짐작됩니다. 그런데 이제 갑자기 모임에 나오라 하니 주공께서는 결코 가볍게 응하셔서는 아니될 것 같습니다."

그러자 유비는 비로소 형주에서 있었던 일을 모두 털어놓았다. 듣고 난 관우가 말했다.

"형님께서는 스스로 실언했다고 하시나 유표에게 꾸짖을 뜻이 있었던 것 같지는 않습니다. 유표가 아무 말 않는 한 다른 사람의 말은 가볍게 믿을 게 못 됩니다. 더구나 양양은 여기서 멀지 않으니 가보

도록 하십시오. 만약 형님께서 가지 않으신다면 오히려 유표에게 의
심이 생길 것입니다."

유비도 그 말을 듣고 보니 옳은 듯 여겨졌다. 가려고 나서는데 장
비가 내달으며 말렸다.

"잔치 치고 좋은 잔치 없고 모임 치고 좋은 모임 드무외다. 형님
가지 마시오."

그때 조운이 관우를 편들어 말했다.

"제가 마보군 삼백을 데리고 주공과 함께 양양에 다녀오는 게 어
떻겠습니까? 아무 일 없도록 지켜드리겠습니다."

"그것 참 좋겠네그려."

유표의 의심도 사지 않고 위태로움도 피할 수 있는 방도라 누구
말을 더 들을 것도 없이 유비는 대뜸 그렇게 결정했다. 그리고 그날
로 조운과 함께 양양으로 갔다.

유비가 이르자 채모는 성 밖까지 나와 맞아들이는데 그 몸가짐이
매우 공손했다. 또 그 뒤로는 유기(劉琦)와 유종(劉琮) 두 공자가 문
무의 여러 관원을 거느리고 나와 역시 공손하게 맞아들였다.

유비는 두 공자가 모두 나와 있어 가슴속의 의심을 풀고 우선 역
관으로 들어가 잠시 쉬었다. 조운이 삼백 군사와 더불어 유비를 보
호하며 갑옷에 칼을 찬 채 유비가 걷든 앉든 그 곁을 떠나지 않았다.

"아버님께서 병환이 나셔서 몸을 움직이실 수 없으므로 특히 숙
부께 청하여 손님을 대접하게 하시는 것입니다. 손님은 모두 형주와
양양 각처를 다스리고 지키는 관원들이니 숙부님께서 위로하고 치
하해주십시오."

잠시 뒤에 유기와 유종이 찾아와 다시 한번 유표의 뜻을 전했다. 유비는 흔연히 대답했다.

"나는 원래 그같이 큰일을 감당할 위인이 못 되나 형님의 명이 그러하시니 감히 따르지 않을 수가 없구나. 내 힘써 형님의 말씀을 지키려니와 너희들도 곁에서 나를 도와다오."

그렇게 별일 없이 그날 밤이 가고 이튿날이 밝았다. 형주, 양양의 아홉 군 마흔두 고을의 관원들이 빠짐없이 이르고 있다는 전갈이 연이어 날아왔다.

채모는 일을 벌이기에 앞서 괴월을 불러놓고 제 속마음을 털어놓으며 의논했다.

"유비는 세상이 다 아는 효웅(梟雄)이니 오래 이 땅에 머물러 있게 하면 뒷날 반드시 해를 끼칠 것이오. 오늘 이 잔치를 틈타 죽여야겠소."

"그렇지만 그 일로 백성들의 신망을 잃을까 두렵소이다."

갑작스레 듣는 말이라 괴월이 떨떠름한 얼굴로 대답했다. 명색 모사라 유비에 대한 채씨 집안 사람들의 감정을 잘 아는 그로서는 우선 그 일이 유표의 허락을 받았는지조차 의심스러웠다. 그 눈치를 챈 채모가 거짓으로 둘러댔다.

"나는 이미 우리 사군(使君)으로부터 몰래 받은 명이 있어 이런 말을 하는 거요. 주공의 뜻이니 공은 조금도 의심하지 마시오."

"이미 일이 그렇게 된 거라면 미리 준비를 해야지요."

유표가 승낙했다는 말을 듣자 괴월도 마음을 놓고 의견을 내놓았다. 채모가 자신이 해놓은 군사 배치를 털어놓았다.

"동문 쪽 현산(峴山)으로 가는 큰길은 이미 내 아우 채화(蔡和)로 하여금 군사를 이끌고 지키게 해놓았소. 남문 밖 또한 채중(蔡中)이 지키고 있으며 북문 밖에도 채훈(蔡勳)이 있소. 다만 서문 쪽에만 지키는 군사를 보내지 않았는데 그것은 그럴 필요가 없기 때문이었소. 그쪽은 단계(檀溪)의 깊고 험한 물길이 가로막혀 비록 몇 만의 군사를 거느렸다 해도 쉽게 빠져나가지 못할 것이오."

"그래도 조운이 도통 유현덕 곁을 떠나지 않고 있으니 손을 쓰기 어렵겠소."

괴월이 또 다른 걱정을 했다. 채모가 다시 그런 괴월을 안심시켰다.

"그것도 준비가 되어 있소. 나는 이미 오백 군사를 성안에 감추어 두었소."

그제서야 괴월은 마음 먹고 모사다운 꾀를 빌려주었다.

"그것만으로는 조운과 그 수하 삼백을 당해내지 못할 것이오. 먼저 조운과 유현덕을 떼어놓아야 하오. 문빙(文聘)과 왕위(王威) 두 사람을 시켜 바깥마루에 무장들을 대접하는 술자리를 따로 차리게 하고 조운을 그리로 꾀어내도록 하시오. 그다음이라야 유현덕에게 손을 댈 수 있을 것이오."

이에 채모는 그 말을 따르기로 하고 그날로 소와 말을 잡아 크게 잔치를 벌였다.

유비는 적로마를 타고 주의 관아에 이르러 말을 뒤꼍에 매어두게 한 뒤 대청으로 올라섰다. 이어 각처의 여러 관원들도 차례로 그곳에 이르렀다.

유비는 주인석에 자리 잡고 유기, 유종 두 공자는 그 좌우에 앉았다. 그리고 다른 관원들도 각기 차례를 따져 자리에 앉았으나 유독 조운만은 칼을 찬 채 유비 곁에 서 있었다.

채모의 명을 받은 문빙과 왕위가 그런 조운에게 다가가 따로 자리를 잡고 함께 마시기를 청했다. 조운은 사양하고 가지 않으려 했으나, 그사이 마음을 놓은 유비가 불쑥 권했다.

"저렇게 간곡히 청하니 거절하는 것도 예가 아닐세. 가서 함께 마시도록 하게."

이에 조운은 하는 수 없이 유비 곁을 떠나 따로 마련된 술자리로 갔다.

안팎을 철통같이 준비해둔 채모는 조운이 유비 곁을 뜨는 걸 보자 됐다 싶었다. 유비가 데리고 온 삼백 군사만 거짓 명을 둘러대어 역관으로 돌려보낸 뒤에 곧바로 손을 쓸 작정이었다.

그러나 유비는 그것도 모르고 흥겹게 술잔을 기울이고 있었다. 술이 세 순배쯤 돌았을 무렵이었다. 이적이 술잔을 치는 체하고 유비 곁으로 다가오더니 심상찮은 눈짓을 하며 나직이 말했다.

"옷을 갈아입으시지요."

얼큰한 중에도 유비는 이적의 뜻을 알아차렸다. 얼른 몸을 일으켜 측간으로 가는 체 자리를 뜨니 이적 또한 후원으로 달려 나와 귀엣말로 일러주었다.

"채모가 장군을 해치려고 성 밖 동남북 세 방향에 군사를 숨겨두었습니다. 다만 서문 쪽이 비어 있으니 장군은 얼른 그리로 피하십시오."

그 말에 유비는 크게 놀랐다. 얼른 적로마를 풀어 끌고 후원 문을 나선 뒤 몸을 날려 말 위에 올랐다. 데리고 온 종자들조차 돌아볼 틈이 없어 말 한 필로 서문을 바라고 닫는데 문득 문지기가 막아서며 물었다.

"장군은 어디를 그리 급히 가십니까?"

그러나 유비는 대답 없이 채찍질만 더하여 내달았다. 그 기세를 막지 못한 문지기는 나는 듯 채모에게 그 일을 알렸다. 채모는 곧 군사 오백을 이끌고 말에 올라 유비의 뒤를 쫓기 시작했다.

서문을 빠져나온 유비는 정신없이 달렸다. 그러나 몇 리 가기도 전에 길은 험한 벼랑에서 끝나고 그 아래로는 큰 계곡에 푸른 물이 넘실거리고 있었다.

채모가 그걸 믿고 서문 쪽에는 군사를 풀지 않았던 바로 그 단계였다. 물은 양강(襄江)으로 이어지는데 너비가 여러 길인 데다 물결 또한 세기로 이름난 곳이었다.

물가에 선 유비는 도저히 건널 수 없다 여겨 말 머리를 돌리려 했다. 그러나 성 서편으로 크게 먼지가 일며 뒤쫓는 군사가 몰래 오는 게 보였다.

'이번에는 죽는구나……'

유비는 홀로 그렇게 탄식하며 다시 계곡 쪽으로 가 뒤를 돌아보았다. 어느새 뒤쫓는 군사가 저만큼 다가들고 있었다.

유비는 급한 김에 말을 탄 채 계곡 아래로 내달았다. 몇 발 가지 않아 말의 앞발굽이 꺼지며 온몸이 물에 잠겼다. 유비는 얼결에 말을 채찍질하며 크게 소리쳤다.

"적로야, 적로야, 오늘 드디어 네가 나를 해치는구나!"

그런데 놀라운 일이 일어났다. 미처 유비의 외침이 끝나기도 전에 말이 갑자기 물속에서 몸을 솟구치더니 한꺼번에 세 길이나 뛰어 나는 듯 저편 언덕에 올라섰다. 유비는 마치 구름과 안개를 타고 몸을 솟구친 기분이었다.

뒷날 소식(蘇軾)은 그 일을 고풍(古風)의 시 한 수로 노래했다. 자신이 단계를 찾게 된 경위에서 인생사의 허망함을 술회하는 것으로 끝맺는 노래인데, 그중에 이런 구절이 있다.

말발굽은 푸른 유리 같은 물결을 밟아 깨고	馬蹄踏碎靑琉璃
하늘바람 이는 곳에 금채찍이 휘날린다.	天風響處金鞭揮
귓전에는 천 마리 말이 닫는 소리 들리는데	耳畔但聞千騎走
물속에서 홀연 두 마리 용이 치솟아 나는구나.	波中忽見雙龍飛

여기서 두 마리 용이란 한데 어우러진 적로마와 유비를 가리킴이리라. 그리고 그 물은 단계인 동시에 유표란 못을 뜻한다고 볼 수도 있다.

어떻게 보면 그 순간부터 유비는 유표와 얽힌 의리와 인정으로부터 완전히 벗어나 자신의 길을 걷게 되기 때문이다.

단계의 서쪽 언덕에 이른 유비가 돌아보니 채모가 이미 군사를 이끌고 방금 뛰어내린 저편 언덕에 이르러 있었다.

"장군께서는 무슨 일로 자리를 박차고 이렇게 달아나십니까?"

채모가 유비를 건너다보며 소리쳤다. 유비는 엄한 목소리로 채모를 꾸짖었다.

"나와 그대는 원수진 일이 없는데 그대는 어찌하여 나를 해치고자 하는가?"

"저에게는 그런 마음이 없습니다. 장군께서는 남의 말만 듣지 마십시오."

채모는 입으로는 그렇게 말하면서도 손은 활과 화살을 집어 들고 있었다. 그걸 본 유비는 급히 말을 박차 서쪽으로 달아났다. 그런 유비의 멀어져 가는 뒷모습과 발밑을 흘러가는 단계의 깊고 거센 물결을 번갈아 바라보던 채모는 길게 탄식했다.

"이 무슨 신의 도움인가? 사람의 힘으로는 어쩔 수가 없구나!"

그리고 군사를 돌려 성으로 향했다.

다시 다가오는 초야의 인맥

채모가 막 말 머리를 돌렸을 때였다. 조운이 거친 기세로 군사들과 함께 성을 나와 그리로 오는 게 보였다.

원래 조운은 무장들을 위해 따로 꾸몄다는 술자리에 마지못해 끌려갔다가 몇 잔 마시기도 전에 갑자기 성안의 인마가 움직이는 걸 보았다. 좋지 않은 느낌이 든 조운은 급히 안으로 돌아와 유비가 앉았던 곳을 살폈다.

정말로 유비가 보이지 않았다.

크게 놀란 조운은 관아를 빠져나와 역관으로 달려가보았다. 그곳에도 유비는 없었으나 어떤 이로부터 이상한 말을 들었다.

"채모가 군사를 이끌고 누군가를 뒤쫓아 서문 쪽으로 갔습니다."

조운은 그 말을 듣자 마음이 급했다.

얼른 창을 들고 말 위에 오른 뒤 신야에서 데리고 온 군사 삼백을 이끌고 서문으로 달려갔다.

얼마 안 돼 조운은 방금 유비를 놓치고 돌아서는 채모와 마주치게 되었다.

"우리 주공께서는 어디 계시오?"

채모를 보자마자 조운이 거칠게 물었다. 조운의 험한 기세에 채모는 더럭 겁이 나 시치미를 떼었다.

"사군께서 자리를 빠져나가셨단 말을 듣고 뒤쫓아 나왔으나 나도 어디 계신 줄은 모르겠소."

하지만 조운은 조심스럽고 세밀한 사람이었다. 채모의 말을 듣고도 못 믿겠다는 듯 말을 몰아 앞으로 달려갔다. 오래잖아 깊고 험한 계곡이 앞을 가로막아 더 나아갈 수가 없었다.

이에 다시 말을 돌려 돌아온 조운은 채모를 보고 따지듯 물었다.

"그대는 우리 주공을 잔치에 청해놓고 어찌 군사를 이끌고 쫓았소?"

"아홉 군 마흔두 고을의 관원들이 모두 이곳에 와 있으니 내가 상장으로서 어찌 그들을 방호(防護)하는 데 마음 쓰지 않을 수 있겠소? 이 군사들은 혹 사군께 무슨 일이 있을까 걱정되어 데리고 왔을 뿐이외다."

채모가 또다시 능청스런 얼굴로 시치미를 뗐다. 그래도 조운은 쉽게 넘어가지 않고 오히려 목소리를 높이며 다그쳤다.

"믿지 못하겠소. 바로 말하시오. 그대는 우리 주공을 핍박하여 어디로 가도록 만들었소?"

"믿어주지 않으니 실로 답답하구려. 사군께서 홀로 말을 몰아 서문으로 나가셨단 말을 듣고 이곳까지 와보았지만 나 역시 보지 못했다고 말하지 않았소?"

채모는 여전히 뻗댔다. 조운은 그런 채모가 수상쩍었으나 증거가 없으니 함부로 몰아댈 수가 없었다. 거기다가 놀라운 가운데서도 걱정스러운 것은 유비의 행방이어서 다시 계곡 쪽으로 가보았다. 여전히 아무도 보이지는 않았지만 문득 건너편 언덕의 흙에 물을 흘린 듯한 흔적이 눈에 들어왔다. 물에 흠뻑 젖은 인마가 지나가며 남긴 흔적 같았다.

'그렇다고 주공께서 말을 타고 이 험한 계곡을 건넜다고는 볼 수 없지 않은가?'

조운은 그 흔적에도 불구하고 유비가 무사히 단계를 건넜다고는 믿어지지 않아 군사를 풀어 사방을 찾아보게 했다.

역시 계곡 쪽에서는 유비의 흔적을 찾을 수가 없었다.

할 수 없이 말을 돌린 조운은 다시 채모에게 따져보려 했으나 그때 이미 채모는 성안으로 들어가고 없었다. 이에 조운은 성문을 지키는 군사 하나를 잡아 다그쳐보았다.

대답은 한결같이 유비가 나는 듯 말을 달려 서문을 나갔다는 것뿐이었다.

조운은 다시 성안으로 들어가 이를 밝혀보려 하다가 그만두었다. 성안에 매복이라도 있으면 유비의 생사를 알기 전에 낭패부터 당할까 두려웠기 때문이었다. 다만 유비가 무사히 몸을 빼냈기를 빌며 그대로 군사를 돌려 신야로 돌아갔다.

한편 어린 듯 취한 듯한 기분으로 단계를 뛰어넘은 유비는 홀로 생각했다.

'그토록 넓은 곳을 한 번 뛰어 건너게 되었으니 이는 하늘의 뜻이 아니고 무엇이겠는가?'

그리고 거기서 힘을 얻어 남장(南漳)을 바라고 말을 몰며 마음을 가라앉혔다. 오래잖아 해가 서산으로 내려앉기 시작했다.

그 때문에 한층 급하게 말을 몰아가는데 문득 저만치서 한 목동이 소를 타고 오는 게 보였다. 입으로 피리를 불고 있는 그 모습이 몹시도 평온하고 한가롭게 비쳤다.

"내 신세가 실로 너만 못하구나!"

유비는 자신도 모르게 그런 탄식을 내뱉으며 말을 세우고 부러운 듯 그 목동을 바라보았다. 소년 또한 무엇 때문인지 소를 세우고 피리 불기를 그친 뒤 유비를 말끄러미 쳐다보았다.

"장군께서는 혹시 황건적을 깨뜨리는 데 공이 컸던 유현덕 그분이 아니신지요?"

이윽고 소년이 맑고 또렷한 목소리로 물었다. 유비가 놀라 되물었다.

"너는 한낱 궁벽한 시골 아이로서 어떻게 내 이름을 알게 되었느냐?"

"스승님을 모시다 보니 몇 마디 들은 게 있었을 뿐입니다. 일찍이 스승님께서 손님이 오시면 자주 말씀하시기를 유현덕은 키가 일곱 자 다섯 치요, 손이 길어 무릎을 지나며, 눈은 스스로의 귀를 볼 수 있을 만큼 길게 찢어졌는데 당세의 으뜸가는 영웅이라고 하셨습니다. 이제 장군을 보니 바로 그와 같아서 틀림없으리라 여겼을 뿐입

니다."

소년은 조금도 꾸미는 기색 없이 그렇게 대답했다. 유비는 그 같은 산골에 자신을 알아주는 사람이 있다는 게 반가워 다시 물었다.

"네 스승님은 어떤 사람이냐?"

"저희 스승님은 성이 사마(司馬)씨요 함자는 휘(徽)이며 자는 덕조(德操)로 쓰십니다. 영천(潁川) 분이신데 도호(道號)는 수경선생(水鏡先生)이라고 하시지요."

유비가 일찍이 들어보지 못한 이름이었다. 이에 다시 물었다.

"주로 어떤 이들과 벗하시느냐?"

"양양의 방덕공(龐德公)과 방통(龐統) 같은 분들이십니다."

그러나 역시 알 듯 말 듯한 이름들이었다. 유비는 하는 수 없이 또 물었다.

"방덕공과 방통은 어떤 분들이시냐?"

"두 분은 숙질간이십니다. 방덕공은 자를 산민(山民)이라 쓰시는데 저희 스승님보다 열 살 위이시고 방통이란 분은 자를 사원(士元)이라 하시는데 저희 스승님보다 다섯 살 아래가 되십니다. 하루는 이런 일이 있었지요. 스승님께서 뽕나무 위에 올라가 뽕잎을 따시는데 방통이란 분이 마침 찾아오셨습니다. 그리고 나무 아래 앉아 나무 위의 스승님과 말씀을 나누시는데 하루 종일 말씀을 나누어도 두 분 모두 싫증나 하는 기색이 없었습니다. 스승님은 방통이란 분을 매우 사랑하셔서 언제나 아우라고 부르십니다."

제자로 보아 그 스승이 예사 아님을 알겠고, 또 그 스승이 아끼는 걸로 보아 방통이란 사람도 대단한 줄은 알겠으나 유감스럽게도 유비에게는 아무래도 들어보지 못한 이름들이었다. 숨어 지내는 현사(賢士)들인 듯했다. 그 바람에 유비는 자신의 고단한 처지도 잊고 목동에게 은근하게 물었다.

"지금 너희 스승은 어디 계시냐?"

"앞에 보이는 저 숲속에 스승님의 장원이 있습니다."

소년이 손가락으로 앞을 가리키며 대답했다. 그제서야 유비는 자신을 밝히며 청했다.

"나는 네 말대로 유현덕이다. 너희 스승님을 뵙고 싶은데 길을 좀 인도해주지 않겠느냐?"

소년은 그 청에 두말 않고 앞장서서 길을 안내했다. 두 마장쯤 가자 과연 숲속에서 한 장원이 나타났다. 유비는 장원 앞에서 말을 내려 조심스레 안으로 들어갔다. 중문을 지나는데 문득 거문고 소리가 들려왔다. 유비는 소년에게 거문고 소리가 그치거든 자신이 온 것을 알리도록 시켰으나 구태여 그럴 필요까지 없었다. 갑자기 거문고 소리가 뚝 그치더니 한 사람이 웃으며 나왔다.

"거문고 소리가 맑고 그윽해지며 그중에 문득 높고 굳센 가락이 이니 반드시 영웅이 엿듣고 있는 것 같구나. 밖에 어느 분이 오셨느냐?"

소년이 그 물음에 답하는 대신 유비에게 알려주었다.

"이분이 저희 스승님인 수경선생이십니다."

유비가 그 말을 듣고 살피니 소나무같이 정정하면서도 학처럼 귀한 풍모의 노인이었다. 유비는 그 범상치 않은 풍모에 끌리듯 앞으로 나아가 절을 했다. 그때까지도 유비의 옷은 아직 젖은 채였다. 그걸 보고 짐작했는지 아니면 다른 어떤 안목에 의해선지 수경선생이 탄식처럼 말했다.

"공께서는 오늘 용케도 큰 위태로움을 피하셨구려."

유비로서는 놀랄 수밖에 없는 말이었다. 소년이 이번에는 제 스승을 보고 유비를 가리키며 말했다.

"이분이 바로 유현덕 그분이십니다."

그러자 수경선생은 별로 놀라는 기색도 없이 유비를 초당으로 맞아들였다. 주인과 손님이 자리를 정하여 앉은 뒤에 유비는 천천히 방 안을 둘러보았다.

시렁에는 책이 가득하고 창밖에는 풍류로 기른 소나무와 대나무가 어우러졌는데, 방 안의 석상 위에는 방금 켜다 놓은 것인 듯 거문고가 비스듬히 놓여 있었다. 모두가 맑은 기운이 서린 듯한 정경이었다.

"명공께서는 무슨 일로 이곳에 오시게 되었소이까?"

한참 뒤에 수경선생이 물었다. 처음 보는 이에게 자신의 곤궁을 보이고 싶지 않아 유비가 둘러대었다.

"우연히 이곳을 지나다가 저 아이를 만나 선생께서 이곳에 계심을 듣게 되었습니다. 오늘 이렇게 존안을 뵙게 되니 실로 큰 행운이라 여겨집니다."

그러자 수경선생이 다시 고개를 젖히며 웃었다.

"공께서는 제게 숨기실 필요가 없소이다. 공은 틀림없이 어려움을 피하다 이리로 쫓겨오게 되었을 것이오."

그렇게 꿰뚫어보는 데는 유비도 어찌하는 수가 없었다. 마지못해 양양에서 겪은 일을 모두 털어놓았다.

"나는 이미 명공의 기색을 보고 그런 일이 있었는 줄 알았소이다."

다 듣고 난 수경선생이 유비의 부끄러움을 덜어주려는 듯 부드러운 목소리로 그렇게 말했다.

유비는 기색으로 뒤에 감춰진 일을 꿰뚫어보는 수경선생의 안목에 다시 감탄했다. 그런 유비를 살피던 수경선생이 불쑥 물었다.

"나는 이미 오래전부터 명공의 크신 이름을 들어왔소이다. 그런데 어찌하여 이렇도록 놀랍고 어려운 일만 겪고 계시오?"

"제 명줄에 막힘이 많아 이 모양 이 꼴인 모양입니다."

유비가 탄식 섞어 대답했다. 수경선생은 그 말에 가만히 고개를 저었다.

"그렇지 않소이다. 장군 곁에는 너무도 사람이 없소. 모든 것은 사람을 얻지 못해 그리된 것이외다."

"저는 비록 재주 없으나 제 곁에 사람이 없지는 아니합니다. 글하는 이로는 손건, 미축 등이 있고 싸움을 아는 이로는 관우, 장비, 조운 등이 있습니다. 그들이 모두 충성을 다해 서로 돕는데 저는 오히려 그들의 힘에 의지하는 바 큽니다."

유비는 수경선생의 말을 부인하듯 대답했다. 수경선생은 더욱 무겁게 고개를 저었다.

"하기야 관우와 장비, 조운은 홀로 만 명을 상대할 장수들입니다. 그러나 미축이나 손건의 무리는 백면서생에 지나지 않으니, 천하를 경영하고 세상을 다스릴 재주는 못 됩니다."

그제서야 유비도 수경선생의 말을 알아들었다. 실은 그 자신도 그 무렵 들어 쓸 만한 모사가 없음을 아프게 느끼기 시작하고 있었다.

다만 이미 거느리고 있는 사람들의 기를 죽이기 싫어 입 밖에 내고 있지 않을 뿐이었다. 언젠가 신야에서 형주의 백성을 올바르게 동원할 수 있는 길을 일러준 그 젊은이를 이름조차 알지 못하고 떠나보낸 일도 그 무렵 들어서는 뼈저리게 후회하고 있었다.

"실은 이 유비도 몸을 굽혀가며 산곡(山谷)에 숨은 어진 선비를 찾은 지 오래됩니다만 아직 만나지 못했습니다. 어떻게 하면 그런 사람을 얻을 수 있겠습니까?"

유비가 솔직히 속을 털어놓으며 간곡히 물었다. 수경선생은 나무라듯 그 말을 받았다.

"명공께서는 공자께서 '열 집 정도의 작은 고을에도 충성스럽고 믿을 만한 사람이 있다'라고 한 말도 듣지 못하셨소이까? 어찌하여 사람이 없다고만 말씀하시오?"

"제가 어리석고 막혀 알아보지 못했습니다. 바라건대 제 안목을 틔워줄 가르침을 내려주십시오."

"공께서는 형주, 양양의 어린아이들이 부르는 노래를 듣지 못하셨소이까?"

무슨 까닭인지 수경선생이 슬쩍 말머리를 바꾸었다.

"어떤 노랩니까?"

팔년 구년에 기울기 시작하고	八九年間始欲衰
십삼년에 이르면 아무것도 남지 않네.	至十三年無孑遺
마침내 천명 돌아오는 바 있어	到頭天命有所歸
흙탕 속에 있던 용은 하늘로 치솟으리.	泥中蟠龍向天飛

"그 노래가 뜻하는 바가 무엇입니까?"

유비 또한 전혀 짐작이 가지 않는 노래는 아니었으나 모르는 체 물었다. 수경선생은 그런 유비를 한동안 유심히 살피다가 천천히 풀이했다.

"이 노래는 건안 초년부터 돌기 시작한 것인데 첫 구절의 '기울기 시작한다[始欲衰]'는 것은 건안 팔년에 유표의 전처가 죽어 집안이 어지러워짐을 뜻하오. '아무것도 남지 않는다[無孑遺]'는 것은 유표가 죽으면 문무가 한 가지도 제대로 남아 있지 않으리란 뜻이며 '천명이 돌아가고[天命有歸]' '용이 하늘로 치솟는다[龍向天飛]', 두 구절은 모두 장군에게 해당되는 말이오."

"이 비가 어찌 그런 말을 감당해내겠습니까."

유비가 놀라움을 감추지 못하며 겸양했다. 그러나 수경선생은 덮씌우듯 말했다.

"어쨌거나 지금 천하의 뛰어난 재사(才士)들이 모두 이곳에 있으니 공은 마땅히 그들을 찾아가 도움을 구하시오. 그 일이 지금 공에게는 가장 급하오."

"천하의 기재(奇才)란 누굽니까? 과연 어떤 사람을 그러하다 할 수 있겠습니까?"

유비가 급히 물었다. 수경선생이 조용하게 대답했다.

"복룡(伏龍), 봉추(鳳雛) 두 사람 중 하나만 얻어도 가히 천하를 평안케 할 수 있을 것이오."

"복룡, 봉추는 누구입니까?"

귀가 번쩍 뜨인 유비가 거듭 물었다. 그러나 왠지 수경선생은 손바닥을 쓸며 답해주지 않았다.

"좋지, 좋아!"

한참을 그런 소리와 함께 크게 웃다가 되풀이해서 묻는 유비에게 대답을 다음 날로 미루었다.

"밤이 이미 깊었으니 장군께서는 먼저 잠자리에 드시는 게 좋겠소이다. 내일 다시 얘기하도록 합시다."

그러고는 소년을 불러 시켰다.

"장군의 말을 후원 외양간에 들여 매고 저녁상을 마련해 올리도록 해라. 장군께서 주무실 테니 옆방도 치워두는 게 좋겠다."

유비는 속으로 궁금하기 짝이 없었으나 수경선생이 그렇게 나오는데 굳이 졸라댈 수가 없었다. 애써 마음을 느긋하게 잡고 다음 날까지 기다리기로 했다.

하지만 저녁을 먹고 초당 옆방에 자리를 잡고 누워도 유비는 통잠을 이룰 수가 없었다. 수경선생이 말한 복룡, 봉추가 어떤 사람일까를 생각하면서 늦도록 몸을 뒤척이는데 옆방에서 문득 사람 소리가 들렸다. 누군가가 수경선생을 찾아온 것 같았다.

"원직(元直)이 이 밤에 어찌하여 왔는가?"

수경선생이 상대에게 하는 소리였다. 유비는 가만히 몸을 일으켜 옆방의 말소리를 엿들었다. 원직이라 불린 사람이 수경선생의 물음에 대답했다.

"오래전부터 유경승(劉景升)이 착한 것을 좋아하고 악한 것을 미워한다는 소리를 들었기에 특히 찾아갔다가 오는 길입니다. 가서 그 사람을 직접 보니 모두가 헛된 이름뿐이더군요. 선을 좋아하기는 하나 그것을 능히 실천하지 못하고, 악을 미워하기는 해도 또한 없애지는 못하는 위인 같았습니다. 이에 글을 남겨 작별을 대신하고 밤길을 달려 되돌아왔습니다."

그 말에서는 헌걸찬 기개가 풍겼다. 수경선생이 나무라듯 받았다.

"그대는 왕업(王業)을 도와 일으킬 만한 재주를 지녔으니 마땅히 사람을 가려 섬겨야 할 것이네. 그런데 어찌하여 가볍게 몸을 움직여 유경승 따위를 찾아갔더란 말인가? 영웅호걸을 눈앞에 두고도 알아보지 못한 것이나 다름없네."

뒤의 영웅호걸이란 자신을 가리키는 말인 듯하여 유비는 몹시 기뻤다. 가만히 생각하기를, 찾아온 사람은 틀림없이 복룡이 아니면 봉추일 것이라 여겨 곧 나가보려 했으나 너무 갑작스러울 것 같아 날이 새기를 기다리기로 했다.

"어젯밤 찾아온 이는 누굽니까?"

이튿날 날이 밝기 바쁘게 유비는 수경선생을 찾아보고 물었다. 수경선생이 별다른 내색 없이 대답했다.

"내 벗이외다."

"한번 만나볼 수 없겠습니까?"

유비가 다시 물었다. 그러나 수경선생의 대답은 실망스럽기 그지없었다.

"그 사람은 좋은 주인을 찾아 몸을 의탁하려 하고 있소. 벌써 다른 곳으로 가버렸소."

그렇다면 수경선생이 간밤에 말한 눈앞의 영웅호걸은 유비 자신을 가리킨 말이 아닌 셈이었다.

"그 사람의 이름은 무엇입니까?"

유비는 실망을 감추고 수경선생에게 다시 물었다. 수경선생은 복룡, 봉추를 물었을 때와 마찬가지로 대답을 얼버무렸다.

"좋지, 좋고말고……."

"복룡, 봉추는 어떤 사람들입니까? 혹시 어젯밤 그 사람이 그 둘 중의 하나가 아닌지요?"

"좋아, 좋지……."

무슨 까닭인지 수경선생은 끝내 유비의 물음에 뚜렷하게 답해주려 하지 않았다. 마침내 유비는 그에게 묻기를 단념하고 대신 청했다.

"이 비는 천하의 창생과 한실을 생각하는 한 조각 붉은 마음으로 이날까지 동서남북을 헤맸으나 쓸데없이 몸만 수고로울 뿐 아무것도 이룬 바가 없습니다. 이는 모두가 선생께서 일러주신 대로 사람을 얻지 못한 까닭인가 합니다. 감히 청하거니와, 선생께서 몸소 산을 내려가셔서 저와 함께 기우는 한실을 되일으켜주셨으면 합니다. 이는 제 간곡한 바람일 뿐만 아니라 천하 만백성의 바람이기도 할 것입니다."

그러나 수경선생은 그마저도 들어주지 않았다.

"산과 들을 한가롭게 노니는 나 같은 늙은이는 세상일에 쓰기에는 그리 마땅치 못하외다. 설령 뜻이 장군과 같다 해도 재주와 능력이 모자라니 무슨 소용이겠소이까?"

그렇게 거절해놓고는 문득 알 듯 말 듯한 소리로 위로했다.

"하지만 오래잖아 나보다 열 배는 나은 이가 와서 장군을 돕게 될 것이니 장군은 그 사람이나 한번 찾아보시지요."

유비는 그 사람이 바로 복룡, 봉추 가운데 하나일 것이라 생각했으나 어디 사는 누군지도 모르는 터라 답답하기 그지없었다. 다시 수경선생에게 매달려 보려는데 문득 집 밖에서 사람과 말이 몰려 내는 시끄러운 소리가 들렸다. 소년이 달려와 급한 목소리로 알렸다.

"장원 밖에 한 장수가 수백 명을 이끌고 누구를 찾고 있습니다."

그 말에 유비는 혹 채모가 자신을 뒤쫓아온 게 아닌가 더럭 겁이 났다. 놀라 달려 나가 보니 뜻밖에도 조운이었다.

"어젯밤 현으로 돌아가 주공을 찾았으나 끝내 뵈올 수 없기에 밤새껏 부근을 뒤지다가 이곳에 이르게 되었습니다. 주공께서는 급히 현으로 돌아가도록 하십시오. 뒤쫓는 자들이 그곳까지 덮쳐올까 두렵습니다."

주인을 찾아 기쁨도 잠시 조운은 말에서 내려 예를 끝내기 무섭게 유비를 재촉했다. 옳은 말이었다. 모두가 유비를 찾아 이리저리 흩어져 있을 때 채모가 형주의 군사를 몰아 신야로 덮쳐오게 되면 큰일이 아닐 수 없었다.

이에 유비는 아쉬움을 남긴 채 수경선생과 작별하고 말에 올랐다. 복룡, 봉추를 찾는 일보다 우선 발등에 떨어진 불이 급했기 때문이었다.

조운과 함께 신야를 향해 달린 지 얼마 되지 않아 또 한 떼의 인마를 만났다. 바로 관우와 장비였다. 둘은 유비가 무사히 돌아오는 걸 보자 크게 기뻐했다. 유비가 그들에게 적로마를 타고 단계를 뛰어넘은 일을 얘기하자 그들도 감탄을 금치 못했다.

신야로 돌아온 유비는 곧 여럿을 불러 모아놓고 양양에서 있었던 일의 뒤처리를 의논했다. 손건이 일어나 말했다.

"제가 알기로 이 일은 결코 유표가 시켜서 일어난 게 아닐 것입니다. 틀림없이 채모가 꾸민 것이니 먼저 유표에게 글을 보내 이 일을 알리도록 하는 게 좋겠습니다."

유비가 생각해봐도 유표는 결코 그런 일을 꾸밀 위인이 아니었다. 유비는 손건의 말을 따르기로 하고 그에게 글을 주어 형주로 보냈다.

신야에서 사람이 왔다는 말을 듣자 유표는 손건을 불러들이고 도리어 물었다.

"나는 현덕을 청해 양양의 잔치를 주관하라 했는데 현덕은 무슨 까닭으로 자리에서 빠져 달아났는가?"

그러자 손건은 유비에게서 받아온 글을 올림과 아울러 채모가 유비를 죽이려고 꾸민 계책과 유비가 단계를 뛰어넘어 간신히 몸을 빼낸 일을 낱낱이 알렸다.

손건의 말을 들은 유표는 크게 노했다. 유비에게 다소간 의심을 품은 적은 있으나 그런 얄은 꾀로 죽일 마음까지는 없었다. 유표는 그 자리에서 채모를 불러들여 매섭게 꾸짖었다.

"네 감히 나의 아우를 죽이려 하다니?"

그러고는 무사들에게 명하여 채모를 끌어내 목 베게 했다. 놀란 채부인이 달려 나와 울면서 유표에게 매달렸다.

"채모는 제 혈육입니다. 죄가 있더라도 저를 보아 목숨만은 살려주세요."

그래도 유표는 화가 풀리지 않는지 거듭 무사들을 재촉해 채모를 끌어내게 했다. 손건이 보다 못해 말렸다.

"만약 채모를 죽이게 되면 우리 황숙께서는 이곳에 편히 머무실 수 없을 것입니다. 부디 채모의 목숨만은 상하지 않도록 해주십시오."

그제서야 유표도 조금 화를 가라앉혔다. 한참을 더 꾸짖은 뒤에 채모를 풀어주었다. 그리고 맏아들인 유기로 하여금 손건과 더불어 신야로 가서 유비를 찾아보고 잘못을 빌게 했다.

유기가 손건과 함께 신야에 이르자 유비는 오히려 크게 잔치를 열어 환대했다. 그러다 보니 자리의 분위기는 자연 죄를 빌고 용서하는 딱딱함보다는 숙질간의 우의를 깊게 하는 훈훈함으로 바뀌었다. 그 때문인지 유기는 술이 오르자마자 갑자기 주르르 눈물을 흘렸다.

"왜 우느냐?"

유비가 술잔을 들다 말고 놀라 물었다. 유기는 흐르는 눈물을 씻으려고도 않고 처량하게 말했다.

"계모 채씨는 언제나 저를 해칠 마음을 품고 있으나 이 조카는 그 화를 면할 계책이 없습니다. 그걸 생각하니 처량하고 답답해 자리가 아닌 줄 알면서도 나도 모르게 눈물을 흘리고 말았습니다. 숙부께서 좀 가르쳐주십시오."

하지만 남의 집안일이라 유비는 선뜻 일러줄 계책이 떠오르지 않았다. 다만 바른 길을 권할 수 있을 뿐이었다.

"삼가고 효성을 다하여 계모를 섬겨라. 그렇게 되면 절로 화를 면할 수 있을 것이다."

유기는 곧 눈물을 거두었으나 이튿날 형주로 돌아가려 하니 또

막막하고 두려운 모양이었다. 성곽 밖까지 배웅하는 유비에게 다시 눈물을 보였다. 유비는 그런 유기의 기분을 돌려보려는 듯 자신이 탄 말을 가리키며 말했다.

"사람들은 이 말을 두고 이러쿵저러쿵 떠들지만 나는 이 말이 아니었더라면 지금쯤 죽어 땅속에 묻혀 있을 것이네."

"그것은 이 말의 힘이 아니었습니다. 숙부님의 큰 복이었다 할 수 있겠지요."

유기가 그렇게 받았다. 그러나 막막하고 처량한 기분은 가라앉지 않는지 헤어질 때까지도 눈물을 그치지 못했다.

유기를 형주로 돌려보낸 뒤 유비 또한 그리 밝지 못한 기분으로 돌아섰다. 그런데 유비가 막 성안으로 들어설 무렵이었다. 저잣거리 쪽에서 갈건에 베옷을 입은 사내 하나가 길게 노래를 부르며 오고 있었다.

하늘과 땅이 뒤집히고	天地反覆兮
불은 꺼지려 하네.	火欲錊殂
큰 집 무너지려 함이여	大廈將崩兮
한 기둥으로는 버티기 어려워라.	一木難扶

불은 오행으로 한나라를 상징하는 것이라 그 노래는 틀림없이 천하가 어지럽고 한나라가 망하려 함을 가르치고 있었다. 그 바람에 유비는 방금 작별한 유기의 일도 잊고 뒤를 잇는 그 노랫소리에 귀를 기울였다.

산속에 현명한 이 있어　　　　　山谷有賢兮

밝은 주인 찾아가려 하네.　　　　欲投明主

밝은 주인 그를 얻으려 한다면서　明主求賢兮

오히려 나를 몰라보는구나.　　　却不知吾

거기까지 다 듣고 난 유비는 문득 그 사내가 범상치 않은 인물로 느껴졌다.

'이 사람이 혹시 수경선생이 말한 복룡, 봉추 가운데 한 사람이 아닐까?'

그렇게 생각하자 유비는 곧 말에서 내려 그에게 예를 표하고 현청으로 끌어들였다.

"선생은 누구십니까?"

마지못해 끌려온 그 사내와 자리를 정하고 마주앉기 바쁘게 유비가 물었다. 그제서야 사내가 정색을 하고 대답했다.

"저는 영상(潁上)이 고향으로 이름은 선복(單福)이라 합니다. 오래전부터 사군(使君)께서 어진 선비를 구하신단 말을 듣고 찾아뵈려 했으나 마땅한 길을 얻지 못해 애태우다가 이제 이렇게 저잣거리에서 노래를 불러 사군의 이목을 끌게 된 것입니다."

그 같은 선복의 말을 듣자 유비는 몹시 기뻤다. 그를 귀한 손으로 모시게 하고 대접을 극진히 하도록 했다.

선복도 그 같은 후대에 보답하려는 듯 자신의 재주를 드러내기 시작했다.

"사군께서 타셨던 말을 다시 한번 보고 싶습니다."

적로마가 벌써 선복의 눈에 달리 비친 모양이었다. 서로 마음을 터놓자마자 선복은 유비에게 그렇게 청해왔다. 유비는 아무 말 없이 말을 끌어오게 했다.

"이 말은 적로마가 아닙니까? 비록 천리마이긴 하나 도리어 주인을 해치게 되는 말이니 타셔서는 아니 됩니다."

선복이 그렇게 적로마를 알아보았다. 유비가 빙긋 웃으며 대꾸했다.

"이미 겪어보았소."

그리고 유비는 오히려 그 적로마가 단계에서 자신을 구해준 일을 들려주었다. 선복이 무겁게 고개를 가로저으며 말했다.

"그 일은 주인을 구한 것이지 해친 게 아닙니다. 하지만 이 말은 결국에는 한 주인을 해치게 되고야 말 것입니다. 물론 그 같은 일을 면하는 방법이 전혀 없는 것은 아닙니다만……."

"그 방법이 무엇이오?"

액땜을 하는 길이 있다는 말에 유비가 무심코 물었다. 선복이 냉정하게 대답했다.

"명공께서 마음속으로 미워하는 자에게 이 말을 주십시오. 그랬다가 이 말이 그 주인을 해친 뒤에 타신다면 명공께는 아무 일 없을 것입니다."

유비는 그 말을 듣자 적이 실망스러웠다. 남을 해치는 방법이 너무도 간교하고 비정한 까닭이었다. 그러나 다른 한편으로는 선복이 자신의 사람됨을 그 일로 떠보고 있는지도 모른다는 생각이 들기도 했다.

"공이 내게로 와서 처음 가르치는 일이 정도(正道)가 못 되니 이 어쩐 일이오? 나에게 이롭게 하려고 남을 해치는 일을 하게 하려 드니 이 비로서는 차마 그 가르침을 받을 수가 없구려."

유비는 짐짓 낯색을 바꾸며 꾸짖듯 말했다. 그제서야 선복이 웃으며 속을 털어놓았다.

"사군께서 너그럽고 덕스럽다는 소문은 들었으나 얼른 믿을 수가 없어 그런 말로 한번 시험해본 것뿐입니다. 아무쪼록 노여워하지 않으시기를 빕니다."

그러면서 속으로는 홀로 중얼거렸다.

'당신의 그 같은 대답이 지혜에서 나왔다면 당신은 무서운 사람이다. 그러나 그것이 당신의 덕성에서 나왔다면 당신은 더욱 무서운 사람이다.'

한편 유비는 선복이 그렇게 원래의 속마음을 밝히자 이내 부드러운 얼굴로 돌아왔다. 몸을 일으키며 겸손하게 말했다.

"이 비가 어찌 너그러움과 덕을 다른 사람에게까지 미치게 할 수 있겠습니까? 다만 선생의 가르치심에 의지할 뿐입니다."

이에 선복은 한층 감동되어 유비를 기렸다.

"제가 영상에서 이리로 오는 길에 신야 사람들이 노래 부르는 걸 들은 게 있습니다.

신야 고을 원님은	新野牧
다름 아닌 유황숙	劉皇叔
이리로 오신 뒤론	自到此

우리 모두 풍족해   民豊足

대강 그러했는데, 그 노래만으로도 사군의 덕이 백성들에게 두루
미치고 있음을 알 만했습니다. 결코 입에 발린 소리가 아닙니다."

오히려 선복이 유비의 사람됨에 얼마나 깊이 빠져들고 있는지를
보여주는 말이라 할 수도 있었다. 만난 지 한나절밖에 되지 않지만
유비 또한 선복의 인품과 재주에 반하기는 마찬가지였다. 그날로 선
복을 군사(軍師)로 삼고 모든 인마를 조련케 했다. 유비의 군사들로
보면 처음으로 머리다운 머리를 가지게 되는 셈이었다.

사실 지금까지 유비가 이끄는 집단의 성격은 독립된 세력이라기
보다는 떠돌이 건달패거리[流浪 任俠集團]에 가까웠다. 그들은 토지
나 제도에 집착하기보다는 인적 결속과 협객 사회의 의리를 무겁게
여겨왔으며, 합리적인 규율이나 체계보다는 자연 발생적인 동지애
에 의지해왔다. 그런데 이제 그들 구성원 상호 간의 오랜 세월에 걸
친 친분이나 의리와는 무관하게 오직 지식과 재능만으로 편입된 선
복이란 인물에 의해 합리와 능률을 위주로 하는 규율과 체계가 마련
되게 되었다.

한편 그때 형주에 가까운 번성에는 조인과 이전이 원가(袁家)에
속해 있다 항복한 장수인 여광, 여상 형제와 더불어 삼만 대군을 이
끌고 와 있었다. 자신은 비록 허도에 머물러 있어도 형주를 아우르
려는 마음은 버리지 않고 있던 조조가 먼저 그들을 보내 형주의 허
실을 살피게 한 것이었다.

그런데 항복한 장수가 대개 그렇듯이 여광과 여상 형제도 공명심에 조급해져 있었다. 언제부터인가 연신 졸개들을 풀어 형주 일대를 살피는 데 열을 올리더니 어느 날 조인을 찾아와 말했다.

"지금 유비는 신야에 머무르고 있는데 군사를 모으고 말을 사들이며 마초와 군량을 마련하는 데 온갖 힘을 쏟고 있습니다. 그 뜻이 결코 작은 데 있는 것 같지 않으니 일찍 도모해야 될 것 같습니다. 저희 형제는 승상께 항복한 뒤로 아직 한 치의 공도 세우지 못한 바 이번에 한번 기회를 주십시오. 저희에게 날랜 병사 오천만 내리신다면 반드시 유비의 머리를 얻어 승상께 바치도록 하겠습니다."

지난날 한때 세상을 주름 잡은 숱한 영웅들이 한번씩은 대개 노렸으나 아직껏 얻지 못한 게 유비의 머리건만 여광과 여상은 그걸 무슨 따기 쉬운 호박덩이처럼 여겼다.

하룻강아지 범 무서운 줄 모른다고 턱없는 공명심에 들떠 그리 나서는 데 한술 더 뜨는 것은 조인이었다. 조조의 사촌 아우로서 수십 년 전장을 누빈 범 같은 장수였건만 유비를 보는 눈은 그리 밝지 못했다. 금세 유비의 목이 굴러들어올 듯 기뻐하며 덜컥 승낙을 했다.

"좋다. 뜻대로 하라."

그리고 날랜 군사 오천 명을 갈라 주니 더욱 힘이 솟은 여광과 여상은 그날로 군사를 내어 신야로 밀고 갔다.

그 소식은 나는 듯 신야의 유비에게 전해졌다. 그동안 힘써 기른다고 길렀으나 신야가 워낙 크지 못한 곳이라 유비에게 큰 힘이 있을 리 없었다. 더구나 들리는 건 아직 소문뿐이어서 얼마만 한 대군이 오는지도 모르고 보니 유비의 걱정은 컸다. 곧 선복을 불러놓고 조조의 군사를 막을 의논을 시작했다.

선복은 조금도 흔들리는 기색 없이 그 자리에서 계책을 올렸다.

"이왕에 적이 온다면 우리 땅 안으로 들게 해서는 아니 됩니다. 도중에서 막되 관공(關公)으로 하여금 일군을 이끌고 왼편에서 나와 적의 가운데 길을 치게 하고 장비는 오른편에서 나와 적의 뒷길을 치게 하십시오. 그리고 명공께서는 조운과 더불어 몸소 군사를 이끄시고 적의 앞길을 막는다면 넉넉히 깨뜨릴 수 있을 것입니다."

유비는 두말없이 그에 따랐다. 어떻게 보면 싸움 한번 해본 적이 없는 선복이 짜낸 계책이라 못 미더울 만도 했지만 한번 맡긴 이상 끝까지 믿어주는 게 또한 유비의 남다른 강점이기도 했다.

관우와 장비를 불러 앞서가게 한 뒤 유비도 곧 선복과 조운을 데리고 군사들과 함께 관을 나왔다.

불과 몇 리 가기도 전에 산 뒤에서 크게 먼지가 일며 여광과 여상이 군사를 이끌고 달려오는 게 보였다. 유비가 진세를 벌이고 기다리자 여광도, 여상도 비스듬히 진세를 벌이며 밀고 왔다.

"누가 왔느냐? 어떤 자가 감히 내 땅을 범하려 드느냐?"

유비가 문기 아래로 말을 타고 나와 크게 소리쳤다. 여광이 맞서 나오며 겁없이 대꾸했다.

"나는 대장 여광이다. 승상의 명을 받들어 너를 사로잡으러 왔다!"

그 버릇없는 소리에 유비는 크게 노했다. 조운을 돌아보며 영을 내렸다.

"자룡은 얼른 나가 저놈의 목을 가져오너라!"

조운은 그 같은 명이 떨어지기 바쁘게 말을 박차 달려 나갔다. 여광도 지지 않고 맞서나오니 곧 양군 사이에서 한바탕 싸움이 어우러졌다.

하지만 싸움은 시작 때의 기세만큼 오래가지는 못했다. 겨우 몇 번 창칼이 부딪기도 전에 여광은 조운의 한 창에 찔려 말 아래로 굴러떨어졌다.

유비는 그 틈을 놓치지 않고 군사를 몰아 나아갔다. 승세를 탄 군사라 여상이 당해낼 리 없었다. 형의 시체조차 수습 못하고 군사를 돌려 달아나기 시작했다.

하지만 달아나는 일조차 마음대로 되지 않았다. 여상이 졸개들과 함께 정신없이 쫓기는데 한군데 길가에서 불쑥 막아서는 한 떼의 군사들이 있었다.

"이놈, 어디로 달아나려느냐?"

우레 같은 호통 소리와 함께 앞서 길을 막는 장수를 보니 다름 아닌 관운장이었다. 그러잖아도 한판 싸움에 크게 져서 쫓기는 여상이라 그런 관운장과 맞서 싸울 엄두가 나지 않았다.

그저 길을 앗아 달아나기 바쁘니 그사이 그의 군사는 다시 태반이 꺾이고 말았다.

그래도 한목숨 구한 것이나마 다행으로 여기며 여상은 정신없이 말을 몰았다. 하지만 그리 오래갈 팔자는 못 되었다. 십 리도 가기 전에 다시 한 떼의 군마가 여상의 앞을 가로막았다.

"장익덕이 여기 있다. 적장은 머리를 남겨놓고 가라!"

앞선 장수가 놋그릇 깨지는 소리를 내더니 똑바로 여상에게 덮쳐갔다. 여상은 달아나기는커녕 손발조차 제대로 움직여보지 못하고 장비의 한 창에 찔려 몸을 뒤집으며 말 아래로 굴러떨어졌다. 조인에게 큰소리 치고 나설 때에 비해 너무도 한심한 최후였다.

자기편의 두 장수가 차례로 죽는 걸 보자 조조의 군사들은 얼이 빠졌다. 이제는 동서남북도 분간하지 못하고 한목숨 구해 달아나기 바빴다. 뒤따라온 유비는 장비, 관우의 군사들과 함께 그런 조조의 군사들을 모조리 사로잡았다.

한 싸움으로 적을 크게 두들겨 부순 유비는 이긴 장졸들을 이끌고 신야로 개선해 돌아갔다. 전에도 싸워 이긴 적은 여러 번 있었으나 이번의 승리는 남다른 감회가 있었다.

장수들의 개별적인 용맹이나 군사들의 단결심에 의지한 즉흥적인 싸움이 아니라 처음으로 모사의 일관된 계책에 따라 진행된 싸움으로 얻은 승리였기 때문이었다.

드디어 복룡(伏龍)의 자취에 닿다

유비는 선복을 더욱 무겁게 대하고 삼군에게도 크게 상을 내려 사기를 돋우었다. 한편 간신히 목숨을 건져 돌아간 조조의 군사 몇 은 조인을 찾아가 알렸다.

"여광, 여상 두 장군은 죽임을 당하고 군사들은 거의 모두가 사로 잡혀 갔습니다."

그 말을 들은 조인은 크게 놀랐다. 유표에게 빌붙어 지내는 보잘 것없는 식객으로만 여겼던 유비가 고르고 골라 보낸 자신의 오천 군사와 두 장수를 한 싸움에 질그릇 깨뜨리듯 쳐부숴버렸기 때문이 었다.

"이 일을 어떻게 했으면 좋겠소?"

조인은 곧 이전을 불러 의논했다. 무장이기는 하지만 매사에 침착

하고 속 깊은 이전이 조심스레 입을 열었다.

"여광과 여상 두 장수는 몰래 적을 치려다가 도리어 목숨만 잃었소이다. 지금은 군사를 움직일 때가 아닌 듯하니 먼저 이 일을 승상께 알리는 게 좋겠소. 대병을 일으켜 적의 소굴을 치는 게 가장 나은 계책이 될 듯싶소."

그러나 조인은 생각이 달랐다. 아직도 유비를 얕보는 마음을 버리지 못하고 오히려 이전의 소심함을 나무라듯 말했다.

"그렇지 않소이다. 지금 우리 편의 두 장수가 죽고 또 수많은 군마가 꺾였으니 이 원수는 급히 갚지 않으면 안 되오. 손바닥만 한 신야를 치기 위해 어찌 승상의 대군을 수고롭게 할 수 있겠소?"

"유비는 뛰어난 인물이외다. 결코 가볍게 보아서는 아니 되오."

이전이 다시 그렇게 말렸으나 오히려 조인의 심기만 건드렸을 뿐이었다. 문득 언성을 높여 이전의 말을 받았다.

"공은 어찌 그리 겁이 많소?"

"병법에 이르기를 적을 알고 나를 알면 백 번 싸워도 백 번을 이길 수 있다 했소. 나는 싸우는 것을 겁내는 것이 아니라 싸워서 꼭 이기지 못할까 겁내고 있을 뿐이외다."

이전이 조인의 말투를 탓하지 않고 좋은 말로 일렀으나 결과는 조인의 부아만 돋우었다. 완연히 노한 조인은 한층 목소리를 높여 이전을 몰아댔다.

"공은 혹시 두 마음을 품고 있는 게 아니오? 그렇지 않고서야 유비 그놈에게 이 같은 수모를 당하고도 어떻게 그놈만 추켜세운단 말이오? 두고 보시오. 내 반드시 유비 그놈을 사로잡을 것이오!"

주장(主將)격이 되는 조인이 그렇게 나오니 이전도 더는 어쩌는 수가 없었다. 말리는 대신 자신만이라도 그 가망 없는 싸움에서 몸을 빼려 했다.

"할 수 없구려. 만약 장군께서 신야로 쳐들어가신다면 나는 여기 남아 이 성을 지키겠소."

하지만 조인은 그것마저도 허락하지 않았다.

"만약 그대가 나와 함께 가지 않는다면 그야말로 두 마음을 품은 것이다!"

조인이 그렇게 잘라 말하니 이전은 어쩔 수 없이 조인을 따라나섰다.

조인은 이전과 더불어 남은 이만 오천의 군사를 모두 끌고 그날 밤으로 강을 건너 신야로 향했다.

한편 선복은 싸움에 이기고 신야로 돌아가자마자 유비에게 말했다.

"조인은 번성(樊城)에 군사를 거느리고 있으니 여광과 여상이 죽은 줄 알면 반드시 크게 군사를 일으켜 이리로 밀고 올 것입니다. 맞을 채비를 해두어야 합니다."

"어떻게 막아내면 되겠소?"

유비가 다시 걱정이 되어 물었다. 조인이 거느린 군사가 워낙 많아 걱정이 아니 될 수 없었다. 그러나 선복은 이번에도 별로 두려워하는 기색이 없었다. 오히려 조인을 기다리고 있는 듯이나 여유 있게 대답했다.

"조인은 성정이 격하니 반드시 휘하의 군사를 모조리 이끌고 올 것입니다. 그리되면 번성은 비게 되니 그 틈을 타 그곳을 치면 어렵잖게 성을 손에 넣을 수 있습니다."

그리고 아직도 믿지 못하는 유비의 귀에 대고 자세한 계책을 일러주었다.

선복의 얘기를 다 듣고 난 유비의 표정은 이내 밝아졌다. 비록 스스로 계책을 짜내는 데는 그리 능하지 못했지만, 오래 전장을 누비고 다닌 까닭에 어떤 계책이 맞고 안 맞고는 알아볼 만한 안목이 있었다.

선복에게 들은 대로 유비가 모든 준비를 갖추었을 무렵에야 탐마가 급히 달려와 알렸다.

"조인이 대군을 이끌고 강을 건너 이리로 오고 있습니다."

그 말에 유비보다 선복이 더 기꺼워했다.

"과연 내가 헤아린 바를 넘지 못하는구나."

그렇게 스스로 찬탄하고는 유비를 권해 군사를 이끌고 나가 적을 맞게 했다.

양쪽 군사들이 서로 맞서 진을 친 뒤 유비 쪽에서 먼저 조운이 달려 나가 싸움을 돋우었다.

"누가 이 조자룡의 창을 받아보겠느냐?"

조운의 그 같은 외침에 맞서 달려 나온 것은 이전이었다. 차마 주장인 조인을 내보낼 수 없어 대신 나온 것이지만 원래 이전은 조운의 적수가 되지 못했다. 말과 말이 엇갈리기 여남은 번이나 되었을까, 이전은 마침내 조운의 무예를 당해내지 못하고 말 머리를 돌려 저희 편 진으로 달아났다.

조운은 승세를 타고 조인의 진 쪽으로 말을 몰았다. 그대로 군사를 몰고 뒤쫓아 결판내버릴 듯한 기세였다. 그러나 조인도 전혀 대비가 없는 것은 아니었다. 진 양날개에 궁수를 배치하여 어지럽게 활을 쏘니 조운은 말 머리를 돌리지 않을 수 없었다.

간신히 자기 진채로 돌아간 이전은 다시 한번 조인에게 권했다.

"적군의 기세가 매우 사납고 날카로우니 가볍게 맞서서는 안 되겠소. 번성으로 군사를 돌리는 게 낫겠소이다."

그 말에 조인이 크게 노해 꾸짖었다.

"너는 아직 군사를 내기도 전에 되잖은 소리로 장졸들의 사기를 떨어뜨리더니, 이제 또 우리를 적에게 넘겨주려는구나! 비록 승상을 따라 몇 번 공을 세운 적이 있다 하나 군령을 어겼으니 용서할 수 없다."

그러고는 군사들에게 소리 높여 영을 내렸다.

"어서 저놈을 끌어내 목을 베어라!"

하지만 조인이 아무리 조조의 아우이며, 그곳에서는 이전의 상장이 된다 해도 그렇게까지는 할 수 없었다.

여러 장수들이 혹은 이전의 옛 공을 내세우고 혹은 조조의 신임을 들어 번갈아 말리니 마침내 조인도 마음을 바꾸었다.

"그대는 후군을 맡으라. 내가 전부가 되리라."

다음 날이 되었다. 조인은 전날의 열세를 만회하려는 듯 싸움의 방식을 바꾸었다. 요란한 북소리와 함께 군사를 낸 뒤 장수를 앞세워 싸움을 돋우는 대신 이상한 진식(陣式)을 펼쳤다.

"돗자리나 치던 촌놈아, 이 진을 알아보겠느냐?"

진세를 다 벌인 조인은 유비를 진문 앞으로 불러내 큰 소리로 물었다.

　자신의 진법으로 먼저 유비의 기세를 꺾어두려는 속셈이었다.

　유비도 싸움이라면 신물 나게 겪었지만 진법에는 그리 밝지 못했다. 조인이 펼친 진을 자세히 살폈으나 얼른 알아볼 수 없었다. 그때 높은 곳에서 조인의 진세를 살핀 선복이 유비 곁에 와서 일러주었다.

　"저것은 팔문금쇄진(八門金鎖陣)이라는 것입니다. 팔문이란 휴(休), 생(生), 상(傷), 두(杜), 경(景), 사(死), 경(驚), 개(開) 여덟 문을 말합니다. 생문(生門), 경문(景門), 개문(開門)으로 들어가면 좋고, 상문(傷門), 경문(驚門), 휴문(休門)으로 들어가면 다치며, 두문(杜門)이나 사문(死門)으로 들어가면 죽습니다.

　그런데 이제 조인이 친 저 팔문금쇄진은 겉으로는 가지런하게 잘 짜인 듯하나 중간의 고리 근처가 잘못되어 있습니다. 저 진을 깨뜨리려면 동남쪽에 있는 생문을 치고 들어가 서쪽 경문으로 뛰쳐나와야 합니다. 그렇게 되면 저 진은 반드시 어지러워질 것입니다."

　실로 감탄할 만한 선복의 재주였다. 듣기를 마친 유비는 곧 조인을 불러 소리쳤다.

　"내가 진법에는 그리 밝지 못하지만 네가 펼친 진만은 알아보겠다. 사람을 보내 한번 깨뜨려보랴?"

　"좋다. 네놈에게 재간이 있다면 어디 한번 깨뜨려보아라!"

　조인이 자신만만하게 응수했다. 설마 유비 따위가 어떻게 그 진을 깨뜨릴 수 있으랴 생각한 것이었다.

　유비는 곧 조운을 불러 오백 군사를 준 뒤 선복에게서 들은 대로 소상하게 일러주며 진 속으로 뛰어들게 했다. 조운은 오백 군사와 더불어 진 동남쪽으로 가서 함성과 함께 중군으로 뛰어들었다. 마음 놓고 지켜보던 조인은 조운이 쉽게 생문을 찾아 진 속으로 뛰어들었을 뿐더러 똑바로 자신이 있는 중군으로 짓쳐들자 크게 놀랐다. 얼른 몸을 피해 북쪽으로 내달았다.

그러나 조운은 조인을 뒤쫓지 않고 그대로 서쪽으로 달려가 경문으로 뛰쳐나가버렸다. 진 속으로 뛰어들기만 하면 이름 그대로 철통같이 가둬 사로잡아 버리려던 조인은 닭 쫓던 개 꼴이 되고 말았다.

뿐만이 아니었다. 진을 뛰쳐나간 조운이 나가면서 서쪽을 휩쓴 기세를 몰아 동남쪽으로 다시 뛰어드니 조인의 진세는 크게 어지러워지고 말았다.

유비는 조인의 군사들이 이리저리 몰리는 걸 보자 때를 놓치지 않고 남은 군사를 휘몰아 덮쳐갔다. 결과는 조인의 대패였다. 조인은 급히 군사를 물렸으나 적지 않은 군사를 꺾이고 말았다.

"뒤쫓지 마라. 모두 돌아서라!"

유비의 군사들이 승세를 타고 조인의 군사를 뒤쫓으려 할 때 선복은 그 같은 명을 내려 스스로 군사를 거두었다. 많지 않은 군사로 너무 멀리 뒤쫓다간 도리어 역습을 당할까 우려해서였다.

한편 조인은 한바탕 낭패를 겪은 뒤에야 이전의 말이 옳았음을 믿게 되었다. 사람을 보내 후군에 있는 이전을 다시 자기 곁으로 불러들인 뒤 의논을 시작했다.

"유비의 군중에는 우리가 모르는 어떤 유능한 자가 있는 것 같소. 내 진이 어이없이 깨뜨려지고 말았는데 이는 유비 따위로는 어림없는 일이오."

그러나 이전은 그 말에는 대답 않고 조인에게는 엉뚱하게만 들리는 걱정부터 늘어놓았다.

"나는 여기 있어도 번성이 매우 걱정되는구려."

실은 온당한 걱정이었지만 아직도 조인은 거기까지 생각이 미치지 못했다. 당장 눈앞의 싸움에 골몰해 건성으로 이전의 말을 받았다.

"오늘 저녁 적의 진채를 급습해보는 게 어떻겠소? 만약 이기면 그에 따라 다시 계책을 의논하고, 지면 빨리 군사를 물려 번성으로 돌아가면 될 것이오."

"아니 되오. 유비는 반드시 거기에 대비하고 있을 것이외다. 급히 번성으로 돌아감만 못하오."

그래도 이전은 다만 번성으로 돌아가기를 권할 뿐이었다. 조인은 다시 울컥 화가 치밀었다.

"그렇게 의심이 많아서야 어찌 군사를 부릴 수 있겠소? 정히 그러시다면 공은 다시 뒤나 맡아주시오. 내가 앞장서서 부딪혀보겠소."

그렇게 잘라 말한 뒤 그날 밤 이경 무렵 스스로 앞장서 군사를 이끌고 야습을 나섰다. 하지만 과연 이전의 말대로 유비의 진채는 이미 그 같은 야습에 준비가 되어 있었다.

그날 낮의 일이었다. 유비가 선복과 마주앉아 뒷일을 의논하고 있는데 홀연 미친 듯한 바람이 일었다.

"이게 무슨 조짐이오?"

심상찮게 여긴 유비가 묻자 선복은 대수롭잖게 대답했다.

"오늘밤 조인이 틀림없이 우리 진채를 뺏으러 올 것입니다."

"그렇다면 어떻게 막아야 하오?"

"제가 이미 모두 헤아려 준비해두었습니다."

선복은 가벼운 웃음까지 띤 얼굴로 그렇게 대답해놓고 다시 유비에게 그날 밤 미리 꾸며둬야 할 일들을 일러주었다. 이미 선복의 말이라면 콩을 팥이라 해도 믿지 않을 수 없게 된 유비인지라 그대로 따랐음은 말할 나위도 없었다.

그날 밤 이경이 좀 지났을 때였다. 조인이 군사들을 이끌고 유비의 진채에 이르자 조용하던 진채 사방에서 갑자기 불이 일어 타 들어가고 있었다. 조인은 그 불길을 보고 유비가 야습에 대비하고 있음을 알았다.

"모두 돌아서라! 적이 이미 알고 우리를 기다린다!"

조인은 급히 군사를 돌리려 했다. 그런데 조운이 어디서 나타났는지 군사들을 몰고 조인을 덮쳐왔다.

이미 겁먹고 혼란된 터라 조인의 군사들에게 싸울 마음이 있을 리 없었다. 그런 군사들을 수습해 자신이 진채로 돌아가기는 글렀다고 여긴 조인은 그대로 북쪽 강변을 바라고 달아났다.

겨우 추격을 벗어나 강가에 이른 조인은 급히 타고 건널 배를 찾았다. 그러나 배를 찾기 전에 그 강 언덕으로 한 떼의 군마가 먼저 짓쳐왔다. 앞선 장수는 다름 아닌 장비였다.

뒤가 강물이라 조인은 죽을 힘을 다해 싸웠다. 후군에 있던 이전도 그런 조인을 보호하며 힘을 다해 싸우니 둘 다 그럭저럭 배에 오를 수는 있었다. 하지만 그러는 동안에 군사의 태반이 물에 빠져 죽는 것까지 막지는 못했다.

간신히 물을 건너 맞은편 언덕에 오른 조인은 곧 번성으로 달려갔다. 두 번씩이나 이전의 말을 듣지 않았다가 낭패를 보았는지라 새삼 번성이 걱정스러워졌다. 그러나 모든 것은 이미 늦은 뒤였다.

"문을 열어라!"

겨우 번성에 이른 조인이 성문 앞에서 그렇게 소리쳤을 때였다. 홀연 북소리가 요란히 울리며 한 장수가 군사를 이끌고 나오며 크게 외쳤다.

"내가 이미 번성을 취한 지 오래되었거늘 어떤 놈이 감히 성문을 열라 말라 하느냐!"

그 소리에 조인과 이전이 놀라 바라보니 이번에는 관운장이었다. 봉의 눈에 삼각수를 바람에 휘날리며 적토마 위에 우뚝 앉아 있는 것이 어느 때보다 위엄이 넘쳐흘렀다.

관운장의 무용은 특히 조조의 장수들에게는 잘 알려진 터였다. 거기다가 방금 거푸 낭패를 당하고 쫓겨온 조인이라 싸울 마음이 일리 없었다. 한번 창칼을 맞대보지도 않고 그대로 말을 돌려 달아나니 관운장이 군사를 휘몰아 뒤따르며 쫓기는 조인의 군사를 함부로 죽였다.

거기서 조인은 다시 남은 군사의 태반을 꺾이고 황황히 밤길을 달려 허창으로 돌아갔다. 자는 범에 코침 놓기로 공연히 가만 있는 유비를 건드렸다가 대군을 잃고 번성까지 빼앗겨버린 뒤였다.

그런데 유비와 조인의 이 번성 싸움에는 한 가지 특기할 게 있다. 그것은 『연의』 전편을 통해 처음으로 진법 싸움이 선보이고 있는 점이다. 진법이란 한마디로 군사의 배치라 할 수 있다.

지휘소와 주력의 위치, 화력 배치와 보병 및 기계화 부대의 전개 등이 오늘날에도 여전히 중요한 것처럼 옛날의 전쟁에서도 중군의 위치와 기병 및 보병의 진출 방향이며 궁노수의 배치 따위는 승패의 한 결정적인 요인을 이루었을 것이다. 하지만 이론으로서의 진법이 아무리 훌륭하더라도 그것을 실전에 응용하여 효과를 보기 위해서는 반드시 정비된 군사 조직과 훈련된 병사가 필요하다.

생각하면 황건과 십상시(十常侍)의 난리로 군웅의 할거가 시작된 이래 그때까지의 싸움은 선봉장의 개인적인 무용과 모사의 기지에 의지한 기세 싸움이었다.

사방을 떠도는 유민들을 아무렇게나 끌어모아 급조한 군사들로 하는 싸움이라 조직이나 훈련은 거의 생각할 수 없었기 때문이었다.

그런데 이제 점차 천하가 몇 갈래의 세력으로 고착되면서 처음으로 진법에 의지하는 싸움이 나타났다. 삼십 년에 가까운 전란의 세월을 지낸 뒤에야 비로소 나타난 전투 양상의 변모였다.

조인이 크게 싸움에 지고 허창으로 물러간 뒤 현덕은 군사를 이끌고 번성으로 들어갔다. 현령 유필(劉泌)이 나와 현덕을 맞았다. 유필은 장사(長沙) 사람으로 현덕과 같이 한실의 종친이었다. 현덕이 성안 백성들의 마음을 가라앉히자 유필은 그를 자기 집으로 청해 잔치를 열었다.

잔치 중에 현덕이 보니 유필 곁에 한 사람이 서 있는데, 사람됨이 시원스럽고 생김이 훤출했다.

"저 사람이 누구요?"

현덕이 유필에게 묻자 유필이 기다렸다는 듯 대답했다.

"저 애는 제 생질 구봉(寇封)입니다. 부모가 모두 죽어 저에게 와 있습니다."

현덕은 그 구봉을 몹시 사랑하여 수양아들로 삼으려 했다. 유필이 기꺼이 들어주어 구봉은 현덕에게 절하고 아버지로 모시게 되었다. 성도 구씨에서 현덕을 따라 유씨를 쓰게 되니 그때부터 구봉은 유봉(劉封)이 되었다.

유필의 집에서 유봉을 데리고 나온 현덕은 관우와 장비에게도 절을 올리게 하고 숙부로 모시게 했다. 그런데 관운장이 무슨 예감이 들었던지 떨떠름한 얼굴로 현덕에게 물었다.

"무엇 때문에 다시 수양아들을 정하셨습니까? 뒷날 반드시 어지러운 일이 생길 것입니다."

"내가 저를 아들처럼 대하면 저도 나를 아비처럼 섬길 것이다. 무슨 어지러운 일이 있겠는가."

현덕이 그렇게 말했으나 관우는 여전히 기뻐하지 아니했다.

현덕은 선복과 의논하여 조운에게 일천 군사를 주며 번성을 지키게 했다. 그리고 자신은 나머지 무리를 이끌고 신야로 돌아갔다.

이때 허창의 조조는 바라지 않은 대로 망중한(忙中閑)을 즐기고 있었다.

북으로 태행산에 오르니	北上太行山
험하고도 이리 드높구나.	艱哉何巍巍
비탈길 양장처럼 굽어	羊腸坂詰屈

수레바퀴를 꺾고 　　　　　　　　　　車輪爲之摧

나뭇가지 쓸쓸히 흔드는 　　　　　　　樹木何蕭瑟

샛바람 소리 실로 슬프다. 　　　　　　北風聲正悲

곰의 무리 나를 향해 웅크리고 　　　　熊羆對我蹲

호랑이와 표범 우짖으며 내닫는데 　　虎豹來路啼

골짜기에는 사는 사람 적고 　　　　　谿谷少人民

눈은 저리 펄펄 내리는구나 　　　　　雪落何霏霏

목을 늘여 길게 탄식함이여 　　　　　延頸長歎息

길이 머니 생각도 많아라. 　　　　　遠行多所懷

내 마음 어찌 이리 무겁고 어두운가 　我心何怫鬱

오직 동으로 돌아갈 생각만 하네. 　　思欲一東歸

물은 깊고 다리 끊어져 　　　　　　　水深橋梁絶

길 가다 말고 헤맨다. 　　　　　　　中路正徘徊

지나온 길 잃어 찾을 수 없고 　　　　迷惑失故路

날 저물어도 쉴 곳 없구나. 　　　　　薄暮無宿棲

가고 또 가기 이미 여러 날 　　　　　行行日已遠

사람과 말 함께 굶주리니 　　　　　　人馬同時飢

망태 메고 다니며 장작을 줍고 　　　　擔囊行取薪

도끼로 얼음 깨어 죽을 쑨다. 　　　　斧氷持作糜

슬프다 저 종군의 노래 　　　　　　　悲彼東山詩

아득히 나를 슬픔에 젖게 하네. 　　　悠悠令我哀

(「동산시(東山詩)」, 『시경』의 편명. 「종군가(從軍歌)」와 비슷한 내용)

일찍 조정에서 돌아온 조조는 후원에서 홀로 시를 짓고 있었다. 원소의 잔당을 토벌하여 태행산을 넘을 때의 일을 읊은 것으로 뒷날 「고한행(苦寒行)」이란 제목으로 알려진 노래이다. 같은 전장을 노래한 것이면서도 씩씩하기보다는 애수가 깃들인 노래라 조조가 자못 흡족한 마음으로 종이에다 옮기고 있을 때 문득 사람이 와서 알렸다.

"번성을 지키던 조인과 이전이 돌아왔습니다."

"조인과 이전이?"

하도 뜻밖이라 조조가 붓을 놓고 물었다. 둘 중의 하나가 왔다면 있을 수도 있는 일이었으나 둘이 다 왔다니 이상하지 않을 수가 없었다.

"군사까지 약간 거느리고 돌아왔는데 거동이 심상치 아니합니다."

이에 조조는 놀라 들고 있던 붓을 던지고 본채로 내려갔다. 기다리고 있던 조인과 이전은 조조가 들어가자 땅바닥에 엎드리며 눈물로 청했다.

"바라건대 못난 저희들에게 중벌을 내리시어 뒷날의 본보기로 삼으십시오."

"중벌을 내리라니 도대체 어찌 된 일인가?"

마음속으로 짐작가는 바가 없지 않았으나 조조는 행여하는 기분으로 물었다.

조인이 송구스런 어조로 그간에 있었던 일을 자세히 말했다. 번성을 뺏긴 일과 장수를 잃고 군사가 꺾인 내막을 차례로 밝히며 다시한번 죄를 청하는 것이었다.

"이기고 지는 것은 병가에 매양 있는 일이다. 너무 부끄러워하지 말라. 그러나 한 가지 모를 일은 누가 유비를 위해 계책을 짜내주는가 하는 것이다."

듣고 난 조조가 담담하게 말했다. 조인이 얼른 그 말을 받았다.

"제가 이리로 오는 길에 들으니 선복이란 자가 군사(軍師)가 되어 유비를 돕고 있다고 합니다."

조조는 처음 듣는 이름이었다. 이에 조조는 좌우를 돌아보며 물었다.

"도대체 선복이 누구요?"

"아마 그 사람의 이름은 선복이 아닐 것입니다. 형주 부근에서 그만한 일을 할 수 있는 인물이라면 그는 틀림없이 서원직(徐元直)일 것입니다."

정욱이 빙긋 웃으며 대답했다. 그래도 여전히 귀에 익지 않은 이름이라 조조가 다시 물었다.

"서원직은 또 어떤 사람이오?"

"그의 이름은 서(庶)이고 원직은 자입니다. 원래 영천(潁川) 사람으로 어려서부터 학문과 아울러 칼 쓰기를 좋아했는데 중평(中平) 말년에 어떤 친구의 원수를 갚으려고 사람을 죽였지요. 그는 곧 머리를 풀어 헤치고 얼굴에 검댕을 칠한 채 달아났으나 그 거동을 수상쩍게 여긴 어떤 벼슬아치에게 붙들리는 바 되었습니다. 그 벼슬아치는 서서(徐庶)가 이름을 물어도 대답하지 않자 그를 앞세우고 북을 울리며 저잣거리를 돌았습니다. 저잣거리 사람 중에서 그를 아는 사람이 있으면 그의 이름과 아울러 모습을 바꾸고 도망쳐야 했던 죄목도 알아낼 수 있다고 믿은 것입니다. 하지만 사람들은 설혹 그를 알아도 감히 아는 체를 하지 못하고 오히려 그의 패거리들에게만 그가 붙들렸다는 게 알려지고 말았습니다. 그의 패거리는 곧 힘을 합쳐 그를 옥에서 빼내주었지요. 그 뒤로 그는 이름을 선복으로 바꿨습니다……"

"그렇다면 학문은 그리 많이 하지 못했겠군."

조조가 불쑥 끼어들었다. 정욱이 정색을 하며 그 말을 받았다.

"그렇지 않습니다. 그 일이 있은 뒤로는 학문에만 전념하여 두루 이름 높은 스승들을 찾아다니며 배웠지요. 일찍부터 그와 담론을 나누며 친하게 지내는 사람 중에는 수경선생 사마휘 같은 사람도 있습니다."

"그렇다면 그의 재주는 그대에 비해 어떠하오?"

정욱이 추켜세우는 바람에 서서를 달리 보게 된 조조가 물었다. 정욱은 망설임 없이 대답했다.

"저보다 열 배는 나을 것입니다."

그제서야 조조는 놀라 탄식했다.

"애석하다, 어진 선비가 유비에게로 가버렸구나! 유비에게 깃과 나래가 생겼으니 이제 어찌하면 좋은가?"

"너무 걱정하실 일은 아닙니다. 비록 그는 유비에게 있으나 승상께서 쓰실 데가 있다면 불러오기는 어렵지 않습니다."

정욱이 그렇게 조조를 위로했다. 귀가 번쩍 뜨인 조조가 물었다.

"어떻게 하면 그를 돌아오게 할 수 있겠나?"

정욱이 느긋한 표정으로 대답했다.

"서서는 사람됨이 지극히 효성스럽습니다. 어려서 아비를 잃고 홀어머니만 남아 있는데, 전에는 아우인 서강(徐康)이 모셨으나 지금은 그마저 죽어 아무도 돌보아주는 이가 없습니다. 승상께서는 급히 사람을 보내시어 그 홀어머니를 허창으로 모셔오도록 하십시오. 그리고 그 홀어머니로 하여금 글을 써서 보내게 하면 서서는 반드시 이리로 올 것입니다."

그 말에 조조는 크게 기뻐하며 그날 밤으로 사람을 보내 영천에 있는 서서의 홀어머니를 모셔오게 했다. 하루도 되지 않아 서서의 홀어머니가 허창에 이르렀다. 조조는 그녀를 후하게 대접한 뒤 말했다.

"듣기로 아드님 서원직은 천하의 기재(奇才)라 합니다. 그런데 지금은 신야에서 역적 유비를 도와 조정에 반역하고 있습니다. 이는 바로 아름다운 구슬이 진흙 속에 떨어진 격이니 그를 기르시느라 들이신 성의가 참으로 애석합니다. 번거롭겠지만 아드님에게 글을 내리셔서 허도로 불러들이도록 하십시오. 제가 천자께 상주하여 반드시 무거운 상이 내려지도록 하겠습니다."

그리고 좌우에 명하여 벼루와 먹, 붓, 종이를 가져오게 했다. 그 아들에 그 어미라 할까, 겉으로 보기에는 늙어빠진 할멈에 지나지 않았으나 서서의 어머니는 역시 여느 아낙과는 달랐다. 가져온 문방사우는 거들떠보지도 않고 가만히 조조에게 물었다.

"유비는 어떤 사람입니까?"

"탁군(涿郡)의 보잘것없는 무리로 망령되이 스스로를 황제의 아재비라 칭하고 다니는 자입니다. 신의란 조금도 없어 이른바 '겉으로는 군자요 안으로는 소인'이라 할 수 있을 것입니다."

조조가 슬며시 그렇게 대답했다. 그러자 서서의 어머니가 소리 높여 조조를 꾸짖었다.

"너는 대체 어떤 물건이기에 그토록 거짓과 속임이 심하냐? 나는
이미 오래전부터 유현덕이 중산정왕(中山靖王)의 후예이며 효경황제
(孝景皇帝) 각하의 현손임을 들어왔다. 뿐이랴, 아래로 몸을 굽혀 선
비를 대하며 스스로를 낮추어 사람을 기다리니 그 어진 이름이 세상
에 이미 널리 알려진 바다. 어린아이며 늙은이, 소 치는 목동과 나무
꾼까지도 모두 그를 알거늘 네 어찌 그처럼 진정한 당세의 영웅을
함부로 헐뜯어 말하느냐? 내 아들이 그를 돕고 있다면 그것은 바로
주인을 찾은 셈이다. 거기 비해 너는 비록 말로는 한의 승상이라 하
나 실은 한의 역적이다. 그러면서도 오히려 유현덕을 역신으로 몰며
나로 하여금 밝은 데 있는 자식을 어두운 곳으로 끌어들이게 하니
될 법이나 한 일이냐? 그만큼이라도 몸이 귀하게 되었거든 스스로
부끄러워할 줄도 알아라!"

그러고는 말을 마침과 아울러 눈앞에 놓인 벼루를 들어 조조를
쳤다.

무거운 돌벼루는 얼결에 피했으나 조조의 노여움은 컸다. 곧 좌우
를 돌아보며 무사들에게 소리쳤다.

"저 늙은것을 끌어내다 목을 베어라!"

그때 정욱이 급히 나서서 조조를 말렸다.

"서서의 어미가 승상의 노기를 짐짓 더 돋우는 것은 그렇게 하여
승상께 죽임을 당하려는 속셈 때문입니다. 그것도 모르고 승상께서
죽이신다면 승상께서는 즉시 의롭지 못한 이름을 얻을 뿐만 아니라
서서 어미의 덕을 높여주는 결과가 되고 맙니다. 또 그 어미가 그렇

게 죽는다면 서서는 반드시 힘을 다해 유비를 도와 원수 갚음을 하려 들 것이니 결코 죽여서는 아니 됩니다.

차라리 그 어미를 이곳에 머물게 하여 서서로 하여금 몸은 그곳에 있어도 마음은 항상 이곳을 걱정하도록 하는 편이 낫겠습니다. 그리 되면 서서는 비록 유비를 돕는다 해도 그 어미 때문에 힘을 다 쓰지는 못할 것입니다. 그 뒤의 일은 제게 맡기십시오. 마침내는 서서가 이곳으로 와서 승상을 돕게 할 계책이 이미 마련되어 있습니다."

성난 중에도 정욱의 말을 듣고 나니 조조도 깨달아지는 게 있었다. 거기다가 정욱에게 달리 서서를 불러들일 계책이 마련되어 있다면 구태여 그 어머니를 죽여 원한을 살 필요는 없었다. 이에 조조는 서서의 어머니를 죽이지 않고 외진 곳에 옮겨가 정욱으로 하여금 돌보게 했다.

정욱은 그날부터 매일 서서의 어머니를 찾아 문안을 드리고 자신과 서서는 일찍이 형제의 의를 맺은 사이라 속였다. 뿐만 아니라 정말로 그녀를 받들기를 친어머니 모시듯 하며 맛난 음식과 좋은 옷가지를 자주 보냈다. 그것도 언제나 공손하고 정성스런 쪽지와 함께였다.

충의에는 철석같은 서서의 어머니도 여자라 그런지 정에는 약했다. 정욱이 워낙 정성을 다해 받드니 절로 고마워하는 마음이 일었다. 음식이며 옷가지와 함께 쪽지가 올 때마다 그녀도 쪽지를 써서 답을 보냈다.

그런데 정욱이 노린 것은 바로 그 쪽지였다. 그걸 통해서 서서 어머니의 필적을 손에 넣은 정욱은 그 필적을 흉내 내어 편지 한 통을 쓴 뒤 믿음직한 사람을 불러 가만히 말했다.

"너는 이 편지를 가지고 지름길로 달려가 신야에 있는 선복이란 이에게 몰래 전하도록 하라."

이에 그 심부름꾼은 급히 신야로 달려가 선복의 군막을 찾았다. 군막을 지키던 군사는 고향집에서 편지를 가지고 온 사람이 있다는 걸 선복에게 전했다. 그러잖아도 홀로 두고 온 어머니를 걱정하고 있던 선복은 급히 그 사람을 불러들였다.

"너는 누구냐?"

아무리 보아도 낯선 얼굴이라 서서가 물었다. 정욱의 심부름꾼이 목소리를 낮추어 대답했다.

"저는 영천 역관의 주졸(走卒)로서 노부인의 말씀을 받들어 편지를 가지고 왔습니다."

그리고 품안에서 글 한 통을 꺼내 바쳤다. 선복이 반가운 마음으로 뜯어보니 눈에 익은 필적이 나왔다.

'근자에 네 아우 강(康)이 죽어 나는 사방을 둘러봐도 가까운 피붙이 하나 없는 늙은이가 되고 말았다. 슬프고 참담하여 눈물로 나날을 보내는데 문득 조승상이 사람을 보내 나를 허도로 불러들였다. 가보니 조승상은 네가 조정에 반역한 죄를 들어 나를 가두려 하였으나 다행히 정욱 등이 힘써 구해주었다. 하지만 아직은 온전히 놓여난 것이 아니다. 네가 와서 항복해야만 내가 죽음을 면할 수 있으니 너는 이 글을 받는 즉시로 달려오기 바란다. 너를 낳아 기른 이 어미의 은공을 생각해서라도 이 밤을 넘기지 말고 달려와 효도를 보전토록 하라. 그 뒤 천천히 고향으로 돌아가 농사나 지으며 살 수 있는 길을 찾는다면 너와 이 어미 모두 큰 화를 면할 수 있으리라. 지금 내 목숨은 가는 실오라기에 매달린 것과 같으니 오직 바랄 것은 너의 구원뿐이다. 다시 수다스레 당부하지 않더라도 부디 빨리 돌아오너라.'

물론 정욱이 그 어머니의 필적을 흉내 내어 거짓으로 쓴 것이었으나 워낙 빈틈없는 흉내라 선복은 전혀 알아보지 못했다. 다만 거기 담긴 기막힌 내용 때문에 눈물만 샘솟듯 할 뿐이었다.

하지만 언제까지고 울고만 있을 수는 없었다. 이윽고 간신히 정신을 추스런 선복은 어머니의 편지를 가지고 유비를 찾아갔다.

"저는 원래 영천 태생으로 이름은 서서이며 자는 원직이라 합니다. 어떤 일로 쫓기게 되어 이름을 지금 쓰고 있는 선복으로 바꾸어 썼던 것입니다."

선복은 먼저 자신의 참이름부터 밝혔다. 그리고 놀란 눈으로 바라보는 유비에게 다시 그를 찾아오게 된 경위를 밝혔다.

"전에 듣기로 유표가 어진 이를 불러들이고 좋은 선비를 찾는다기에 특히 그를 만나러 간 적이 있었습니다. 그러나 만나 얘기를 나누어본즉 유표는 아무짝에도 쓰일 데 없는 인물이기에 글을 써서 작별 인사를 대신하고 떠났지요. 그리고 그날 밤 수경선생 사마휘의 장원에 묵게 된 저는 그분에게 유표를 찾아갔던 일을 모두 털어놓았습니다. 수경선생은 내가 주인을 알아보지 못하는 걸 몹시 꾸짖으신 뒤 제게 말씀하셨습니다. '지금 유예주께서 이곳 신야에 와 계신데 어찌 그를 섬길 줄을 모르느냐?'고. 그래서 저는 짐짓 미친 사람처럼 노래를 지어불러 주공의 눈길을 끌었던 것입니다."

"그건 알고 있습니다. 그런데 갑자기 무슨 일로 지난일을 되씹고 계십니까?"

무언가 알지 못할 불안 때문에 굳어진 얼굴로 유비가 비로소 입을 열었다. 서서가 문득 처량하면서도 송구스런 목소리로 대답했다.

"다행히도 그때 사군께서는 저를 어리석다 버리지 않고 무겁게 써주셨습니다. 그런데 방금 저의 늙으신 어머니가 조조의 간계에 빠져 허창에 갇혀 계시다는 소식을 듣게 되었습니다. 제가 가지 않으면 늙으신 어머니를 해칠 것이라 하니 자식된 도리로 아니 갈 수가 없습니다. 마음으로는 개나 말의 수고를 대신하여 사군의 두터운 은혜에 보답하고 싶으나 어머니가 저편에 사로잡혀 있으니 어찌 있는 힘을 다할 수 있겠습니까? 이에 찾아뵙고 제가 돌아감을 고해 올리려는 것입니다. 뒷날 다시 만나기로 하고 이 떠남을 너그러이 보아 주십시오."

그러면서 늙은 어머니의 편지를 내놓는 서서의 눈은 붉게 충혈되어 있었다. 그러나 유비는 그보다 더했다. 모든 일에 서서만 믿고 있던 그로서는 하늘이 무너지는 듯했다.

"모자간이란 하늘이 정한 도리로 묶인 사이니 원직께서는 지나치게 이 유비를 위해 걱정하지 마십시오. 먼저 늙으신 어머님을 구하신 뒤에 행여라도 인연이 닿으면 다시 가르침을 받들도록 하겠습니다."

이윽고 마음을 가다듬은 유비가 애써 안타까움을 감추며 말했다.

서서 또한 가슴이 아팠으나 늙은 어머니의 목숨이 걸린 일이라 잠시라도 지체할 수가 없었다. 곧 유비에게 작별 인사를 올리고 떠나려 했다.

"빌건대 하룻밤만 더 묵어 내일 떠나도록 하십시오. 차마 이대로 보낼 수 없어 드리는 말씀입니다."

유비가 문득 서서의 옷깃을 잡으며 말렸다. 모자간의 일이 중하다 해도 그동안 서서가 세운 공에 비해 너무도 해준 게 없음이 새삼 마음에 걸려서였다. 하룻밤 술잔치라도 크게 열어 그가 세운 공의 천에 하나라도 보답하고 싶었다. 서서도 차마 그 같은 유비의 청마저 뿌리치지는 못했다.

서서가 짐을 꾸리려 물러난 뒤 손건이 가만히 유비에게 말했다.

"원직은 천하에 드문 기재인 데다가 신야에 오래 머물러 우리 군중(軍中)의 허실을 모두 알고 있습니다. 이번에 가면 조조가 틀림없이 그를 무겁게 쓸 것이니 우리로 보아서는 위태롭기 짝이 없는 일이 됩니다. 주공께서는 마땅히 그를 붙잡아두실 일이요, 결코 놓아보내서는 아니 됩니다. 오히려 그렇게 하면 조조는 반드시 그 어머니를 죽일 것이고 원직은 또 그걸 알면 반드시 원수를 갚으려 들 것입니다. 그때는 이를 악물고 조조를 무너뜨리려 할 것이니 이는 비단 우리의 위태로움을 피하는 길일 뿐만 아니라 원직으로 하여금 그 재주를 다해 주공을 돕게 하는 방도도 됩니다."

그러자 유비는 손건을 타이르듯 대답했다.

"아니 된다. 다른 사람을 시켜 어머니를 죽이게 하고 그 아들을 쓴다는 것은 어질지 못한 일이다. 또 그를 붙들어두는 것은 모자간의 도리를 끊는 짓이나 마찬가지로, 의롭다 할 수 없다. 우리는 죽는 한이 있더라도 어질지 못하고 의롭지 않은 일을 할 수는 없다.”

어떻게 보면 냉혹하고 비정한 정치 마당에서 윤리나 도덕을 앞세우는 것이 어리석은 것 같지만 실은 그것은 그것대로 훌륭한 정치적 책략이 될 수도 있다. 유비의 경우가 바로 그러했으니, 그 자리에서는 물론 뒷날 그 얘기를 전해 들은 사람치고 유비의 인품에 감동하지 않은 이는 하나도 없었다.

이윽고 술자리가 마련되자 유비는 자기 처소에 가 있는 서서를 불렀다.

“비록 금옥같이 값지고 향기로운 술[金波玉液]일지라도 늙으신 어머니가 갇혀 있음을 생각하니 목구멍으로 넘어갈 것 같지 않습니다.”

차려진 술상을 보고 서서가 어두운 얼굴로 대답했다. 유비 또한 쓸쓸한 목소리로 거기에 대꾸했다.

“이 유비는 선생께서 떠나신다는 말을 들으니 왼손 오른손이 다 잘린 듯합니다. 비록 용의 간이나 봉의 골[龍肝鳳髓] 같은 귀한 안주라도 또한 입에 달지 아니할 것입니다.”

그러면서 자리에 앉는데 다시 두 볼에 주르르 눈물이 흘렀다. 마주 앉은 서서의 눈에도 한가지로 눈물이 괴었다.

그날 밤 둘의 울적한 술자리는 날이 새도록 계속됐다.

그러나 유비는 아직도 정이 미진한지 성 밖에다 다시 자리를 벌이고 여러 장수들을 모조리 불러내어 서서를 배웅하게 했다. 그동안 정들었던 사람들과 작별한 서서는 이윽고 유비와 더불어 성을 나와 장정(長亭)에서 작별을 했다. 말에서 내린 유비가 잔을 높이 쳐들며 진심 어린 목소리로 서서에게 말했다.

"유비는 분복(分福)이 얇고 인연이 엷어 이제 더는 선생과 더불어
할 수 없게 되었습니다. 바라건대 선생께서는 새 주인을 잘 섬겨서
부디 공명을 이루도록 하십시오."

"저는 재주 없고 아는 것도 적으나 사군께서는 무겁게 써주셨습
니다. 사람은 자기를 알아주는 이를 위해 죽어야 하건만 이제 불행
히도 제가 떠나야 하는 것은 실로 늙으신 어머님 때문입니다. 하지
만 조조가 저를 억지로 불러들인 것과 마찬가지로 저 또한 평생토록
조조를 위해서는 단 하나의 계책도 내지 않을 것입니다."

서서가 울며 대답했다. 해석하기에 따라서는 유비의 진실 어린 말
속에 강한 만류의 뜻이 있듯, 서서의 맹세 속에는 떠나지 않을 수 없
는 자신의 입장이 한층 강하게 드러나 있다고 할 수도 있으리라. 그
말을 유비가 괴로운 한숨과 함께 받았다.

"선생께서 떠나신 뒤에는 이 유비 또한 깊은 산속에 숨어 지내는
길밖에 없을 것입니다."

다시 말해 이제는 큰 뜻을 버리고 녹림에 몸담아 산적 노릇밖에
는 할 수 없게 되었다는 뜻이었다. 한편으로는 서서를 보내는 자신
의 괴로움과 아쉬움을 과장하면서도 다른 한편으로는 다시 한번 더
강한 만류의 뜻을 드러내 보인 것이라 할 수 있다.

"제가 사군과 함께 왕패(王霸)의 대업을 꾀함에 있어 믿는 것은
오직 한 조각 마음뿐이었습니다. 그런데 이제 그 마음이 늙으신 어
머님의 일로 하여 이토록 어지러우니 설령 이곳에 머문다 하더라도
사군께서 꾀하시는 일에 아무런 도움이 되지 못할 것입니다. 사군께

서는 마땅히 따로 높고 어진 선비를 구하셔서 함께 대업을 이루도록 하십시오. 저 따위를 보내는 일에 이토록 상심하셔서는 결코 아니 됩니다."

서서는 그렇게 대답한 뒤 뒤따라오던 유비의 문무 관원들을 돌아보며 그들에게 하는 말을 빌려 자신의 뜻을 한층 뚜렷이 했다.

"여러분들은 사군을 도와서 이름을 죽백(竹帛)에 드리우고 공을 청사(青史)에 길이 남기도록 하십시오. 이 서아무개처럼 처음과 끝이 없는 사람이 되어서는 아니 될 것입니다."

"천하에 높고 어진 선비가 있다 한들 선생보다 더 나은 이가 어디 있겠소?"

유비가 문득 탄식 섞어 물었다. 서서가 무겁게 고개를 가로저으며 대답했다.

"저는 가죽나무나 상수리나무처럼 큰 재목으로는 쓸 수 없는 재주뿐입니다. 어찌 그 같은 말씀을 감당할 수 있겠습니까?"

그러고는 무슨 말인가를 하려다가 문득 굳게 입을 다물며 말에 올랐다.

그동안 서서와 정들었던 문무의 관원들은 모두 눈물을 머금으며 그 자리에서 작별을 했다. 그러나 유비는 차마 그냥 보낼 수 없었다. 작별 대신 말 위에 오르며 말했다.

"함께 조금만 더 바래드리겠습니다."

그러고는 서서와 말 머리를 나란히 하며 말없이 말을 몰았다.

한 마장이 지나가고 또 한 마장이 지나갔다. 그러나 유비는 통 돌아갈 생각을 하지 않았다. 보다 못한 서서가 먼저 작별을 청했다.

"사군께서는 수고롭게 먼 길을 나오지 마십시오. 저는 여기서 이만 떠나겠습니다."

그제서야 유비도 어쩔 수 없다는 듯 말 위에서 서서의 손을 움켜잡으며 탄식으로 그 작별의 말을 받았다.

"끝내는 이렇게 나뉘는구려. 이제 헤어지면 각기 사는 하늘 밑이 다르니 언제 또 만나리오!"

그러는 유비의 눈에서는 다시 눈물이 비 오듯 흘렀다. 서서 또한 흐느껴 울면서 유비와 헤어져 떠났다.

유비는 작은 숲가에 말을 세우고 서서가 떠나는 뒷모습을 바라보았다. 서서는 따르는 자 하나와 함께 총총히 말을 달려가고 있었다. 점점 작아지는 서서의 뒷모습을 바라보던 유비가 크게 울며 한탄했다.

"갔구나. 아아, 원직은 끝내 가버리고 말았구나…… 이제 나는 어이할꺼나!"

그리고 눈에 맺힌 눈물을 닦는데 문득 서서의 모습이 보이지 않았다. 멀지 않은 곳에 있는 나무 한 그루에 서서가 가리어진 것이었다.

"이 숲의 나무들을 모조리 베어버리고 싶구나!"

유비가 문득 채찍으로 숲속의 나무를 가리키며 내뱉었다. 그리고 뒤따라 온 사람들이 까닭을 묻자 한 서린 눈길로 나무를 쏘아보며 대답했다.

"저것들이 내 눈앞을 가로막아 서원직이 가는 모습을 보지 못하게 하고 있지 않느냐?"

끝내 서서에 대한 애착을 떨쳐버리지 못한 목소리였다.

그때 홀연 서서의 모습이 다시 나타났다. 떠나는 뒷모습이 아니라 말을 박차 되돌아오는 앞모습이었다.

"원직이 돌아오고 있다! 혹 떠나지 않기로 작정한 것은 아닌지……"

유비는 그렇게 중얼거리며 또한 말을 박차 앞으로 내달았다. 서서의 늙은 어머니가 걱정되지 않는 것은 아니었으나 당장은 되돌아오는 그가 반갑고 기쁠 뿐이었다. 서로 말을 나눌 거리가 되기 바쁘게 유비가 물었다.

"선생께서 이렇게 돌아오신 것은 무슨 뜻입니까?"

그러자 서서는 말고삐를 당겨 세우며 대답했다.

"제가 어머님의 일로 마음이 어지럽기가 얽힌 삼타래 같아서 잊은 말이 있습니다. 이곳에 학식과 재주가 빼어난 선비가 있는데 양양성(襄陽城) 밖 이십 리에 있는 융중(隆中)이란 곳에 숨어 지냅니다. 사군께서는 어찌하여 그 사람을 찾아가 도움을 청해보지 않으십니까?"

"그러시다면 원직께서 이 유비를 위해 한번 찾아보아 주실 수 없겠습니까? 그로 하여금 나를 찾아보게만 해주신다면 그보다 더 큰 고마움이 없겠습니다."

서서가 돌아온 것이 아니라 서운했지만 그래도 새 사람을 천거해주는 게 고마워 유비가 그렇게 부탁해보았다. 서서는 문득 엄숙한 표정을 지으며 말했다.

"그 사람은 몸을 굽혀 누구를 찾아올 사람이 아닙니다. 사군께서 몸소 가셔서 데리고 나오도록 해보십시오. 만약 그 사람만 얻을 수 있다면 옛적에 주나라가 여망(呂望, 강태공)을 얻은 것이나 한(漢)이

장량(張良)을 얻은 것과 크게 다르지 않을 것입니다."

그제서야 유비는 퍼뜩 정신이 들었다. 서서가 그렇게 말할 정도라면 예사 인물이 아니라는 생각이 들어 역시 정색을 하고 물었다.

"그 사람이 어떠하길래 선생께서 그처럼 대단하게 말씀하십니까? 선생에 비해 그 재주와 덕이 어느 정도나 됩니까?"

"저와 그 사람을 비한다면 저는 느리고 미련한 말이요, 그는 기린(麒麟)이라 할 수 있으며, 또 저는 겨울의 까마귀요, 그는 난조(鸞鳥)나 봉황이라 할 수 있을 것입니다. 그는 매양 스스로를 관중(管仲)과 악의(樂毅)에 비기고 있으나 제가 보기에는 오히려 관중이나 악의 따위는 그에 미칠 수 없을 것 같습니다. 그는 하늘을 다스리고 땅을 주름 잡을 재주를 가졌으니 실로 천하에 하나뿐인 사람이라 할 수 있습니다."

그 말에 유비는 더욱 달아올라 매달리듯 청했다.

"바라건대 그 사람의 이름을 알려주십시오."

"그의 성은 두자 성 제갈(諸葛)씨요, 이름은 양(亮), 자는 공명(孔明)이라고 합니다."

서서는 그렇게 대답해놓고 이어 자세히 그 사람의 내력을 일러주었다.

"그는 원래 낭야군 양도(陽都) 사람으로 한 사예교위를 지냈던 제갈풍(諸葛豐)의 후손이 됩니다. 그 아버지의 이름은 규(珪)요, 자는 자공(子貢)인데 일찍 태산군의 승(丞)을 지냈으나 젊어서 죽고 그는 숙부인 현(玄)에게서 자랐지요. 그런데 제갈현(諸葛玄)은 유표와 예부터 아는 사이라 의지하여 살러 오다 보니 가솔들을 이끌고 양양으로 옮겨 앉아 살게 된 것입니다.

숙부인 제갈현이 죽은 뒤 제갈량은 그 아우 균(均)과 스스로 밭을 갈며 남양 땅에 살았습니다. 「양보음(梁父吟)」이란 노래를 즐겨 부르며 또 살고 있는 곳에 와룡강(臥龍岡)이란 언덕이 있는데 그 언덕 이름을 따 스스로를 와룡선생이라고 칭하기도 합니다. 어쨌든 그 사람은 세상에 둘도 없는 기재이니 사군께서는 마땅히 서둘러 그를 찾아보도록 하십시오. 만약 그 사람이 나와서 도와만 준다면 사군께서는 이제 천하를 평정하는 데 아무것도 근심할 일이 없으실 것입니다."

서서는 그래 놓고도 오히려 모자란다는 표정이었다. 유비는 거기까지 듣자 문득 떠오르는 게 있었다.

"전에 수경선생께서 이 비에게 말씀하시기를 복룡과 봉추 둘 중의 하나만 얻어도 천하를 평안케 할 수 있다 하였습니다. 혹 지금 선생께서 말씀하신 사람은 그 복룡, 봉추 가운데 하나가 아니십니까?"

"봉추는 양양의 방통(龐統)을 말합니다. 그리고 복룡은 바로 제가 방금 말한 제갈공명 그 사람입니다."

수경선생 사마휘와는 달리 서서는 봉추까지 선선히 일러주었다. 둘 중의 하나라도 누군지 알고 싶어 하던 유비로서는 뜻밖의 수확이 아닐 수 없었다. 유비는 뛸 듯이 기뻤다.

"오늘에야 복룡과 봉추가 누구를 가리키는 말인 줄 알게 되었습니다. 그 같은 대현(大賢)들이 눈앞에 있는 줄 어떻게 짐작이나 하였겠습니까? 선생께서 일러주시지 않았더라면 이 유비는 실로 눈은 있으되 장님이나 다름없을 뻔했습니다. 실로 고맙습니다."

유비는 서서에게 머리 숙여 감사했다. 하지만 한편으로는 여전히 그와의 작별이 아쉬워 선뜻 놓아주지 못했다. 그 연연해하는 감정을 뿌리치듯 다시 서서가 먼저 작별을 고했다.

"이제 저는 그만 떠나봐야겠습니다. 부디 좋은 사람을 얻어 큰 뜻을 이루도록 하십시오."

제갈공명을 천거한 것만으로도 한결 어깨가 가벼운 듯한 태도였다. 말을 끝내기 바쁘게 말을 채찍질해 떠나갔다.

서서를 보내는 서운함도 잠시 유비는 이내 그가 남기고 간 말을 곰곰 되씹어보았다. 제갈공명이란 사람이 정말로 그런 인물이라면 사마휘의 말도 거짓인 성싶지는 않았다.

그러자 유비는 문득 술에서 깨어난 것 같기도 하고 꿈꾸다가 일어난 느낌도 들었다. 유비는 그만큼 인재(人材)에 목말라 있었다.

신야로 돌아온 유비는 곧 제갈공명을 만나러 갈 채비를 했다. 그리고 공명에게 바칠 예물을 넉넉히 준비하게 한 뒤 자신은 관우와 장비를 데리고 먼저 남양으로 갔다. 숨은 용을 세상으로 끌어내기 위함이었다.

그런데 여기서 살펴보고 싶은 것은 정사와의 관련이다. 서서가 사마휘와 더불어 제갈량을 천거한 것은 사실이나 『연의』에서처럼 극적은 아니었다. 서서가 유비를 떠나게 된 것은 뒷날 유비가 조조에게 패하여 쫓기게 될 때로, 그 어머니가 번성에서 조조의 군사들에게 사로잡힌 까닭이었다. 그리고 그때 이미 제갈량은 유비의 사람이 되어 유비와 함께 생사를 같이하고 있었다.

『연의』를 지은 이는 어떻게 보면 이 밋밋한 사실을 가지고 유비와 서서의 이별을 중심으로 한 감동적인 얘기와 아울러 제갈량에 대한 독자의 기대감을 한층 고조시키고 있다. 촉한정통론(蜀漢正統論)에 얽매여 유비를 지나치게 미화하고 제갈량에게 무리한 신비감을 불어넣었다는 비난이 있지만 어쨌든 이야기꾼으로서의 재능은 실로 탁월하다 아니할 수 없다. 거기다가 뒷사람에게 가탁(假託)하여 그럴듯한 시까지 덧붙여놓은 데 이르면 그 재능은 탁월함을 넘어 능청스럽게까지 보이기도 한다.

와룡선생

멀리 익주에서 시작한 물이 육수(淯水)와 합쳐 면수(沔水)를 이루며 남으로 꺾이는 곳에 양양성이 있고, 그 양양성 밖 이십 리쯤 되는 곳에 융중(隆中)이란 고을이 있었다. 와룡강은 그 융중 남쪽에 있는 작은 언덕이었다. 그 언덕의 모습이 마치 누워 있는 용과 같다 하여 사람들이 붙인 이름이었다.

그런데 이제 막 저물어오는 그 언덕에 기대어 지은 초당에서 갈건야복(葛巾野服, 갈포로 지은 두건에 숨어 사는 이의 옷)의 한 젊은이가 거문고를 타며 무언가를 읊조리고 있었다.

제나라 성문을 걸어나와　　　　　步出齊城門

멀리 탕음리를 바라보네.　　　　　遙望蕩陰里

동리에 무덤 셋이 있는데	里中有三墓
서로 겹쳐 정히 비슷하구나.	纍纍正相似
이것이 누구 무덤이냐 물으니	問是誰家塚
전강과 고야의 것이라 하네.	田疆古冶氏
힘은 남산을 밀어낼 만하고	力能排南山
글은 땅을 뒤엎을 만했으되	文能絶地紀
하루아침에 이간질을 당하니	一朝被讒言
복숭아 두 개가 세 용사를 죽였네.	二逃殺三士
누가 그런 꾀를 냈는가	誰能爲此謀
제나라 승상 안자일세.	國相齊晏子

「양보음(梁父吟)」으로 알려진 노래였다. 옛적 제나라의 이름난 재상인 안평중(晏平仲)이 복숭아 두 개로 훌륭한 세 용사를 죽인 것을 비꼰 것인데 그 내막은 이랬다.

제나라 경공(景公) 때 공손접(公孫接), 전개강(田開疆), 고야자(古冶子)란 세 용사가 있었다. 공손접은 큰 멧돼지와 호랑이를 한꺼번에 때려잡을 힘이 있었고, 전개강은 싸움터에서 복병을 내어 두번씩이나 적군을 무찌른 적이 있었으며, 고야자는 경공을 모시고 황하를 건너다가 경공의 말을 물고 가는 큰 거북을 물에 뛰어들어가 죽이고 말을 구해 나온 적이 있었다. 모두가 여느 사람은 흉내도 못 낼 힘과 용기를 지닌 데다 서로간에 의리조차 두터워 당시의 국상(國相) 안평중은 은근히 그들을 두려워했다. 셋이 힘을 합쳐 나서면 자신의 권좌가 위태로울 것이기 때문이었다. 거기다가 어느 날 그들 셋이 자기가 왔는데도 일어나 예를 하지 않자 안평중은 드디어 그들을 죽일 마음을 먹게 되었다. 먼저 경공을 설득하여 그들 셋에게서 정을 거두게 하는 데 성공한 안평중은 이어 경공으로 하여금 그들 세 용사에게 복숭아 두 개를 내리게 하였다.

"그대들 중 힘세고 용기 있는 이가 먹도록 하라."

그런 아리송한 단서와 함께였다. 마침 그 자리에 있던 공손접과 전개강은 별 생각 없이 자기들이 지난날에 보여준 힘과 용기만 믿고 그 복숭아를 하나씩 먹어버렸다. 그러자 뒤에 온 고야자가 따졌다.

"나는 그때(경공을 따라 황하를 건널 때) 헤엄을 칠 줄도 모르면서 오직 주군을 위해 물로 뛰어들어 사람들이 하백(河伯, 물의 신)이라고까지 부르며 겁내던 그 큰 거북과 싸웠다. 어찌 그대들에게 힘이나 용기가 뒤진다 하겠는가?"

그 말을 듣고서야 공손접과 전개강은 자신들이 오히려 고야자에 미치지 못함을 알았다. 따라서 자기들이 그 복숭아를 먹은 것은 탐욕이라 단정 짓고, 그 탐욕을 부끄러이 여겨 자결하고 말았다. 고야자는 또 고야자대로 남을 부끄럽게 하고서 자신의 이름을 높인 것은 불의요, 두 친구가 죽었는데 홀로 살아 있는 것은 불인이라 하여 자결하고 말았다. 안자가 노린 대로 된 셈이었다.

그 같은 내용을 담은 「양보음」이란 노래는 전부터 있어온 것인데, 그 젊은이가 특히 즐겨 읊었다. 세 용사의 개결한 죽음을 추모함보다는 안자의 좁고 얕은 사람됨을 비꼬는 쪽으로 힘이 들어간 그 노래를 즐겨 부르는 것은 그만큼 그 젊은이의 포부가 예사롭지 않다는 뜻이기도 했다. 뭇사람이 우러르는 안자 따위는 안중에도 없다는 듯한 자부심 또는, 자신은 최소한 안자와 같이 속줍은 무리가 되지 않으리라는 결의를 거기서 볼 수 있기 때문이었다.

그 젊은이가 바로 제갈량이었다. 와룡강 기슭에 초당을 짓고 아우 제갈균과 더불어 맑은 날은 밭 갈고 비오는 날은 글을 읽으며[晴耕雨讀] 지내고 있었다. 원래는 삼형제가 함께 그곳에 살았으나 맏이 되는 제갈근은 그 몇 해 전부터 강동 손권의 막빈(幕賓)이 되어 떠나고 둘만 남게 되었다.

그들 형제가 처음 그곳에 자리 잡은 것은 십년 전인 건안 이년의 일이었다. 일찍 양친을 여읜 그들 형제는 숙부인 제갈현에게 보살핌을 받았는데 그 제갈현이 유표에 의해 예장(豫章) 태수가 되었을 때 그를 따라 예장으로 갔다. 그러나 제갈현이 조조가 보낸 또 다른 태수 주호(朱皓)에게 패해 죽자 그들 형제는 다시 양양으로 돌아오고 말았다.

유표는 자신의 명을 받아 갔다가 죽은 제갈현을 생각하는 마음에서 그 조카들을 돌봐주었다. 덕분에 그들 삼형제는 운중에다 터를 잡고 그로부터 십 년을 학문에만 전심할 수 있었다. 스스로 밭 갈아 먹는다고는 했으나 그 노동이 학문을 방해할 정도는 아니었다. 그러다가 이미 말한 대로 맏이인 제갈근이 먼저 세상으로 나가고 제갈량과 제갈균만 남게 되었다.

그 무렵 제갈량은 아우 제갈균과 더불어 겉보기에는 지극히 조용하고 한가로운 나날을 보내고 있었다. 하지만 그의 뜻이 일생을 초야에 묻혀 보내는 데 있지 않음은 여러 가지로 뚜렷했다.

먼저 그걸 알 수 있는 것은 넓은 교유였다. 그는 사마휘, 송충(宋

忠) 같은 인근의 석학을 비롯하여 최주평(崔州平), 석도(石韜), 맹건(孟建)이며 방산민(龐山民), 방통(龐統) 등의 재사들과 두루 사귀었다. 그들을 통해 식견을 넓히는 것은 물론 천하의 대세를 가늠할 안목을 기르려 함이었다.

그다음 공명의 만만찮은 야심은 결혼을 통한 지역 명문들과의 결속을 보아도 어느 정도는 읽을 수 있다. 당시 그곳 사람들의 우스갯소리에 이런 게 있었다.

　　공명의 지어미 고르는 것은 배우지 말라,　　　莫學孔明擇婦
　　다만 형편없이 못생긴 아내를 얻었을 뿐이니.　　止得阿承醜女

그만큼 그의 아내 되는 황씨는 못생긴 여자였다. 살색은 까맣고 머리칼은 노란데 키마저 볼품없이 작았다. 물론 그녀는 황승언(黃承彦)이란 명사의 딸로 학식과 지혜를 겸비하고 있었으나, 공명이 숱한 신부감을 마다하고 그녀를 택한 것이 반드시 그 때문만이라고 하기는 어렵다.

그녀의 어머니는 바로 형주 제일의 명문인 채씨(蔡氏) 집안의 딸로 자사인 유표의 부인과 형제간이었다. 다시 말해 공명은 그 결혼을 통해 한꺼번에 형주에서 제일가는 두 가문과 인척이 되었다. 거기다가 또 공명의 누님은 방산민(龐山民)에게 출가하여 재골(才骨)로 이름난 방씨(龐氏)들과도 혼인으로 맺어져 있었다.

마지막으로 공명이 이미 오래전부터 세상에 뜻을 두고 있었음은 스스로를 관중(管仲), 악의(樂毅)에 비하고 있는 것으로도 알 수 있다. 관중은 환공을 도와 패자(覇者)로 만든 제나라의 이름난 재상이요, 악의는 연의 상장군으로 일찍이 다섯 나라의 군사를 모아 제의 칠십여 성을 빼앗은 장수였다.

따라서 문신으로는 관중처럼 되고, 무신으로는 악의처럼 되고 싶다는 말은 그 뜻이 학문이나 수신에 있지 않고 세상에 나가 일하는 데 있음을 뚜렷이 드러내고 있었다.

그의 학문하는 태도도 학자로서보다는 경세(經世)를 겨냥한 것이었다. 다른 학우들이 유학의 장구(章句)에 매달려 한 자 한 자 세밀히 읽어갈 때 그는 대강만을 훑었다. 대신 법가나 병가의 글은 나중에 후주(後主)에게 손수 베껴 보낼 만큼 철저히 익혀 실사(實事)에 연결되도록 했다.

그런데도 공명이 아직 세상에 나가지 않은 것은 선뜻 주인을 정하기에 몇 가지 어려운 점이 있었기 때문이었다. 그가 섬길 만한 사람으로 먼저 생각할 수 있는 것은 유표였다. 유표는 저 당고(黨錮) 사건의 생존자로서 학식도 깊고 덕망도 두터웠다. 형(荊), 양(襄) 두 주 여덟 군을 차지하고 있는 데다 물자도 넉넉하고 군대도 수십만은 모을 수 있었다.

그러나 그는 이미 한 세대 전의 사람이었으며, 이제는 몸마저 늙어 천하를 다투기보다는 가진 것을 지키는 데만 마음을 쓰고 있었다. 공명이 큰 뜻을 펼쳐 보이기에는 의지할 만한 사람이 못 되었다.

다음으로 생각할 수 있는 것은 조조였다. 조조가 스물일곱 때 태어난 제갈공명은 조조와 한 세대의 차이가 있었다. 따라서 제갈공명이 세상에 뜻을 둘 나이가 되었을 때는 조조가 이미 천하의 제일인

자로서 마지막으로 원소의 잔당들을 토벌하고 있을 때였다.

다시 말해 조조는 벌써 천하 제패의 기반을 거의 닦아놓았을 뿐 아니라 기라성 같은 재사(才士)와 무장의 장막에 둘러싸여 있었다. 젊은 제갈공명이 그를 찾아가 본댔자 마음대로 뜻을 펼치기에는 늦은 셈이었다.

거기다가 조조는 아직도 여전히 속마음을 숨긴 채 천자를 앞세우고 있었으나 공명의 날카로운 눈길은 그의 원대한 야심을 꿰뚫어보고 있었다. 언젠가는 한실을 폐하고 들어앉을 사람―그런 조조는 대의명분과 한실 부흥의 이상에 몰두해 있는 제갈공명이 찾아갈 사람은 못 되었다.

손권도 제갈공명이 선뜻 찾아 나설 사람은 못 되었다. 기업이 오래되기로는 조조에 못지않았고, 다른 뜻을 품을 때 찬역(簒逆)이 되기로도 조조와 마찬가지였다. 규모가 작고 천자를 끼고 있지 않다는 것뿐 대의명분이나 한실 부흥의 이상을 위해서는 조조보다 하나도 나을 게 없는 손권이었다.

그밖에 또 공명의 마음이 강동으로 쏠림을 막는 것은 형 제갈근이 이미 그곳에 가 있다는 사실이었다. 어떤 경우에도 형과 재주를 겨루거나 공을 다투고 싶지 않은 게 공명의 솔직한 심경이었을 것이다.

그리하여 공명이 그 무렵 들어 눈여겨보고 있는 것은 신야로 온 유비였다. 그는 한실의 종친으로서 한실 부흥의 이상을 걸어보기에는 누구보다 알맞았다. 때로 의심쩍을 때가 없지는 않았으나 그의 어질고 의로움은 무슨 신화처럼 백성들 사이에 번지고 있었으며, 한때 세상을 주름 잡았던 영웅들이 차례로 멸망해가는 동안에도 오히려 세력과 경륜을 길러가며 살아남은 그의 유연한 처세도 어떤 기대로 사람들의 가슴을 사로잡았다.

더군다나 그는 충실한 손발은 가지고 있어도 쓸 만한 머리를 갖지 못한 사람이었다. 만약 그의 머리가 되어 새로운 기업을 일으킨다면 그것은 자신의 뜻을 펴보기에는 더없이 좋은 마당이 될 것 같았다.

아직 그의 세력이 보잘것없는 것임에도 불구하고 공명이 유비를 찾아보고 싶은 마음이 인 것은 그런저런 헤아림에서였다.

그는 유비의 군막을 찾는 한 무리의 재사들 틈에 끼어 슬그머니 유비를 찾아보았다. 그러나 어찌 된 셈인지 한 번으로 그뿐, 두 번 다시 유비를 찾지 않고 융중으로 돌아와 전과 다름없는 나날을 보낼 뿐이었다.

"형님, 서원직(徐元直)이 찾아왔습니다."

공명이 다시 무슨 생각엔가 잠겨 잠시 거문고 줄을 뜯고 있는데 방 밖에서 문득 말굽 소리가 들리더니 아우 제갈균이 그렇게 알려왔다.

스스로 유비를 찾아가 그의 사람이 되어 일한다는 소문을 들은 뒤로 몇 달 동안이나 보지 못한 서서였다. 그런 서서가 아무런 기별도 없이 갑작스레 찾아온 것에 이상한 예감을 느끼며 공명은 천천히 거문고를 밀쳐놓고 나가 맞았다.

"자네가 갑자기 웬일인가?"

서로 인사를 마친 뒤에 공명이 조용히 물었다. 서서는 왠지 죄스러워하는 표정을 짓다가 천천히 대답했다.

"자네도 알다시피 나는 유예주를 섬겨 내 품은 뜻을 천하에 펴보려 했네. 그런데 이제 늙으신 어머님이 조조에게 사로잡힌 바 되어 글을 보내 오셨네그려. 내가 가지 않는다면 목숨이 위태롭다 하시니 자식이 되어 어찌 마다할 수 있겠나? 하는 수 없이 유예주를 떠나 조조에게로 가는 길일세. 그런데 유예주가 나를 보내주면서도 어찌나 서운해하시는지 보다 못해 자네를 천거해 올렸네. 유예주가 기뻐하는 모습을 보니 내일이라도 당장 자네를 찾아보러 올 것 같네. 바라건대 부디 그의 청을 뿌리치지 말고 평생에 닦은 큰 재주를 펼쳐 도와주게나. 나는 이렇게 떠나지만 자네가 그렇게만 해준다면 더없이 큰 다행으로 여기겠네."

그러자 공명은 문득 낯빛을 바꾸며 꾸짖듯 말했다.

"그대는 나를 향제(享祭)의 희생으로 삼으려는가?"

향제의 희생이란 흔히 벼슬길의 험난함을 일컫는 말이다. 향제를 지내기 전에 잡털이 섞이지 않고 뿔이 곧은 소를 골라 콩을 먹여 기르는데 이는 그 소를 위해서가 아니라 그 소를 잡아 제례를 치르기 위함이었다.

사람의 벼슬살이가 또한 그와 같아서 높은 녹을 콩으로 얻어먹지만 결국은 그 목숨을 내놓아야 한다는 데서 그 같은 비유가 생겼다. 서서가 약간 뜻밖이란 얼굴로 되물었다.

"자네가 벼슬길에 별로 다급해하지 않음은 나도 알고 있네. 하지만 언제까지고 초야에 묻혀 지내기에는 자네의 재주가 너무 아깝지 않은가? 어쨌든 유현덕을 한번 만나나 보게. 아마도 생각이 달라질 걸세."

"이미 만나보았네."

공명이 냉담하게 잘라 말했다. 서서가 놀라 물었다.

"자네가 벌써 유현덕을 만나보았다고?"

"그렇네. 벌써 한 일 년 되나?"

"그렇다면 유현덕이 자네가 섬기기에는 부족한 인물이라는 뜻인가?"

"꼭 그렇다고는 할 수 없겠지. 하지만 나는 별생각이 없네."

공명의 그 같은 말에 서서가 안타까운 듯 말했다.

"유현덕의 세력이 보잘것없고 생각이 고루한 의리나 인정에 얽매여 있는 것은 나도 잘 알고 있네. 그러나 지금 천하를 돌아보면 그만한 인물도 없을 듯싶으이. 말해보게, 특히 유현덕에게 실망스러운 게 무엇이기에 일껏 만나고도 마음을 주려고 하지 않는가?"

"첫째로 그는 성취가 너무 더디네. 지금이 동탁의 시절만 돼도 그의 세력이 미약한 것이 이토록 한심스럽지는 않을 것이네. 그러나 이십 년이 지난 뒤도 아직 남의 식객 노릇이나 하고 있다는 것은 생각해볼 일일세."

공명의 그 말에 서서가 맞받았다.

"그래도 그는 원술이나 원소처럼 남의 기업을 빼앗지도 않았고 조조처럼 천자를 끼고 요사를 부리지도 않았네. 그게 고루한 명분론이나 어리석음으로 보일지 모르지만 실은 진정한 인의일세. 권모가 판을 치는 이런 세상일수록 소중한……."

"그러면서도 한사코 남의 밑에는 들지 않으려는 건 또 무언가? 아무래도 앞뒤가 맞지 않네. 그리고 다음은 한 무리의 우두머리가 되어서도 일의 무겁고 가벼움과 급하고 급하지 않음을 구별하지 못하는 것일세. 세상은 그가 사람을 만나지 못했다고 보고 있으나 실은 그가 사람을 받아들이지 않은 것일세. 관우, 장비며 조운, 손건, 미축 등이 그를 받들고 있으나 이는 협객들의 의리와 인정이 아니면 인척의 정일 뿐 엄숙한 주종이나 군신의 도리는 아닐세. 언제나 사사로운 의리와 인정에 얽매여 일의 큰 줄기를 못 살피는 게 그를 둘러싼 무리의 특징이지. 그리하여 딴 사람의 유능함도 거기에 밀려나니 어떻게 인재를 얻을 수 있겠는가? 또 요행 인재를 얻는다 해도 어찌 그가 그 와중에서 자신의 슬기와 재주를 마음껏 펼쳐볼 수 있겠는가?"

"자네는 특히 관우와 장비를 두고 말하는 것 같군. 하지만 내가 겪어보니 바깥에서 보기와는 달랐어. 관우의 자부심이나 장비의 난폭함이 마음에 걸릴 테지만 한번 유현덕의 명이 떨어지면 신기하리만큼 자신의 뜻을 굽혀주는 게 또한 그들이네."

"거기다가 유현덕은 아직 자신이 무엇 때문에 수고는 많아도 얻는 게 없는지를 모르고 있네. 다시 말해 아직도 자신을 위해 무예와 용맹이 있는 사람이 필요한 것 못지않게 머리를 써줄 사람이 필요하다는 걸 깨닫지 못하더란 말일세. 언제나 있는 사람들끼리 머리를 맞추어 의논해보고 거기 따라서 그때그때 일해 나가다가 되면 되고 안 되면 그만이라는 식이지. 지난번에 유현덕을 만났을 때 나는 한꺼번에 형주의 힘을 두 배로 키울 수 있는 방책을 일러주었으나 그는 내 이름조차 묻지 않았네. 아마도 자네가 이렇게 온 걸 보니 그는 지금도 내가 그때 그 사람이었음을 모르고 있을 것이네."

"그때는 무슨 다른 일에 골몰해 자네를 소홀히 대접했나 보이. 하지만 지금은 다르네."

서서는 그렇게 말해 놓고 유비가 그에게 보인 정성을 남김없이 얘기해주었다. 그러나 공명의 안색은 조금도 누그러지지 않았다. 미처 서서의 얘기를 다 듣기도 전에 소매를 떨치고 일어나며 차갑게 말했다.

"어쨌든 나는 향제에 바치는 소는 되지 않겠네. 인편이 있거든 유예주에게도 그렇게 전해 서로 간에 쓸데없이 번거로운 일이 생기지 않도록 하게!"

그리고 일어나서 집안으로 들어가버리는 품이 다시는 서로 안 볼 사람 같았다. 서서는 부끄럽기도 하고 안타깝기도 해서 한숨과 함께 말에 올랐다. 그에게는 시각을 다투며 기다리는 어머님이 있어 매달려봐도 소용없는 일로 더는 머뭇거리고 있을 수가 없었다.

서서의 말발굽 소리가 저물어가는 언덕 아래로 사라진 뒤에야 공명은 천천히 초당 문을 열고 그쪽 하늘을 바라보았다.

'미안하네. 실은 나도 어쩔 줄 모르겠네. 가만히 기다려보세나. 유현덕이 진실로 그만한 사람이고 또 인연이 닿는다면 그를 위해 일하게 되는 수도 있겠지.'

그러다가 문득 놀란 얼굴로 중얼거렸다.

"아차, 내가 자신의 일에만 골몰하여 벗의 곤궁을 살피지 않았구나! 이제 그의 늙은 어머니는 살아 있지 않으리라."

하지만 이미 늦은 뒤였다. 아우 제갈균으로 하여금 급히 마필을 내어 서서의 뒤를 쫓게 했으나 하룻밤을 뒤쫓아도 서서의 모습은 찾을 길이 없었다.

한편 서서는 밤낮을 쉬지 않고 말을 달려 허창에 이르렀다. 조조
는 서서가 왔다는 말을 듣자 순욱과 정욱을 비롯한 모사들을 모두
보내어 맞아들이게 했다. 서서가 그들의 인도로 안으로 들어가 조조
를 보자 조조는 짐짓 그간의 내막을 모르는 체 묻는다.

"공은 고명(高明)한 선비인데 어찌하여 유비 같은 사람에게 몸을
굽혀 섬겼소?"

"저는 젊었을 적에 어떤 일을 저질러 강호를 흘러다니게 되었사
온데 우연히 신야에 이르렀다가 유현덕을 만나게 되었습니다. 저를
대하는 유현덕의 정이 엷지 않아 깊이 사귀게 되었으나 이제 노모가
이곳에서 승상의 돌보심을 받고 있다는 말을 듣고 이렇게 돌아오게
되었습니다. 실로 부끄러움을 이길 수가 없습니다."

서서가 격한 감정을 숨기며 그렇게 대답했다. 그래도 조조는 아무
것도 모르는 체 좋은 말만 했다.

"이왕 여기 오셨으니 아침저녁으로 어머님을 잘 받들어 모시도록
하시오. 아울러 나도 공에게 가르침을 받겠소."

이에 서서는 절하여 고마움을 나타내고 조조 앞을 물러나왔다.

그런데 서서가 급히 그 어머니를 뵈러 갔을 때였다. 당(堂) 아래
엎드려 울며 절하는 서서를 보고 그 어머니가 놀란 얼굴로 물었다.

"네가 어찌하여 여길 왔느냐?"

"근래 신야에서 유예주를 섬기고 있다가 어머님의 글월을 받잡고
밤을 낮같이 달려오는 길입니다."

서서가 어리둥절하여 대답했다. 그러자 그 어머니가 돌연 성난 얼

굴로 서안(書案)을 치며 꾸짖었다.

"욕된 자식이 강호를 떠돌아다닌 지 몇 년이 되었길래 나는 네 학문이 좀 나아진 줄 알았다. 그런데 오히려 처음보다 더 못해졌으니 이게 어찌 된 일이냐! 너는 이미 책을 읽어 충(忠)과 효(孝)는 둘 다 한꺼번에 지키지 못함을 알 것이다. 어찌하여 조조가 임금을 속이고 뭇사람을 놀리는 역적임을 모른단 말이냐? 유현덕은 인의를 널리 세상에 펼친 데다 한실의 피를 이었으니 네가 그분을 섬겼다면 그것은 바로 옳은 주인을 얻은 셈이다. 그럼에도 불구하고 이제 거짓 편지 한 통에 자세히 살피지도 않고 밝음에서 오히려 어둠으로 뛰어들어 스스로 더러운 이름을 얻으니 실로 어리석구나! 더구나 이 일은 이 어미가 빌미가 되어 일어난 일이니 내 무슨 낯으로 너를 보랴. 너는 쓸데없이 이 세상에 나서 조상을 욕되게 하는구나!"

그 같은 꾸지람을 듣자 비로소 서서도 스스로 가볍게 움직였음을 깨달았다. 땅에 엎드린 채 감히 바라보지도 못하는데 그 어머니는 문득 병풍 뒤로 자취를 감춰버렸다.

얼마나 지났을까. 겨우 정신을 수습한 서서가 어머니에게 용서를 구하려는데 문득 안에서 사람이 나와 알렸다.

"노부인께서 대들보에 목을 매셨습니다."

전갈에 서서가 놀라 뛰어들어 구해보려 하였으나 그 어머니는 이미 숨진 뒤였다. 남양의 제갈량이 서서를 보내자마자 떠올린 걱정이 그대로 들어맞은 셈이었다.

서서는 어머니가 이미 숨진 걸 알자 그대로 혼절하여 쓰러졌다가 오랜 뒤에야 깨어났다. 조조는 서서의 어머니가 스스로 목숨을 끊었다는 말을 듣자 괴로웠으나 이미 엎질러진 물이었다. 사람을 보내 예를 다해 조문하고 또 스스로 빈소를 찾아보고 제례를 올렸다.

서서는 어머니를 허창 남쪽 들에 장사 지내고 묘를 지키며 상(喪)을 치렀다. 조조는 그를 달래려고 갖가지 물건을 내렸으나 서서는 하나도 받지 않았다. 결국 힘들여 서서를 데리고는 왔지만 쓸 수는 없게 되어버렸다.

그러나 서서를 데려옴으로써 남정(南征)의 첫 장애물인 유비의 이와 발톱은 뺀 셈이었다. 거기서 힘을 얻은 조조는 다시 남쪽으로 치고 내려갈 의논을 시작했다. 순욱이 그런 조조를 말렸다.

"날씨가 차 군사를 움직이기에 좋지 못합니다. 봄이 되어 날이 따뜻해질 때까지 기다리도록 하십시오. 그때는 크게 군사를 일으켜 밀고 내려가실 수 있습니다."

조조가 생각해보니 그 말이 옳았다. 이에 곧 군사를 일으키는 대신 장하(漳河)의 물을 끌어들여 현무지(玄武池)란 못을 만든 뒤 그곳에서 수군(水軍)을 교련시켰다. 뒷날 장강(長江)을 넘을 때까지를 내다보고 하는 준비였다.

한편 유비는 그 무렵 예물을 갖추는 등 한창 융중의 제갈량을 찾아볼 채비를 하는 중이었다. 제법 채비가 되었다 싶어 막 떠나려는데 사람이 와서 알렸다.

"문 밖에 한 분 선생님이 와 계시는데 아관박대(峨冠博帶, 사대부 또는 사대부의 차림)로 용모가 범상치 아니합니다. 특히 뵈옵기를 청하고 있습니다."

그 말에 유비가 문득 생각했다.

'그 사람이 혹 공명이 아닐까?'

외곬으로 제갈공명만을 생각하다 보니 용모가 범상치 않다는 말 한마디에도 그런 추측이 일었다.

유비는 곧 옷매무새를 고치고 찾아온 사람을 맞으러 나갔다. 나가 보니 온 사람은 뜻밖에도 수경선생 사마휘였다. 제갈공명은 아니었지만 기쁘기는 마찬가지였다. 유비는 반갑게 사마휘를 맞아들여 후당 높은 자리에 앉힌 뒤 절하며 말했다.

"이 비는 신선 같은 존안을 뵙고 떠난 이래 곧 다시 찾아뵙고자 하였으나 군무(軍務)에 얽매여 늦어졌습니다. 그런데 이제 영광되게도 이렇게 찾아주시니 우러러 사모하는 마음을 크게 달랠 수 있게 되었습니다."

"그렇게 말씀하시니 거북스럽소이다. 나는 서원직이 이곳에 있단 말을 듣고 한번 만나러 왔을 뿐이오."

사마휘가 그렇게 대답했다. 아직 서서가 조조에게로 간 줄 모르는 것 같았다. 유비가 쓸쓸한 얼굴로 서서가 떠난 경위를 말했다.

"근간에 조조가 서원직의 자당을 사로잡고 편지를 내어 아들을 부르게 했습니다. 이에 서원직은 하는 수 없이 허창으로 갔습니다."

그러자 사마휘가 놀란 얼굴로 탄식했다.

"아뿔싸! 일을 그르쳐도 크게 그르쳤구나……."

"그게 무슨 말씀입니까?"

유비가 어리둥절해 물었다. 사마휘가 침울하게 까닭을 일러주었다.

"이 일에는 조조의 꾀가 숨어 있소. 제가 듣기로 서서의 모친은 매우 어지신 이라 설혹 조조에게 사로잡혔다 해도 조조가 시키는 대로 글을 써서 그 아들을 부를 분이 아니외다. 그 편지는 틀림없이 누군가가 그분의 필적을 흉내 내어 만든 가짜일 것이오. 원직이 가지 않았다면 그 모친은 아직 살아 있을 것이지만 이제 갔으니 그 모친은 반드시 죽었을 것이외다."

"그건 또 왜 그렇습니까?"

유비가 아직도 사마휘의 말뜻을 잘 알아듣지 못하고 다시 물었다.

"서원직의 모친은 의를 높이 여기는 분이니 그 아들을 보기가 부끄러우실 것이오. 그 때문에 열에 아홉은 스스로 목숨을 끊었을 것이외다."

대저 어질고 밝은 이의 헤아림이 그와 같았다. 제갈공명이 예측했던 일을 사마휘 또한 예측하고 있는 것이었다.

유비는 그제서야 서서를 보낸 걸 후회했으나 이미 때는 늦은 뒤였다. 한동안 어두운 낯빛으로 입을 다물고 있다가 이윽고 물었다.

"원직이 떠날 무렵 하여 남양의 제갈량을 추천했습니다. 그 인물됨이 어떠합니까?"

그 말에 사마휘가 쓸쓸한 웃음을 띠며 중얼거렸다.

"원직이 떠나려면 저나 얼른 떠나고 말 것이지, 무엇 때문에 다른 사람을 끌어내 심혈을 쏟게 만드는가?"

"선생님께서는 어인 까닭으로 그렇게 말씀하십니까?"

"공명은 박릉의 최주평, 영천의 석광원(石廣元), 여남(汝南)의 맹공위(孟公威) 및 서원직 네 사람과 아주 가까이 지냈는데, 그 네 사람이 모두 일하는 데 세밀하고 철저함을 앞세움에 비해 공명은 오직 그 큰 줄기만을 볼 뿐이었소. 일찍이 모두가 다 모인 자리에서 무릎을 꺼앉고 무언가를 길게 읊조리던 공명이 그 네 사람을 향해 불쑥 말한 적이 있지요. '그대들은 벼슬길에 나아가면 자사(刺史)나 태수쯤은 될 수 있을 것이네.' 그러자 네 사람은 공명에게 그가 뜻하는 바는 무엇이냐고 물었소. 공명은 웃으며 대답하지 않았으나 그는 매양 스스로를 관중과 악의에 비하고 있소이다. 실로 그 재주를 헤아릴 길이 없는 사람이오."

유비가 그 말을 듣고 감탄해 물었다.

"어찌하여 영천 땅에 이토록 어질고 재주 있는 이가 많습니까?"

"지난날 은규(殷馗)란 이가 있어 천문을 썩 잘 보았소이다. 일찍이 말하기를 뭇별이 영천 어름에 몰려 있으니 반드시 그 땅에 어질고 재주 있는 선비가 많이 나리라 하였소."

그때 곁에 있던 관우가 못마땅한 얼굴로 사마휘에게 말했다.

"제가 듣기로 관중과 악의는 춘추전국시대의 이름난 사람들로 그 공이 온세상을 덮을 만하다 했습니다. 그런데 공명이 스스로를 그 두 사람에 비하고 있다 하니 너무 지나치지 않습니까?"

"제가 보기에는 그 두 사람이 공명과 비교되는 게 오히려 맞지 않는 것 같소. 오히려 다른 두 사람과 공명을 비교하고 싶소이다만……."

조금도 과장하는 기색 없이 사마휘가 대답했다. 그 말에 관운장이 다시 물었다.

"다른 두 사람이라면 누구누구를 이르시는 것입니까?"

"공명은 주나라를 일어나게 한 강자아나 한나라를 왕성케 한 장자방에 비할 수 있을 것이오."

엄청난 그 소리에 유비나 관우뿐만 아니라 함께 있던 사람은 모두 놀라움을 감추지 못했다. 사마휘는 그런 사람들에 아랑곳없이 그곳을 떠나려 했다. 어쩌면 사람들의 놀라움을 자신에 대한 의심으로 여겨 은근히 노여웠던 까닭인지도 모를 일이었다.

"선생님, 잠시라도 쉬셨다가 가십시오."

유비가 문을 나서는 사마휘를 붙들었다. 그러나 사마휘는 그대로 휘적휘적 걸어가며 하늘을 바라보고 크게 웃었다. 그러더니 듣는 사람들로서는 얼른 알아들을 수 없는 탄식 한마디를 남기고 표연히 가 버렸다.

"와룡이 비록 그 주인을 얻었으나 때를 만나지는 못했으니 애석하구나!"

유비는 그 같은 사마휘의 오고 감에 감탄했다.

"실로 숨어 사는 현사(賢士)로다!"

그리고 다음 날로 제갈량을 찾아 융중으로 떠났다.

유비가 관, 장 두 아우와 몇 사람을 데리고 융중 부근에 이르니 산비탈에 몇 사람이 호미를 들고 밭을 매며 노래를 부르고 있는 게 보였다.

푸른 하늘 둥그런 덮개 같고	蒼天如圓蓋
땅은 바둑판 비슷하구나.	陸地如棋局
사람들은 검은 돌 흰 돌을 갈라	世人分黑白
바쁘게 오가며 영욕을 다투네.	往來爭榮辱
영화로움은 스스로 평안함에 머묾이요	榮者自安安
욕됨도 정히 하찮은 것이로구나.	辱者定碌碌

남양 땅에 숨어서 삶이여   南陽有隱居

드높은 잠 누워서도 오히려 모자라네.   高眠臥不足

　가만히 귀기울여 보니 그런 노래였다. 유비는 그 격이 낮지 않음을 보고 노래 부르던 농부를 불렀다.

　"그 노래는 누가 지은 것인가?"

　"와룡선생이 지은 것입니다."

　농부가 공손하게 대답했다. 그 말에 유비는 반가운 표정으로 다시 물었다.

　"와룡선생은 어디에 계시는가?"

　"이 산 남쪽에 높은 언덕이 하나 있는데 바로 와룡강입니다. 그 언덕 앞 성긴 나무 사이에 있는 초려(草廬)가 바로 와룡선생께서 높게 누워 있는 곳입지요."

　농부가 자랑 섞어 그렇게 대답했다. 유비는 그 농부에게 감사하고 말을 채찍질해 앞으로 나아갔다. 몇 리 가기도 전에 저만치 와룡강이 보이는데, 과연 맑은 경개가 범상치 않았다. 뒷사람은 그곳을 이렇게 노래했다.

양양 서쪽 이십 리에

언덕 하나 흐르는 물 베고 누웠네.

언덕은 높아 굽이굽이 구름자락 두르고

흐르는 물 졸졸 돌이끼를 씻어내네.

산세는 바위 위에 용이 튼 듯하고

모양은 봉이 소나무 그늘에 든 듯하다.
사립문 반쯤 가린 띠집은 닫혔는데
높은 선비 거기 누워 일어날 줄 모르네.
대숲은 푸른 병풍을 두른 듯하고
울타리는 사철 떨어진 들꽃으로 향기롭구나.
평상에 쌓인 책 모두 귀하고
드나드는 이 모두 여느 사람 아니네.
푸른 원숭이 문 두드려 과일 바치고
문 지키는 늙은 학 밤에는 경(經)을 듣누나.
주머니 속 거문고 비단에 싸여 있고
벽에 걸린 보검에는 솔 그림자 비친다.
띠집 속 와룡선생 홀로 그윽하고 밝구나.
한가하면 손수 밭 갈고 집안 돌보네.
봄 우레 소리에 놀라 꿈을 깨면
한소리 긴 가락으로 천하가 평안하리.

삼고초려와 삼분천하(三分天下)의 계책

마침내 융중 초려에 이른 유비는 집 앞에서 말에서 내린 뒤 몸소 사립문을 두드렸다. 한 아이가 나와서 물었다.

"어디서 온 뉘신지요?"

"한의 좌장군에 의성정후(宜城亭侯)요, 예주목이자 황제의 아저씨 뻘 되는 유비가 특히 선생을 뵈러 왔다고 전해라."

유비가 부드러운 목소리로 자신을 밝혔다. 큼직한 벼슬을 늘어놓는 게 마음에 들지 않던지 아이가 냉랭하게 말했다.

"저는 그 많은 직함을 다 욀 것 같지 않습니다. 반드시 그걸 다 전해야 됩니까?"

"그럼 유비란 사람이 찾아왔다고만 말씀드려라."

아이의 당돌한 말을 듣고서야 실수를 알아차린 유비가 얼른 그렇게 말을 바꾸었다. 하지만 아이의 다음 말은 더욱 뜻밖이었다.

"선생님께서는 이미 아침 일찍 나가셨습니다."

"어디로 가셨느냐?"

"자취가 일정하지 않으시니 어디로 가셨는지 모르겠습니다."

유비는 적이 실망스러웠으나 다시 물었다.

"언제쯤 돌아오시겠느냐?"

"돌아오시는 때도 역시 일정치 않습니다. 어떤 때는 사나흘 만에 돌아오시기도 하고 어떤 때는 열닷새씩 걸리기도 합니다."

기다리려고 해도 안 되겠다는 것이나 다름없었다. 유비가 씁쓰레한 얼굴로 말이 없자 곁에 있던 장비가 나섰다.

"까짓것 이미 만날 수 없다면 집어치우고 그만 돌아가십시다."

원래가 마음에 없는 길을 따라나선 참이라 일이 꼬이니 버럭 심통이 나는 모양이었다. 타고난 무장으로 모사니 뭐니 하는 문사들을 얕보는 버릇이 있는 그로서는 그 방문이 도무지 헛수고로만 보였던 것이다. 하지만 유비는 얼른 단념하지 않았다.

"조금만 더 기다려보자."

그러자 곁에 있던 관우가 거들었다.

"아무래도 돌아가는 게 낫겠습니다. 다시 사람을 보내 알아본 뒤에 찾아오도록 하시지요."

관우까지 그렇게 나오니 유비도 아우들을 따르지 않을 수 없었다. 하지만 초려를 떠나면서도 아이에게 당부하기를 잊지 않았다.

"선생님께서 돌아오시거든 유비가 찾아뵈러 왔더라고 꼭 전해다오."

이윽고 유비는 움직이기 싫은 몸을 날려 말 위에 올랐다. 그래도 아쉬운 데가 있어 몇 리를 가기도 전에 다시 한번 융중을 돌아보는데 정말로 볼수록 끌리는 경치였다. 산은 높지 않으나 빼어나게 아름답고 물은 깊지 않으나 맑고 푸르렀다. 땅은 넓지 않아도 평탄하고 숲은 크지 않아도 무성했다. 원숭이와 학이 서로 친하며, 소나무와 대가 어우러진 것이 실로 어진 선비가 몸을 숨길 만한 땅으로 보였다.

유비가 넋 잃은 듯 융중의 경치를 보고 있는데 문득 용모가 훤칠한 사람이 산기슭의 좁은 길을 따라오는 게 보였다. 늠름하면서도 날렵해 뵈는 자태에 머리에는 소요건(逍遙巾)을 쓰고 몸에는 검은 비단으로 지은 옷을 걸친 채 명아주 지팡이를 짚고 있었다.

'저 사람이 틀림없이 와룡선생일 것이다…….'

유비는 문득 그렇게 생각하며 급히 말에서 내려 예를 하고 물었다.

"선생님이 바로 와룡선생이 아니십니까?"

그러자 그 사람이 어리둥절한 눈길로 되물었다.

"장군은 뉘시오?"

"저는 유비라고 합니다."

유비가 겸손하게 이름만 댔다. 그제서야 그 사람도 자신을 밝혔다.

"저는 공명이 아닙니다. 박릉에 사는 최주평이라 합니다."

이미 서서나 사마휘를 통해 들은 적이 있는 이름이었다. 공명의 벗이라면 그 또한 범상치 않으리라 여겨 유비가 청했다.

"크신 이름은 오래전부터 들어 알고 있습니다. 오늘 다행히 만나뵙게 되었으니 잠시 땅바닥에라도 자리하여 가르침을 받고 싶습니다."

유비가 그렇게 청하자 최주평도 굳이 마다하지 않았다.

두 사람이 숲속의 돌 위에 자리 잡고 앉자 관우와 장비가 말없이 유비 뒤에 와 시립했다.

최주평이 먼저 입을 열었다.

"장군께서는 무슨 까닭으로 공명을 만나보려 하십니까?"

"방금 천하는 크게 어지럽고 사방은 풍운에 휩쓸린 채입니다. 내가 공명을 만나려 하는 것은 사방을 평안케 하고 나라를 바로잡을 계책을 듣고자 함입니다."

유비가 그렇게 대답했다. 최주평이 영문 모를 웃음과 함께 말했다.

"장군께서는 어지러움을 평정하려 하심을 위주로 삼고 계십니다. 그러나 그 뜻이 비록 어지신 마음에서 비롯됐다 해도 자고로 다스림과 어지러움[治亂]은 엇바뀜이 무상한 것입니다. 가까운 예만 하더라도 고조께서 큰 뱀을 베시고 의로운 군사를 일으켜 무도한 진(秦)을 멸하매 어지러움은 다스림으로 바뀌었습니다. 그러나 애제(哀帝) 시절이 되어 이백 년 태평 세월이 가자 왕망이 찬역을 해서 다스림은 다시 어지러움으로 바뀌었습니다. 그것을 뒤바꾼 게 광무(光武) 중흥입니다. 광무제께서 역적을 내쫓고 나라의 기틀을 바로잡으시니 다시 어지러움은 다스림으로 바뀌어 지금까지 이백 년이 지났습니다. 그리하여 이제 또 백성이 평안한 지 오래이매 사방에서 싸움이 일고 있습니다. 또다시 다스림이 어지러움으로 바뀐 것이지요. 따라서 지금의 어지러움은 졸속하게 평정할 수 있는 것이 못 됩니다. 장군께서 공명으로 하여 하늘과 땅의 일을 두루 살피고 모자람을 채우게 한다 해도 마침내는 그 일을 해내지 못하고 부질없이 몸과 마음만 허비할까 두렵습니다. 장군께서는 듣지 못하셨습니까? 하늘의 뜻에 따르는 자는 편안하고 거스르는 자는 수고롭다는 옛말을. 또 운수로 정해진 것은 이치로 빼앗을 수 없고, 천명이 내린 것은 사람의 힘으로 어찌할 수 없다는 옛말을."

말하자면 일종의 운명론적인 체념의 권유였다. 요즘 말로 하면 역사적 허무주의라고나 할까. 유비가 그런 최주평의 말을 받았다.

"선생님의 말씀은 실로 높으신 안목에서 우러난 것임을 알겠습니다. 그러나 이 비는 한실의 핏줄을 이은 몸으로 마땅히 한실을 붙들어 일으켜야 할 것입니다. 어찌 천명에만 맡기고 가만히 보고만 있을 수 있겠습니까?"

하늘이나 운명 따위보다는 인간의 노력과 성의를 더 믿는 유비의 진취적인 태도를 잘 나타내는 말이었다. 그러나 한편으로는 복고적 이상론자의 면모도 잘 드러내는 말이었다. 그가 결국 천하에 베풀려고 하는 것은 이미 무너져 내린 한의 재건이었으며 그 제도와 질서의 회복이었다.

그도 자주 백성을 내세우고 그들의 고통스런 삶을 함께 아파하였으나, 그것은 어디까지나 민중의 힘에 대한 존중보다는 치자(治者)의 자비와 관대함에서였을 뿐이었다. 아마도 뒷날의 혁명론자들이 유비에게보다는 오히려 조조에게 더 호감을 느끼게 되는 것은 유비의 그 같은 복고적 또는 반동적 성향에 대한 거부감 때문이었으리라.

유비가 정색을 하고 그렇게 대답하자 최주평은 더불어 말하기가 거북해졌다. 꼭 자기의 주장을 밀고 나갈 말이 없는 것은 아니었으나 끝내는 소용없을 그 일에 열을 올리고 싶지 않은 까닭이었다. 최주평은 곧 목소리를 부드럽게 하여 얼버무렸다.

"산과 들에서 이름 없이 지내는 제가 천하의 일을 어찌 함부로 논할 수 있겠습니까? 다만 장군께서 물으시기에 어리석은 소견을 말해보았을 뿐입니다."

그러자 유비도 겸양으로 최주평의 어색함을 달랬다. 세상을 보는 눈은 달라도 아직 그에게 들어야 할 것이 있었기 때문이었다.

"아닙니다. 선생님의 말씀은 유비에게 좋은 가르침이 되었습니다. 다만 걱정인 것은 아직도 공명이 어디로 갔는지 모르는 일입니다."

"저 또한 그를 보러 온 길이나 그가 어디로 갔는지 알 수가 없습니다."

최주평은 화제가 바뀐 걸 다행으로 여기며 그렇게 유비의 말을 받았다. 꿩 대신 닭이랄까 유비는 공명을 찾을 길이 없다고 생각하자 다시 최주평에게 호기심과 아울러 욕심이 일었다. 겉으로 내뱉는 말과는 다른 일면이 있을 것도 같아서였다.

"감히 청하건대 선생께서 저희와 함께 신야로 가시면 어떻겠습니까? 가까이 모시며 큰 가르침을 받고 싶습니다."

유비가 은근한 목소리로 그렇게 청했다. 그러나 최주평은 가볍게 고개를 저으며 거절했다.

"저는 원래가 어리석어 한가롭게 노닐기를 좋아할 뿐 공명(功名)에는 뜻을 버린 지 오래됩니다. 다음 날 다시 뵙기로 하고 오늘은 이만 물러가겠습니다."

그러고는 길게 읍하여 예를 한 뒤 성큼성큼 가버렸다. 붙잡는다고 될 일이 아니라 유비도 하는 수 없이 관우, 장비와 더불어 말 위에 올랐다. 장비가 말을 몰며 투덜거렸다.

"공명은 만나지 못하고 난데없이 저 썩은 선비를 만나 한가로운 얘기로 쓸데없이 시간만 죽여냈구나!"

"저 사람의 말 또한 숨어 사는 이다운 데가 있다. 가볍게 들을 말이 아니다."

유비가 그런 장비를 달랬다.

유, 관, 장 세 사람이 신야로 돌아오고 며칠 뒤였다. 유비는 사람을 융중으로 보내 공명이 집에 있는지 없는지를 알아보게 했다. 오래잖아 그 사람이 돌아와 알렸다.

"와룡선생께서는 이미 돌아와 계십니다."

그 말을 들은 유비는 얼른 말을 준비하라 일렀다. 유비가 서둘러 떠날 채비를 하는 걸 보고 장비가 다시 못마땅해 투덜거렸다.

"한낱 촌뜨기 때문에 형님께서 꼭 가셔야 할 일이 무에 있습니까? 사람을 시켜 빨리 오라고 하십시오."

유비가 그런 장비를 소리 높여 꾸짖었다.

"너는 맹자께서 하신 말씀도 듣지 못했느냐? 맹자께서는 어진 이를 보려 하면서 바른길로 가지 않음은 안으로 들어가려 하면서 문을 닫는 것이나 다름없다 하셨다. 공명은 당세에 으뜸가는 대현(大賢)이다. 그런데도 찾아가서 보지 않고 어찌 감히 불러들일 수 있단 말이냐?"

꼭 장비의 투덜거림에 화가 났다기보다는 뒷날을 위한 견제였다. 유비는 저번에 융중을 찾았을 때부터 까닭 없이 못마땅해하는 관우와 장비에게서 공명이란 미지의 인물에 어떤 경계심을 품고 있음을 느껴왔다.

갑작스런 유비의 호통에 장비가 머쓱해져 있는데 군사들이 말을 끌고 왔다. 유비는 말없이 말에 올랐다. 관우와 장비도 뒤따라 말에 올라 그런 유비를 뒤따랐다.

때는 한겨울이라 날씨가 매우 찬데 불그레한 구름이 두껍게 덮여 있었다. 거기다가 몇 리 가기도 전에 삭풍이 매섭게 휘몰아치고 솜덩이 같은 눈발이 흩날리기 시작했다.

이내 세상은 눈에 덮여 산은 옥으로 된 화살촉 같아지고 숲은 은으로 단장한 듯 희게 변했다. 장비가 또 참지 못하고 불평스레 말했다.

"날이 차고 땅이 얼면 군사를 쓰지 못합니다. 제갈량이 설령 손무자(孫武子)라 해도 당장은 소용이 없는데 어찌하여 무익한 사람을 찾아보려고 이렇게 먼 길을 가려 하십니까? 차라리 신야로 돌아가 이 바람과 눈이나 피하고 보는 게 좋겠습니다. 날이 풀린 뒤에 공명을 찾아보아도 늦지 않을 것입니다."

"내가 바라는 것은 바로 공명이 나의 이 같은 정성을 알아주는 것이네. 아우들은 추위를 무릅쓰는 게 싫으면 먼저 돌아가도 좋네."

유비는 꼭 장비에게랄 것도 없이 그렇게 대답했다. 장비가 불끈해 목소리를 높였다.

"죽음도 마다하지 않은 우리들인데 이까짓 추위쯤 못 견디겠소? 다만 형님께서 쓸데없는 일에 몸과 마음을 수고롭게 하시는 게 걱정되어 이럽니다."

그러자 유비도 목소리를 높였다.

"여러 소리 마라! 돌아가지 않으려거든 그저 따라오기만 해라."

유비가 그렇게 나오니 장비는 물론, 말은 안해도 장비와 크게 생각이 다르지 않은 관우도 어쩌는 수 없었다. 말없이 따르는 가운데 그럭저럭 융중에 이르렀다.

와룡강을 지나 저만큼 공명의 초려가 보이는 데까지 갔을 때였다. 홀연 길가 술집에서 노랫소리가 들려왔다. 유비가 말을 멈추고 귀를 기울이니 먼저 이런 구절이 들려왔다.

장사 공명을 이루지 못함이여.　　　　　　壯士功名未成
슬프다. 오래 봄을 만나지 못한 탓이네.　　嗚呼久不遇陽春
그대는 동해의 늙은이가 잡목 숲 떠남을 보지 못했는가.
　　　　　　　　　　　　　　　君不見東解老叟辭荊榛
뒷날 문왕과 수레를 나란히 하며 모셨다네. 後車遂與文王親

뜻이 크고 씩씩한 노래였다. 유비는 그 노래를 부르는 이 또한 예사 인물이 아닐 것 같아 그대로 멈추어 선 채 다음 노래를 기다렸다. 술집 안에서 부르는 노래는 계속되었다.

기약 없었건만 팔백 제후 모이고　　　　　八百諸侯不期會
상서로운 조짐 속에 맹진을 건넜네.　　　　白魚入舟涉孟津
목야 한 싸움 피는 절구공이를 띄울 만하고,　牧野一戰血流杵
매가 치솟듯 빼어난 공 무반 중에 으뜸이었네　鷹揚偉烈冠武班
그대는 또 보지 못했나, 고양 땅의 술주정뱅이가

풀숲에서 몸 일으킴을.   又不見高陽酒徒起草中

길게 읍하니 망탕산의 융준공(隆準公, '콧대가 높은'이란 뜻)일세.

             長揖芒砀隆準公

왕패의 고담 사람의 귀를 놀라게 하여   高談王覇驚人耳

몸 씻기도 잊고 마주 앉아 영결스런 풍모를 흠모하네.

             輟洗延坐欽英風

동으로 제나라 일흔두 성을 얻으니   東下齊城七十二

천하의 어떤 사람이 그를 뒤따를 수 있겠나. 天下無人能繼蹤

앞의 노래가 강태공을 읊은 것이라면 뒤의 노래는 한고조 때의 역이기(酈食其)를 읊은 것이었다. 둘 다 초야에서 몸을 일으켜 공명으로 세상을 뒤덮은 사람들인 것으로 보아 노래를 부르는 이의 뜻을 알 만했다. 그대로 지나칠 수 없다 싶어 유비가 막 그 술집 안으로 들어가려는데 또 다른 노래가 들려왔다. 탁자를 치면서 노래하는 목소리가 조금 전의 것과는 달랐다.

우리 황제 칼 휘둘러 세상을 평정하고
왕업의 터 닦은 지 사백 년이 되었네.
환제, 영제에 이르러 화덕(火德) 스러지니
간신 적자들이 재상 자리를 차지했구나.
푸른 뱀이 용상 곁에 떨어지고
요사스런 무지개 옥당에 뜸이여.
도적 떼 개미처럼 무리 지어 사방에 일고

간사스런 뭇 영웅 매가 솟듯 기운차네.

답답하고 안타까울손 우리네 심사

시골 술집에 앉아 술로 시름을 끈다.

이 한 몸 착하게 지내니 종일토록 평안하구나.

천고에 썩지 않는 이름 어찌 바랄 것이랴.

역시 전의 노래보다 조금도 격이 낮지 않은 노래였다. 노래를 마친 두 사람이 손뼉을 치며 왁자하게 웃는 소리를 듣던 유비는 문득 생각했다.

'혹시 이 둘 중에 와룡선생이 있는 게 아닐까?'

그러고는 말에서 내려 술집 안으로 들어갔다. 두 사람이 탁자에 의지해 술을 마시고 있는데 한 사람은 얼굴이 희고 수염을 길게 드리웠으며 다른 한 사람은 얼굴이 맑고 빼어난 중에 옛사람의 풍모가 있었다.

"두 분 가운데 어떤 분이 와룡선생이십니까?"

유비가 읍하여 예를 표하고 물었다. 수염을 길게 드리운 이가 대답 대신 도리어 물었다.

"공은 뉘십니까? 무슨 일로 와룡을 찾으시오?"

"저는 유비라고 합니다. 와룡선생을 찾아 세상을 구하고 백성들을 평안케 하는 길을 물으려 합니다."

유비가 공손하게 대답했다. 그러자 다시 수염 드리운 이가 나서서 자기들을 밝혔다.

"저희들은 와룡이 아니고 그 벗들일 뿐입니다. 저는 영천 땅의 석광원이고 저 사람은 여남 땅의 맹공위라 하지요.”

두 사람 모두 귀에 익은 이름이라 유비가 기뻐하며 말했다.

“이 비는 두 분의 크신 이름을 들은 지 오래되었으나 뵈올 길이 없더니 이제야 이렇게 만나뵙게 되었습니다. 마침 이끌고 온 마필이 있으니 두 분께서는 함께 와룡장(臥龍莊)으로 가시는 게 어떻겠습니까? 좋은 가르침을 내려주시면 그보다 더 큰 기쁨이 없겠습니다.”

그러나 석광원은 가볍게 거절했다.

“우리는 모두 산야에 묻혀 사는 게으르고 어리석은 무리들입니다. 나라를 다스리고 백성을 평안케 하는 일은 잘 모르오니 수고스럽게 묻지 않도록 하십시오. 차라리 얼른 말에 오르셔서 와룡이나 찾아보는 게 나으실 것입니다.”

말소리는 부드러웠으나 더 졸라봤자 끝내 들어줄 것 같지 않은 데가 있었다. 이에 유비는 그들 두 사람과 작별하고 말에 올라 와룡강으로 갔다.

공명의 초려에 이른 유비는 말에서 내려 문을 두드렸다. 전에 보았던 아이가 다시 나와 사립문을 열었다.

“오늘은 선생님께서 댁에 계시냐?”

“지금 사랑에서 책을 읽고 계십니다.”

유비의 물음에 아이가 그같이 대답했다. 눈과 북풍을 무릅쓰고 온 뒤라 유비는 그 말이 더욱 기뻤다. 달리 더 묻고 자시고 할 것도 없이 아이를 따라 안으로 들어갔다. 중문에 이르니 현판에 큰 글씨가 한 구절 적혀 있었다.

| 욕심 없는 마음으로 뜻을 밝게 하고 | 淡泊以明志 |
| 평안하고 고요함으로 먼 데를 헤아린다. | 寧靜以致遠 |

사람으로 하여금 절로 생각에 잠겨들게 하는 글귀였다. 유비도 잠시 걸음을 멈추고 그 뜻을 새겨보았다.

그런데 갑자기 안에서 누군가가 시를 읊는 소리가 들렸다. 유비는 문궤에 기대 서서 초당 위를 살펴보았다. 한 젊은이가 화로가에 앉아 무릎을 끼고 시를 읊고 있었다.

봉황은 천 길을 날되
오동나무가 아니면 깃들이지 않고,
선비는 땅 한 모퉁이에 숨어 살지언정
주인 아닌 이를 섬기지 않는다.
스스로 밭 갈기를 즐겨함이여
내 초려를 내가 사랑함이로다.
거문고와 책으로 무료함을 달램이여
다만 하늘이 정한 때가 오기를 기다릴 뿐이네.

그야말로 누운 용[臥龍]이 부름직한 노래였다. 유비는 그 젊은이가 틀림없이 공명이라 생각하고 노래가 끝나기를 기다려 초당으로 올라갔다.

"저 유비는 오래전부터 선생을 사모하였으나 인연이 없어 뵈올 길을 얻지 못했습니다. 그러다가 얼마 전 서원직이 선생을 천거하기에 감히 이곳을 찾아왔습니다만 뵙지 못하고 돌아간 적이 있을 뿐입니다. 이제 다시 모진 바람과 눈을 무릅쓰고 이렇게 왔다가 선생의 거룩한 모습을 뵙게 되니 실로 이보다 더한 다행이 없겠습니다."

예를 마친 유비가 공손하게 말했다. 그러자 그 젊은이가 황망히 일어나 답례하며 말했다.

"장군은 유예주가 아니십니까? 제 형님을 만나러 오신 것 같습니다만……."

그 말에 유비는 놀라고 의아스러워 물었다.

"그렇다면 선생도 와룡선생이 아니란 말씀입니까?"

"예, 저는 와룡의 아우 되는 제갈균(諸葛均)입니다. 저희는 본시 삼형제로 맏형 제갈근(諸葛瑾)은 지금 강동 손권의 막빈(幕賓)이 되어 있고, 찾고 계시는 와룡은 제 둘째 형이 됩니다."

그 말에 유비는 맥이 쭉 빠지는 듯했다. 잠깐 망연해 있다가 다시 물었다.

"그렇다면 와룡선생은 지금 집에 계시지 않습니까?"

"어제 최주평과 언약한 대로 밖에 놀러 나가셨습니다."

"어디로 가셨는지는 모르겠습니까?"

"어떤 때는 배를 띄워 강이나 호수에 노닐기도 하고 어떤 때는 스님이나 도사를 찾아 산속으로 드시기도 합니다. 또 어떤 때는 벗을 찾아 시골 마을로 가시기도 하고 더러는 산속 굴에서 거문고와 바둑을 즐기실 때도 있지요. 실로 그 오고 감을 어림잡을 수 없으니 지금 계신 곳은 더욱 알 수가 없습니다."

제갈균의 그 같은 말을 듣자 유비는 절로 탄식이 나왔다.

"유비의 연분이 어찌 이다지도 얇고 엷단 말인가! 두 번씩이나 찾아와서도 대현을 뵙고 가지 못하는구나."

그 같은 탄식에 제갈균도 안됐던지 공손히 권했다.

"잠시 앉으시지요. 차라도 달여 내오겠습니다."

그때 또 장비가 나서서 심통을 부렸다.

"차는 무슨 차요? 형님, 와룡선생이란 이가 없다면 이만 말에 오르십시오."

"아니다. 여기까지 와서 어떻게 한마디도 듣지 않고 갈 수 있겠느냐?"

유비가 그런 장비를 점잖게 달래놓고 제갈균에게 물었다.

"듣기로 형님 되시는 와룡선생은 육도삼략에 훤할 뿐만 아니라 매일 병서를 읽으신다 하였습니다. 들어본 적이 있습니까?"

"저는 잘 모르겠습니다."

제갈균이 조용히 고개를 가로저었다. 곁에 있던 장비가 다시 볼멘소리를 했다.

"다른 사람에게 물어봤자 무슨 소용이오? 바람과 눈이 더 심해지니 빨리 돌아가시는 게 좋겠소."

"닥쳐라!"

유비가 드디어 큰 소리로 장비를 꾸짖었다. 제갈균이 난감한지 장비를 거들었다.

"형님께서 계시지 않으니 감히 오래 머무시라고 청하지도 못하겠습니다. 오늘은 이만 돌아가시지요. 형님께서 돌아오시는 대로 장군의 방문에 답해 찾아뵙도록 하겠습니다."

"어찌 감히 선생께서 오시도록 할 수 있겠습니까? 이 비가 며칠 뒤에 다시 이리로 오겠습니다. 다만 종이와 붓을 빌려주시면 글 한 통을 써서 두고 갈 것이니 형님께 전해드리도록 해주십시오. 그걸로 유비의 간곡한 마음을 드러내고자 합니다."

유비는 펄쩍 뛰며 제갈균의 말을 받은 뒤 종이와 붓을 청해 썼다.

'비는 오랫동안 선생의 높은 이름을 사모해왔습니다. 그러나 두 번에 걸쳐 찾아와도 만나뵙지 못하고 그대로 돌아가게 되니 쓸쓸한 마음 비할 데가 없습니다. 비는 부끄럽게도 한실의 후예로 외람되이 분에 넘친 이름과 벼슬을 얻고 있으나, 돌아보면 조정은 아래로부터 업신여김을 당하고 있으며, 기강은 꺾이고 무너져 내린 채입니다. 영웅들이 나라를 어지럽히고 악한 무리가 임금을 속이니 이 비의 마음과 간담이 아울러 찢어지는 듯합니다. 비록 널리 세상을 구하고자 하는 정성이 있다 하되 실제로는 아무런 경륜의 방책이 없어 그저 답답하고 안타까울 뿐입니다. 바라건대 선생께서는 창생을 생각하는 너그러움과 나라를 향한 충의로 저 여망(呂望, 강태공)의 큰 재주와 또 저 자방(子房, 장량)의 큰 책략을 펴시어 비를 도와주십시오. 그렇게만 되면 천하를 위해서는 물론 사직을 위해서도 그보다 더 큰 다행이 없겠습니다. 먼저 글로 이렇게 제 뜻을 펴보이거니와, 특히 존안을 절하며 뵙는 일은 다음 날 목욕재계하고 다시 찾아와 뵙는 날로 미루겠습니다. 머리 숙여 간절히 바라건대 이 뜻을 거듭 살펴 주십시오.'

유비는 제갈균이 내준 문방사우로 그렇게 쓴 다음 제갈균에게 남긴 뒤 그곳을 나왔다. 유비의 정성에 감동했던지 제갈균은 문 밖까지 바래다주며 두 번 세 번 유비에게 은근한 정을 표한 뒤 작별했다.

그런데 유비가 막 말에 올라 떠나려 할 때였다. 그들을 맞던 아이 놈이 문득 울타리 밖을 보고 손을 흔들며 소리쳤다.

"노 선생님께서 오십니다."

유비가 놀라 아이가 손짓하는 곳을 보니 작은 다리 서쪽에서 어떤 사람이 나귀를 타고 오는 중이었다. 머리에는 따뜻해 뵈는 모자를 쓰고 몸에는 여우 가죽옷을 걸쳤는데 그 뒤에는 푸른 옷을 입은 아이 하나가 호로병을 든 채 따르고 있었다.

하얀 눈속에 나타난 그 모습에는 세상 사람 같지 않은 초연함이 엿보였다. 거기다가 느릿느릿 오는 나귀 등에서 노래 한 가락을 읊조리는데 그 뜻이 또한 얕고 속되지 않았다.

하룻밤 높새바람 차가운데	一夜北風寒
먹구름 만리에 두터워라	萬里彤雲厚
하늘 가득 눈발 어지럽더니	長空雪亂飄
강과 산 모두 옛모습 바꾸네	改盡江山舊
고개 들어 아득히 하늘 보니	仰面觀太虛
옥룡이 어울려 싸우는 듯	疑是玉龍鬪
부서진 비늘 자욱히 날아	紛紛鱗甲飛
잠깐새 천지를 다 덮었네	頃刻遍宇宙
나귀 타고 작은 개울 건너며	騎驢過小橋

매화 시들까 홀로 탄식하네   獨嘆梅花瘦

'이 사람이 참으로 와룡선생이구나!'

문득 그런 생각이 든 유비는 얼른 말에서 내려 예를 한 뒤 말했다.

"견디기 쉽지 않은 추위에 선생께서는 어디를 다녀오시는 길입니까? 유비가 수하들과 더불어 기다린 지 오래됩니다."

그러자 그 사람도 황망히 나귀에서 내려 답례했다. 가까이서 보니 와룡선생이라고 여기기에는 너무 나이가 들어보였다. 제갈균이 뒤따라오다가 일러주었다.

"이분은 저희 와룡 형님이 아니십니다. 형님의 빙장 되시는 황승언 어른이십니다."

그 말에 유비는 자신이 사람을 잘못 본 게 슬몃 부끄러웠으나 황승언을 보고 둘러대듯 말했다.

"조금 전에 들은 구절이 실로 뜻이 높고도 절묘했습니다."

"이 늙은이는 사위 집을 드나들다가 사위가 즐겨 읊는 「양보음(梁父吟)」을 통해 시구나 알게 되었지요. 방금도 마침 작은 다리를 건너다 보니 울타리에 매화가 지길래 그 감흥을 읊어본 것입니다. 귀한 분이 듣게 될 줄은 조금도 짐작하지 못했습니다."

황승언이 겸손하게 대답했다. 그러나 실인즉 유비의 마음이 가장 쏠리는 것은 제갈공명의 자취였다.

"혹 사위님을 보지 못하셨습니까?"

유비는 행여 하는 바람에서 궁금한 것부터 앞뒤 없이 물었다. 황승언이 알 수 없다는 듯한 얼굴로 대답했다.

"모릅니다. 이 늙은이도 사위를 보기 위해서 왔지요."

그 말에 유비는 한 가닥 기대마저 버리고 황승언에게 작별의 말을 건넨 뒤 말에 올랐다.

돌아오는 길은 찾아 나설 때보다 훨씬 고달팠다. 찬바람은 더욱 거세지고 눈발도 심해졌다. 아무런 소득 없이 돌아서는 길이라 그런지 와룡강이 멀어갈수록 유비는 몸과 마음이 한가지로 고단하고 울적했다.

아마도 그 하루의 일은 흔히 삼고초려(三顧草廬)라고 불리는 고사의 백미를 이루는 부분일 것이다.

『연의』를 지은 이가 제갈량의 교우 관계, 형제며 인척들을 교묘하게 끌어내어 극적으로 구성한 것일 테지만, 그리고 제갈량이 먼저 유비를 찾아갔다는 기록이 몇 군데 남아 있기는 하지만, 적어도 유비가 세 번 제갈량을 찾은 사실만은 거의 확실하다. 그리고 거기서 유비 특유의 대인(對人) 투자 방식은 그 어느 때보다 잘 드러난다.

조조가 정확한 상벌과 능력에 따른 훈작에 의해 부리는 사람들로부터 존경과 두려움을 아울러 느끼게 했던 것에 비해 유비는 끈끈한 인정과 몽롱한 충의에 호소하여 아랫사람들로부터 혈연에 버금가는 애정과 오랜 벗 같은 믿음을 획득하고 있다.

두 번이나 와룡강을 찾았으나 끝내 제갈량을 만나보지 못한 유비가 주저 속에 세월을 보내는 사이 어느새 겨울이 가고 봄이 왔다. 유비는 점치기에게 물어 길일을 잡은 뒤 사흘이나 목욕재계로 정성을 드리고 다시 와룡강으로 공명을 찾아 떠났다.

관우와 장비는 유비가 다시 공명을 찾아나서려 한다는 말을 듣자 은근히 부아가 일었다. 그들이 보기에는 닭 모가지 하나 비틀 힘이 없는 시골 선비를 세 번씩이나 찾아나서는 유비도 유비려니와, 비록 유표의 객장으로 와 있다고는 해도 한 고을의 실력자인 유비가 두 번이나 찾아온 줄 뻔히 알면서 답례로 한 번도 올 줄 모르는 제갈량이 더욱 괘씸했다. 이에 점잖은 관공도 더 참지 못하고 유비에게 한 마디했다.

"형님께서는 이미 두 번이나 그를 만나러 가셨으니 그 예가 오히려 지나친 데가 있습니다. 생각건대 제갈량은 실제의 학식보다 헛된 이름이 더 높은 사람인 것 같습니다. 그래서 감히 형님을 만나보지 못하고 일부러 피하는 것임에 틀림없습니다. 그런데도 형님께서는 어찌 그 같은 인물에 이토록 심하게 반해 계십니까?"

보통 때 같으면 귀담아 들을 관공의 말이었으나 유비는 무겁게 고개를 가로저었다. 이 일만은 네 알 바 아니라는 듯한 태도였다.

"그렇지 않다. 지난날 제나라의 환공은 동곽(東郭)에 사는 한낱 야인을 만나는데도 다섯 번이나 찾아갔다가 겨우 한 번을 만났다고 한다. 하물며 나는 세상에 드문 어진 이를 만나려 하는데 겨우 두 번이 어찌 지나칠 수 있겠느냐? 이번에 가서 또 못 만나더라도 다음에 다시 몇 번이고 더 찾을 작정이다."

"그건 큰형님이 틀리시오. 한낱 촌사람에 지나지 않는데 어찌 세상에 드문 어진 이라 하겠소? 이번에는 큰형님께서 몸소 가실 필요가 없소. 사람을 보내 불러보고 그자가 안 온다면 내가 가서 꽁꽁 묶어 끌고 오겠소!"

장비도 곁에 있다 분에 못 이긴 듯 관공을 거들고 나섰다. 장비가 거칠게 나오자 유비는 짐짓 소리를 높여 꾸짖었다.

　"너희들은 모두 주나라의 문왕이 강자아를 찾아 본 일을 듣지도 못했느냐? 문왕은 그토록 어진 이를 높게 섬겼거늘 너는 어찌 이리도 무례하단 말이냐? 이번에 가기 싫으면 너는 오지 말아라! 나는 운장만 데리고 갈 테다."

　유비가 그렇게까지 나오자 장비도 기세가 수그러들었다. 금세 풀이 죽은 목소리로 우물거렸다.

　"이왕 두 분 형님께서 가신다면 어찌 이 아우만 뒤떨어져 있을 수 있겠습니까?"

　그래도 유비는 한 번 더 장비에게 다짐 받기를 잊지 않았다.

　"네가 만약 함께 가려면 그곳에서 결코 예를 잊어서는 아니 된다!"

　그리고 장비가 그 다짐에 마지못해 고개를 주억거리자 비로소 함께 갈 것을 허락했다.

　세 사람은 봄기운이 완연한 들과 산을 지나 융중으로 향했다. 제갈량의 초려가 아직 반 리나 남은 곳에 이르렀을 무렵이었다.

　유비는 두 아우의 못마땅한 심사를 억누르려 함인지 짐짓 전보다 예를 더 무겁게 하여 그곳에서부터 말에서 내려 걷기 시작했다. 유비가 말에서 내려 걸으니 관공과 장비도 어찌하는 수가 없어 말에서 내렸다.

　세 사람은 앞서거니 뒤서거니 하며 가다가 곧 저만치서 마주 오는 제갈균과 만났다. 유비는 황망히 제갈균에게 예를 표한 뒤 물었다.

　"형님께서는 집에 계십니까?"

"어제 저녁에야 겨우 돌아오셨습니다. 오늘은 장군께서 형님을 만나보실 수 있을 것입니다."

제갈균이 그같이 반가운 대답을 했다. 그러나 그 대답 한마디로 그뿐 더는 말을 붙여볼 틈도 주지 않고 성큼성큼 제 갈 길로 가버렸다.

"오늘은 다행히 선생을 만나보게 되었구나!"

유비는 그런 제갈균의 태도에 아랑곳없이 공명을 만나게 된 것만 기뻐했으나 장비는 달랐다. 고슴도치 같은 수염을 빳빳하게 세우며 으르렁거렸다.

"저자가 무례하기 짝이 없소! 얼른 우리를 제 형에게 인도하지 않고 일부러 내빼다니 이게 어디 돼먹은 짓이오?"

"저 사람에게 무슨 바쁜 일이 있겠지. 어찌 그런 일을 억지로 시키겠나?"

유비가 그런 장비를 다시 윽박질렀다.

그럭저럭 초려 앞에 이른 세 사람이 문을 두드리자 이번에도 그 아이놈이 나와 맞았다.

"어린 신선 같은 너를 또 수고롭게 하는구나. 유비가 선생을 뵈러 왔다고 아뢰어다오."

유비가 그 아이에게 부드럽게 청했다. 아이가 유비를 빤히 쳐다보며 대답했다.

"오늘은 스승님께서 집에 계시기는 합니다만 지금 초당에서 낮잠을 주무시고 계십니다."

말하는 품이 깨워서는 안 된다는 투였다. 듣기에 따라서는 불쾌할 수도 있겠으나 유비는 그렇게라도 집에 있다는 게 다행이라는 듯 얼른 아이의 말을 받았다.

"그래? 그렇다면 알리지 말아라. 선생을 깨워서는 아니 된다."

그러고는 관공과 장비를 문 곁에 나란히 세워둔 채 조심조심 걸어 안으로 들어갔다.

초당에 이르러 보니 공명은 궤석(几席)에 반듯이 누워 자고 있었다. 그 모습을 살피던 유비는 문득 이상한 느낌이 들었다. 어디선가 본 듯한 모습이었기 때문이었다.

지난날을 되새기기 시작한 지 오래잖아 유비는 그가 누군지를 기억해냈다. 두어 해 전 슬며시 사람들 틈에 묻혀 왔다가 형주의 힘을 일시에 두 배로 키울 비책을 일러준 그 젊은이였다.

'아아, 내가 품안으로 날아든 봉황을 알아보지 못했구나. 눈이 있어도 대현을 알아보지 못했으니 장님과 다를 게 무엇이겠는가. 그래 놓고도 지난 한 해 숨은 현사(賢士)를 찾는다고 떠벌리고 다녔으니……'

유비는 자책과 더불어 심한 부끄러움에 빠졌다. 비록 먼 길을 찾아온 것이 세 번째나 과연 공명이 그를 맞아줄지 몰라 감히 깨우기가 겁이 날 정도였다.

'사람의 일은 정성이다. 오직 정성을 다하는 것만이 그를 얻어낼 수 있는 길이다……'

유비는 그런 마음으로 댓돌 아래 두 손을 마주 잡고 서서 공명이 깨나기를 기다렸다. 보는 이에 따라서는 눈보라 속에 두 번째로 찾았던 때가 오히려 못 당할 만큼 극진한 정성이었다.

그렇게 반나절이 지났으나 공명은 좀처럼 잠에서 깨어나지 않았다. 문께에 서 있던 관공과 장비는 오래 기다려도 안에서 아무런 기척이 들리지 않자 문득 이상한 느낌이 들었다. 가만히 들어가 살피니 공명은 초당 높이 잠들어 있고 유비는 댓돌 아래 시립해 있는 게 보였다.

그 광경을 본 장비는 크게 성이 났다. 유비의 다짐에도 불구하고 분을 참지 못해 씨근거리며 관운장을 부추겼다.

"와룡선생인지 뭔지 그 오만한 꼬락서니 좀 보구려! 우리 큰형님께서는 댓돌 아래 시립해서 계시는데 저는 초당 위에 높이 누워 잠을 핑계로 일어나지도 않으니 될 말이오? 이놈의 집 구석에 불을 확 싸질러버립시다. 제까짓 것이 그래도 일어나지 않고 배기는지 보고 싶소!"

말만이 아니었다. 장비는 정말로 무슨 일을 저지를 듯 옷소매를 걷어붙였다.

"자네는 떠나올 때 형님께 한 다짐을 벌써 잊었는가? 조금만 더 기다려보세. 형님께서 저렇게 하고 계신 데는 다 뜻이 있을 것이네."

그러나 장비는 계속 불퉁거리니 자연 문께가 소란스럽지 않을 수 없었다. 유비가 그 소리를 들었는지 문께로 와서 두 아우에게 조용히 일렀다.

"왜 이리 소란스러우냐? 너희들은 문 밖으로 나가 조용히 기다리도록 해라."

그리고 다시 초당 쪽을 보니 공명이 문득 몸을 뒤집더니 벽께로 돌아누웠다. 장비의 험한 기세에 눌렸던지 아이가 그런 공명에게 유비가 찾아온 일을 알리려 했다. 유비가 그 아이를 말렸다.

"그대로 두어라. 깨워서는 아니 된다."

그 아이도 유비가 그렇게 말하자 못 이긴 체 움직이지 않았다. 유비는 다시 댓돌 아래로 가서 두 손을 모으고 시립해 섰다. 다시 한 시진(두 시간)쯤 되었을까, 비로소 공명은 잠에서 깨어났다. 그러나 몸을 일으키지 않고 낭랑하게 시 한 수부터 읊었다.

큰 꿈을 누가 먼저 깨닫는가	大夢誰先覺
나만 스스로 평생을 알 뿐이네.	平生我自知
초당의 봄잠이 넉넉한데	草堂春睡足
창밖의 해가 너무 길구나.	窓外日遲遲

그런 다음 공명은 아직도 누운 채 아이를 불러 물었다.

"밖에 속세의 손님이 와 있는 게 아니냐?"

아마도 장비의 소란 때문에 번잡스런 낮꿈이라도 꾼 것 같았다. 아이가 얼른 대답했다.

"유황숙께서 댓돌 아래 서서 기다리신 지 오래됩니다."

그제서야 공명이 벌떡 몸을 일으키며 가볍게 꾸짖었다.

"왜 일찍 알리지 않았느냐? 우선 유황숙께 옷 갈아입고 나올 때까지만 기다리시라고 일러라!"

공명은 아이에게 그렇게 말하고 얼른 후당으로 들어갔다.

후당으로 들어가 옷을 갈아 입으면서 공명은 쓸쓸하게 중얼거렸다.

'유비, 그대는 기어이 수고는 많고 얻을 것은 적은 그대의 꿈속으로 나를 끌어들이고 마는구려. 이제 나는 저 항우에게 천명이 없는 줄 알면서도 그를 따라나선 저 범증(范增)의 어리석음을 탓할 수 없게 되었소. 지난겨울 내내 그대와 그대가 내 앞에 펼치려는 달갑잖은 명운을 피하느라 그토록 애썼건만 이렇게 되고 보니 결국 그대를 따라나서지 않을 수 없구려……'

그러나 한편으로는 이미 오래전부터 예정되어 있는 만남이 드디어 이루어진 것 같은 설렘도 없지 않았다.

공명은 반 시각쯤 지나 옷매무새를 가다듬고 관을 반듯이 한 뒤에야 유비를 맞아들였다. 유비가 그런 공명을 보니 이 사람이 바로 한 해 전 진중에서 만난 적이 있던 그 서생(書生)인가 싶을 정도로 새로운 모습이었다. 키는 여덟 자쯤으로 훤칠했고 얼굴은 관옥같이 흰데 머리에는 윤건(綸巾, 굵은 끈으로 짠 두건)을 쓰고 몸에는 학창의(학의 깃털로 짠 듯 흰옷)를 걸치고 있었다. 한가지로 세간을 벗어난 신선의 모습을 연상케 했다.

유비는 공명의 그같이 표표한 모습만 보고서도 그가 바로 자신이 그토록 애타게 기다리고 찾던 사람임을 느낄 수 있었다. 기억 속의 백면서생은 없던 것으로 지워지고 자신도 모르게 머리가 숙여졌다.

"이 비는 한실의 보잘것없는 후손이요, 탁군의 한낱 어리석은 촌부이나 선생의 크신 이름은 우레처럼 들어온 지 오랩니다. 지난번에도 두 번이나 뵈러 왔으나 한 번도 뵙지 못하고 천한 이름만 글에 적어 남겨두고 갔는데 혹 읽으셨는지요?"

유비가 공명 앞에 엎드려 절하며 물었다.

어지간한 공명도 유비가 그렇게 나오자 당황했다. 두 번씩이나 어려운 길을 찾아온 얘기를 들은 것만으로도 은근히 부담이 되던 차에 세 번째로 다시 찾아왔을 뿐만 아니라 대수롭지 않은 자신의 낮잠을 깨우지 않기 위해 한나절을 더 기다린 그였다. 거기다가 이제는 아직 별로 알려지지도 않은 자신에게 한 무리의 우두머리가 지녀야 할 위엄도 생각하지 않고 무릎을 꿇고 있지 않은가.

"남양의 한낱 야인으로 살다 보니 게으르고 소홀한 것이 이제는 성정으로 굳은 것 같습니다. 여러 차례 장군께서 누추한 곳을 찾아주셨음에도 스스로 찾아가 뵙지 못하고 이렇게 다시 오시게 하니 실로 부끄러움을 이길 수가 없습니다."

공명 또한 황망히 마주 절을 하며 유비의 말을 받았다. 그러나 유비는 여전히 엎드린 채 오히려 지난 잘못을 빌었다.

"지난해에 선생께서 저희 군막을 찾아주셨을 때 이 비는 눈이 있어도 보지 못하는 장님과 다름없었습니다. 금옥 같은 말씀을 주셨으나 선생 같은 분을 알아보지 못하고 이토록 먼 길을 돌아왔으니 이는 모두가 스스로의 어리석음이 불러들인 것이라 더욱 부끄러울 뿐입니다."

"이 양(亮)이 무슨 재주가 있어 한 번의 스침으로 장군 같은 분께 과분한 대접을 바랄 수 있겠습니까? 오히려 쓸데없는 말로 장군의 귀를 어지럽게 하였으니 죄스러울 뿐입니다."

공명이 더욱 몸을 낮추며 지난번의 만남이 남긴 어색함을 씻어내려 했다. 어차피 유비와 함께 일하게 될 바에야 개운찮은 감정의 찌꺼기를 지닌 채 시작하고 싶지는 않았다. 유비도 그 점에서는 공명과 마찬가지였다. 그 또한 공명과의 만남을 그날이 처음인 것으로 하고 싶었다. 그리하여 그 같은 마음의 움직임에 따라 지난번의 만

남은 두 사람으로부터 지워지고 오늘날 전하는 저 유명한 삼고초려의 전설만 남게 된다.

이윽고 유비와 공명은 서로 처음 만나는 예를 끝내고 각기 자리를 정해 앉았다. 시중 드는 아이가 차를 끓여 내왔다.

"전에 장군께서 남기신 글을 보니 장군께서 나라와 백성을 걱정하시는 마음을 넉넉히 알 만했습니다. 그러나 이 양은 나이가 어리고 재주가 모자라 장군께서 묻기에 마땅치 않을까 두려울 뿐입니다."

아이가 다반을 물린 뒤에 공명이 천천히 입을 열었다. 유비의 믿고 기댐이 너무 무거워 짐짓 겸양해 보는 것이었으나 한편으로는 아직도 유비를 따라 세상에 나가는 것에 한 가닥 망설임이 남아 있음 또한 사실이었다. 유비가 조금도 흔들림 없이 대답했다.

"사마덕조(司馬德操) 선생이나 서원직의 말이 어찌 모두 거짓일 수 있겠습니까? 바라건대 선생은 이 비가 어리석고 막혀 있다 버리지 마시고 가르침을 내려주십시오."

"사마덕조 선생이나 서원직 같은 이는 한가지로 세상이 알아주는 높은 선비이나 이 양은 한낱 밭 가는 농사꾼에 지나지 않습니다. 어찌 감히 천하의 일을 입에 담을 수 있겠습니까? 두 분께서 잘못 알고 저 같은 것을 천거한 것임에 틀림없습니다. 장군께서는 무슨 까닭으로 그 두 분 같은 아름다운 구슬을 버리시고 저같이 쓸모 없는 돌덩이를 얻으려 하십니까?"

공명이 한번 더 스스로를 낮추며 몸을 빼려 했다. 유비는 더욱 간곡하게 그런 공명에게 매달렸다.

"선생께서 무어라 말씀하시든 비는 선생께서 천하를 경영할 수 있는 큰 재주를 지니고 계시다고 믿어 의심치 않습니다. 대장부로 그 같은 재주를 가슴에 품고 어찌 숲속에 묻혀 헛되이 늙으실 수 있겠습니까? 바라건대 선생께서는 괴로움에 시달리는 천하의 가엾은 백성들을 생각하셔서라도 저의 어리석고 둔함을 열어주시고 크신 가르침을 내려주십시오.”

그제서야 공명도 더는 물러날 수 없음을 알았다. 참으로 뿌리칠 수 없는 유비의 인품이었다. 이에 공명은 쓸쓸히 웃으며 물었다.

“그렇다면 장군께서 지금 하고자 하시는 일은 무엇입니까? 장군의 크신 뜻부터 한번 듣고 싶습니다.”

드디어 공명이 마음의 문을 여는 걸 보자 유비도 마음속에 품은 뜻을 한 번 더 털어놓았다.

“지금 한실은 썩고 기울어진 데다 간신은 천명을 도적질하려 하고 있습니다. 이에 유비는 스스로의 힘을 헤아려보지 아니하고 널리 천하에 대의를 펴보려 하였으나 재주는 얕고 계책은 짧아서 아직껏 무엇 하나 이룬 것이 없습니다. 선생께서 그 같은 저의 어리석음을 열어주시어 닥쳐올 액화를 덜어주신다면 실로 그보다 더한 다행이 없겠습니다.”

이미 글로 남긴 적이 있는 말이었으나 유비의 입을 통해서 들으니 더욱 간곡했다.

공명은 그런 유비를 그윽히 바라보다가 이윽고 뜻 모를 한숨과 함께 입을 열었다.

“동탁이 나라에 반역한 이래 천하 뭇 호걸이 잇대어 일어났습니다. 그중에서도 조조는 그 세력이 원소에 미치지 못하면서도 마침내 원소를 이겼는데 그것은 다만 하늘이 준 때를 탔을 뿐만 아니라 사람의 꾀에도 의지한 바 큽니다. 이제 조조는 이미 백만의 무리를 이끌고 있는 데다 천자를 끼고 제후를 호령하고 있는 판이라 그와는 창칼로 다투기 어렵게 되었습니다.

또 손권은 강동에 자리 잡고 이미 삼대(三代)를 이어오는데 그 땅은 지키기 쉽게 험하고 백성들은 명에 잘 따릅니다. 손권에게는 도움을 입을지언정 그를 도모하려고 해서는 아니 됩니다. 그다음이 이곳 형주(荊州)입니다. 형주는 북으로 한수(漢水)와 면수(沔水)가 둘러쳐 남해(南海)의 이익을 모조리 차지할 수 있게 되어 있으며, 동으로는 오회(吳會) 땅과 잇대어 있고 서로는 파촉(巴蜀)과 닿아 있으니 실로 한번 군사를 기르고 움직여볼 만한 땅입니다.

하지만 주인 될 만한 이가 아니면 결코 지킬 수 없는 곳이지요. 그런데 지금 형주는 주인을 잘못 만나 위태로운 지경에 빠져 있습니다. 이는 하늘이 이곳을 장군께 주려 함인데 장군께서 어찌 버리실 수 있겠습니까?

거기다가 익주(益州)는 지세가 험해 지키기 쉬우면서도 기름진 들이 천리에 뻗어 있어 하늘이 준 복된 땅이라 할 수 있는 곳입니다. 우리 고조(高祖)께서도 그 땅에 의지해 마침내 제업(帝業)을 이루지 않았습니까? 그런데 지금 그 땅의 주인 유장(劉璋)은 사람됨이 어둡고 나약하여 백성이 많고 나라가 부유해도 불쌍히 여겨 얼러줄 줄 모르니 지혜롭고 능력 있는 선비들은 하나같이 밝은 주인을 얻기를 원하고 있습니다. 장군께서는 이미 제실의 후손인 데다 신의가 사해에 떨치신 분이십니다.

뭇 영웅들 가운데서도 으뜸이시며, 어진 이를 찾기에 목마른 자가 물 찾듯 하시니 바로 익주 사람들이 기다리는 밝은 주인이 될 수 있을 것입니다.

만약 장군께서 익주와 형주를 걸터 타고 그 험한 지세에 기대어 지키시며, 서로 여러 오랑캐[戎]와 화친하고 남으로 이월(彝越)을 어루만진 연후 밖으로는 손권과 동맹을 맺고 안으로는 정사에 힘쓴다면 두려울 게 무엇이겠습니까? 또 그러다가 천하에 변란이 있기를 기다려 한 상장으로 하여금 형주의 군사들을 이끌고 완성 낙양으로 향하게 하고 장군께서는 몸소 익주의 군사들을 모아 진천으로 나아간다면 백성들 치고 장군을 단사호장(簞食壺漿)으로 환영하지 않는 자가 어디 있겠습니까?

이렇게만 하신다면 곧 대업은 이루어질 것이요, 한실은 다시 일어날 것입니다. 이것이 양이 장군을 위해 꾀할 수 있는 계책이니 장군께서도 한번 깊이 헤아려보십시오.”

이른바 천하삼분책(天下三分策)이란 것이었다. 보통 공명의 창안으로 되어 있으나 기실 그 계책은 당시 형주 남양의 식자 간에 은연중에 형성되고 있던 형세 판단과 일치했다. 동오의 노숙이나 감녕이 손권에게 하는 말에도 그 같은 천하삼분의 예측과 일치하는 부분이 엿보인다.

제갈량의 말을 듣자 유비는 문득 눈앞에 새로운 세계가 열리는 듯한 느낌이 들었다. 스물 몇의 젊은 나이로 몸을 일으켜 고향을 떠난 지 삼십 년, 몸은 늙어가고 있건만 아직껏 변변한 근거지조차 마련하지 못한 그가 아니었던가. 거기다가 더욱 답답한 것은 얻은 것

없이 고달프게 떠돌아 다니기만 한 지난 세월보다도 아무런 전망도 계획도 없는 앞날이었다.

그런데 이제 공명의 한마디로 자신이 가야 할 길이 훤히 보이는 듯 나타나는 것이었다.

거기서 유비는 자신도 모르게 옷깃을 여미며 공명에게로 다가앉았다.

그때 문득 공명이 심부름하는 아이를 불러 일렀다.

"너 안으로 들어가서 전에 내가 그려둔 지도를 가져오너라."

그리고 아이가 시킨 대로 하자 그 지도를 벽에 걸게 한 뒤 다시 유비를 보며 말했다.

"이것은 서천(西川) 쉰네 주의 지도올시다. 장군께서 패업을 이루고자 하신다면 북쪽은 조조가 하늘이 준 때[天時]를 누리게 놓아두시고 남쪽은 손권이 땅의 이로움[地利]을 차지하게 버려두십시오. 장군의 몫은 사람의 화합[人和]입니다. 먼저 형주를 손에 넣으시어 집으로 삼고 그 뒤 서천을 얻어 대업의 바탕을 삼으신다면 솥발이 셋으로 나뉘어 솥을 떠받들 듯 조조, 손권과 더불어 천하의 셋 중 하나를 차지하게 되는 것입니다. 중원을 엿보는 일은 그런 다음에라야 이루어질 수 있습니다."

공명이 그렇게 말을 맺자 유비가 문득 몸을 일으키더니 공명과 나란히 앉지 못하고 손을 모아 높이 모시듯 물러섰다. 그만큼 공명의 지혜와 식견이 그를 압도했던 것이다. 그러나 기쁨과 놀라움도 잠시 유비가 무엇을 생각했는지 갑자기 얼굴빛을 흐리며 말했다.

"선생의 말씀을 들으니 막힌 가슴이 틔어 이 비로 하여금 두꺼운 구름을 헤치고 푸른 하늘을 바라보는 듯한 느낌이 들게 합니다. 그러나 형주의 유표와 익주의 유장이 모두 한실의 종친이니 이 비가 어찌 차마 그 땅을 빼앗을 수 있겠습니까?"

막상 일을 시작해보려 하니 다시 인정과 의리의 문제가 머리를 쳐든 것이었다. 공명이 그런 유비의 걱정을 덜어주었다.

"제가 밤에 천문을 보니 유표는 그리 오래 살지 못할 것 같았습니다. 또 유장은 대업을 이룰 만한 인물이 못 되니 뒷날 그 땅들은 반드시 장군께 돌아올 것입니다."

유비는 그 말을 듣자 밝은 얼굴로 머리를 조아려 절하며 감사했다.

아직 띠집[茅舍]을 나오기도 전에 세상일은 물론 사람의 명운까지도 훤히 꿰뚫어보고 있는 공명이었다.

"유비는 비록 이름 없고 덕이 엷으나 바라건대 선생께서는 비천하다 버리지 마시고 산을 내려와 도와주십시오. 이 비는 마땅히 선생의 밝은 가르침을 따르겠습니다."

이윽고 유비는 다시 한번 그렇게 청했다. 어쩌면 공명은 그 몇 마디로 스스로 세상에 나가 유비를 돕는 일에 갈음하려 드는 게 아닌가 하는 의심이 든 까닭이었다. 과연 공명은 새삼 얼굴빛을 가다듬으며 한 번 더 사양의 말을 했다.

"양은 오래 밭 갈고 김매는 데 재미를 붙여 세상일에 게을러졌습니다. 아무래도 명을 받들기 어렵겠습니다."

유비는 몸이 달았다. 아니 겨우 잡은 봉황을 놓치게 될 것 같은 안타까움과 두려움에 앞뒤를 가릴 수가 없었다. 걷잡을 수 없이 쏟아지는 눈물을 감추려고도 아니하고 그대로 엎드려 빌었다.

"선생님께서 나가시지 않으시면 저 고통받는 숱한 백성들은 어찌 하겠습니까……."

이내 유비의 소매와 옷깃은 눈물로 흥건히 젖었다. 부릴 사람을 찾는 주군의 정성이라기보다는 스승을 구하듯 하는 간절함이었다. 아무리 냉정한 제갈량이지만 그 같은 유비의 모습에는 감동이 아니 될 수 없었다. 이윽고 유비를 일으키며 결연히 말했다.

"장군께서 버리시지 않으시니 개나 말의 수고로움이라도 대신하여 보겠습니다. 이만 일어나십시오."

그러자 유비는 기뻐 어쩔 줄 모르며 곧 관우와 장비를 불러들여 공명에게 절하게 하고 가져온 예물을 올리게 했다. 공명이 굳이 받지 않으려 하자 유비가 말했다.

"이것은 대현을 모시는 예로서가 아닙니다. 다만 이 유비의 한 조각 마음을 보이는 것일 뿐입니다."

그러자 공명은 비로소 예물을 거두었다.

그날 밤 유비와 그 일행은 제갈공명의 초려에서 묵었다. 공명이 행장을 수습하기를 기다리려 함이었다. 다음 날 아침 떠나기에 앞서 공명은 아우 제갈균을 불러 당부했다.

"나는 유황숙으로부터 세 번이나 찾아보는 은혜[三顧之恩]를 입어 이제 세상에 나가지 않을 수 없게 되었다. 너는 이곳에 남아 갈고 가꾸어 밭과 논이 묵는 일이 없게 하라. 나는 공을 이룬 뒤에는 반드시 이곳으로 돌아와 조용히 숨어 지내리라."

뒷사람이 그 일을 노래했다.

몸이 아직 높이 오르기도 전에 물러남을 생각하니

身未升騰思退步

공 이룬 날 반드시 떠날 때의 말을 기억하리.

功成應憶去時言

그러하되 어찌하랴, 선주의 은의 무거우니

只因先主丁寧後

다만 가을바람 부는 오장원의 별로 질 뿐이네.

星落秋風五丈原

높이 이는 장강의 물결

이때 강동에 자리 잡고 있던 손권은 아버지와 형으로부터 물려받은 기업을 착실하게 키워가고 있었다. 널리 어진 선비를 받아들이는데, 오회(吳會) 땅에 손님을 맞아들이는 큰 집을 지어 고옹과 장굉으로 하여금 사방에서 모여드는 인재를 받아들이게 함과 아울러 숨은 인물들을 서로 추천케 했다.

회계 땅의 감택, 팽성의 엄준(嚴畯), 패현의 설종(薛綜), 여남의 정병(程秉), 오군의 주환(朱桓)과 육적(陸績), 오의 장온(張溫), 회계의 능통(凌統), 오정(烏程)의 오찬(吳粲) 같은 수많은 인재들이 손권 밑으로 모여든 것도 그 무렵이었다.

손권은 그들을 모두 하나같이 두터운 예로 받아들여 공경했다. 그 밖에 또 손권은 좋은 장수까지 여럿 얻게 되었는데 여양 땅에서 온 여몽(呂蒙), 오군의 육손(陸遜), 낭야의 서성(徐盛), 동군의 반장(潘璋), 여강의 정봉(丁奉) 같은 빼어난 무장들이 바로 그들이었다.

그렇게 모인 문무의 인재들이 한가지로 손권을 도와 힘을 아끼지 않으니 강동의 성세는 드높아졌다. 손견, 손책의 시절과는 이제 비교도 안 될 지경이었다.

그러자 그 같은 강동의 번성이 조조에게 결코 달가울 리 없었다. 일찍이 건안 칠년 조조는 원소를 깨뜨린 기세에 힘입어 손권에게 사신을 보내고 그 아들을 조정으로 들여보내 천자의 수레를 따르도록 하라는 명을 내렸다. 마다하면 금세 군사를 동오로 몰고 올 듯한 엄포와 함께였다.

사신을 통해 조조의 명을 전해 들은 손권은 얼른 마음을 정할 수 없었다. 들어주자니 그날로 자신의 아들은 인질이 되어 자신까지 조조에게 매인 몸이 될 것이고, 거절하자니 그토록 강성하던 원소를 꺾은 여세를 몰아 조조가 강동으로 쳐들어올 게 두려웠다.

손권이 이래저래 마음을 정하지 못하고 있는 사이에 조조가 사자를 보내 인질을 요구하고 있다는 소문은 손권의 어머니 오태부인(吳太夫人)의 귀에 들어갔다. 오태부인은 주유와 장소를 불러들여 의견을 물었다. 장소가 대답했다.

"조조가 우리에게 자식을 조정에 들여보내라고 하는 것은 예로부터 제후들을 견제하는 법도에서 비롯된 것입니다. 만약 주군께서 아드님을 보내지 않는다면 조조가 군사를 일으켜 강동으로 내려올까 두렵습니다. 그렇게 되면 강동은 실로 위태로워진다 아니할 수 없습니다."

문신이라 그런지 장소의 의견은 화친 쪽으로 기울었다. 그러나 무장인 주유는 달랐다. 장소의 말이 끝나기 무섭게 나무라듯 받았다.

"우리 주군께서는 부형의 기업을 물려받아 여섯 군의 백성을 거느린 데다 군사는 많고 양식은 넉넉합니다. 무슨 까닭으로 사람을 보내 볼모로 잡히게 한단 말입니까? 한번 인질을 보낸다면 조씨와 화친하지 않을 수 없고, 저쪽에서 명을 내려 부르면 이쪽에서 아니갈 수 없게 됩니다. 그렇게 되면 이는 바로 다른 사람의 억누름과 부림을 받게 되는 길입니다. 결코 인질을 보내서는 아니 됩니다. 인질을 보내지 말고 천천히 저쪽의 변화를 보다가 따로 좋은 계책을 세워 막는 게 낫습니다."

때에 따라서는 조조와 한바탕 싸움도 마다하지 않겠다는 결연함이 엿보이는 의견이었다. 듣고 있던 오태부인이 가만히 고개를 끄덕이며 말했다.

"공근의 말이 옳다. 결코 인질을 들여보내서는 안 되리라."

그러고는 곧 손권을 불러 자신의 뜻을 전했다. 맹장 손견의 아내요, 강동의 소패왕(小覇王)이라 불리는 손책의 어머니다운 간섭이었다. 그때껏 뜻을 정하지 못하고 있던 손권도 어머니가 그렇게 권하자 흔연히 따랐다.

조조가 보낸 사자를 겉으로는 융숭히 대접했으나 끝내 아들을 조정에 들여보내지는 않았다.

그 일로 손권의 결의를 짐작한 조조는 그때부터 강남으로 내려갈 뜻을 품게 되었다.

그러나 아직은 북방이 완전히 평정되지 않은 때라 남쪽으로 군사를 낼 틈이 없었다. 원소는 깨뜨렸다 해도 그 아들들이 오랜 기반에 의지해 만만찮게 재기를 노리고 있었기 때문이었다.

비록 조조가 군사를 몰고 내려오지는 않았지만 손권도 조조의 속마음을 전혀 짐작하지 못한 것은 아니었다. 이에 조조가 내려오기 전에 강동의 기반을 더욱 든든히 해둔다는 뜻으로 형주 강하를 지키는 황조(黃祖)를 토벌하러 나섰다. 건안 팔년 십일월의 일이었다.

손권은 스스로 군사를 이끌고 대강에서 황조와 싸웠다. 황조는 잇달아 싸움에 졌으나 곧 손권에게도 이롭지 못한 일이 생겼다.

손권의 부장 중에 능조(凌操)란 이가 있었다. 손권이 잇달아 싸움에 이기자 기세가 오른 능조는 가벼운 배로 앞장서서 황조의 군사들이 지키는 하구로 쳐들어갔다. 이때 하구를 지키던 황조의 장수는 감녕(甘寧)이란 부장이었는데 능조를 한 화살로 쏘아 죽여버렸다.

장수를 잃은 손권의 군사는 크게 어지러워졌다. 그러나 다행히도 능조의 아들 능통이 열여덟의 나이로 아비 곁에 있다가 힘을 다해 싸워 아비의 시체를 빼앗아 돌아왔다.

하지만 손권의 군사는 그 일로 예봉이 꺾인 셈이었다. 거기다가 바람의 방향까지 이롭지 못해 손권은 하는 수 없이 군사를 동오로 되돌렸다.

그런데 동오에 돌아와서도 또다시 손권에게 좋지 못한 일이 터졌다. 다름 아닌 아우 손익(孫翊)의 일이었다. 손익은 그때 단양의 태수로 나가 있었는데 사람됨이 모질고 술을 좋아했다. 그러다 보니 자연 술에 취하면 자주 사졸들에게 매질을 해 적잖이 미움을 사고 있었다.

태수 손익이 사졸들로부터 미움받고 있는 걸 본 독장(督將) 규람과 군승(郡丞) 대원은 슬그머니 딴마음이 생겼다. 손익을 죽이고 자기들이 단양을 차지하고 싶어진 것이었다. 이에 규람과 대원은 손익 곁에서 일하는 변홍까지 끌어들여 손익을 죽일 음모를 꾸몄다.

때마침 고을의 여러 장수와 현령들이 모두 단양으로 모일 일이 있었다. 손익은 크게 잔치를 열고 그들을 대접하려 했다. 태수로서 아랫 사람들을 위로한다는 명목으로 질탕히 술이나 즐기려는 속셈이었다.

그와 같은 손익의 사람됨에 비해 그 아내 서씨는 아름답고도 슬기로웠다. 거기다가 또 점을 매우 잘 쳤는데 그날도 남편을 위해 점괘를 빼보니 몹시 불길했다. 이에 서씨는 손익에게 밖에 나가 술자리를 벌이지 않도록 권했다. 그러나 손익은 그 같은 아내의 말을 들은 체도 않고 기어이 나가 술자리를 벌였다.

밤이 오래되어 자리가 파할 무렵이었다. 규람, 대원과 한패가 된 변홍이 미리 칼을 품고 문 밖에 나가 숨어 있다가 술이 취해 비틀거리며 나오는 손익을 한칼에 베어 죽여버렸다.

그러자 규람과 대원은 변홍과 남몰래 했던 약조를 저버리고 변홍을 묶은 뒤 다음 날 태수를 죽인 죄를 물어 저잣거리에서 목을 베어버렸다. 칼을 빌려 사람을 죽인다더니, 실로 교활하면서도 비열한 위인들이었다.

뿐만 아니라 규람과 대원은 거기서 한술 더 떠 손익의 재산과 시첩까지 모두 차지했다.

변홍 혼자 손익을 죽였다고 믿는 사람들조차도 도무지 이해가 안 되는 두 사람의 행동이었다. 그중에서도 규람은 손익의 아내 서씨의 아름다움이 탐나 한층 뻔뻔스런 수작을 벌였다.

"나는 그대 남편의 원수를 갚아주었으니 그대는 마땅히 나를 따라야 한다. 내 말을 듣지 않으면 죽음이 있을 뿐이다."

집안에 들어앉아 있어 직접 보지는 못했으나 일이 돌아가는 것으로 내막을 대강 어림잡고 있던 서씨는 그 말에 기가 막혔다. 도적이 남편을 흉계로 죽여놓고 이제는 자기까지 욕보이려 들고 있지 아니한가. 그러나 슬기로운 그녀는 낯색이 변해 규람을 꾸짖는 대신 은근한 목소리로 속살거렸다.

"지아비를 잃은 지 오래되지 않아 급히 장군을 따를 수가 없습니다. 삭망이 되기를 기다려 제사를 올리고 상복을 벗은 뒤에 장군을 가까이 모셔도 늦지 않을 것이니 그때까지만 기다려주십시오."

규람이 생각해보니 그럴싸한 말이었다. 거기다가 서씨의 아름다움에 이미 반이나 얼이 빠져 있던 그라 두말 않고 서씨의 말을 따랐다.

한편 거짓말로 급한 자리를 면한 서씨는 가만히 사람을 보내 죽은 남편의 심복인 손고(孫高)와 부영(傅嬰) 두 사람을 불렀다. 두 사람이 영문도 모르고 불려오자 서씨는 울면서 그들에게 말했다.

"돌아가신 남편께서 살아 계실 때 항상 두 분께서 충성스럽고 의롭다고 말씀하시곤 했습니다. 이제 규람과 대원 두 도적이 우리 남편을 모살(謀殺)하고 그 죄는 변홍에 덮어씌운 뒤 우리 집의 재산과 노복을 모두 나누어 가지려 하고 있습니다. 게다가 어디 그뿐이겠습니까?"

그러면서 손고와 부영을 바라보는 서씨의 눈길에는 푸른 불길이 이는 듯했다.

대강 짐작은 했으나 증거가 없어 일이 돼가는 꼴만 살피고 있던 손고와 부영도 그 말을 듣자 긴장한 얼굴로 서씨를 쳐다보았다. 서씨는 그런 둘에게 매달리듯 얘기를 계속했다.

"규람 그놈은 또 이 몸까지 차지하려고 덤벼들었습니다. 첩은 거짓으로 허락하는 체하며 그놈을 안심시켜 놓았습니다만 첩이 욕을 면하고 선부(先夫)의 원수를 갚느냐 못 갚느냐는 오직 두 분의 손에 달렸습니다. 두 분께서는 오늘밤으로 사람을 뽑아 시아주버님 되는 오후(吳侯)께 두 도적의 일을 알리시는 한편 가만히 계책을 꾸며 두 도적을 죽이도록 하십시오. 이 욕과 한을 씻어주신다면 그 은혜는 죽어서도 잊지 아니하겠습니다."

그러고는 문득 몸을 일으켜 손고와 부영에게 두 번 절을 했다. 두 사람도 함께 울며 맹세하듯 말했다.

"우리들은 평소 돌아가신 태수님의 은의를 두텁게 입었으면서도 오늘까지 죽지 않고 있는 것은 다만 그분의 원수를 갚아드리기 위해서였습니다. 거기다가 이제 이렇게 부인께서 명하시는데 어찌 있는 힘을 다하지 않을 수 있겠습니까?"

그러고는 그날 밤으로 믿는 사람을 뽑아 손권에게로 보내는 한편 규람과 대원을 죽일 계책까지 마련했다.

며칠 안 돼 삭망이 되었다. 서씨는 미리 짠 대로 손고와 부영을 불러 밀실 휘장 뒤에 숨긴 후 남편의 빈소 앞에 제물을 차렸다.

그리고 제사가 끝나기 바쁘게 상복을 벗어 던지고는 곧 단장하기 시작했다. 데운 물로 깨끗이 씻은 몸에 고운 옷을 골라 입었는데 얼굴에는 제법 미소까지 띠고 있었다.

서씨 부근에 숨겨둔 제 사람으로부터 그 같은 소문을 들은 규람도 몹시 기뻤다. 오늘 밤에는 드디어 아리따운 서씨를 품어보는구나 싶어 황홀하게 기다리는데 오래잖아 서씨에게서 사람이 왔다.

"장군께서 안으로 드시랍니다."

그 말을 들은 규람은 입이 귀밑까지 찢어져 한달음에 달려갔다.

서씨는 이미 술상을 보아놓고 기다리고 있었다. 곱게 단장한 서씨에게 넋을 잃은 규람은 서씨가 내미는 대로 넙죽넙죽 술을 받아 마셨다. 제아무리 장사라 해도 마신 술이 어디 갈까, 규람은 곧 취해버렸다.

"이제는 밀실로 드시지요."

서씨는 이미 취한 규람에게 한층 고혹적으로 속살거렸다. 취한 중에도 규람은 기뻐 어쩔 줄 모르며 비척비척 밀실로 따라 들어갔다.

"손, 부 두 장군은 어디 계시오?"

갑자기 서씨가 휘장 쪽을 보며 소리쳤다. 손고와 부영이 휘장 뒤에서 칼을 빼들고 기다리듯 달려 나왔다. 놀란 규람이 어찌 막아보려 했으나 손발 한번 제대로 놀려보지 못하고 두 사람의 칼에 찔려 나동그라졌다. 손고와 부영은 다시 한칼질을 더해 규람의 숨통을 온전히 끊어버린 뒤에야 칼을 거두었다.

서씨는 거기에 그치지 않고 대원까지 불러들여 죽여버렸다. 함께 손익을 죽인 규람의 부름이라는 말에 의심 없이 왔던 대원 또한 손 한번 제대로 써보지 못하고 손고와 부영의 칼에 목을 잃고 말았다.

뿐만 아니라 서씨는 규람과 대원의 가솔들이며 그들을 따르던 졸개들까지 모조리 죽인 뒤에야 다시 상복을 입고 죽은 남편의 영전에 제사 지냈다. 제물은 다름 아닌 규람과 대원의 목이었다. 실로 매서운 여자였다.

규람과 대원이 손익을 죽였다는 소식을 듣고 손권이 스스로 군사를 이끌고 단양에 이르렀을 때는 이미 모든 일이 끝난 뒤였다. 손권은 손고와 부영의 공을 높이 여겨 아문장(牙門將)으로 삼은 뒤 단양을 지키게 하고 자신은 서씨와 아우의 가솔들을 거두어 강동으로 돌아갔다.

손익이 죽은 일 뒤로 강동은 한동안 조용했다. 손권은 그동안 각처의 산적들을 뿌리 뽑아 백성들의 괴로움을 덜어주는 한편 대강에 있는 전선(戰船) 칠천여 척을 모두 모아 수군으로 삼았다. 그리고 주유를 대도독(大都督)으로 세워 강동의 수륙(水陸) 군마를 모두 거느리게 했다.

그럭저럭 세월이 가 어느새 건안 십이년이 되었다. 그해 십이월이 되자 전부터 시름시름하던 오태부인의 병세가 갑자기 위독해졌다. 손견의 정실이요 손책과 손권 형제의 친어머니인 만큼 여느 아낙과는 달라 오태부인은 자신이 다시 일어나기 어려움을 깨닫자 주유와 장소를 불러놓고 말했다.

"나는 원래 오(吳)나라 땅 사람으로 어려서 부모를 잃고 아우 오경(吳璟)과 더불어 월나라 땅으로 옮겨 살았다. 뒤에 손씨에게 시집와 네 아들을 두었는데 맏이가 바로 책(策)이고 둘째가 권(權)이다.

책을 낳을 때는 달을 가슴에 품는 꿈을 꾸었고 권을 낳을 때는 해를 품었던 바, 점치는 이가 말하기를 달과 해를 품는 꿈을 꾸면 반드시 그 자식이 귀하게 되리라 했다. 그런데 불행히도 책은 일찍 죽고 이제 강동의 기업은 권에게 맡겨졌다. 바라건대 그대들은 마음을 합쳐 권을 돕도록 하라. 나는 죽어서도 그대들의 은공을 길이 잊지 않으리라."

그런 다음 다시 손권을 불러 당부했다.

"너는 자포(子布, 장소)와 공근(公瑾, 주유)을 스승 섬기는 예로 하되 결코 소홀히 하거나 게을리해서는 아니 된다. 또 내 동생은 나와 함께 네 아버지에게로 시집 왔으니 너에게는 바로 어머니가 된다. 내가 죽은 뒤에는 내 동생을 이 어미 섬겼듯 하라. 그리고 그 소생인 네 어린 누이 또한 은혜로 기르고 뒷날 나이가 차거든 좋은 사윗감을 골라 짝지어주도록 하라."

오태부인은 그렇게 일일이 죽은 뒤의 일을 당부한 뒤 곧 숨을 거두었다. 이에 손권은 슬피 울고 정성을 다해 어머니의 장례를 치렀다.

그럭저럭 겨울이 가고 이듬해 봄이 왔다. 어느 정도 안의 일을 수습한 손권은 다시 사람들을 모아놓고 황조를 칠 일을 의논했다. 여느 때처럼 매사에 온건한 장소가 나서서 말렸다.

"아직 상을 다 치르기도 전에 군사를 움직여서는 아니 됩니다."

주나라 무왕(武王)의 옛일이라도 떠올린 것이리라. 주유가 당치 않다는 듯 목소리를 높였다.

"원수를 갚고 한을 씻는 데 달리 무슨 때가 있단 말입니까?"

그렇게 강온(强穩)이 정면으로 부딪치니 손권은 얼른 뜻을 정할 수가 없었다. 그때 북평의 도위로 있던 여몽이 들어와 손권에게 알렸다.

"제가 용추의 수구(水口)를 지키고 있는데 황조의 부장 감녕이 항복해 왔습니다. 제가 자세히 물으니 감녕은 자를 흥패(興霸)라 하며 파군 임강 땅 사람이었는데, 서사(書史)에 두루 통달했으며 기력도 대단했습니다. 일찍이 협행으로 노닐기를 좋아하다가 쫓기는 무리를 모아 대강을 휘젓고 다녔다고 합니다. 그때 감녕은 허리에 구리로 된 방울을 차고 다녔는 바, 사람들은 그 방울 소리만 들어도 모두 몸을 피할 정도였습니다. 또 항상 서천에서 나는 좋은 비단으로 돛을 만들어 달고 다니니 사람들은 그의 패거리를 '금범적(錦帆賊)'이라 하며 두려워했습니다.

뒤에 지난 잘못을 뉘우치고 행동을 고쳐 좋은 일을 하고자 무리를 이끌고 유표에게 갔습니다. 그러나 유표가 큰일을 할 만한 인물이 못 됨을 알고 다시 동오로 오려고 하다가 우연히 황조를 만나 하구에 머물게 되었던 것입니다."

"그렇지만 이미 황조의 사람이 되어 우리와 창칼을 맞댔다가 지금에 와서야 오려는 까닭은 무엇이오?"

한편으로는 감녕이란 인물에 마음이 끌리면서도 아직 의심스런 데가 있는지 손권이 물었다. 여몽이 한층 열을 올려 대답했다.

"전에 우리 동오가 황조를 쳤을 때, 감녕의 힘을 입어 하구를 회복했음에도 황조는 감녕을 매우 박하게 대접했습니다. 도독인 소비(蘇飛)가 여러 차례 그런 황조에게 감녕을 천거했지만 그때마다 황조는 말했습니다. '감녕은 원래 강물 위에서 도적질이나 하던 자이다. 어찌 무겁게 쓸 수 있겠는가?' 이에 감녕은 황조에게 한을 품게 된 것입니다.

소비는 감녕의 그런 마음을 알고 술을 가지고 감녕의 집을 찾아와 말했습니다. '나는 여러 차례 그대를 천거했으나 우리 주공께서는 쓰실 마음이 없는 듯하오. 해와 달은 쉬지 않고 뜨고 지니 우리 인생 길어야 얼마이겠소? 그대는 마땅히 먼 앞날을 두고 일을 꾀해보도록 하는 게 좋겠소. 그대에게 악현의 장(長) 자리를 얻어줄 테니 그리로 가서 스스로 거취를 정해보시오.' 그래서 소비 덕분에 감녕은 하구를 벗어나 강동으로 올 수 있었습니다."

"그렇다면 왜 바로 이리로 오지 않고 공에게로 가 있소?"

손권이 다시 물었다. 여몽이 얼른 대답했다.

"주공께서는 감녕이 황조를 구해주기 위해 우리 장수 능조를 죽인 일을 잊으셨습니까? 감녕은 그게 두려워 바로 주공께로 오지 못하고 먼저 제게로 사람을 보내 물어온 것입니다. 저는 주공께서 어진 이 찾기를 목마른 자가 물 찾듯 하시며 지난날의 원한을 오래 기억하지 않음을 일러줌과 아울러 각기 그 주인을 위해 한 일인데 어찌 노여워하실 리 있겠냐고 감녕을 안심시켜주었습니다. 그제서야 감녕도 마음이 놓이는지 기꺼이 무리를 이끌고 강을 건너왔습니다. 그리고 제게 바라기를 주공을 찾아뵙고 한 번 더 뜻을 알아봐달라 한 것입니다."

그제서야 손권도 감녕의 투항이 진심임을 믿을 수 있었다. 크게 기뻐하며 말했다.

"내가 흥패를 얻었으니 틀림없이 황조를 깨뜨릴 수 있을 것이다."

그리고 여몽에게 감녕을 데려오라 일렀다. 이윽고 감녕이 와 세 번 절하며 예를 마치자 손권이 웃음 가득한 얼굴로 말했다.

"홍패가 이렇게 와 내 마음을 크게 사로잡으니 구태여 지난날의 한을 기억하고 안하고가 무슨 뜻이 있겠소? 바라건대 홍패는 조금도 의심치 마시고 내게 황조 깨칠 계책이나 좀 가르쳐주시오."

손권의 그 같은 말에 감녕도 얼굴 가득 감격의 빛을 띠며 대답했다.

"지금 한실은 날로 위태로우니 조조가 마침내 찬역할 것임에 틀림없는 까닭입니다. 형남(荊南)의 땅은 조조가 반드시 차지하려 들 땅으로, 그 주인인 유표는 멀리 헤아릴 줄 모르는 데다 그 아들들 또한 어리석고 못나 기업을 제대로 이어받지 못할 것입니다. 명공께서는 때를 잃지 마시고 일찍 도모하시도록 하십시오. 만일 때를 늦췄다가는 조조가 먼저 차지하게 될 것이니 지금이 마땅히 황조를 깨뜨리고 형남으로 나아갈 때입니다. 황조는 늙어 정신이 오락가락하면서도 재물 모으는 데만 힘을 써 심하게 그 백성을 쥐어짜니 그곳의 인심은 모두 황조에 대한 원망으로 가득합니다. 거기다가 싸울 무기도 갖추지 못하고 군사들에게는 지킬 법령도 없으니, 만약 명공께서 가서 들이치신다면 반드시 무너지고 말 것입니다. 황조를 깨뜨린 뒤에는 북을 치며 서쪽으로 나아가 초관(楚關)에 터를 잡고 파촉을 도모하도록 하십시오. 그곳마저 손에 넣으신다면 명공께서는 가히 패업을 이루실 수 있을 것입니다."

비록 공명처럼 세밀한 것은 아니나 감녕 또한 천하삼분의 형세를 대강은 짐작하고 있는 셈이었다. 다만 각기 섬기는 주인이 달라 하나는 명쾌한 천하삼분책으로 나오는 대신 하나는 쟁패에서의 우위 확보를 위한 거점으로서만 서촉과 형주를 보고 있을 뿐이었다.

"실로 금옥같이 귀한 말씀이오."

손권은 그렇게 감탄하고 그날로 황조를 치기 위한 군사를 일으켰다. 주유를 대도독으로 세워 수륙의 군사를 모두 다스리게 하고 여몽은 전부의 선봉에, 동습과 감녕은 부장으로 삼은 뒤 손권 스스로 십만 대군을 이끌고 나선 것이었다.

세작이 그 소문을 듣고 나는 듯 강하(江夏)로 달려가 알렸다. 황조는 급히 무리를 모아 의논 끝에 소비를 대장으로 삼고 진취(陳就)와 등룡(鄧龍)을 전부의 선봉으로 앞세운 뒤 강하의 군사를 모조리 끌고 나가 적을 맞게 했다.

진취와 등룡은 각기 일대(一隊)의 큰 싸움배[朦艟]를 이끌고 강을 내려가 면구(沔口)를 막으러 갔다. 배 위에는 각기 천여 벌의 강한 활과 쇠뇌를 벌려놓고 강물 가운데다 굵은 동아줄로 배들을 묶은 채 띄워 몰려오는 적을 기다리는 것이었다.

이윽고 동오의 군사들이 면구에 이르렀다. 진취와 등룡의 큰 싸움배에서 북소리가 요란하게 울리며 화살과 쇠뇌살이 한꺼번에 오군(吳軍)의 머리 위로 쏟아졌다. 이에 오군은 감히 앞으로 나아가지 못하고 몇 리나 물러났다. 감녕이 가만히 동습에게 말했다.

"이렇게 되고 보니 더 나아갈 수가 없구려. 달리 꾀를 내야겠소."

그러고는 작은 배 백여 척을 끌어내 배마다 날랜 군사 쉰 명을 태웠다. 스무 명은 배를 저을 군사요, 서른 명은 갑옷을 받쳐입고 칼을 든 군사였다.

"가자!"

채비가 다 되자 감녕이 앞장 선 뱃머리에서 칼을 빼들고 소리쳤다. 거기 따라 백여 척의 작은 배는 개미 떼처럼 진취와 등룡의 큰 싸움배 쪽으로 몰려갔다. 진취와 등룡은 군사들을 재촉해 전처럼 활과 쇠뇌를 퍼부었으나 소용없었다. 감녕의 작은 배들은 화살을 무릅쓰고 똑바로 큰 싸움배 곁에 다가가 그들을 얽고 있는 동아줄을 끊어버렸다.

동아줄이 끊긴 큰 싸움배가 각기 흩어져 기우뚱거리는 걸 보자 감녕은 몸을 날려 뱃전으로 뛰어올랐다. 마침 거기 있던 적장 등룡이 막아보려 했으나 애초부터 될 일이 아니었다. 등룡이 감녕의 한 칼에 쪼개지니 멀리서 그걸 본 진취는 놀라 배를 갈아타고 달아나려 했다.

하지만 진취도 그리 멀리 갈 팔자는 못 됐다. 진취가 배를 몰아 달아나는 걸 본 여몽이 작은 배에 뛰어내리더니 스스로 노를 저어 진취의 배로 다가가 불을 질러버렸다. 진취는 급히 배를 버리고 강 언덕으로 기어 올라갔다. 그러나 여몽은 목숨을 내걸고 따라가 마침내 진취를 베어 죽여버렸다.

그 무렵에야 황조의 대장 소비가 군사를 이끌고 강 언덕에 이르렀으나 이미 때는 늦은 뒤였다. 기세가 오른 오군이 새까맣게 강 언덕으로 기어오르니 당해내지 못하고 황조의 군사는 크게 패했다. 소비는 낙담하고 황망해 급히 달아났다. 그러나 그 또한 등룡이나 진취보다 별로 나을 게 없었다. 동오의 대장 반장(潘璋)을 만나 몇 합 싸워보지도 못하고 부끄럽게도 사로잡히고 말았다.

소비는 곧 빠른 배에 실려 손권 앞으로 끌려갔다. 적의 대장이니 손권이 그리 곱게 볼 리 없었다. 한번 흘긋 노려보고는 곧 좌우에게 영을 내렸다.

"죄인을 싣는 수레에 가두어두어라. 황조를 사로잡는 날 함께 목 베리라!"

그러고는 삼군을 재촉해 밤낮을 가리지 않고 황조가 숨어 있는 강하를 들이쳤다.

황조는 암담했다. 믿던 장수들은 모조리 죽거나 사로잡히고 군사들도 모두 꺾여 싸워볼 마음조차 일지 않았다. 어느 날 파수가 없는 걸 틈타 강하를 버리고 형주로 달아날 양으로 성문을 빠져나갔다. 하지만 그게 바로 상대방의 계략에 빠져드는 일이 되었다. 감녕은 황조가 형주로 달아날 줄 미리 짐작하고 일부러 성문을 비워둔 채 형주로 가는 길목이 되는 동문 밖에 군사들을 매복시킨 채 기다리고 있었다.

그것도 모르는 채 겨우 수십 기를 이끌고 동문을 빠져나온 황조는 무턱대고 형주로만 달렸다. 그러나 몇 리 가기도 전에 크게 함성이 일더니 감녕이 앞길을 가로막았다. 황조가 그런 감녕을 보고 사정하듯 말했다.

"나는 지난날 그대를 가볍게 대하지 않았는데 그대는 어찌하여 나를 이토록 핍박하시오?"

감녕이 그 말을 받아 황조를 꾸짖었다.

"지난날 내가 강하에 있을 때 쌓은 공이 적지 않았건만 너는 나를 한낱 강에서 도적질하는 수적으로만 대했다. 그래 놓고도 이제 와서 무슨 소리냐?"

　그 말을 듣자 황조는 감녕에게 더 빌어봤자 소용없음을 알고 말 머리를 돌려 달아나기 시작했다. 감녕은 앞을 가로막는 황조의 졸개들을 흩어버리고 똑바로 황조를 뒤쫓았다.

　한참을 쫓거니 쫓기거니 하며 달리는데 홀연 감녕의 등 뒤에서 함성이 일었다. 감녕이 돌아보니 자기편인 정보(程普)였다. 감녕은 정보가 자기와 공을 다투려 할까 봐 은근히 걱정이 되었다. 다 잡은 황조를 정보에게 빼앗기기 싫어 얼른 화살을 빼내 살을 먹였다.

　시위 소리와 함께 날아간 화살은 그대로 황조의 등판을 꿰뚫었다. 황조는 외마디 소리와 함께 몸을 뒤집으며 말에서 떨어졌다. 감녕은 죽은 황조의 목을 베어 정보와 군사를 합친 뒤 뒤따라온 손권에게 그 목을 바쳤다.

　"그놈의 목을 나무 상자에 넣어 잘 간수해두어라. 강동으로 돌아가 선친의 영전(靈前)에 제물로 바치리라."

　그러고는 삼군에 두터운 상을 내림과 아울러 감녕을 높여 도위로 삼았다. 공을 논하고 상을 베푸는 일이 대강 끝나자 손권은 다시 새로 뺏은 강하 지킬 일을 의논했다. 군사를 나누어 남기고, 마땅한 대장을 세워 강하를 영구히 동오의 땅으로 삼으려 함이었다. 손권의 그 같은 뜻을 안 장소가 일어나 말렸다.

　"외로운 성은 지키기 어려우니 우리에게는 바로 강하가 그러합니다. 차라리 이대로 강동으로 돌아가는 게 낫겠습니다. 유표는 우리가 황조를 깨뜨린 걸 알면 반드시 그 원수 갚음을 하러 달려올 것입니다. 그때 우리는 강동에 편안히 있으면서 멀리서 오느라 수고로운 그들을 기다려 들이친다면 유표는 반드시 패하고 말 것이니 그 승세를 타고 공격해 나아가는 게 어떻겠습니까? 그리하면 형, 양 두 주를 얻는 일도 크게 어렵지 않을 것입니다."

일껏 빼앗은 땅을 다시 내놓고 돌아서기 아깝기는 했지만 듣고 보니 옳은 말이었다. 이에 손권은 장소의 말을 따라 강하를 버리고 강동으로 군사를 되돌렸다.

한편 동오에 사로잡힌 바 된 황조의 대장 소비는 함거 안에 갇힌 채 가만히 사람을 보내 감녕에게 구해주기를 빌었다. 감녕이 고개를 끄덕이며 그 사람에게 말했다.

"설령 소비가 그대를 보내 살려주기를 빌지 않는다 한들 내가 어찌 그를 잊겠는가?"

그러고는 알맞은 때를 기다렸다.

오래잖아 손권의 군사는 오회 땅으로 돌아갔다. 손권은 돌아가기 바쁘게 군사들에게 명을 내려 소비의 목을 자르도록 했다. 황조의 목과 나란히 선부의 영전에 올리고자 함이었다. 그 말을 들은 감녕은 한달음에 손권에게 달려가 고개를 조아리고 울며 말했다.

"만약 지난날 소비가 없었더라면 제 몸은 벌써 죽어 개골창이나 구덩이를 메우게 되었을 것입니다. 어찌 장군 휘하에 일하는 걸 바랄 수 있기나 하겠습니까? 이제 소비의 죄는 죽어 마땅하나 지난날 그가 제게 베푼 은혜와 정을 생각하니 차마 그냥 있을 수가 없습니다. 바라건대 제 모든 관작을 돌리겠사오니 부디 소비의 죄를 사하여주십시오."

그 말에 손권이 한동안 말없이 생각에 잠겼다가 조용히 물었다.

"그가 이미 그대에게 은혜를 베푼 적이 있다면 나는 그대를 위해 그를 용서해주겠소. 하지만 만약 그가 달아난다면 어쩌겠소?"

"죽을 목숨이 산 것만으로 그 은혜를 어떻게 갚아야 할지 모르는 터에 달아날 까닭이야 있겠습니까? 만약 소비가 달아난다면 제가 그 목을 잘라 주공께 바치겠습니다."

감녕이 자신 있게 대답했다. 이에 손권은 소비를 용서하고 황조의 목만으로 손견의 영전에 제사 지냈다. 손견이 죽은 지 십육 년, 손책, 손권 두 대에 걸친 복수였다. 그러나 죽은 황조로 보면 일찍이 유표의 사람이 되어 손견과 유표의 싸움에 말려든 죄밖에 없으니 억울할 수도 있었다.

죽은 아비를 위로하는 제사를 지낸 뒤 손권은 다시 크게 잔치를 열어 문무 관원들을 불러들이고 그 공을 치하했다. 그런데 한창 술자리가 흥겹게 무르익어갈 무렵이었다. 그 자리에 나와 있던 장수하나가 돌연 크게 소리내어 울더니 칼을 빼들고 감녕에게 덮쳐갔다. 감녕은 황망히 앉아 있던 의자를 들어 그의 칼을 막으려 했다. 손권이 놀라 보니 그 사람은 다름 아닌 능통(凌統)이었다.

감녕이 아직 강하에 있을 때 황조를 위해 죽인 동오의 장수 능조의 아들인데 감녕과 한자리에 마주 앉게 되자 문득 아비 죽인 원한이 가슴에 북받쳐왔다. 어쩌면 손권이 아비의 원수 갚음을 위해 차린 떠들썩한 제사가 능통의 복수심을 더욱 자극했는지도 모를 일이었다. 손권은 얼른 능통에게 달려가 그 손을 잡아끌며 달랬다.

"흥패가 경의 부친을 활로 쏘아 죽이게 된 것은, 그때는 각기 주인이 달라 그 주인을 위해 힘을 다하지 않을 수 없었기 때문이네. 하지만 이제는 다르네. 홍패는 이미 한 집안 식구가 되었는데 어찌 지난날의 원수를 따질 수 있겠나? 모두 내 얼굴을 보아 덮어두게나."

그러나 능통은 더욱 슬피 목을 놓으며 말했다.

"아비를 죽인 자와는 함께 하늘을 이지 않는다 하였거늘, 그 원수를 눈앞에 두고 어찌 용서할 수 있단 말입니까?"

그뿐만이 아니었다. 손권과 다른 관원들이 두 번 세 번 좋은 말로 달래도 끝내 성난 눈길로 감녕을 노려볼 뿐이었다. 하는 수 없이 손권은 그날로 감녕에게 군사 오천과 배 백 척을 주어 하구로 가도록 했다. 명목이야 그곳을 지키라는 것이지만 실인즉슨 감녕을 우선 능통의 눈에 띄지 않을 곳으로 숨긴 셈이었다.

감녕은 손권에게 절하여 감사한 뒤 군사들을 이끌고 하구로 떠났다. 손권은 거기에 그치지 않고 또 이번에는 능통의 벼슬을 높여 승렬도위(丞烈都尉)로 삼았다. 그렇게 되자 능통도 한을 품은 채로나마 겉으로는 더 원수 갚음을 고집할 수 없게 되었다.

안의 일을 대강 정리한 동오는 곧 형주와 양주를 겨냥한 싸움 준비에 들어갔다. 널리 사람과 재목을 모아 싸움배를 만들게 하고 한편으로는 군사를 나누어 대강 남쪽 곳곳을 지키게 했다. 뿐만 아니라 숙부 손정에게는 오회를 맡기고 손권 자신은 대군을 이끌고 시상에 머물렀으며, 주유는 파양호(鄱陽湖)에서 수군을 조련하여 곧 있을 싸움에 대비케 했다. 그해가 바로 유비가 공명을 얻은 해였다.

그 무렵 공명과 더불어 신야로 돌아온 유비는 공명을 대하기를 스승처럼 했다. 겨우 스물일곱의 청년에게 오십줄에 접어든 유비가 바치는 정성이니 설령 공명이 철석 같은 심장을 지녔다 해도 감동되지 않을 수 없었다.

거기다가 인간적인 정을 쏟는 데도 유비는 터럭만 한 소홀함이 없었다. 밥을 먹어도 한 상에서 먹고 잠을 자도 같은 이부자리에 자니 일찍이 관우와 장비에게 쏟던 정에 결코 뒤지지 않았다.

그렇게 하여 공명의 마음을 자기 곁에 붙들어맨 유비는 눈만 뜨면 그와 더불어 천하의 일을 의논했다. 듣느니 놀라운 깨우침이요 이로운 가르침이었다. 그러던 어느 날이었다. 드디어 유비는 당장에 해야 할 구체적인 일을 물었다. 공명이 기다리고 있었던 듯 대답했다.

"조조는 기주에다 현무지(玄武池)란 못을 만들어 수군을 조련하고 있다고 합니다. 이는 조조가 남쪽을 정벌할 뜻을 가졌다는 표시가 되니 그에 대한 대비가 있어야 합니다. 먼저 사람을 강동으로 보내 그 허실을 알아보도록 하시지요. 그런 다음에라야 우리가 해야 할 일도 정할 수 있을 것입니다."

이에 유비는 그날로 사람을 뽑아 강동으로 보냈다. 손권의 동정을 낱낱이 살피고 오라는 밀명과 함께였다.

강동으로 갔던 세작은 오래잖아 그곳의 허실을 자세히 알아 돌아왔다. 동오는 이미 황조를 공격해 죽였을 뿐만 아니라 시상에 군사를 머물게 하고 있다는 내용이었다.

"손권이 제 아비의 원수 갚음을 하고도 오히려 멀리 시상까지 대군을 이끌고 와 있는 것은 무슨 까닭입니까?"

강동의 소식을 듣고 난 유비가 공명에게 물었다. 공명이 약간 어두운 얼굴이 되어 대답했다.

"이는 머지않아 장강에 크게 풍운이 일 징조입니다. 조조가 남쪽에 뜻이 있음과 마찬가지로 손권에는 북으로 형, 양을 다툴 마음이 있는 듯합니다."

"그럼 우리가 해야 할 일은 무엇입니까?"

"두 범이 다투는 틈을 타 형, 양의 사슴을 우리가 잡는 일이지요."

그렇게 두 사람이 얘기를 나누고 있는데 문득 유표에게서 사람이 왔다. 의논할 일이 있으니 유비더러 잠깐 형주로 와달라는 전갈이었다. 아직 지난번의 죽을 뻔했던 일이 기억에 생생한 유비가 얼른 대답을 하지 못하고 공명을 쳐다보았다. 공명이 조용한 목소리로 권했다.

"이번 부름은 반드시 강동의 군사가 황조를 깨쳐 죽인 일 때문일 것입니다. 주공을 청해 황조의 원수 갚아줄 계책을 의논하려는 뜻이겠지요. 제가 함께 모시고 갈 것이니 주공께서는 아무 걱정 마시고 떠나도록 하십시오. 그때그때 사정에 맞춰 대처할 좋은 계책이 있습니다."

이에 현덕은 공명의 계책을 따르기로 하고 관운장을 남겨 신야를 지키게 한 뒤 장비와 오백 인마를 뒤따르게 하여 형주로 갔다. 하지만 형주로 가면서도 마음 한구석에 꺼림칙한 게 있는지 말 위에서 넌지시 공명에게 물었다.

"이번에 유경승을 만나면 지난 일에 무어라 대답해주는 게 좋겠소?"

"마땅히 양양의 일에 대해 감사를 드리셔야 합니다. 채모의 일은 그쪽이 먼저 꺼내지 않거든 그대로 덮어두십시오. 하지만 만약 유표가 주공께 강동을 치라고 할 때는 결코 웅낙해서는 아니 됩니다. 다만 신야로 돌아가 군마를 정돈하게 해달라고 말씀하시는 게 좋겠습니다."

이에 유비는 그 말을 마음에 새기고 형주로 갔다. 형주에 이른 유비는 역관에다 짐을 풀고 장비는 군사들과 함께 성 밖에 머물러 있게 했다. 군사를 이끌고 성으로 들어가 쓸데없는 의심을 받거나 말썽을 일으키는 게 싫어서였다.

유비는 곧 공명과 함께 유표를 보러 들어갔다. 서로 예가 끝나자 오히려 유비가 계하에 엎드려 죄를 빌었다.

양양에서 유표가 이른 대로 그를 대신해 손님 접대를 끝내지 못하고 중도에 자리를 뜬 데 대한 사죄였다. 그 말에 유표가 문득 민망스런 얼굴로 대답했다.

"나도 아우가 해를 입은 일을 들어 알고 있네. 그때 당장 채모를 목 베어 그 목을 아우에게 보내려 했으나 여러 사람이 나서서 말리는 바람에 용서했을 뿐이야. 아우에게는 아무런 죄가 없네."

"아닙니다. 그 일은 채장군이 꾸민 것이 아니라 모두 아랫사람들이 한 짓으로 생각됩니다."

유비는 더욱 겸손하게 유표의 어색함을 풀어주었다. 그러자 유표는 비로소 유비를 부른 까닭을 밝혔다.

"이제 강하를 잃은 데다 황조는 손권에게 죽음을 당했네. 그 때문에 아우를 청해 원수 갚을 계책을 의논해보려 한 것이네."

"황조가 성정이 거칠고 사람을 쓸 줄 몰라 그 같은 화를 입은 것입니다. 그런데 만약 군사를 일으켜 남쪽을 치다가 조조가 그 틈을 타 북쪽에서 내려온다면 그 일은 어떻게 하겠습니까?"

이미 공명에게 들은 말이 있는지라 유비는 대뜸 그렇게 말렸다. 그 말에 한동안 입을 다물고 생각에 잠겼던 유표가 문득 처연한 얼굴로 말했다.

"나는 이제 늙고 병이 잦아 형주 다스리는 일은 제대로 해낼 수가 없네. 강동을 치는 일이야 어쨌건 아우는 이곳으로 옮겨와 나를 좀 도와주게. 내가 죽은 뒤에는 아우가 이 땅의 주인이 되어줘야겠네."

그러자 유비가 펄쩍 뛰며 사양했다.

"형님께서는 어찌 그런 말씀을 하십니까? 저 같은 게 어찌 감히 그같이 큰일을 맡아 할 수 있겠습니까?"

그때 공명이 눈짓으로 현덕을 말렸다. 힘으로라도 빼앗고 싶은 판에 스스로 넘겨주겠다는 데도 마다하는 유비가 안타까웠던 것이다. 그러나 유비는 그런 공명을 못 본 척하고 서둘러 말을 맺었다.

"지금 형주에 다소의 어려움이 있다 해도 형님에서 그리 걱정하실 것까지는 없습니다. 천천히 생각하면 좋은 계책이 나올 것입니다."

그러고는 피하듯 유표 앞을 물러나왔다. 역관으로 돌아가자 공명이 애석한 듯 물었다.

"유경승이 스스로 형주를 주공께 맡기려 하는데도 어찌하여 거절하셨습니까?"

"경승은 나를 은의와 예절로 대해왔소. 어찌 그 위태함을 틈타 이 땅을 뺏을 수 있겠소?"

유비가 그렇게 대답했다. 약점인 동시에 장점이기도 한 그의 성격 그대로였다. 공명이 속으로 탄식하며 말했다.

'참으로 너그럽고 의로운 주인이로구나!'

그 때문에 자신이 헤쳐가야 할 어려움이 암담하면서도 한편으로는 그와 함께라면 어떤 어려움도 헤쳐갈 수 있을 것 같은 자신에서 우러난 중얼거림이었다.

하지만 그들이 떨어진 처지는 그리 한가로운 게 못 되었다. 유표의 땅이라고는 하지만 그 군권(軍權)을 거머쥐고 있는 채씨 일족이 여전히 유비를 못마땅히 여기고 있는 데다 강동을 정벌하는 것도 유표가 굳이 고집한다면 유비로서는 빠져나오기 어려운 문제였다. 그 때문에 유비와 공명이 다시 머리를 맞대듯 의논하고 있는데 문득 사람이 와서 알렸다.

"공자 유기(劉琦)가 뵈러 왔습니다."

유비는 그 갑작스런 방문에 의아로우면서도 반갑게 유기를 맞아들였다. 유기는 방안에 들어오기 바쁘게 울며 엎드려 말했다.

"계모가 끝내 이 몸을 용납지 않으니 목숨이 아침저녁을 기약할 수 없게 되었습니다. 바라건대 숙부께서는 저를 가엾이 여겨 구해주십시오."

실로 딱한 호소였다. 유기가 역관으로 찾아온 것을 채씨 일족이 본다면 둘 다 이로울 게 없었다. 이에 유비는 짐짓 냉담하게 말했다.

"그 일은 조카의 집안일이네. 내게 물어본들 무슨 소용이 있겠나?"

그러자 곁에 있던 공명이 빙긋이 웃었다. 유비가 또 인정에 못 이겨 집안 싸움에 깊이 말려들까 봐 걱정하다가 뜻밖으로 쉽게 몸을 빼내는 걸 보자 저도 모르게 떠오른 웃음이었다. 그러나 유비는 남의 속도 모르고 공명에게 물었다.

"선생께서는 조카에게 줄 만한 계책이 있으십니까?"

공명은 문득 웃음을 거두고 무겁게 고개를 저었다.

"이것은 집안일입니다. 이 양이 어찌 감히 참견할 수 있겠습니까?"

그러나 유비는 아무래도 공자 유기가 가여웠다. 잠시 후 돌아가는 유기를 바래주는 체 뒤따라 나갔다가 귓속말로 일러주었다.

"내일 내가 공명을 네 방문에 대한 답례로 보내마. 그때 이리이리 해보아라. 아마도 공명은 네게 묘한 계책을 가르쳐줄 것이다."

그러자 유기는 눈물까지 글썽이며 감사하고 돌아갔다.

다음 날이었다. 유비는 배가 아프다는 핑계로 공명을 대신 공자 유기에게 회사(回辭)하러 보냈다. 유기는 공명이 오자 후당으로 모셔들인 뒤 차를 비우기 무섭게 매달리듯 말했다.

"이 기는 계모에게 용납받지 못해 곧 죽을 목숨입니다. 다행히 선생께서 한마디 일러주시면 구함을 받을 길이 있을까 싶어 이렇게 빕니다. 부디 뿌리치지 마십시오."

그러나 공명은 여전히 냉정했다.

"나는 이곳에서는 손에 지나지 않는데 어찌 골육 간의 일에 간섭할 수 있겠습니까? 만약 이 일이 밖으로 새나간다면 그로 인한 해가 적지 아니할 것입니다."

그러고는 몸을 떨치고 일어나려 했다. 유기가 그런 공명을 붙들었다.

"기왕 이렇게 귀한 걸음을 하셨는데 어찌 허술하게 대접해 보낼 수 있겠습니까?"

그런 유기의 어조가 어찌나 간곡한지 공명도 마침내는 뿌리치지 못하고 주저앉았다. 유기는 공명을 한층 외진 방으로 옮기게 한 뒤 술상을 내어 함께 마셨다. 그러나 얘기는 곧 좀 전의 화제로 돌아 갔다.

"계모가 저를 용납하지 않는데 어찌하면 좋겠습니까? 한마디만 일러주십시오."

유기가 다시 그렇게 물었으나 공명의 태도는 변함이 없었다.

"그 일은 제가 함부로 끼어들 일이 아닙니다."

그 한마디와 함께 또다시 자리를 털고 일어나려 했다. 유기는 그런 공명에게 원망하듯 말했다.

"말씀을 하시지 않으시면 그만이지 무엇 때문에 자꾸 가시려 하십니까?"

그래 놓고는 슬쩍 말머리를 돌렸다.

"제게 오래된 귀한 책이 있는데 선생께서 한번 보아주십시오."

공명이 원래가 서생(書生)이었던지라 오래된 귀한 책이라는 말에 호기심이 일었다. 자리를 뜨고 싶은 마음을 억누르고 유기가 끄는 대로 작은 누각에 올랐다.

"그 책이 어디 있습니까."

공명은 자리를 잡고 앉기 바쁘게 물었다. 유기가 대답 대신 다시 울며 말했다.

"계모의 용납을 받지 못해 제 목숨은 아침저녁을 기약하지 못합니다. 그런데 선생께서는 말 한마디면 구해주실 수 있으면서도 못들은 체하십니까?"

그러자 속은 것을 안 공명은 낯색까지 변하여 몸을 일으켰다. 하지만 누각을 내려가려 해도 누군가 사다리를 치워버려 내려갈 수가 없었다. 뒤따라온 유기가 울먹이며 매달렸다.

"저는 목숨을 구할 계책을 얻으려 하건만 선생께서는 이 일이 밖으로 새어나갈까 두려워 말씀을 아니하시는군요. 하지만 이곳은 위로 하늘에 닿지도 않고 아래로 땅에 닿지도 않은 곳이니 선생의 말씀은 선생의 입에서 바로 제 귀로 들어갈 뿐입니다. 부디 가르쳐주십시오."

그러나 공명의 대답은 여전히 냉담했다.

"혈육을 이간시켜서는 아니 되는 법입니다. 양이 어찌 그런 일을 할 수 있겠습니까?"

이에 유기는 마지막 수단을 썼다. 문득 칼을 뽑아 제 목을 겨누며 비장하게 말했다.

"어차피 보존하지 못할 목숨일 바에야 차라리 선생께서 보시는 앞에서 끊어버리겠습니다. 그래도 끝내 가르침을 내려주실 수는 없는지요?"

그러자 공명도 더는 버티지 못했다. 급히 유기를 말리며 말했다.

"좋은 계책이 있소."

"바라건대 가르쳐주십시오."

유기가 칼을 거두며 다시 애걸했다.

"공자는 신생(申生)과 중이(重耳)의 일을 듣지 못했습니까? 신생은 안에 있었기 때문에 죽었고 중이는 밖으로 나갔기 때문에 안전했던 것입니다. 근일 황조가 죽었으니 강하는 지킬 사람이 없습니다. 그런데도 공자께서는 어찌 아버님께 말씀을 올려 그곳으로 가지 않습니까? 군사를 이끌고 강하에 머무는 것은 그곳을 지키는 동시에 공자의 화를 피하는 길이기도 합니다."

그 말을 듣자 유기는 문득 신생과 중이의 고사가 떠오르며 눈앞이 환히 밝아오는 듯한 느낌이 들었다.

신생과 중이는 형제로 춘추 시절 진(晉)나라 헌공(獻公)의 정실 소생이었다. 그러나 헌공이 여희(驪姬)란 여자에게 빠져 아들을 낳으니 여희는 헌공의 총애를 믿고 자기 아들을 태자로 세우기 위해 그들을 모함하기 시작했다.

그때 둘째 중이는 다른 나라로 달아나고 태자 신생은 남아 있었는데, 끝내는 여희의 참소를 견뎌내지 못하고 자살했다. 하지만 중이는 오랜 떠돌이 생활 끝에 돌아와 마침내 헌공의 뒤를 이으니 그가 바로 뒷날 춘추의 다섯 패자(覇者) 가운데 하나가 된 진문공(晉文公)이었다.

공명의 깨우침을 통해 자신의 위태로운 목숨을 구할 뿐만 아니라 뒷날까지 기약할 수 있는 길을 알게 된 유기는 몹시 기뻤다. 다시 공명에게 절하여 감사한 뒤 사람을 불러 누각에다 사다리를 갖다 놓게 했다. 애걸과 억지가 잘 어우러진 유비의 계책대로 이루어진 것이었다.

"왜 이렇게 늦으셨습니까?"

마음에 없이 꾀를 빌려주게 된 탓인지 시무룩한 얼굴로 돌아온 공명에게 유비가 시치미를 떼고 물었다. 공명이 유기의 집에서 있었던 일을 낱낱이 털어놓았다. 그러자 유비가 호탕한 웃음으로 공명의 못마땅해하는 기분을 풀어주었다.

"그것 참 잘하셨습니다. 사람은 당장을 잘 처신하는 것도 중요하지만 먼 앞날을 대비하는 것 또한 그에 못지않습니다. 유기는 이제 선생께 빚을 졌으니 뒷날 때가 오면 반드시 갚을 것입니다."

하지만 정작 유기에게 빚을 준 것은 그 자신이었다.

다음 날이었다. 유기는 부친인 유표를 찾아가 말했다.

"지금 황조는 죽고 강하는 비어 있습니다. 제게 군사 약간만 나눠 주신다면 그곳을 한번 지켜보겠습니다."

그러나 유표는 얼른 마음을 정할 수 없었다.

아들이긴 하지만 후처 채씨의 거듭된 참소로 사이가 멀어진 데다 황조같이 싸움을 많이 해본 노장도 지켜내지 못한 땅을 아들이 잘 지켜낼 성싶지도 않았던 것이다. 모처럼의 청이고 또 당장은 아들을 멀리 보냄으로써 후처 채씨를 자극하는 일이 줄게 된다는 점에서는 마음이 끌리지 않는 것도 아니었으나 끝내 마음을 정하지 못한 유표는 유비를 불러 의논했다.

자기가 꾸민 일이건만 유비는 천연덕스런 얼굴로 공자 유기를 편들어 말했다.

"강하는 매우 중요한 땅입니다. 다른 사람을 보내서는 지키기 어려우니 공자를 보내도록 하십시오. 그렇게 되면 형님은 형주에서, 공자는 강하에서 서로 호응하며 동오의 움직임에 대처할 수 있을 것입니다. 형님 부자 분이 동남의 손권을 막아주신다면 서북의 조조는 이 비가 당해보겠습니다."

그 말에 드디어 유표도 마음을 정한 듯 가만히 고개를 끄덕였다. 그러다가 문득 무슨 생각이 났는지 걱정스런 얼굴로 물었다.

"동남의 일은 우리 부자가 맡는다 처도…… 걱정은 조조일세. 근간에 들으니 조조는 업군(鄴郡)에 현무지란 못을 만들어 수군을 조련하고 있다고 하네. 반드시 남쪽으로 쳐 밀고 내려올 뜻이 있는 것일세. 막지 아니할 수 없네."

"그 일은 저도 잘 알고 있습니다. 나름대로 대비를 하는 중이니 형님께서는 너무 근심하지 마십시오."

유비는 그렇게 큰소리를 쳐 유표가 마음을 놓게 하고 신야로 돌아갔다.

유비가 돌아간 뒤 유표는 공자 유기를 불러 군사 삼천을 주며 강하를 지키게 했다. 유기는 혹시라도 부친의 마음이 변할까 보아 그날로 군사를 점고하여 강하로 출발했다.

유기는 무엇보다 계모 채씨의 독수(毒手)에서 벗어나는 기쁨으로 떠났으나 그때 이미 지켜야 할 장강은 보이지 않는 바람으로 물결이 높이 일고 있었다.

그 바람의 한쪽 끝은 남쪽의 오로부터 오는 것이었다. 시상까지 올라와 유표가 움직이기를 기다리는 손권은 때가 오면 장강을 뒤집고 형주를 삼켜버릴 태풍이라 할 수 있다. 다른 한쪽 끝은 북방에서 불어오는 조조의 바람이었다. 혼일사해(混一四海)를 위해 언젠가는 동오까지 쓸어야 할 그 바람은 반드시 형주를 지나게 되어 있었다.

그런데 먼저 형주를 휩쓸어온 것은 다름 아닌 북풍 곧 조조의 바람이었다.

북풍(北風)은 누운 용을 일으키나

그때 조조는 삼공의 제도를 없애고 자신이 승상으로서 나라의 권세를 오로지하고 있었다. 곧 모개(毛玠)를 농조연(東曹掾)으로 삼고 최염(崔琰)을 서조연(西曹掾)으로, 그리고 사마의(司馬懿)를 문학연(文學掾)으로 삼아 삼공의 자리를 아우른 자신을 돕게 했을 뿐 따로 삼공을 세우지 않았다.

모개는 일찍이 조조가 연주 자사로 있을 때 얻은 사람이요, 최염은 원소를 깨뜨린 후 하북에서 거두어들인 명사였다. 둘 다 조조가 손발로 부릴 만한 사람들이었으나 그들과 나란히 일하게 된 사마의는 비교적 새로운 인물이었다. 그러면 이 사마의란 사람은 어떤 인물일까.

사마의의 자는 중달(仲達)이요 하내군 온(溫) 땅 사람이었다. 그

할아비는 사마전(司馬雋)이라 하며 영주 태수를 지냈고, 그 아비는 사마방(司馬防)으로 경조윤을 지냈으며, 그 형 사마랑(司馬朗)은 주부 벼슬을 했다. 사람됨이 권모술수와 임기응변에 능한 데다 군사를 부리는 데도 남다른 재주가 있어 일찍부터 주위 사람들의 눈길을 끌었다.

조조도 그의 재주를 높이 사서 불러들이기는 했으나 마음속으로는 그리 믿지 않았다. 어딘가 자신의 젊은 날을 연상시키는 데가 있어 까닭 모르게 섬뜩해질 때가 있을 뿐만 아니라 그의 상도 몸을 돌리지 않은 채로 뒤를 볼 수 있는 이른바 낭고상(狼顧相)이었기 때문이었다. 그러나 그대로 묻어둘 수 없는 재주라 실권과는 좀 거리가 먼 문학연의 자리를 주어 곁에 있게 했다.

하지만 조조의 내심이야 어떠하든 그 무렵부터 문관의 진용도 제대로 짜이게 되었다. 무엇보다도 능력을 앞세우는 조조다운 성격의 일면을 잘 보여주는 용인(用人)이었다. 그렇게 내정이 다져지자 조조는 다시 무장들을 불러 모아놓고 바깥일을 의논했다. 하후돈이 기다렸다는 듯이 일어나서 말했다.

"듣자 하니 요즈음 유비는 신야에서 매일 군사를 조련하고 있다고 합니다. 반드시 뒷날의 걱정거리가 될 것이니 일찌감치 쳐 없애는 게 좋겠습니다."

실은 조조 자신도 가장 하고 싶은 일이었다. 아직도 유비보다 세력이 큰 인물들이 여럿 남아 있었지만 조조는 왠지 유비의 움직임에 유독 신경이 곤두섰다. 따라서 하후돈의 말에 두 번 묻는 법도 없이 유비를 칠 군사를 일으킬 뜻을 굳혔다. 하후돈을 도독으로 하고 이전, 우금, 하후란(夏侯蘭), 한호(韓浩)를 부장으로 딸린 뒤 군사 십만을 주어 똑바로 박망성으로 보내려 했다. 그곳에서 유비가 근거로 삼고 있는 신야를 엿보려 함이었다.

조조의 그 같은 서두름이 불안했던지 순욱이 가만히 나서서 조조에게 말했다.

"유비는 흔치 않은 영웅입니다. 거기다가 지금은 제갈량까지 군사(軍師)로 삼고 있으니 가볍게 맞싸워서는 아니 됩니다."

그 말에 하후돈이 불끈하며 큰소리를 쳤다.

"유비는 쥐 같은 무리에 지나지 않소. 내 반드시 사로잡아 올 테니 너무 걱정하지 마시오."

"장군은 유현덕을 너무 가볍게 보지 마시오. 이제 유현덕은 제갈량의 도움을 받게 되었으니 이는 마치 호랑이에 날개가 돋은 것과 다름이 없소."

그 자리에 끼어 있던 서서가 내키지 않는 대로 한마디 거들었다. 좀처럼 입을 열지 않는 서서가 그렇게 말하자 조조가 문득 궁금한 듯 물었다.

"제갈량은 어떤 사람이오?"

"그 사람은 자를 공명(孔明), 도호를 와룡선생(臥龍先生)이라 하는데 재주는 하늘을 주름 잡고 땅을 뒤엎을 만하며 꾀는 귀신도 마음대로 부릴 만합니다. 참으로 당세의 기사(奇士)이니 결코 작게 보아서는 아니 될 것입니다."

서서의 그 같은 대답에 조조가 못 미더운 듯 다시 물었다.

"공과 비하면 어떠하오?"

"이 서서가 어찌 감히 제갈량과 대일 수나 있겠습니까? 제가 만약 반딧불만 한 밝기라면 제갈량은 보름달의 밝기라 할 것입니다."

그때 하후돈이 참지 못하고 끼어들었다.

"원직의 말씀이 틀리오. 내가 보기에 제갈량은 풀잎이나 지푸라기 같은 무리이니 두려워할 게 무엇이오? 내가 만약 한 싸움에 제갈량과 유비를 산 채로 잡아오지 못한다면 이 목을 승상께 바치겠소!"

하후돈의 씨근거리는 품이 서서가 제갈량을 지나치게 추켜세우는 게 바로 자신을 얕잡아본 탓이라 여기는 것 같았다. 조조가 그런 하후돈을 달래듯 말했다.

"네 말을 믿겠다. 너는 얼른 가서 싸움에 이긴 소식을 보내 내 마음을 위로해다오."

그러고는 서서와 순욱의 말을 못 들은 체 그날로 하후돈을 보냈다.

그럴 즈음 신야의 유비는 뜻밖의 어려움에 빠져 있었다. 그것은 관우와 장비가 제갈공명에게 공공연한 반발을 나타내는 일이었다. 유비가 공명을 스승처럼 대접하는 게 두 사람 모두에게 즐겁지 않은 까닭이었다. 오랫동안 친형제처럼 지내오던 유비와 그들 사이에 낯선 공명이 끼어든 데 대한 불만도 있었지만, 어떤 점에서는 눈에 보이지 않는 주도권 다툼이기도 했다.

사실 제갈공명이 나타나기 전만 해도 관우와 장비는 유비만 빼면 자기들의 무리에서 으뜸가는 권위를 행사할 수 있었다. 그런데 난데없이 새파란 애송이가 끼어들어 자기들 위에 서려 하니 유비와 사이가 멀어지는 듯한 섭섭함 이상으로 못 견딜 일이었다.

"공명은 아직 나이가 어리니 설령 큰 재주와 학문이 있다 해도 형님의 대접은 너무 지나치십니다. 더군다나 우리는 아직 그가 참으로 재주가 있는지 없는지 써보지도 아니하였잖습니까?"

어느 날 두 사람은 정색을 하고 유비를 찾아가 불만을 말했다. 유비는 그들의 마음속을 모르는 바 아니었으나 정에 끌려 자신이 홀로 정한 위계를 흐트려버리고 싶지 않았다. 역시 정색을 하고 두 아우에게 대답했다.

"내가 공명을 얻은 것은 마치 고기가 물을 얻은 것과 같네. 두 아우는 두 번 다시 그런 말을 하지 않도록 하게."

이른바 수어지교(水魚之交)란 말이 생겨난 연원이다. 유비가 정색으로 그렇게 대답하자 관우와 장비도 더는 불평을 말할 수 없었다. 별수없이 잠자코 물러났으나 마음속이 즐겁지 않기는 전과 마찬가지였다.

관우와 장비의 그 같은 불평에 대꾸나 하듯 공명이 자신의 높은 식견을 보여준 것은 그로부터 며칠 되지 않아서였다. 그날 어떤 사람이 유비에게 얼룩소[犛牛]의 꼬리를 바쳤는데, 유비는 그 털을 뽑아 손수 모자를 짜기 시작했다.

그 옛날 돗자리를 치고 짚신을 삼던 때의 솜씨였다. 한가로울 때 재미로 그런 일을 해보는 수도 있지만 어떤 때는 머릿속이 어지러워 생각을 가다듬기 위해 몰두해보는 수도 있었다.

마침 유비를 보러 왔던 공명이 정색을 하고 물었다.

"명공께서는 예전의 큰 뜻을 버리셨습니까? 어찌하여 이같이 한가로운 일이나 하고 계십니까."

공명이 나무라듯 묻자 별 생각 없이 모자를 짜고 있던 유비는 놀랐다. 예전에 그러다가 공명을 알아보지 못하고 보낸 일이 떠올랐다. 얼른 손에 들고 있던 것을 땅바닥에 내던지며 잘못을 빌듯 대답했다.

"심심하던 차에 근심이나 잊어볼까 하고 만져보았을 뿐입니다. 선생께서는 너무 노여워하지 마십시오."

그 말에 공명이 약간 얼굴을 풀며 다시 물었다.

"스스로 헤아리기에 명공께서는 조조에 대해 어떻다 보십니까?"

"실은 내가 걱정하고 있던 게 바로 그 일이었습니다. 하지만 아직도 계책이 떠오르지 않습니다."

그제서야 공명은 옅은 한숨과 함께 조용히 유비가 해야 할 일을 알려주었다.

"되도록이면 빨리 백성들 중에서 군사로 쓸 만한 이들을 뽑아 모으십시오. 제가 한번 가르쳐보겠습니다. 그들만 제대로 조련할 틈이 있다면 그럭저럭 오는 적은 막아낼 수 있을 것입니다."

답답하던 유비의 가슴에는 한 줄기 시원한 바람과도 같은 가르침이었다. 유비는 공명의 가르침에 따라 신야의 백성 중에 군사로 쓸 만한 이들을 모아보았다.

며칠 안 돼 삼천의 장정이 새로 모였다. 공명은 그들을 아침부터 저녁까지 쉬지 않고 조련시켰다. 창칼을 다루는 법뿐만 아니라 점차 싸움에서 무게를 더해가는 진법에 응하는 것까지 가르치니 오래잖아 흙이나 파던 장정들에 지나지 않던 그들은 원래 있던 군사에 뒤지지 않는 정예가 되었다. 결국 공명은 몇 달 동안에 유비의 군사력을 두 배로 늘려놓은 셈이었다. 속으로 공명을 못마땅해하던 관우와 장비도 그걸 보고는 은근히 감탄해 마지않았다.

그런데 이 부분에 대해서는 이미 얘기한 배송지(裴松之, 정사 『삼국지』의 주(註)를 단 사람)의 주와 연관지어 살펴볼 게 있다. 공명이 유비를 먼저 찾아갔다는 기록은 삼고초려(三顧草廬)라는 감동적인 이야기를 『연의』 전편을 통해 가장 빛나고 아름다운 부분으로 삼고자 했던 『연의』의 지은이로서는 어떻게든 인정하고 싶지 않았을 것이다. 그러나 『구주춘추(九州春秋)』를 비롯한 몇몇 저술 또한 끝내 무시할 수 없어 방금과 같은 형태로 뒤늦게 끼워넣었으리라.

어쨌든 공명의 조련에 의해 새로 뽑은 군사들도 이전의 군사들에 못지않게 되었을 무렵 홀연 급한 전갈이 들어왔다.

"조조가 하후돈에게 십만 대군을 주어 신야로 보냈습니다. 머지않아 하후돈이 이곳에 이를 것입니다."

그 소식을 들은 장비가 관우를 찾아보고 빈정거리듯 말했다.

"공명을 먼저 보내 적을 막게 하면 되겠소이다그려."

그 같은 장비의 말 속에는 공명에 대한 의심 못지않게 싸움은 역시 자기들 같은 무장에게 맡겨야 한다는 거드름도 들어 있었다. 관운장은 아무런 대꾸가 없었으나 그의 속마음 역시 장비와 크게 다르지 않았다. 따라서 겉으로는 장비를 나무라는 체하면서도 은근히 공명을 빈정거리고 있는데 유비가 사람을 보내 두 사람을 불렀다.

"하후돈이 큰 군사를 이끌고 이곳에 이르렀다 하네. 어떻게 적을 막아야 좋겠는가?"

유비 역시도 막상 적의 대군이 이르렀다는 말을 듣자 더 미더운 것은 두 아우였던 모양이었다. 공명과 의논하기 전에 먼저 장비와 관우를 부른 것이었다. 장비가 기다렸다는 듯 퉁명스레 내뱉었다.

"형님께서는 어찌 물더러 가서 막으라고 하지 않으십니까?"

전에 유비가 제갈량과 자신을 고기와 물에 비유한 것을 비꼬는 말이었다. 유비가 그들의 속뜻을 짐작하고 부드럽게 달랬다.

"꾀를 쓰는 일은 공명에게 의지하고 힘을 쓰는 일은 두 아우에게 의지하려는데 자네들은 어찌하여 한가지로 모든 일을 공명에게만 미루려 하는가?"

그러나 관우와 장비는 먹은 마음이 있어 선뜻 나서려 하지 않았다. 유비는 하는 수 없이 공명을 청해 의논했다.

"하후돈이 대군을 이끌고 이곳에 이르렀다 하는데 어찌하면 좋겠습니까?"

"그리 걱정하실 일은 아닙니다. 그러나……."

공명이 아무렇지 않은 듯 대답하다가 문득 얼굴빛을 흐렸다. 유비가 얼른 물었다.

"그러나 무엇입니까?"

"관우와 장비 두 사람이 내 영을 잘 따르지 않을까 두렵습니다. 주공께서 만약 이 양으로 하여금 군사를 부릴 수 있게 하시려면 주공의 칼과 대장인(大將印)을 잠시만 제게 내려주십시오."

제갈량 또한 예사 인물이 아니니 관우와 장비의 반발을 느끼지 못할 리 없었다. 생각하면 귀찮고 어처구니없는 일이었으나, 이번 기회에 그들의 기를 꺾어두지 않으면 안 된다 싶어 주공인 유비의 권위를 빌려보려는 것이었다.

그 말을 듣자 유비도 공명의 속마음을 알고 작은 망설임도 없이 자신의 권위를 상징하는 보검과 패인(佩印)을 끌러 공명에게 내주었다. 그러자 공명은 곧 여러 장수들에게 군령을 받들어 모이라는 전갈을 보내게 했다.

"한번 가보기나 합시다. 그가 어떤 영을 내리는지 꼬락서니나 한번 보아두는 것도 좋지 않겠소?"

전갈을 받은 장비가 마지못해 일어서며 관우에게 말했다.

관우와 장비가 공명이 있는 곳에 이르니 공명은 이미 여러 장수들을 벌려 세운 가운데 엄숙히 앉아 기다리고 있었다. 두 사람을 본 공명은 곧 위엄 실린 목소리로 영을 내렸다.

"박망성 왼쪽에 산이 하나 있으니 이름하여 예산(豫山)이라 한다. 또 그 오른쪽에는 숲이 하나 있으니 이름하여 안림(安林)이라 한다. 둘 다 군마를 숨겨둘 만한 곳이다. 운장은 일천 군마를 이끌고 먼저 가서 매복해 있으라. 적군이 그곳을 지나더라도 맞서지 말고 그대로 보내야 한다. 반드시 그 군마의 뒤편에 있을 적의 치중(輜重)과 양초(糧草)까지도 모두 통과시켰다가 남쪽 산에서 불이 일거든 비로소 군사를 놓아 그 양초를 불태워버리도록 하라.

익덕은 또 일천 군마를 이끌고 안림 뒷산의 가운데 골짜기에 매복해 있으라. 역시 남쪽 산에 불이 일거든 군사를 움직이되 오히려 적이 있던 박망산으로 가서 그곳에 있는 군량과 마초를 태워 없애야 한다.

관평과 유봉은 군사 오백과 불 붙일 물건들을 준비해 박망과 뒤편으로 가라. 양쪽으로 나누어 기다리다가 초경 무렵 군사들이 이른 소리가 들리거든 얼른 달려 나가 사방에 불을 놓으면 된다."

그런 다음 다시 번성에 있는 조자룡을 불러들여 남은 본군의 앞 장에 세웠다.

"적을 이기려 하지 말고 오히려 져주라."

그런 이상한 명과 함께였다.

장수들의 배치가 끝나자 공명은 비로소 유비를 바라보며 말했다.

"주공께서는 한 떼의 군사를 이끌고 뒤에서 돌보시다가 필요할 때만 나가시도록 하십시오. 모두가 계책에 충실히 따를 것이며 결코 터럭만 한 실수라도 있어서는 아니 됩니다."

주인인 유비에게까지 다짐을 받는 걸 보자 관우가 속이 뒤틀렸는 지 불쑥 공명에게 물었다.

"우리들이 모두 나가 적을 맞아 싸우는 동안 군사께서는 어디로 가서 무엇을 하실 작정이시오?"

"나는 다만 여기 앉아 이 성을 지키고 있겠소."

공명이 꼿꼿이 대답했다. 장비가 크게 웃으며 관우를 편들어 빈정 거렸다.

"우리들이 모두 나가서 적과 싸우는 동안 선생은 집안에서 가만 히 앉아 있겠다는 말이구려. 그것 참 좋겠소이다그려."

그러자 공명이 낯빛이 변하며 유비에게서 받은 보검과 패인을 높 이 쳐들고 소리쳤다.

"주공의 보검과 패인이 여기 있다. 감히 영을 어기는 자는 목 베 리라!"

저 사람이 몇 달 전만 해도 산골에 처박혀 책이나 뒤적이던 그 백 면서생일까 싶을 정도로 위엄 서린 목소리였다. 유비도 곁에서 공명을 편들어 두 아우를 나무랐다.

"그대들은 유악(帷幄, 군대의 영채 안에 치는 막) 안에서 계책을 써 천리 밖의 싸움을 이기도록 한다[運籌帷幄之中 決勝千里之外]는 말도 듣지 못했는가? 두 아우들은 결코 이 영을 어겨서는 아니 된다!"

유비까지 그렇게 나서자 장비는 참을 수밖에 없었다. 찬 웃음으로 대꾸를 대신하며 그곳을 물러났다. 관우도 기분이 좋을 리 없었다. 유비의 낯을 보아 물러나면서도 홀로 중얼거리기를 잊지 않았다.

"잠시 저의 계책이 맞나 안 맞나 구경이나 하기로 하자. 따지는 것은 맞지 않음이 밝혀진 뒤라도 늦지 않다."

관우와 장비 두 사람이 그렇게 떠나자 다른 장수들도 차례로 신야를 나섰다. 그러나 아직 공명의 도략(韜略)을 모르는 까닭에 비록 영에 따라 움직이기는 해도 마음속의 의혹은 없어지지 않은 채였다.

모든 장수들이 떠난 뒤에 공명은 다시 유비에게 안심시키듯 말했다.

"주공께서는 오늘 되도록이면 빨리 군사를 이끌고 박망산 아래로 가 기다리도록 하십시오. 내일 저녁이면 적군이 반드시 그곳에 이를 것입니다. 적군이 오면 주공께서는 얼른 달아나시다가 뒤에서 불길이 일거든 뒤돌아 적을 치십시오. 이 양은 미축, 미방과 더불어 오백 군사로 현을 지키면서 손건을 시켜 즐거운 술자리나 마련케 하겠습니다. 아마도 장수들이 세운 공을 기록할 공로부(功勞簿)도 한 벌 매어두고 기다려야겠지요."

그러나 군사를 이끌고 나서는 유비 또한 제갈량의 도략에 대한 의혹을 완전히 지울 수가 없었다.

한편 박망에 이른 하후돈, 이전, 우금 등은 군사를 둘로 나누어 반은 전대로 삼고 나머지는 뒤로 돌려 군량과 마초를 실은 수레를 호위해 가게 했다. 때는 마침 가을이라 거센 가을바람이 일고 있었다. 사람과 말이 뒤섞여 나아가는데 홀연 앞에서 자욱이 먼지가 솟았다. 하후돈은 얼른 사람과 말을 벌려 세우게 하고 길 안내하는 이에게 물었다.

"저기가 어딘가?"

"박망파란 곳인데 그 뒤로는 나구천(羅口川)이 흐릅니다."

그 같은 대답을 듣자 하후돈은 곧 우금과 이전에게 진의 중요한 모퉁이를 단속해 지키게 하고 자신은 진문 앞으로 말을 내어 바라보았다. 한참을 바라보던 하후돈이 문득 크게 소리내어 웃었다.

"장군께서는 무엇 때문에 그렇게 소리내어 웃으십니까?"

곁에 있던 군사들이 까닭을 몰라 물었다. 하후돈이 여전히 웃음을 멈추지 않고 대답했다.

"나는 서원직이 승상 앞에서 제갈량을 천인(天人)인 양 떠벌리던 것을 생각하며 웃었다. 지금 그가 군사를 쓰는 것을 보니 어찌 웃지 않고 배기겠느냐? 저따위 군마를 앞에 내세워 나와 맞싸우게 하는 것은 개나 양을 몰아 호랑이나 표범과 싸우게 하는 것과 마찬가지다. 나는 승상 앞에서는 분김에 유비와 제갈량을 산 채로 잡아다 바친다고 큰소리를 쳤는데, 이제 정말로 그 말처럼 되겠구나!"

그러고는 스스로 말을 놓아 앞으로 내달았다. 맞서 오는 군마의 보잘것없는 세력을 보고 한 말발굽에 짓밟아 버릴 양으로 휘몰아간 것이었다. 저편에서 말을 내어 마주쳐 오는 것은 조운이었다. 하후돈은 조운을 보고 큰 소리로 꾸짖었다.

"너희들이 유비를 따라다니는 것은 마치 외로운 혼이 귀신을 따라다니는 꼴 같구나. 이제 승상의 대군이 이르렀으니 어서 말에서 내려 항복하지 못할까?"

그 말에 성이 난 조운은 더욱 말을 박차 하후돈과 맞붙었다. 그러나 제갈량에게서 받은 군령이 있는지라 힘대로 싸울 수는 없었다. 말과 말이 부딪기를 서너 번이나 했을까, 조운은 문득 거짓으로 패해 달아났다.

하후돈은 부쩍 힘이 났다. 이것저것 깊이 헤아릴 것도 없이 말배를 걷어차며 달아나는 조운을 뒤쫓았다.

조운은 한 십 리쯤 달아나다가 다시 말을 돌려 싸우는 체했다. 그러나 몇 합 겨루기도 전에 힘에 부친 듯 말 머리를 돌려 달아났다. 그래도 하후돈은 아무 의심 없이 조운을 뒤쫓는 데만 열을 냈다. 하후돈의 부장 한호(韓浩)가 문득 짚이는 게 있던지 말을 달려 하후돈을 따라잡은 뒤 말렸다.

"조운은 적을 꾀어들이고 있습니다. 매복이 있을까 두려우니 더는 쫓지 않도록 하십시오."

그러나 간이 커질 대로 커진 하후돈은 그 말을 귀담아 듣지 않았다.

"너는 적군의 꼬락서니가 보이지도 않느냐? 저따위 적군이라면 비록 십면에 매복해 있다 한들 두려워할 게 무엇이겠느냐?"

그러고는 그대로 조운을 쫓기에만 열을 올렸다.

하후돈이 박망파에 이르렀을 때였다. 홀연 한소리 포향이 울리더니 유비가 스스로 군사를 이끌고 마주쳐 나왔다.

하후돈의 눈에는 쫓기는 조운을 구해준답시고 남은 군사를 모조리 끌어모아 나온 것처럼 비쳤다. 하후돈이 한호를 돌아보며 비웃음 띤 투로 말했다.

"저게 겨우 매복한 군사란 것이다. 오늘 밤 안으로 신야로 들어가지 못한다면 내 맹세코 군사를 거두지 않으리라!"

그런 다음 군사를 재촉해 앞으로 나아갔다. 유비 또한 제갈량에게 들은 말이 있는지라 힘써 싸우려 들지 않았다. 잠깐 하후돈의 군사들과 어울렸다가 조운을 따라 급히 달아날 뿐이었다.

이때 이미 날은 저물고 짙은 구름이 하늘 가득 드리우기 시작했다. 거기다가 달이 없어 어두운데 낮에 일던 바람은 밤이 되자 더욱 거세졌다. 그만하면 한번쯤 군사를 멈추고 앞뒤를 눈여겨 살펴볼 만도 한데, 어찌 된 셈인지 하후돈은 여전히 군사를 재촉해 유비를 뒤쫓는 데만 정신이 팔려 있었다. 조조 아래서 단련된 일급의 맹장이건만 한번 패신(敗神)에 홀리니 아무것도 보이지 않는 것 같았다.

자기편이 어쩌면 적의 유인에 말려들고 있는지도 모른다는 생각이 처음 든 것은 이전과 우금이었다. 하후돈을 뒤따라 박망파에 이른 그들은 골짜기가 좁고 양편이 모두 억새와 갈대로 덮여 있는 곳에 이르자 퍼뜩 정신이 들었다.

"적에게 속는 자는 반드시 지게 되어 있는 법이오. 지금 남쪽으로 난 길은 좁을 뿐더러 산과 내가 너무 가깝고 수목이 빽빽이 들어서 있소. 만약 불로 공격을 당한다면 어쩌겠소?"

이전이 우금을 보고 걱정스레 말했다. 우금 또한 걱정스런 얼굴로 맞장구를 쳤다.

"그대의 말이 옳소. 내가 앞으로 가서 도독에게 말씀드릴 테니 그대는 뒤에 오는 군사를 멈추도록 하시오."

그 말에 이전은 말 머리를 뒤로 돌리며 꾸역꾸역 밀려드는 후미의 군사들에게 크게 소리쳤다.

"뒤에 오는 군사들은 걸음을 천천히 하라."

그러나 힘을 다해 달려오던 군마라 금세 속도를 줄일 수가 없었다. 앞선 자가 멈추려 해도 뒤에서 밀고 들어오는 자 때문에 그대로 꾸역꾸역 나아갈 뿐이었다.

한편 앞으로 말을 달린 우금은 저만큼 하후돈이 보이자 큰 소리로 불렀다.

"전군 도독께서는 잠시 멈추시오!"

그 소리를 들은 하후돈이 말꼬삐를 당겨 세우고 돌아보니 우금이 헐떡이며 달려오고 있었다.

"무슨 일이오?"

잠시라도 적을 뒤쫓는 게 늦어진다는 생각으로 하후돈이 귀찮은 듯 물었다. 우금이 굳은 얼굴로 깨우쳐주었다.

"남쪽으로 난 길은 좁은 데다 산천 사이에 끼어 있고 나무와 수풀이 빽빽이 들어차 있습니다. 마땅히 적의 화공에 대한 방비가 있어야 할 것입니다."

그제서야 주위를 돌아본 하후돈도 퍼뜩 느껴지는 게 있는 모양이었다. 우금에게 대답하는 대신 뒤따르는 군마를 향해 소리쳤다.

"모두 말 머리를 돌려라. 아무도 앞으로 나아가서는 아니 된다!"

그러나 미처 그 말이 끝나기도 전에 등 뒤에서 함성이 크게 떨쳐 울리더니 한 줄기 불이 숲에 옮아 붙었다. 이어 불은 길 양쪽 갈대숲과 억새풀밭 여기저기서도 일기 시작하여 잠깐 동안에 사방 팔방이 모두 불길에 휩싸였다.

뿐만이 아니었다. 바람이 한층 거세지며 불길을 키우니 그 불길을 피하다 서로 밟혀 죽은 조조의 군사만도 그 수를 헤아리기 어려울 정도였다. 어렵게 불길을 헤치고 나간다 해도 앞에는 어느새 말 머리를 되돌려 나타난 조운이 사나운 기세로 덮쳐왔다. 거기서 하후돈은 데려간 군사의 태반을 잃고 간신히 불구덩이를 빠져나와 달아났다.

한편 군사의 후미에 있던 이전은 자신의 예상대로 전대(前隊)가 불리함을 보자 얼른 군사를 돌려 박망성으로 돌아가려 했다. 그러나 미처 군사를 돌리기도 전에 한 떼의 군마가 나타나 길을 막았다. 앞선 장수는 다름 아닌 관운장이었다.

이전이 이를 악물고 군사를 내어 어지러운 싸움을 벌였으나 그 싸움이 유리할 리 없었다. 죽을 힘을 다해 싸운 결과가 겨우 제 한 몸 길을 앗아 달아난 것뿐이었다. 관운장은 굳이 이전을 뒤쫓지 않고 그가 호위하던 군량과 마초만 불태워버렸다.

하후돈에게 갔다가 되돌아오던 우금은 자기편의 군량과 마초를 실은 수레들이 불타고 있는 것을 보자 이미 싸움은 글렀다고 보았다. 구태여 적진에 뛰어들 것까지는 없다고 생각하고 샛길을 찾아 황급히 달아났다.

하후란과 한호가 군마와 양초가 불타는 걸 보고 달려갔으나 소용이 없었다. 미처 그곳에 이르기도 전에 장비와 마주친 하후란은 몇 번 창칼이 부딪기도 전에 장비의 한 창에 찔려 말 아래로 떨어지고 그 끔찍한 광경에 놀란 한호는 그대로 말을 박차 달아나버렸다.

장수들이 모두 달아나거나 죽어버린 군사들과의 싸움이니 뒤끝은 뻔했다. 유비의 군사들은 날이 밝도록 마음껏 적을 죽이다가 진채로 돌아갔다. 널브러진 조조군의 시체는 들판을 덮고 거기서 흐르는 피는 내를 이룰 지경이었다.

하후돈이 남은 군사를 점검해보니 열에 두셋을 넘지 못했다. 그대로는 유비와 싸움을 할 수 없어 분한을 머금은 채 허창으로 돌아갔다.

이윽고 공명은 모든 장수들에게 군사를 거두어 신야로 돌아오라는 영을 내렸다. 관우와 장비는 말 머리를 나란히 신야로 돌아가면서 서로 쳐다보고 감탄했다.

"공명은 참으로 뛰어난 인물이로구나!"

그리고 앞으로 나아가는데 몇 리 가기도 전에 미축과 미방이 군사를 이끌고 마중을 나오는 게 보였다. 가까이 가보니 하늘을 찌를 듯한 정기(旌旗) 아래 작은 수레가 한 대 섞여 오고 있는 그 위에는 제갈공명이 단정하게 앉아 있었다.

관우와 장비는 서로 말을 맞추기나 한 듯 말에서 뛰어내렸다. 그리고 공명의 수레 앞에 나아가 땅에 엎드려 절했다. 그들 두 사람에 대한 제갈공명의 우위가 비로소 자리 잡기 시작하는 순간이었다.

오래잖아 유비도 조운, 관평, 유봉 등과 함께 그곳에 이르렀다. 유비는 여러 갈래의 군사를 모두 수습해 모은 뒤 빼앗은 양초와 치중을 장수와 사졸들에게 골고루 상으로 나누어주었다.

유비가 이긴 군사를 이끌고 신야로 돌아가자 백성들은 길을 빽빽이 메우도록 나와 절하며 말했다.

"저희가 이토록 온전하게 살아남은 것은 모두가 사군(使君)께서 어진 이를 얻으신 덕입니다!"

못 미더운 유표의 다스림 밑에서 북방 조조의 남하를 두려워하던 백성들로서는 유비가 무슨 든든한 성벽처럼이나 느껴졌을 것이다.

하지만 공명은 그들 백성들과 마음이 같을 수 없었다. 한 싸움은 비록 이겼으나 그것으로 조조의 힘 전부를 꺾어버렸다고는 볼 수 없었기 때문이었다. 이에 공명은 현으로 돌아오기 바쁘게 유비에게 말했다.

"하후돈이 비록 패해 물러갔다 하나 어려운 싸움은 오히려 지금부터 시작입니다. 조조는 반드시 스스로 대군을 이끌고 올 것입니다."

"일이 그러하다면 이제는 어찌해야 좋겠습니까?"

유비도 공명의 말을 듣자 이내 걱정스런 얼굴이 되어 되물었다. 공명이 무엇 때문에 잠시 머뭇거리다가 조용히 대답했다.

"제게 한 계책이 있습니다. 조조를 넉넉히 깨칠 수 있을 것입니다만⋯⋯."

"그게 무엇입니까?"

유비가 반갑게 물었다. 공명이 다시 망설이는 기색이더니 곧 입을 열었다.

"신야는 작은 고을이라 오래 머물 곳이 못 됩니다. 그런데 요사이 듣기로 유경승이 위독하다고 합니다. 한번 틈타볼 만한 기회니, 형주를 얻기만 하면 몸을 지킬 만한 땅을 얻을 수 있을 뿐만 아니라 조조와도 맞서볼 만한 근거지를 얻는 게 될 것입니다."

전에도 그 비슷한 말을 들은 적이 있어 크게 놀라지는 않았으나 공명의 그 같은 말에 유비의 얼굴에는 이내 난감한 기색이 떠올랐다.

"공의 말씀이 옳을지는 모르나 이 비는 경승으로부터 여러 가지 은혜를 입은 몸입니다. 어찌 차마 그를 칠 수 있겠습니까?"

"하지만 만약 지금 형주를 손에 넣어두지 않으면 뒷날에는 후회해도 이르지 못할 것입니다."

공명은 인정과 의리에 얽매여 큰일을 그르쳐서는 안 된다는 듯 짐짓 차게 말했다. 그러나 유비는 무겁게 고개를 가로저을 뿐이었다.

"나는 비록 죽게 될지언정 의를 저버리는 짓은 하고 싶지 않습니다."

그러자 공명은 다시 감동과 한탄이 뒤섞인 눈길로 유비를 바라보다가 문득 말머리를 돌렸다.

"정히 그러하시다면 이 일은 뒷날 다시 의논드리도록 하지요."

억지로 권해봐야 되지 않을 일이란 걸 알고 잠시 뒤로 미룬 것이었다.

하지만 북쪽의 형세는 그런 일을 오래 접어둘 만큼 조용하지 못했다. 싸움에 지고 허창으로 돌아간 하후돈은 스스로를 죄인처럼 묶은 뒤 조조 앞에 나아가 목을 길게 빼고 죽음을 빌었다.

조조가 그런 하후돈을 풀어주게 한 뒤 물었다.

"어쩌다가 이런 꼴이 되었느냐?"

"제가 어리석어 제갈량의 못된 꾀에 빠졌습니다. 불을 써서 저희 군사를 공격하는 바람에 그만 지고 말았습니다."

하후돈이 부끄러움과 뉘우침 섞인 어조로 대답했다. 조조가 알 수 없다는 듯 물었다.

"너는 어렸을 적부터 군사를 부려왔으면서도 어찌 좁은 곳에서는 화공을 방비해야 된다는 것조차 몰랐느냐."

"이전과 우금이 말해주었습니다만 그걸 깨우쳤을 때는 이미 늦어 있었습니다."

하후돈이 한층 부끄러워하며 대답했다.

그러자 조조는 이전과 우금을 불러 상을 내렸다. 어찌됐건 하후돈과 마찬가지로 패장인 이전과 우금으로서는 전혀 뜻밖이었다. 조조가 패전에 화를 내지 않고 너그러이 대하자 다소 기세를 회복한 하후돈이 문득 목소리를 돋우어 말했다.

"유비가 이토록 기세 좋게 날뛰니 실로 배와 가슴이 우환덩이라 할 수 있습니다. 급히 없애지 않으면 안 됩니다."

"내가 걱정하고 있는 것도 유비와 손권이다. 나머지 하잘 것 없는 인물들이야 마음에 걸려할 게 무엇이 있겠는가? 이번 기회에 강남을 소탕하여 평정해야겠다."

조조는 그렇게 대답하며 스스로 앞장서 남정(南征)할 뜻을 굳혔다.

한번 뜻을 정하면 누구보다도 신속하게 움직이는 조조였다. 조조는 누구와 다시 의논하는 일도 없이 그날로 영을 내려 오십만 대군을 일으킨 뒤 대(隊)마다 십만씩 다섯 대로 나누었다. 제일대는 조홍(曹洪)과 조인, 제이대는 장요와 장합, 제삼대는 하후돈과 하후연, 제사대는 이전과 우금이 맡고, 자신도 나머지 장수들을 거느리고 제오대를 이끌기로 했다.

또 따로 허저는 절충장군으로 세워 군사 삼천을 이끌고 선봉이 되게 한 뒤 길한 날을 택하니 날은 바로 건안 십삼년 칠월 병오(丙

牛)일이었다.

태중대부로 있던 공융이 그런 조조를 말렸다.

"유비와 유표는 모두 한실의 종친이니 가볍게 쳐서는 아니 됩니다. 또 손권은 강동의 여섯 군을 소혈 삼아 범처럼 도사리고 있는 데다 대강(大江)의 험난함을 끼고 있으니 함부로 사로잡기 어렵습니다. 그런데도 이제 승상께서는 이렇다 하게 내세울 대의명분도 없이 대군을 일으키셨다가 자칫 천하의 신망을 잃을까 두렵습니다."

비록 지금은 조조 밑에서 벼슬을 살고 있으나 한때는 제후의 한 사람으로 조조와 어깨를 나란히 동탁을 치려고 의병을 일으켰던 공융이었다.

뒷날 사람들로부터 건안칠자(建安七子)라고 불렸던 당대 제일급의 문사인 동시에 공자의 이십대 손이란 자부심이 겹친 그로서는 아무래도 남들처럼 조조에게 고분고분할 수 없었다. 거기다가 유비에 대한 옛 정까지 겹치자 참지 못하고 나섰다.

공융의 그 같은 말에 조조는 불같이 화를 냈다.

이미 마음속에 정해진 자신의 뜻을 공융이 정면으로 말리고 나선 것이나 유비를 은근히 두둔하고 자신의 군대를 대의명분 없다고[無義之師] 말한 것도 심기를 건드렸지만 그 자신만의 특별한 혐오와 원한도 함께 작용한 탓이었다. 지난날 예형(禰衡)을 죽였을 때나 뒷날 양수(楊修)를 죽일 때와도 맥이 닿는 어떤 기묘한 감정이었다.

"유비와 유표, 손권은 모두 천자의 명을 거스르는 역적들인데 어찌 토벌하지 않을 수 있겠는가? 거기다가 이제 내가 일으키려는 군사가 어찌하여 무의지사란 말인가?"

조조는 일단 공융을 그같이 꾸짖어 물리쳤다. 그러나 그 정도로 화가 풀리지 않는지 다시 명을 내려 여럿에게 알리게 했다.

"앞으로 이 일에 대해 두 번 다시 공융과 같이 말하는 자가 있으면 반드시 그 목을 베리라!"

한편 공융은 공융대로 조조의 그 같은 꾸짖음이 그 어느 때보다 아니꼽고 분했다. 군사적인 지식과 권모술수를 빼면 공융이 조조를 우러러볼 만한 것은 별로 없었다.

가문, 학식, 재주, 문장 그 어느것을 따져봐도 조조에게 뒤질 것은 하나도 없다고 자부하는 공융에게는 있을 법도 한 감정이었다.

"지극히 어질지 못한 것으로 지극히 어진 것을 치려 함이니 어찌 패하지 않으랴!"

승상부에서 쫓겨나오던 공융은 문득 하늘을 바라보며 그렇게 탄식했다. 그런데 그 한마디가 탈이 되었다. 어사대부 극려(郗慮)란 자의 집을 드나들며 빌붙어 지내는 건달 하나가 그 말을 듣고 극려에게 전했다.

극려는 원래부터 공융을 미워해오던 자였다. 평소 공융으로부터 사람됨이 비루하고 학문이 모자란다 하여 모욕과 업신여김을 받아온 까닭이었다. 공융이 했다는 그 말을 듣자 마음속의 원한을 풀 좋은 기회로 여겨 조조에게 달려가 알렸다.

극려가 전하는 공융의 말을 듣자 조조는 또다시 불같이 노했다. 그걸 본 극려는 한술 더 떠 다른 것까지 꺼내 공융을 헐뜯었다.

"공융은 평소에도 늘상 승상을 모욕해왔습니다. 또 죽은 예형과도 서로 친해 예형이 공융을 추겨 '공자는 죽지 않았다[仲尼不死]' 하는

가 하면 공융은 예형을 추켜 '안회가 다시 살아났다[顏回復生]'고 했습지요. 지난날 예형이 승상을 욕한 것도 실은 공융이 시켜서 한 짓입니다."

조조는 그 말을 듣자 소위 글줄 한다는 것들의 짓거리가 눈에 선했다. 공자가 죽지 않았다는 말은 공융이 곧 제 이십대 할아비인 공자라는 뜻이요 안회가 되살아났다는 것은 예형의 학덕이 십철(十哲)의 으뜸인 안회와 같다는 흰소리가 아닌가. 거기다가 죽은 예형에게 당한 욕이 떠오르자 조조는 드디어 공융을 죽일 마음이 들었다.

돌이켜보면 공융은 전에도 몇 번인가 조조를 놀린 적이 있었다. 조비가 원희의 처 진씨(甄氏)를 아내로 맞았을 때였다. 공융이 조조 앞에서 천연스레 말했다.

"주(周) 무왕(武王)은 은(殷)을 친 뒤에 달기(妲己)를 주공(周公)에게 주었습니다."

그 말을 듣자 원소의 둘째 며느리를 뺏어 자신의 맏며느리로 삼게 된 꼴이 된 게 내심 꺼림칙하던 조조는 반가워하며 그 출전(出典)을 물었다. 만약 그런 고사가 사실로 있다면 자기들 부자가 한 일도 비난을 면할 수 있으리라 생각한 때문이었다. 그러나 공융의 대답은 엉뚱했다.

"지금 일로 옛일을 추측해보았을 뿐입니다. 아마도 그때도 틀림없이 그랬을 것입니다."

공융의 그 같은 대답에 조조는 벌레 씹은 얼굴이 되었다. 조비에게 원희의 처와 혼인하도록 한 것이 잘못이라는 비꼼뿐만 아니라, 고전에 밝지 못해 없는 출전을 물은 자신의 깊지 못한 학식을 조롱

당한 셈이었기 때문이다.

또 한번은 이런 일이 있었다. 조조가 어떤 명분을 만들어 금주령을 내리자 공융이 조조에게 글을 보내 부당함을 말했다.

'술은 예부터 덕 있는 것이라 일컬은 지 오래니, 조상을 제사하고 귀신을 위로하며 사람의 괴로운 마음을 달래고 가라앉혀 주기 때문입니다. 술이 나라를 망치기 때문에 금한다면 여자 때문에 천하를 잃은 자가 있는데 어찌 혼인은 금하지 않습니까? 또 노나라는 유학을 너무 존중하여 나라가 쇠퇴해졌지만 그래서 유학을 금한 나라는 없습니다⋯⋯.'

대강 그런 식으로 몰아간 끝에 조조가 내린 금주령은 다만 군량을 확보하기 위한 것일 뿐임을 지적하여 조조의 감춰진 속셈을 아프게 꼬집었다.

그 같은 지난 일까지 떠오르자 조조는 더욱 공융을 죽일 마음을 굳혔다. 그리고 군모좨주(軍謀祭酒) 벼슬을 하는 노수(路粹)란 자를 시켜 공융을 탄핵하게 했다.

조조가 하는 일을 누가 막을 수 있겠는가. 곧 공융은 대역죄인이나 다름없이 다루어져 정위(廷尉)가 잡으러 나섰다. 정위가 공융의 집으로 들이닥쳤을 때 공융은 마침 어린 두 아들과 바둑을 두고 있었다. 부리던 사람들이 달려와 공융에게 급하게 알렸다.

"존군(尊君)께서 정위에게 잡혀가시면 아마도 죽음을 당하시게 될 것입니다. 하지만 두 분 공자님은 급히 피해야 되지 않겠습니까?"

그러자 어린 두 아들이 입을 모아 말했다.

"부서지는 새 둥지에 어찌 성한 알이 남을 수 있겠소?"

역시 그 아비에 그 아들이라 할 만했다. 곧이어 들이닥친 정위는 과연 공융뿐만 아니라 두 아들과 일가 노소를 모조리 끌어갔다. 그리고 형식적인 심문 끝에 공융의 일가는 남김 없이 죽음을 당했는데 특히 공융의 목은 뒷사람에 대한 경계로 저잣거리에 내걸렸다.

이때 경조(京兆) 벼슬의 지습(脂習)이란 사람이 있었다. 공융의 목 앞에 엎드려 울다가 그 말이 조조의 귀에 들어갔다. 성난 조조는 그마저 죽이려 했으나 순욱이 말렸다.

"제가 들으니 지습은 항상 공융에게 나무라기를, 그대는 너무 강직하여 화를 입게 될 것이라 했다 합니다. 그러나 막상 공융이 죽자 와서 곡을 하는 것을 보면 지습은 의인이라 할 수 있습니다. 죽여서는 안 됩니다."

그 말에 지습을 기특히 여긴 소소는 죽일 마음을 버렸다. 그러나 지습은 거기서 그치지 않고 공융 부자의 시신까지 거두어 모두 장례를 치러주니 듣는 사람 치고 감탄하지 않는 이가 없었다.

표류하는 형주

공융을 죽인 조조는 다섯 갈래의 군사를 차례로 강남을 향해 진발시켰다. 허창은 순욱이 약간의 장졸들과 함께 남아 지키기로 되어 있었다.

이때 형주의 유표는 병이 더욱 깊어졌다. 스스로 남은 목숨이 길지 않음을 짐작하고 사람을 시켜 신야의 유비를 불렀다. 뒷일을 당부하고자 함이었다.

유비는 관, 장 두 아우와 더불어 형주로 와 유표를 보러 들어갔다. 병석에 누워 있던 유표는 유비를 보고 간곡히 말했다.

"내 병은 이미 뼛속 깊이까지 스며 죽을 날이 머지않은 듯하이. 특히 아비 없는 내 자식들을 아우에게 부탁하네. 내 아들들은 재주가 없어 아비의 기업을 이어받지 못할 것 같으니 아우가 이 형주를

216

맡아 다스리도록 하게."

그러자 유비가 울며 엎드려 말했다.

"이 비는 마땅히 힘을 다해 조카들을 도울 것입니다. 어찌 딴 뜻이 있을 리 있겠습니까?"

자신에게는 절실히 필요한 땅이건만 의리와 인정에 얽매여 차마 받지 못하는 유비였다. 그럴수록 유표의 당부는 더욱 간곡했다. 죽음을 앞둔 이의 특유한 예감으로 유표는 자신이 오래 다스려온 그 땅이 곧 거센 폭풍에 휘말리게 되리라는 것을 느끼고 있었다.

그래서 두 사람이 서로 권하거니 마다거니 한참 얘기를 나누고 있는데 문득 사람이 와서 알렸다.

"조조가 스스로 대병을 이끌고 이리로 오고 있습니다."

그 말에 유비는 길목에 있는 신야가 먼저 걱정이 되었다. 당장 신야를 지키는 일이 급함을 내세워 유표에게 작별하고 신야로 돌아갔다.

한편 유표는 병이 깊은 중에 그 같은 소식을 들으니 더욱 놀라웠다. 여럿을 불러 의논 끝에 유비에게 마지막 당부를 써서 남겼다. 맏아들인 유기(劉琦)를 세워 형주의 주인으로 삼고 그를 잘 보살펴달라는 내용이었다.

채부인은 유표가 자신의 소생을 제쳐두고 맏이인 유기를 세우려한다는 말을 듣자 몹시 성이 났다. 아우 채모와 장수 장윤(張允)을 불러 가만히 일렀다.

"너희들은 가서 형주의 외문(外門)을 굳게 지키도록 하라. 기(琦)가 유명(遺命)을 받으러 오더라도 결코 들여보내서는 아니 된다."

채모와 장윤은 그 말대로 바깥 성문에 군사를 풀고 엄히 지켰다. 과연 오래잖아 공자 유기가 말을 달려 성문으로 들어섰다. 강하를 지키고 있다가 부친의 병세가 위급하다는 말을 듣고 달려온 것이었다. 채모가 그런 유기를 가로막으며 말했다.

"공자께서는 아버님의 명을 받들어 강하를 지키고 계십니다. 그 책임이 가볍지 아니한데 어찌 이렇게 오셨습니까? 만약 그사이라도 동오의 군사가 강하에 이른다면 어찌실려고 이러십니까? 공자께서 들어가셔서 주공(主公)을 뵙는다면 주공께서는 진노로 말미암아 병이 더욱 무거워질 것입니다. 이는 효도가 못 되니 얼른 되돌아가도록 하십시오."

말은 그럴듯했으나 군사를 풀어 지키고 있는 품이 억지로 들어가려 한다 해도 들여보내줄 것 같지가 않았다. 이에 유기는 성문 밖에서 한바탕 크게 곡을 한 뒤에 말에 올라 강하로 되돌아갔다.

그때 유표는 목숨이 다해가면서도 맏아들인 유기가 오기만을 기다리고 있었다. 여럿 앞에서 직접 유기를 내세워 후사로 삼음으로써 아무도 그 일에 딴소리를 못하게 하려는 심산이었다.

채부인이 굳이 유기를 못 오게 막은 것은 바로 유표의 그 같은 속뜻을 짐작했기 때문이었다. 그리하여 유표는 결국 맏아들을 보지 못한 채 그해 팔월 무신(戊申)일에 몇 소리의 고함과 함께 숨져버렸다.

유표가 끝내 후사 문제를 밝히지 못하고 숨져버리자 채부인은 처음부터 마음속에 품고 있던 계책을 실행에 옮겼다. 채모, 장윤에게 거짓으로 유촉(遺囑)을 쓰게 하여 자신이 낳은 유종(劉琮)을 형주의 주인으로 세운 뒤에야 발상(發喪)을 했다.

이때 유종의 나이 겨우 열넷이었다. 그러나 사람됨이 총명하여 비록 그 어머니와 외숙부가 꾸민 일이라고는 해도 자신이 형주의 주인이 된 게 잘못되었음을 깨닫고 있었다. 중요한 관원들을 모두 불러 모은 뒤 꾸짖듯 말했다.

"비록 아버님께서는 세상을 버리셨다 하나 내 형님은 지금 강하에 계시고, 또 숙부인 유현덕은 신야에 있소. 그런데 그대들이 나를 세워 주인으로 삼았으니 만약 형님과 숙부께서 군사를 일으켜 그 죄를 물으시면 그때는 어떻게 하실 작정이시오?"

어린 소년의 말이라도 조리에 어긋나지 않으니 다른 관원들은 물론 일을 꾸민 채모와 장윤조차도 얼른 대답을 하지 못했다. 그때 문득 막관(幕官)으로 있던 이규(李珪)가 일어났다.

"공자님의 말씀이 참으로 옳습니다. 어서 강하로 슬픈 소식을 전하고 큰 공자님을 모셔와 형주의 주인이 되도록 하십시오. 또 유현덕에게도 돌아가신 주공의 뜻을 전해 큰 공자님과 함께 일을 처리하게 해야 합니다. 그리하면 북으로는 조조를 막을 수 있고 남으로는 손권에게 맞설 수 있으니 그것이 바로 만전의 계책이 아니고 무엇이겠습니까?"

그러자 비로소 급해진 채모가 버럭 소리를 질러 이규를 꾸짖었다.

"이미 형주의 주인은 정해졌거늘 너는 어떤 자이기에 어지러운 말로 돌아가신 주공의 유명에 거역하려 드느냐?"

그러나 일의 내막을 잘 알고 있는 이규도 지지 않았다. 마주 소리쳐 채모를 꾸짖었다.

"너희들은 안팎으로 무리지어 서로 짜고 거짓으로 유명을 꾸며 맏이를 내치고 둘째를 주인으로 올려세웠다. 정말로 형주, 양주의 아홉 고을이 채씨(蔡氏) 일족의 손에 들어가는 게 눈에 훤히 보이는구나! 죽은 주공의 넋이 계시다면 반드시 너희를 죄주시리라."

유표 아래 사람이 없다고 해도 아주 없는 것은 아니었던 셈이다. 채모는 이규가 자기들이 몰래 꾸민 일까지 드러내놓고 꾸짖자 더 참지 못했다. 좌우를 돌아보며 크게 소리쳤다.

"무엇들 하느냐? 어서 저 무엄한 놈을 끌어내 목 베지 못할까!"

그러나 이규는 숨이 끊어지는 순간까지도 채모를 꾸짖어 마지않았다.

이규가 그렇게 죽자 질린 관원들은 두 번 다시 채모의 뜻을 거스르지 않았다. 이에 채모는 유종을 세워 주인을 삼고, 형주의 군사는 모두 자기네 채씨들이 나누어 거느렸다.

형주의 주인이 그렇게 정해지니 자리도 바뀌었다. 채모는 치중 등의(鄧義)와 별가 유선(劉先)에게 형주를 지키게 한 뒤 자신은 채부인, 유종과 더불어 양양으로 옮겨 앉았다. 있을지 모르는 유기와 유비의 공격에 대비하려 함이었다. 하룻밤 사이에 가장 믿음직한 우군이 가장 무서운 적으로 변해버린 셈이었다.

유표의 관은 양양성 동쪽 한양벌에 묻혔다. 채모는 형주 백성들의 눈이 무서워 성대하게 장례를 치렀으나 유기와 유비에게는 끝내 부음조차 보내지 않았다.

그런데 일은 다시 뜻하지 않은 쪽으로 벌어졌다. 유종이 양양에 이르러 잠시 말을 멈추고 있을 때 갑자기 급한 전갈이 들어왔다.

"큰일 났습니다. 조조가 바로 대군을 양양으로 몰아오고 있습니다."

당장은 한 발 멀리 있는 것으로 생각했던 조조가 먼저 이른 것이었다. 놀란 유종은 채모와 괴월을 비롯한 장수들을 불러 의논했다. 동조연으로 있던 부손(傅巽)이 나서서 말했다.

"두려운 것은 조조의 군사가 오고 있는 것뿐만이 아닙니다. 지금 강하에는 큰 공자가 있고 신야에는 유현덕이 있습니다. 우리는 아직 그 둘 모두에게 부음조차 전하지 않았으니, 만약 그들이 군사를 일으켜 그 죄를 물으러 오면 형주와 양양은 위태롭기 그지없습니다. 제게 한 계책이 있는데 주공께서 써주실는지요. 형, 양의 백성들이 평안할 뿐만 아니라 주공께서도 이름과 벼슬을 고이 보전할 수 있습니다만……."

"그게 어떤 계책이오?"

유종이 반가워하며 물었다.

"형주와 양주 아홉 고을을 들어 조조에게 바치는 것이 어떻겠습니까? 그리하면 조조는 반드시 주공을 두텁게 대접할 것입니다."

엄청나다면 너무도 엄청난 말이었다. 유종이 문득 목소리를 높여 부손을 꾸짖었다.

"그게 무슨 소린가? 아직 아버님의 기업을 물려받은 지 며칠 되지도 않는데 어찌 남에게 주어버리란 말인가?"

그때 곁에 서 있던 괴월이 부손을 편들어 유종을 달래듯 말했다.

"부손의 말이 옳은 듯합니다. 무릇 무엇에 거스르고 무엇에 따를까[順]를 정함에는 의지해야 할 큰 줄기[大體]가 있는 법이요, 강함과 약함도 이미 정해진 대세가 있는 법입니다[天逆順有大體 强弱有定勢]. 결코 마음 내키는 대로 일을 처리하셔서는 아니 됩니다. 지금 조조는 북쪽을 평정하고 남쪽을 치는 데에 한가지로 조정의 이름을 빌려 하고 있습니다. 주공께서 항거하시면 바로 조정을 거역하는 것이 되어 명분에 따르지 못하게 됩니다. 거기다가 주공께서는 방금 새로 형주의 주인이 되신 데다 바깥의 근심거리가 아직 없어지지 않은 터에 또 안의 근심거리가 머지않아 일게 되어 있습니다. 그 바람에 형주, 양양의 백성들은 조조의 군사가 왔다는 말을 듣고는 싸워 보지도 않고 겁부터 집어먹고 있습니다. 그런 백성들과 더불어 어떻게 조조에게 맞설 수 있겠습니까?"

괴월은 유표가 살아 있을 때부터 형주에서 으뜸가는 모사를 자처해온 자였다. 그까지 부손의 편을 들고 나서자 유종도 무턱대고 꾸짖을 수만은 없는 일이었다. 유종은 문득 처연한 얼굴이 되어 탄식하듯 말했다.

"여러 공들의 말씀을 내가 따르기 싫어 이러는 것은 아니외다. 다만 돌아가신 아버님께서 물려주신 기업을 하루아침에 남에게 내주자니 천하에 웃음거리가 될까 두려울 뿐이오."

그러는데 또한 사람이 나서더니 앞서의 두 사람을 편들어 크게 말했다.

"부손과 괴월의 말이 매우 옳은데 주공께서는 어찌 따르지 않으십니까?"

그 말이 하도 당돌해 모두 놀란 눈으로 바라보니 그는 바로 왕찬(王粲)이란 사람이었다.

왕찬은 산양 땅 사람으로 자를 중선(仲宣)이라 했는데 얼굴은 수척하고 키는 작았으나 재주가 놀라웠다. 어렸을 적 당대에 제일가는 문사라 일컫던 채옹을 찾아갔을 때의 일이다. 그때 채옹의 집에는 귀한 손들이 가득 자리하고 있었건만 채옹은 왕찬이 왔다는 말을 듣자 신발을 거꾸로 신고 달려 나와 맞아들였다. 그 자리에 있던 손들이 이상히 여겨 물었다.

"채(蔡)중랑께서는 무슨 까닭으로 이 어린아이를 이토록 높이 여기십니까?"

그러자 채옹이 서슴없이 대답했다.

"이 아이는 빼어난 재주가 있어 내가 오히려 미치지 못합니다. 어찌 소홀하게 대접할 수 있겠소이까?"

또 왕찬은 널리 들은 것이 많고 기억력이 남달랐다. 일찍이 길가에 선 비석을 한번 훑고 지난 뒤에 그 비문을 그대로 외어 보인 적이 있으며, 또 한번은 다른 사람이 바둑 두는 걸 구경하다가 그 판을 훑고 다시 놓은 적이 있는데 돌 한 점 틀리게 놓이지 않아 보는 이를 놀라게 하기도 했다.

그밖에도 왕찬은 산술에 밝을 뿐 아니라 글도 썩 잘 지어 조정은 그가 겨우 열일곱 살 때 벌써 황문시랑으로 불렀으나 그는 벼슬길에 나가지 않았다. 그 뒤 천하가 어지러워지자 남쪽으로 피난하여 형주에 이르게 되었는데 유표가 그를 알고 상빈(上賓)으로 맞아들여 그곳에 머물게 된 것이었다.

그런 왕찬이 조조에게 항복하자는 의견을 지지하고 나서자 일은 거지반 판가름이 난 것이나 다름없었다. 그러나 유종만은 끝내 그 항복에 마음이 내키지 않았다. 구원을 기다리듯 다른 의견을 기다리며 좌중을 둘러볼 뿐 얼른 결정을 내리려 들지 않았다. 그런 유종을 다그치듯 왕찬이 물었다.

"주공께서는 스스로를 헤아리기에 조조에 비해 어떻다 보십니까?"

"그만 못할 것이오."

유종이 씁쓸하게 대답했다. 그러자 왕찬은 마치 유종을 깨우쳐주 듯 늘어놓았다.

"조공(曹公)은 군사가 많고 거느린 장수들이 날랠 뿐만 아니라 그 자신도 널리 알고 또한 꾀가 많습니다. 하비성에서 여포를 사로잡았 으며, 관도에서는 원소를 꺾었고, 농우에서는 유비를 두들겨 내몰았 으며 백등에서는 오환족(烏丸族)을 깨뜨리는 등 그가 죽여 없앤 자 나 평정한 땅은 이루 헤아리기 어려울 정도입니다. 그런 조공이 이 제 대군을 몰고 남으로 내려와 형, 양을 노리는데 무슨 수로 맞서겠 습니까? 부손과 괴월 두 사람의 말이 가장 나은 계책이 될 것이니 주공께서는 공연한 의심으로 일을 늦추어 뒷날 후회하는 일이 없도 록 하십시오."

왕찬의 그 같은 말은 듣는 이로 하여금 절로 조조에 대한 두려움 에 빠져들게 하는 데마저 있었다. 어린 유종도 마침내 조조에게 항 복하는 쪽으로 뜻이 기울었다.

"말씀을 듣고 보니 선생의 가르침이 옳은 줄 알겠습니다. 다만 어 머님께 이 일을 고해 올린 뒤에 결정짓도록 합시다."

유종이 그렇게 말하자 병풍 뒤에 숨어 있던 채부인이 나타나 말 했다.

"이미 중선(仲宣, 왕찬의 자), 공제(公悌, 부손의 자), 이도(異度, 괴월의 자) 세 분이 소견이 같다면 군이 내게 알릴 게 무엇이냐? 그분들의

224

말씀대로 따르도록 하여라."

　자신이 해놓은 짓이 있어 당장은 조조보다 큰 공자 유기나 유비가 더 두려운 채부인이었다. 좁은 소견에는 차라리 잘되었다 싶어 아들이 찾기를 기다릴 틈도 없이 내달아 그렇게 몰아갔다.

　이에 드디어 뜻을 정한 유종은 급히 조조에게 바치는 항서(降書)를 쓰게 한 뒤 송충(宋忠)에게 주며 남몰래 조조에게 전하게 했다. 송충은 그 명을 받들어 똑바로 완성으로 달려가 조조를 만나고 항서를 바쳤다.

　한바탕 어려운 싸움을 각오하고 있던 조조는 그 뜻밖의 항서에 몹시 기뻤다.

　송충에게 무거운 상을 내린 뒤 일렀다.

　"너희 주인 유종더러 성을 나와 나를 맞으라 일러라. 그리하면 나는 유종을 영구히 형주의 주인으로 세워주겠다."

　송충은 조조에게 엎드려 절하며 감사한 뒤 곧 형주로 돌아가는 길에 올랐다. 그런데 막 강을 건너려 할 때였다.

　문득 한 떼의 인마가 자기에게로 달려오는 게 보였다. 놀라 바라보니 앞선 장수는 다름 아닌 관운장이었다. 송충은 피해보려 했으나 이미 늦은 뒤였다. 자신을 알아보고 부르는 관운장을 거역하지 못해 하는 수 없이 관운장과 마주하게 되었다.

　"어디 갔다 오시는 길이오?"

　관운장이 뚫어질 듯 송충을 살피며 불쑥 물었다. 엄청난 내막까지는 몰랐지만 까닭 없이 당황하는 송충이 수상쩍어 물어본 것이었다.

　송충은 처음 거짓말로 어떻게든 빠져나가 보려고 애썼다. 그러나 관운장이 쉽게 놓아주지 않고 꼬치꼬치 캐묻기 시작하자 마침내 앞뒤의 사정을 하나하나 빠짐 없이 털어놓았다.

그 기막힌 내막을 듣자 관운장은 크게 노했다. 그 자리에서 송충을 묶어 신야의 유비에게로 데려갔다. 관운장으로부터 자세한 전말을 들은 유비는 문득 크게 소리내어 울었다. 유종이나 그를 둘러싼 간사한 무리를 위해서가 아니라 죽은 유표를 위해서였다.

조조에게 쫓겨 갈 곳 없이 된 자신을 따뜻이 받아들여주었을 뿐만 아니라 채씨 일족을 비롯한 숱한 사람들의 참소를 듣고도 끝내 자신을 믿어준 유표였다. 유표가 반생에 걸쳐 힘들여 이룩한 기업이 못난 자식에 의해 하루아침에 남에게 넘어가게 된 일이 애석하고도 분했다.

"일이 이미 이렇게 되었으니 먼저 송충을 목 벤 뒤에 군사를 일으켜 강을 건너도록 합시다. 양양성을 빼앗고 채씨 일족과 유종을 죽인 다음 조조와 싸우면 되지 않겠습니까?"

장비가 울고 있는 유비에게 그렇게 재촉했다. 유비가 울음을 그치며 장비를 꾸짖었다.

"너는 좀 입을 다물지 못하겠느냐? 나도 헤아리는 바가 있으니 함부로 떠들지 마라."

그러고는 이어 송충을 소리쳐 꾸짖으며 내쫓았다.

"너는 여럿이서 이 같은 일을 꾸미는 줄 알면서도 어찌 내게 와서 알리지 않았느냐? 이제 너를 목 벨 것이로되, 그래봤자 아무것도 이로울 일이 없어 살려 보낸다. 어서 가거라!"

꼭 죽는 줄 알았던 송충은 그 같은 처분에 절하여 유비에게 감사한 뒤 머리를 싸 안고 쥐새끼 내빼듯 양양으로 돌아갔다.

송충은 살려 보냈지만 유비의 근심과 고민은 실로 컸다. 큰일을 이루기 위해서는 반드시 근거로 해야 할 형주가 이제는 고스란히 조조에게 넘어가게 된 까닭이었다. 근거지가 되기는커녕 오히려 조조가 자신을 공격하는 데 알맞은 근거지가 되어버릴 판이었다.

유비가 그 일로 한참 걱정하고 있을 때 홀연 공자 유기가 이적(伊籍)을 보내왔다는 전갈이 왔다. 유비는 전에 이적이 채모의 흉계로부터 자신을 구해준 은혜를 생각하고 계단을 달려 내려가 이적을 맞아들였다.

이적은 유비가 지난 일을 두 번 세 번 감사하자 그 말을 겸손하게 가로막으며 자신이 온 뜻을 밝혔다.

"강하에 계신 큰 공자님께서는 근일에야 형주의 주공께서 돌아가신 일과 채부인이 채모의 무리와 짜고 큰 공자께는 부음조차 전함이 없이 유종을 새 주인으로 세웠다는 소문을 들으셨습니다. 이에 큰 공자께서 사람을 뽑아 양양에 보내 알아보게 하셨던바, 모두가 사실임을 알고 사군께서 아직 모르고 계실까 봐 특히 저를 보내신 것입니다. 돌아가신 주공의 부음과 채씨 일족의 흉계를 알림과 아울러 사군께서도 거느리신 정병을 일으키시어 함께 양양으로 가주시기를 청했습니다. 제가 보기에도 마땅히 죄를 물어야 할 일로 여겨집니다."

그러고는 품 안에서 유기가 보낸 서찰을 내놓았다. 읽기를 마친 유비가 탄식하듯 말했다.

"기백(機伯, 이적의 자)은 유종이 형의 자리를 빼앗은 일만 알지 유종이 이제 형, 양의 아홉 고을을 들어 조조에게 바치려는 것은 모르는 모양이구려!"

"사군께서 그 일은 또 어떻게 아셨습니까?"

이적이 놀라 물었다. 유비는 관운장이 송충을 사로잡아 온 일로부터 유종과 조조 사이에 있었던 일을 아는 대로 일러주었다. 다 듣고 난 이적이 말했다.

"일이 그렇게 되었다면 이렇게 해보시지요. 사군께서는 문상(問喪)을 구실로 양양으로 가서서 유종으로 하여금 맞으러 나오게 하신 뒤 그를 사로잡으십시오. 그다음 그를 돕는 무리를 모두 주살하시면 형주는 사군의 땅이 될 것입니다."

"기백의 말이 옳습니다. 그대로 따라보십시오."

공명이 옆에 있다가 그렇게 거들었다. 그러나 유비는 눈물까지 흘리며 무겁게 고개를 가로저을 뿐이었다.

"유표 형님께서는 죽음을 앞두고 내게 어린 자식들을 부탁하셨소. 그런데 이제 그 아들을 사로잡고 그 땅을 빼앗는다면 다음에 죽은 뒤엔들 무슨 낯으로 형님을 뵙겠소?"

"하지만 그 일을 할 수 없다면 실로 어려워질 것입니다. 이미 조조의 대군이 완성에 이르렀다 하는데 무슨 수로 거기에 항거하시겠습니까?"

공명이 안타까운 듯 다시 한번 유비에게 권했다. 그러나 유비는 마음을 바꾸려 들지 않았다.

"번성으로 피해 어찌해보는 한이 있더라도 차마 양양을 칠 수는 없구려."

그렇게 이야기를 바꾸어 유종을 치지 않고 조조를 막을 궁리만

했다. 공명은 안타깝기 그지없었으나 유비의 성정을 잘 아는 터라 더는 억지로 권하지 않고 유비의 의논에 응했다. 한참 이 일 저 일을 서로 의논하고 있을 때였다. 정탐을 나갔던 군사가 나는 듯 말을 달려 돌아와 알렸다.

"조조의 군사가 드디어 박망파에 이르렀습니다."

조조의 그같이 신속한 용병에 유비는 놀라고도 당황했다. 이적을 재촉해 급히 강하로 돌려보낸 뒤 거느리는 군마를 모두 모아 정돈하는 한편 공명에게 물었다.

"이제 어떻게 조조와 맞서야 되겠소?"

"주공께서는 마음을 조금 너그럽게 가지십시오. 지난번에도 불 한 다발로 하후돈의 군마를 태반이나 불살라버리지 않았습니까? 이번에 조조의 군사가 또 왔다니 그에게도 반드시 그 같은 계책의 뜨거운 맛을 가르쳐줘야겠습니다. 다만 신야는 우리가 있어봤자 별로 얻을 게 없는 곳이니 빨리 번성으로 옮기는 것이 좋겠습니다."

공명이 그렇게 대답했다. 그리고 이미 생각해둔 게 있는 듯 말을 마침과 아울러 사람을 보내 네 대문에 방을 써 붙이게 했다.

'남자 여자 늙고 젊고를 가릴 것 없이 따라가고 싶은 자는 모두 우리를 따라오기 바란다. 우리는 오늘 잠시 번성으로 옮겨 적의 예봉을 피할 것이니 부디 그릇됨이 없게 하라.'

그런 다음 손건을 물가로 보내 배를 거둬들이게 했다. 따라가려는 백성들을 구제하기 위함이었다. 그리고 따로 미축에게는 모든 관원들의 가솔들을 보호해 번성으로 옮기는 일을 맡겼다.

한편으로 공명은 싸움 준비에도 빈틈이 없었다. 여러 장수들을 불러놓고 영을 내리는데 관운장이 가장 먼저 영을 받았다.

"운장께서는 군사 일천을 이끌고 백하 상류로 가서 매복하도록 하시오. 모두 자루를 준비하여 그걸로 흙과 모래를 퍼 담아 백하의 물을 막고 기다리면 내일 밤 삼경 무렵이 되면 하류에서 사람의 고함 소리와 말 울음이 들릴 것이니 그때 급히 강을 막은 흙자루를 무너뜨려 물을 일시에 쏟아지게 하고 군사를 아래로 이끌고 와 싸움을 돕도록 하시오."

다음은 장비 차례였다. 공명은 소리 높여 영을 내렸다.

"익덕께서는 군사 일천을 거느리고 박릉 나루터에 매복해 있으시오. 그곳은 물의 흐름이 가장 느린 곳이니 상류에서 운장이 터놓은 물에 쫓긴 조조의 군사는 반드시 그리로 피해 갈 것이오. 그때 승세를 타고 나아가 조조의 군사를 죽이도록 하시오."

그러고는 또 조운을 불러 영을 내렸다.

"자룡은 군사 삼천을 거느리고 네 대로 나누되 한 대는 스스로 거느려 동문 밖에 매복하고 나머지 세 대는 각기 서문, 남문, 북문 밖에 매복게 하시오. 그전에 할 일은 유황과 염초를 비롯해 불 붙기 쉬운 것들을 민가의 지붕에다 재어놓는 일이오. 조조의 군사들은 성안에 들어오면 반드시 민가에서 쉴 것이기 때문이오. 마침 내일 해질 무렵부터는 거센 바람이 일 것인즉 그때 동서남 세 문에 매복해 있는 군사들로 하여금 불 붙은 화살을 성안으로 쏘아 붙이도록 하시오. 그리하여 성안에 불길이 크게 일거든 성 밖의 군사들로 하여금 함성을 질러 더욱 위세를 돋우게 하시오. 불에 그을고 함성에 놀란 조조의 군사들은 반드시 조용한 동문을 골라 달아나려 할 것이오. 동문 밖에 매복해 있던 자룡은 그때 군사를 내어 그 뒤를 따르며 조조의 군사들을 죽이다가 날이 밝거든 관, 장 두 장군과 만나 번성으로 돌아오면 되오."

미방과 유봉도 그 싸움에서 빠지지 않았다. 공명은 마지막으로 그들을 불러 영을 내렸다.

"그대들 둘은 이천 군사를 거느리되, 반은 붉은 깃발을 지니고 반은 푸른 깃발을 지니게 하여 신야성 밖 삼십 리에 있는 작미파에 가 있도록 하라. 그러다가 조조의 군사가 이르거든 붉은 기를 든 군사들은 왼쪽으로 내닫고 푸른 기를 든 군사들은 오른쪽으로 내달아 조조의 눈을 어지럽게 하라. 조조는 의심이 일어 감히 너희들을 쫓지 못하고 그대로 성에 들 것이다. 그러면 그대들은 군사를 나누어 부근에 숨어 있다가 성안에 불길이 이는 게 보이거든 뛰쳐나와 쫓기는 조조의 군사들을 뒤따르며 죽인 뒤 백하 상류로 가 싸움을 돕도록 하라."

마치 손바닥 안에 든 물건을 가지고 노는 듯한 공명의 싸움 준비였다. 그러나 지난번 싸움에서 공명의 재주를 이미 본 장수들은 조금만 의심도 없이 그대로 따랐다.

모두 각자 받은 영대로 군사를 이끌고 떠나자 공명은 유비를 사방이 내려다뵈는 높은 산 위로 오르게 하며 말했다.

"이제는 이겼다는 소식이 오기만을 기다리시면 됩니다."

한편 조인과 조홍이 거느린 십만은 전대가 되어 물밀듯 신야로 몰려갔다. 앞에는 허저가 이끄는 삼천의 철갑 두른 군사들이 길을 열고 있어서 그들의 기세는 더욱 거칠 것이 없었다. 그날 정오 무렵 하여 그들이 작미파에 이르렀을 때였다. 언덕 아래 한 떼의 군사들이 벌여 서 있는 게 보였는데 모두 붉고 푸른 깃발을 들고 있었다.

처음 허저는 적군의 수가 그리 많지 않음을 보고 군사들을 호령하여 그대로 밀어붙이려 했다. 그때 유봉과 미방은 군사를 깃발에 따라 나누어 두었다가 서로서로 자리를 엇바뀌게 했다. 보통의 군사들이라면 멀리서는 잘 알아볼 수 없는 변화였으나 붉고 푸른 기를 든 군사들의 움직임이라 그 변화는 멀리서도 금세 알아볼 수 있었다.

제갈량이 계략에 밝다는 걸 여러 번 들은 적이 있는 허저는 그 갑작스런 변화를 보자 더럭 의심이 났다. 제갈량이 무언가 계략을 펼쳐놓은 것처럼 느껴진 까닭이었다. 곧 말고삐를 당겨 말을 멈춘 뒤 군사들에게 영을 내렸다.

"더 나아가지 말라! 앞에 복병이 있는 것 같다. 이곳에 잠시 멈추어 알아보도록 하자."

그러고는 말 탄 군사 하나를 골라 나는 듯 달려가 그 일을 조인에게 알리게 했다.

"그것은 거짓으로 우리를 혼란케 하려는 군사[疑兵]들일세. 틀림없이 매복은 없으니 되도록 빨리 앞으로 나아가게. 나도 군사를 재촉해 곧 뒤따르도록 하겠네."

조인의 대답은 그러했다. 이에 허저는 다시 군사를 재촉해 작미파로 덮쳐갔다.

그러자 앞을 가로막던 적군은 금세 달아나 허저가 숲에 이르렀을 때는 한 사람도 보이지 않았다. 허저는 적군을 찾아 쳐부순 뒤에 나아가고 싶었으나 그사이 해는 서편으로 기울어 숲을 뒤진댔자 찾아낼 것 같지 않았다. 그리하여 하는 수 없이 그대로 언덕을 넘으려는데 문득 가까운 산 위에서 북소리 피리소리가 요란했다. 허저는 놀라 소리나는 곳을 올려다보았다.

산꼭대기에 큰 깃발이 하나 꽂혀 있고 그 아래는 일산(日傘)을 받은 두 사람이 마주 앉아 술을 마시고 있었다. 바로 유비와 제갈공명이었다.

유비로 미루어 제갈량까지 알아본 허저는 크게 성이 났다. 너무도 자신을 얕보는 것 같은 유비와 공명의 태도에 무장 특유의 자존심을 상한 것이었다.

허저는 곧 길을 찾아 산 위로 군사를 몰아갔다.

그러나 산 위에서 통나무가 구르고 바위가 쏟아지는 바람에 도저히 오를 수가 없었다. 거기다가 또 산 뒤편에서 크게 함성이 일어 허저는 하는 수 없이 오르기를 그만두었다.

그사이 날은 저물어 어느새 어둠이 깔리기 시작했다. 뒤이어 군사들을 이끌고 그곳에 이른 조인이 허저에게 말했다.

"적이 이렇게 나와 있으니 신야성은 지키는 군사가 없을 것이오. 오늘밤은 신야성을 뺏어 군사를 쉬게 한 뒤 날이 밝기를 기다려 유비를 사로잡도록 합시다."

허저도 그 말을 옳게 여겨 그들은 곧장 신야성으로 향했다.

조조의 군사들이 성 아래 이르러보니 네 성문이 활짝 열려 있었다.

혹시 복병이 있을지 모른다는 의심을 하면서도 조조의 군사들은 세력만 믿고 성안으로 뛰어들었다. 그러나 신통하게도 화살 하나 날아오지 않았을 뿐만 아니라 성안에는 백성들 하나 남아 있지 않았다. 그야말로 텅텅 빈 성이었다.

"이것은 틀림없이 세력이 외롭고 계책이 궁한 유비가 백성들을 모두 데리고 달아나버린 때문일 것이오. 우리는 잠시 이 성을 빌어 하룻밤 군사들을 쉬게 하였다가 내일 날이 밝거든 적을 뒤쫓도록 합시다."

성을 둘러본 조인이 그렇게 결정을 내렸다. 이때 조조의 군사들은 모두 지치고 굶주려 있었다. 변변한 싸움 한번 없었지만 하루 종일 이곳저곳에서 나타난 유비의 군사들 때문에 쉬기는커녕 끼니조차 제대로 끓여 먹지 못한 탓이었다.

조인의 그 같은 결정이 전해지자 장졸들은 좋아라 흩어져 쉴 방을 찾고 밥을 짓기 시작했다. 조인과 조홍도 전에 현청이었던 곳에 자리를 잡고 피로한 몸과 마음을 함께 쉬게 했다.

밤이 되자 일기 시작한 바람은 초경을 지나면서 몹시 거세졌다. 제갈량이 전날 이미 말한 대로였다. 그러나 별 걱정 없이 쉬고 있는 조인에게 군사 하나가 달려와 급하게 알렸다.

"큰일 났습니다! 성안에 불이 났습니다."

그래도 조인은 일이 급한 걸 알지 못했다. 오히려 그 군사의 호들갑을 나무라듯 말했다.

"이것은 우리 군사들이 밥을 짓다가 잘못하여 난 불일 것이다. 너무 놀라지 마라."

그러는데 미처 말이 끝나기도 전에 잇달아 급한 보고가 날아들었다. 서, 남, 북 세 문에서 모두 불이 일고 있다는 것이었다.

그제서야 놀란 조인은 여러 장수들에게 급하게 영을 내려 말에 오르게 했다. 그때 이미 성안에는 불길이 가득하여 하늘과 땅이 온통 시뻘게졌다. 전날 박망파에서 하후돈의 군사들을 삼켜버린 그 불길보다 더욱 거세고 뜨거운 불길이었다.

그렇게 되면 이미 싸움이고 뭐고 없었다. 조인이 이끈 장수들은 다만 불길을 뚫고 길을 찾아 달아나기 바빴다. 장수들이 그 모양이니 졸개들은 더 말할 것도 없었다. 이리 몰리고 저리 몰리는 통에 자기 편에 짓밟혀 죽은 자만 해도 그 수를 헤아리기 힘들었다.

"동문은 불길이 없고 또 열려 있습니다."

누군가가 조인에게 그렇게 알려주었다.

조인은 급하게 동문 쪽으로 말을 몰았다. 과연 들은 대로 동문은 활짝 열려 있었다. 조인은 그리로 뒤따르는 장졸들과 더불어 범의 아가리같이 느껴지는 성을 빠져나갔다.

그런데 실은 그게 바로 범의 아가리로 뛰어든 격이었다. 겨우 불길을 벗어났다 싶어 한숨 돌리려는데 문득 등 뒤에서 크게 함성이 일며 조운이 군사를 이끌고 덮쳐왔다.

이미 불길에 쫓겨 반나마 넋이 나간 조조의 군사들에게는 삼천의 군사가 오만, 십만으로 보였다. 제대로 창칼 한번 맞대지 못하고 달아나기 바쁘니 조운은 그 뒤를 따르며 마음껏 죽였다.

조인은 간신히 조운의 추격을 벗어났으나 그걸로 끝난 것은 아니었다. 한참 정신없이 달리는데 다시 미방이 이끄는 군사들이 조인의 군사들을 두들겼다. 조운과 마찬가지로 싸움이라기보다는 한바탕의 거친 살육이었다.

대패한 조인은 이제 길을 앗아 달아나는 데만 온 힘을 다했다. 그런데 이번에는 유봉이 이끄는 군사들이 길을 막고 또 한바탕 조인의 군사들을 죽인 뒤에야 물러갔다. 이래저래 사경 무렵이 되었을 때는 처음 조조에게 받은 십만의 군사가 태반으로 줄어 있었다. 그것도 대개는 불에 그을리고 데인 군사들이었다.

하지만 그나마도 무사히 빠져나온 걸 다행으로 여기며 내닫는데 다시 백하가 앞을 가로막았다. 조인은 아뜩하여 강물을 살펴보았다. 다행히 강물은 그리 깊지 않았다.

"물이 깊지 않다. 모두 그대로 내쳐 건너라!"

조인은 그렇게 영을 내리고 앞장서 물속으로 말을 몰았다. 여럿이 한꺼번에 물을 건너니 고요하던 물가가 사람의 고함과 말 울음소리로 일시에 소란해졌다.

그 소란스러움은 상류에서 물길을 막고 기다리던 관운장의 귀에도 들렸다. 신야에서 이는 불길을 보고 이미 단단한 채비를 하고 있던 관운장은 영을 내려 강물을 막고 있던 흙부대를 한꺼번에 무너뜨리게 했다. 막혀 있던 물길은 거센 기세로 하류를 휩쓸어, 밀고 밀리며 한창 바쁘게 하류를 건너던 조조군의 인마를 삼켰다. 다시 수많은 군사와 말이 물속의 외로운 넋이 되었다.

급히 군사를 되돌린 조인은 물 흐름이 느린 곳을 찾아 헤맸다. 다행히 박릉 나루에 이르니 물이 얕고 흐름이 느린 곳이 눈에 띄었다. 불에 그을고 물에 놀란 조조의 군사들도 이제 살았다 싶었다. 누구의 명을 기다릴 것도 없이 앞다투어 나루 쪽으로 몰려갔다. 그때 또 다시 함성이 크게 일며 한 떼의 군사들이 앞을 가로막았다.

"조조 이 역적 놈아, 어서 목숨을 바쳐라!"

앞선 장수가 놋그릇 깨지는 소리를 내는데 자세히 살펴보니 장비였다. 조조의 군사들은 소스라치게 놀랐다. 이제는 끝장이다 싶어 무기를 내던지고 털썩 주저앉는 졸개들까지 있었다.

그때 허저가 용기를 내어 장비를 맞았다. 허저가 원래 그리 약한 장수가 아니었으나 일이 그 지경이 되니 싸움에 크게 마음이 있을 리 없었다. 거짓으로 기세를 올려 몇 합 장비와 어울리다가 이내 길을 앗아 달아나기 시작했다.

장비는 그런 조조의 군사들을 쫓으며 마음껏 죽이다가 유비와 공명을 만나 함께 상류로 올라갔다. 그곳에는 유봉과 미축이 이미 뗏목과 배를 준비해놓고 있었다.

"자, 이제는 번성으로 간다. 물을 건너도록 하라!"

유비가 뒤이어 모여든 장수들에게 소리쳤다. 비록 그 싸움에서는 크게 이겼으나 신야는 아무래도 조조의 대군을 맞아 싸우기에는 너무 좁은 곳이었기 때문이었다.

영을 받은 장졸들은 곧 배에 올라 번성으로 향했다. 모두 번성에 이른 뒤에 공명이 문득 영을 내렸다.

"뗏목과 배들을 모두 태워버리도록 하라."

비장한 방어의 결의가 섞인 영이었다.

그런데 여기서 한번 살펴보고 싶은 것은 두 번이나 조조의 대군을 깨뜨린 공명의 병법이다. 어느 정도의 과장과 미화를 감안한다 하더라도, 분명한 것은 그 병법의 요체가 지리(地利)에 의지하고 있는 점이다. 공명은 지형뿐만 아니라 그 지역의 풍토에까지 정통해 있었음에 분명하다. 바람이 일 것까지 예측하는 것을 반드시 어떤 신비한 예견 능력으로 볼 필요는 없는 것이, 특별한 경우에는 어떤 지역에서 어떤 바람이 언제쯤 인다는 것쯤은 세밀한 관찰만으로도 충분히 알 수가 있기 때문이다.

유비가 이미 근거를 번성으로 옮겼다는 말을 듣자 조인은 얼마 안 되는 나머지 군사를 수습해 신야에 진을 쳤다. 그리고 아우 조홍을 조조에게 보내 그간에 있었던 일을 낱낱이 알렸다.

"제갈량 그 촌놈이 어찌 감히 이럴 수 있단 말이냐?"

성난 조조는 그렇게 이를 갈며 삼군을 재촉해 신야로 갔다. 산과 들을 뒤덮는 대군의 진발이었다.

신야에 이르러서도 조조의 서두름은 마찬가지였다. 한편으로는 군사를 풀어 가까운 산을 뒤지게 하고 다른 한편으로는 백하를 메워 대군이 건널 수 있게 했다. 누구의 명이라 거스르겠는가. 곧 산을 뒤진 군사들은 유비가 등 뒤에 숨겨둔 군사가 없음을 알려왔고, 백하로 나간 군사들은 강물을 메워 대군을 건너게 할 준비가 다됐음을 알려왔다.

조조는 대군을 여덟 길로 나누어 일제히 번성으로 밀고 갔다. 그 서두르는 기세를 말리듯 유엽이 가만히 조조를 찾아보고 말했다.

"승상께서 이곳 양양에 오신 것은 이번이 처음이니 먼저 백성들의 관심부터 사야 할 것입니다. 그런데 유비는 지금 신야의 백성들을 모두 이끌고 번성으로 들어갔습니다. 만약 우리가 급히 군사를 내어 번성을 치게 되면 두 현의 백성들을 가루로 만들어 흩은 꼴이니 민심을 얻는 길이 못 됩니다. 먼저 사람을 보내 유비에게 항복하도록 권해보시지요. 설령 유비가 항복하지 않더라도 승상께서 백성들을 어여삐 여기시는 마음은 알릴 수 있을 것입니다. 또 만약 유비가 항복해 온다면 형주의 땅은 싸우지 않고도 평정할 수 있게 되니 더욱 좋은 일이 아니겠습니까."

성난 중에도 들어보니 옳은 말이었다. 이에 조조는 그 말을 따르기로 하고 물었다.

"그렇다면 누구를 보내야겠소?"

"서서는 유비와 친분이 몹시 두텁습니다. 지금 우리 군중(軍中)에 있는데 한번 보내보는 게 어떻겠습니까?"

유엽이 얼른 대답했다. 조조가 가만히 고개를 가로저었다.

"그를 보냈다가 다시 돌아오지 않을까 두렵소."

"만약 서서가 돌아오지 않는다면 세상 사람들로부터 비웃음을 살 것입니다. 승상께서는 걱정하실 것 없습니다."

세상의 이목에 얽매여 있는 선비를 잘 아는 유엽이 조조를 안심시켰다. 그제서야 조조도 의심을 거두고 서서를 불러들이게 했다.

"나는 원래 번성을 짓밟아 뭉개버리려 했으나 그 안에 있는 죄 없는 백성들이 가엾어서 공을 불렀소. 공은 가서 유비를 달래주시오. 만약 유비가 와서 항복한다면 그 죄를 용서하고 벼슬을 내리겠거니와 어리석은 고집으로 맞선다면 군사와 백성들을 모두 죽일 것이오. 이는 옥과 돌을 가리지 않고 모두 태우는 격이니 백성들까지 죄 없이 죽는 꼴을 어찌 차마 볼 수 있겠소? 공의 충의는 내가 이미 아는 바라 특히 공을 보내니 바라건대 공은 이 뜻을 저버리지 마시오."

이에 서서는 마지못해 조조의 명을 받들어 번성으로 갔다. 유비와 공명은 서서를 반겨 맞으며 옛정을 되새겼다. 이윽고 서서가 유비에게 말했다.

"조조는 저를 보내 사군께 항복을 권하게 했습니다. 이는 거짓으로 민심을 사려는 수작이나 반드시 가볍게 들으실 일은 아닙니다. 지금 조조는 대군을 여덟 길로 나누어 백하를 메우고 번성으로 몰려오고 있습니다. 아무래도 번성을 지키기 어려울 것 같으니 알맞은 계책을 세워 행하십시오."

그 말을 들은 유비는 아직도 서서의 마음이 자기에게로 쏠려 있음을 알았다. 슬몃 자기 곁에 붙들어두고 싶은 마음이 생겨 조조에게 돌아가는 걸 말려보았다. 그러나 서서는 어두운 얼굴로 고개를 가로저었다.

"만약 내가 돌아가지 않으면 세상 사람들이 나를 비웃을 것입니다. 하지만 늙으신 어머님께서 조조로 인해 돌아가셨으니 그 한이 하늘에 사무친 터라 비록 몸은 조조 곁에 있더라도 맹세코 그를 위해서는 작은 계책도 베풀지 않겠습니다. 거기다가 지금 사군 곁에는 와룡이 있으니 무슨 걱정이 있겠습니까? 반드시 대업을 이루실 것이라 믿고 저는 이만 물러가겠습니다."

그러자 유비도 더는 서서를 붙들지 못했다. 표류하는 형주를 닥쳐올 강풍으로부터 구해내기 위해서는 그 어느 때보다 서서 같은 인재가 필요했다. 하지만 그를 세상의 웃음거리로 만들어가면서까지 붙들어두고 싶지는 않았다.

얻는 자와 사는 자

조조에게로 돌아간 서서는 유비에게는 전혀 항복할 뜻이 없음을 알렸다. 성난 조조는 그날로 군사를 휘몰아 번성으로 나아갔다. 어차피 치러야 할 싸움이라면 단숨에 결판을 내버리려는 심산이었다.

그렇게 되고 보니 다시 불안해진 것은 유비였다. 공명을 불러놓고 걱정스레 물었다.

"번성이 비록 신야보다는 크다 하나 아무래도 조조의 대군을 막아내기에는 미덥지 못합니다. 어떻게 했으면 좋겠습니까?"

"저도 원직의 말을 듣고 보니 깨우쳐지는 바 있습니다. 되도록이면 빨리 번성을 버리고 양양을 빼앗아 그곳에서 한숨 돌리는 게 좋겠습니다."

양양의 유종은 이미 조조에게 항복해버렸으니 비록 그가 유표의 아들이라고는 해도 그전과 같은 의리에 얽매일 필요는 없었다. 거기다가 형세가 형세인 만큼 유비도 이번에는 제갈량의 말을 뿌리치지 않았다. 말없이 고개를 끄덕이다가 문득 생각난 듯 물었다.

"우리는 백성들이 따라오는 걸 허락한 지 오랩니다. 그런데 이제 와서 어찌 그들을 버리고 가겠습니까?"

조조의 군사가 코앞에 와 있는 상태에서 수많은 백성을 데리고 양양으로 옮겨가는 일이 쉽지 않을 것 같아 묻는 말이었다. 제갈량은 신야 때와 같은 대답을 했다.

"사람을 시켜 두루 백성들에게 알리도록 하십시오. 우리를 따르고 싶은 사람은 함께 가고 따르기를 원하지 않는 사람은 남으라고 하시면 됩니다."

그러고는 먼저 관운장을 강가로 보내 배를 마련케 한 뒤, 손건과 간옹을 불러 성안의 백성들에게 알리게 했다.

'이제 머지않아 조조의 군사가 이르게 되었다. 외로운 성 하나로는 지켜낼 수가 없어 강을 건너려 하는 바 따르기를 원하는 이들은 함께 가도 좋다.'

그러자 신야와 번성의 두 곳 백성들은 한가지로 입을 모아 소리쳤다.

"우리는 비록 죽는 한이 있더라도 유황숙을 따르겠습니다."

그러고는 그날로 짐을 꾸려 통곡하며 떠날 채비를 했다. 늙은이는 부축하고 어린것은 업은 채, 남자는 지고 여자는 이고 줄을 지어 물을 건너는데 강 양쪽에서 울음소리가 그치지 않았다.

배 위에서 그 같은 광경을 보고 있던 유비가 문득 목을 놓아 울며 탄식했다.

"조조가 죽이고자 하는 것은 이 유비지 저들이 아니다. 나 한 사람으로 백성들이 이토록 큰 어려움에 빠지게 되었으니 무슨 낯으로 살아가겠는가."

입으로만 하는 말이 아니었다. 유비는 말을 마치자마자 시퍼런 강물로 뛰어내리려 했다. 곁에 있던 사람들이 놀라 옷깃을 잡고 말려 아무 일 없었으나, 그걸 전해 들은 사람 치고 울지 않는 사람이 없었다.

어떻게 생각하면 유비의 그 같은 행동은 지나치게 과장적이거나 촉한정통론자(蜀漢正統論者)들이 꾸며댄 얘기로 들릴지 모른다. 그러나 유비가 떨어져 있던 처지로 미루어보면 반드시 그렇게만 볼 것은 없다. 그때 유비의 나이는 이미 마흔여덟, 오십 줄을 눈앞에 두고 있었다.

스물넷의 나이로 탁군에서 몸을 일으킨 지 이십여 년, 함께 일어난 이들 가운데서 조조처럼 살아남은 이는 물론 이미 죽은 이 중에서조차도 그처럼 빛 없고 불운한 세월을 보낸 이도 드물었다. 손견, 원술, 여포, 공손찬…… 비록 패망하여 죽었을지라도 그들은 한결같이 천하의 일각(一角)을 차지하고 한 시대를 화려하게 주름잡다가 사라졌다.

하지만 유비는 서주에서의 짧은 세월을 빼면 반반한 근거지 한 뙈기조차 가져본 적이 없었다. 객장(客將) 아니면 막빈(幕賓)이란 이름으로 남의 더부살이나 하다가 주인이 패망하여 죽으면 다시 천하를 떠돌며 속절없는 세월만 허비해왔다.

물론 제갈공명을 얻었을 때는 새로운 희망과 야심으로 불타오르기도 했다. 하지만 아무래도 그들의 만남은 너무 늦어 보였고 일치하는 이상도 현실로 바꾸기에는 너무 낡아 보였다.

격변의 시대를 지나 어느 정도 안정기에 접어든 천하는 자신의 대단찮은 기반과 제갈공명의 재주만으로 뒤집기에는 어려워 보였으며, 광무제(光武帝)에 이어 또 한번 되살려보려는 대한(大漢)의 이상도 퇴색한 지 오래였다. 밥과 평화를 확보해주는 조조에게 기울어지는 백성들 못지않게 당대의 지식인들도 머지않아 새롭게 열릴 왕조와 그 이상 쪽으로 기울어지고 있는 듯보였다.

거기다가 비록 강을 건너고는 있지만 그 앞길에 무엇 하나 확실하고 희망적인 변화가 기다리는 것은 아니었다. 의지하려는 양양성은 이미 조조에게 항복한 유종과 채모의 무리가 지키고 있고 설령 어렵게 손에 넣는다 해도 그 성 하나에 의지해 조조의 오십만 대군을 막아낼 수 있다는 보장은 전혀 없었다.

한치 앞을 예측하기 어려운 천하 형세의 미묘한 변화에 대한 낙관과 지난날 자신이 절대절명의 위기에 빠졌을 때마다 자신을 구해준 알지 못할 행운들, 그리고 비록 너무 늦게 태어난 것 같은 느낌은 있지만 그 재주만은 당대의 으뜸에 속하는 제갈공명의 보좌만이 그가 품을 수 있는 희망의 전부였다.

그런 유비가 돌연한 비감에 빠져 죽음을 생각했다 한들 이상할게 무엇이겠는가. 더구나 잘못되면 함께 조조에게 죽임을 당하게 될 줄 알면서도 자신을 따라오는 백성들이 준 감격은 죽음조차 가볍게 여기게 만드는 어떤 정신적인 절정감까지 주었을 것이다.

그럭저럭 유비가 탄 배는 강을 건너 남쪽 언덕에 이르렀다. 유비는 눈물을 씻으며 강 건너편을 돌아보았다. 아직 강을 건너오지 못한 백성들이 남쪽을 바라보며 구슬피 울고 있었다.

"운장은 급히 배들을 되돌려 남은 백성들을 모두 실어 오도록 하라."

유비는 관우에게 그렇게 영을 내리고 자신은 나머지 장졸들과 백성들을 이끌고 양양성으로 향했다. 달래도 듣지 않아 싸우게 된다면, 자신이 강을 건넜다는 소문을 들은 유종이 채비를 갖추기 전에 들이치는 편이 낫기 때문이었다.

양양성 동문에 이르자 성벽 위에는 정기가 뒤덮이듯 꽂혀 있었고 성 둘레에 판 웅덩이 가에는 사슴뿔 같은 목책이 세워져 있는 게 보였다. 무슨 소식을 들었는지 나름대로는 싸울 채비를 갖춘 듯했다. 유비가 고삐를 당겨 말을 세우며 성안을 향해 소리쳤다.

"유종 조카는 듣게. 나는 백성들을 구하려는 마음뿐 딴 뜻은 없네. 어서 성문을 열도록 하게."

유종은 유비가 고함치는 소리를 들었으나 두려워서 나오지 않았다. 대신 채모와 장윤이 성벽 위로 나와 마치 적을 맞이하듯 군사들을 호령해 유비에게 활을 쏘아 붙이게 했다.

그 같은 광경을 보자 유비를 믿고 따라왔던 번성, 신야 두 곳의 백성들은 눈앞이 캄캄했다. 모두 양양성의 성벽 위를 바라보며 구슬피 울었다. 그때 성안에서 한 장수가 수백 명을 이끌고 성벽 위로 달려 나오더니 크게 소리내어 채모와 장윤을 꾸짖었다.

"나라를 팔아먹은 이 도둑놈들아. 유사군(劉使君)께서는 어질고 덕망 높은 분으로 이제 백성들을 구하기 위해 이곳으로 의지해 오셨거늘 어찌하여 너희가 감히 맞싸우려 드느냐?"

사람들이 놀라 그 장수를 보니 키가 여덟 자에 얼굴은 늦딴 대춧빛이었는데 바로 의양(義陽) 사람 위연(魏延)이었다.

위연은 꾸짖기를 다하고는 성문으로 달려가 한칼에 수문장을 베어 죽였다. 그리고 성문을 열며 적교(吊橋)를 내렸다.

"유황숙께서는 얼른 군사를 이끌고 성안으로 드십시오. 저도 함께 나라를 팔아먹은 이 도적들을 죽이겠습니다."

위연이 그렇게 소리치자 장비가 얼른 말을 박차 성안으로 들어가려 했다. 유비가 급히 장비를 말렸다.

"가볍게 내닫지 말라. 백성들을 놀라게 해서는 아니 된다."

그사이에도 위연은 거듭 유비에게 군마를 이끌고 성으로 들라고 소리쳐 권했다. 그때 성안에서 한 장수가 나는 듯 말을 달려 나오며 위연을 꾸짖었다.

"위연은 이름 없는 졸개로서 어찌 이다지도 간 큰 짓을 하는가? 여기 대장 문빙(文聘)이 나간다!"

그 소리에 노한 위연도 창을 비껴들고 말을 박차 나갔다. 두 장수가 맞부딪치니 그들이 이끌던 졸개들도 한데 엉겨 서로 죽이고 죽고 하는 싸움을 벌이기 시작했다. 함성이 크게 일고 사방에서 피가 튀는 혼전이었다. 가만히 보고 있던 유비가 탄식했다.

"원래는 백성들을 보존하고자 왔는데 오히려 죄 없는 백성들을

해치게 되었구나. 이렇게 해가면서까지 성안으로 들어가고 싶지는
않구나."

그 말을 듣고 있던 공명이 가만히 말했다.

"강릉은 형주의 요지라 할 수 있습니다. 일이 이렇게 된 이상 강
릉부터 먼저 손에 넣는 게 좋겠습니다."

유비의 감정에 동조해서라기보다는 형세를 헤아려 얻은 판단이
었다.

우격다짐으로 해보았자 성을 손에 넣기 어렵다고 생각해서 한 공
명의 대답이었으나 유비는 얼른 찬동했다.

"그럽시다. 그게 꼭 내 마음과 같습니다."

그러고는 장졸과 백성들을 모두 이끌고 양양 대로로 나아가 강릉
을 향했다. 그걸 본 양양성 안의 백성 가운데 많은 사람이 북새통을
틈타 성을 빠져나왔다. 그리고 부름을 받은 것처럼 유비를 따르는
백성들 틈으로 끼어들었다.

유비의 사람 끄는 힘이 대개 그와 같았다.

그러는 가운데도 위연은 문빙과 싸움을 그치지 않았다. 사시부터
미시까지 싸워도 판가름이 나지 않았으나 위연이 끌던 졸개들이 모
두 흩어져버리니 위연도 싸울 마음이 없었다. 슬몃 말을 돌려 문빙
에게서 몸을 뺀 뒤 유비를 찾아나섰다. 하지만 끝내 유비를 찾지 못
하자 장사(長沙) 태수 한현(韓玄)에게로 몸을 의지해 갔다.

그런데 여기서 알 수 없는 것은 정사에서는 전혀 찾을 수 없는 위
연의 이야기를 이렇게 꾸며놓은 『연의』 작자의 의도이다. 뒷날 있을
위연의 배신을 좀더 설득력 있게 하기 위해 출신부터 주인을 배반하

고 유비에게 온 것으로 꾸몄으리라 짐작되기는 하나, 그 때문에 생긴 유비 쪽의 무리가 지나치기 때문이다. 일껏 양양성을 치러 와놓고 백성들이 상한다고 멀리 있는 강릉으로 가게 한 것은 아무리 유비의 인덕을 추켜세우기 위함이라고는 해도 지나친 데가 있다.

어쨌든 그때 유비를 따르는 것은 군사들을 빼고도 백성 십만에 크고 작은 수레가 천 량(輛)이었다. 그것도 걸머지고 등에 업은 늙은이와 어린아이까지 더하면 백성들의 머릿수는 훨씬 늘어났을 것이다.

강릉으로 가는 길 가에는 새로 쓴 지 얼마 안 되는 유표의 묘가 있었다. 그 앞을 지나게 된 유비는 여러 장수들과 더불어 유표의 묘 앞에 엎드려 절하면서 곡했다.

"욕된 아우 유비는 덕이 모자란 데다 재주까지 없어 형님께서 당부하신 바를 저버리게 되었습니다. 죄는 오직 제 한 몸에 있고 백성들은 아무것도 걸린 게 없으니 형님의 영령이 계시다면 아무쪼록 이 가엾은 형주 백성들을 구해주십시오."

그같이 비는 유비의 목소리가 어찌나 슬프고 절실한지 군사들이건 백성들이건 듣고 울지 않는 이가 없었다.

그때 갑자기 살피러 나갔던 군사가 나는 듯 말을 달려와 급하게 알렸다.

"조조의 대군은 이미 번성으로 들어왔다고 합니다. 조조는 사람을 풀어 뗏목과 배를 끌어모으고는 그날로 강을 건너 우리를 뒤쫓고 있습니다."

그러자 여러 장수들이 입을 모아 유비에게 권했다.

"강릉은 요지라 조조에 맞서 지킬 수 있는 성입니다. 그런데 지금 우리들은 수만의 백성들을 데리고 가는 바람에 하루 십여 리를 가기도 바쁩니다.

이렇게 느릿느릿 가서 언제 강릉에 이르겠습니까? 그리고 만약 도중에 조조의 군사가 뒤쫓아오기라도 하면 무슨 수로 막아내시겠습니까? 아무래도 잠시 백성들을 버려두고 우리만 먼저 가서 강릉을 지킬 방책을 세우는 게 낫겠습니다."

사정으로 봐서는 두말할 것 없이 옳은 말이었으나 유비는 차마 따르지 못했다. 오히려 장수들을 달래듯 눈물을 글썽이며 말했다.

"무릇 큰일을 하려는 이는 반드시 사람을 그 바탕으로 삼아야 하는 법이오. 이제 그 바탕 되는 사람이 내게로 몰려오는데 어찌 버리고 갈 수 있겠소?"

유비의 처세훈이라 할까, 어쨌든 그가 천하경륜의 바탕으로 삼는 어떤 원리를 한마디로 요약한 것 같은 말이었다. 그 말을 전해 듣는 백성들 치고 감탄하지 않는 이가 누구이겠는가. 공명 또한 속으로는 다급하기 그지없었으나 아무 말 없이 고개만 끄덕였다.

그렇게 되자 유비의 느려빠진 행군은 그대로 계속되었다. 민심도 중요하지만 더 급한 게 당장에 등 뒤를 찌를 창칼이라 보다 못한 공명이 유비에게 권했다.

"오래잖아 조조의 군사가 뒤쫓아올 것이니 운장을 먼저 강하로 보내 공자 유기에게 도움을 청하게 하는 게 좋겠습니다. 속히 군사를 일으키고 배를 내어 강릉에서 만나도록 하면 위급을 면할 수 있을 것입니다."

유비의 뜻을 억지로 꺾지 않고도 도움이 될 차선책이었다. 유비도 거기에만은 선뜻 따랐다. 곧 공자 유기에게 보내는 글을 써서 관운장에게 준 뒤 손건과 함께 군사 오백을 거느리고 강하로 가게 했다.

관운장을 떠나보낸 유비는 다시 장비를 불러 영을 내렸다.

"익덕은 군사를 이끌고 뒤를 막으라!"

뿐만 아니었다. 조운을 불러 늙은이와 어린이를 돌보게 하고 나머지 관원들도 각기 백성들을 보살피는 일을 나누어 맡게 했다. 그리고 매일 십 리만 가면 쉬니 군사들을 뒤따르는 백성들이라기보다는 백성들을 돌보고 지키기 위한 군사들이라는 편이 옳았다.

한편 번성에 든 조조는 사람을 양양으로 보내 유종을 불렀다. 이미 조조에게 항복한다는 글을 올린 유종이었으나 막상 조조가 강 건너에서 부르니 두려움부터 일었다. 감히 가서 조조를 만나보지 못하고 채모와 장윤에게 대신 가기를 청했다. 그러나 그 두 사람도 떨떠름하기는 마찬가지여서 이리저리 미루기만 하고 있는데 왕위(王威)란 이가 가만히 유종을 찾아보고 말했다.

"장군께서는 이미 항복을 하셨고 유비 또한 달아났으니 조조는 틀림없이 마음이 느슨해져 위급에 대비함이 없을 것입니다. 바라건대 장군께서는 분연히 떨치고 일어나시어 기병(奇兵)을 한번 내어보도록 하십시오. 지세가 험한 곳에 숨겨두었다가 갑자기 들이치면 넉넉히 조조를 사로잡을 수 있습니다. 그리하면 장군의 위세가 천하를 떨쳐올려 비록 중원이 넓다 해도 장군의 격문 한 장으로 평정할 수 있습니다. 이런 기회는 실로 얻기 어려운 것이니 결코 놓치셔서는 아니 됩니다."

놀라운 말이기는 하나 그렇다고 전혀 안 될 말도 아니었다. 하지만 아직 어린 유종은 먼저 겁부터 났다. 우물우물 대답해 왕위를 보낸 뒤에 채모를 불러 들은 대로 말해주었다.

그 말을 들은 채모는 당장 왕위를 불러들이게 하고 꾸짖었다.

"너는 천명도 모르는 주제에 어찌 감히 그같이 요망스런 소리를 했느냐?"

"나라를 팔아먹은 놈아. 네 감히 나를 욕할 수 있느냐? 네놈의 생고기를 씹지 못하는 게 다만 한스러울 뿐이다!"

왕위도 지지 않고 성난 소리로 채모를 꾸짖었다. 지난번 이규(李珪)가 죽은 뒤로 형주에 사람다운 사람은 하나도 남지 않은 줄 알았더니 아직 왕위가 있었다.

채모는 왕위가 자신을 욕하며 대들자 이규처럼 왕위도 죽여버리려 했다. 그 자리에서 무사들을 불러 목 베게 하려는데 괴월이 나서서 말렸다.

"그가 비록 천명에는 어둡다 해도 우리 형주로 보면 충신이라 할 수 있소이다. 장군께서 그를 죽였다가는 충신을 죽였다는 욕을 듣게 될 것이오."

이에 채모는 치솟는 화를 누르며 왕위를 살려주었다. 그러나 항복 문제를 온전히 매듭 짓지 않고 있다가 또 어떤 일이 있을지 몰라 장윤과 더불어 서둘러 번성으로 갔다. 번성에 들어가 조조를 만난 채모와 장윤은 항복한다는 유종의 뜻을 갖은 아첨과 함께 다시 전했다. 조조가 그런 둘에게 물었다.

"형주의 군사와 말이며 곡식과 돈은 지금 얼마나 되는가?"

"마군이 오만에다 보군 십오만, 수군 팔만을 합쳐 군사는 모두 이십팔만이 됩니다. 곡식과 돈은 태반이 강릉에 있고 그 나머지는 각처에 흩어져 있는데 또한 일 년은 넉넉히 견딜 만합니다."

채모가 조조의 말이 떨어지기 바쁘게 엮어댔다. 조조가 엷은 웃음을 띠며 다시 물었다.

"싸움배는 얼마나 되는가? 또 원래는 누가 맡아 거느렸는가?"

"크고 작은 배를 합쳐 모두 칠천 척이 좀 넘는데 제가 맡아 거느렸습니다."

이번에도 채모는 말 떨어지기 바쁘게 대답했다. 그러자 조조는 흡족한 듯 웃고는 채모를 진남후(鎭南侯)에 수군대도독으로 삼고, 장윤은 조순후(助順侯)에 수군부도독을 삼았다. 뜻밖에도 조조로부터 큰 벼슬을 얻자 두 사람은 몹시 기뻤다. 입이 귀밑까지 찢어져 조조에게 절하며 고마움을 나타냈다. 조조는 그런 채모와 장윤에게 덧붙여 일렀다.

"유경승은 이미 죽고 그 아들이 이렇게 와 항복을 했으니 나는 마땅히 천자께 고해 그로 하여금 영구히 형주의 주인이 되도록 해주겠네. 그렇게 전하게나."

채모와 장윤에게 더욱 기쁜 소식이었다. 자기들만 높은 벼슬을 받고 돌아가면 반드시 의심을 받게 될 것이지만, 주인까지 원래의 땅을 보장받게 되었으니 그 짐까지 던 셈이었다.

채모와 장윤이 기쁜 기색을 감추지 못하고 물러난 뒤 순욱이 조조에게 물었다.

"채모와 장윤은 아첨하는 무리입니다. 그런데도 주공께서는 어찌하여 그토록 높은 벼슬을 내리시고 다시 수군까지 도맡아 거느리게 하셨습니까."

조조가 껄껄 웃으며 대답했다.

"내가 어찌 사람을 알아보지 못하겠소? 하지만 나를 따라온 북쪽 사람들은 수전에 익숙하지 못하오. 장차 강남을 평정하려면 수없이 겪어야 할 수전인데 큰일이 아니오? 그래서 잠시 그 두 사람을 쓰려는 것이오. 그들이 맡은 일을 다한 뒤의 처리는 따로 생각해둔 게 있소."

하지만 그것도 모르고 턱없이 기뻐하며 형주로 돌아간 채모와 장윤은 갖은 말로 조조의 후대를 전했다. 그중에서도 유종을 장군으로 삼아 영구히 형주를 다스리게 해주겠다는 말을 무엇보다 앞세웠음은 말할 나위도 없었다.

기쁘기는 유종도 마찬가지였다. 항복은 해도 조조가 어떻게 대우할지 몰라 불안해하던 그로서는 조조의 그 같은 보장보다 더 반가운 소식이 있을 수 없었다.

그리하여 유종은 다음 날로 인수(印綬)와 병부(兵符)를 싸들고 어머니 채부인과 함께 강을 건넜다. 스스로 조조를 찾아보고 그것들을 바치기 위함이었다.

조조는 좋은 말로 유종과 채부인을 어루달랜 뒤 곧 장졸들을 이끌고 양양으로 갔다. 군사들을 성 밖에 머물게 한 채 약간의 호위하는 장졸들만 이끌고 성안으로 들어서는 조조를 채모와 장윤을 비롯한 양양의 백성들은 향을 사르고 절하며 맞아들였다.

갖은 좋은 말로 백성들을 위무하며 성안으로 들어간 조조는 관부에 자리 잡고 앉아 형주의 관리들을 보았다. 조조가 가장 먼저 부른 것은 괴월이었다. 그 재주를 들어서 알고 있는 조조는 괴월을 가까이 오게 한 뒤 손을 잡으며 말했다.

"내가 기쁜 것은 형주를 얻어서가 아니라 이도(異度, 괴월의 자)를 얻은 까닭이오. 부디 내게도 그 재주를 아끼지 마시오."

그리고 괴월을 강릉 태수에 번성후(樊城侯)로 삼았다. 처음 항복을 권한 부손(傅巽)이나 그 논의를 매듭지은 왕찬(王粲)도 조조는 잊지 않았다. 모두 관내후(關內侯)로 봉해 그 공에 보답했다.

그런데 정작 엉뚱하게 된 것은 그들의 주인인 유종의 관작이었다. 채모와 장윤에게 말한 것과는 달리 유종에게 난데없이 청주자사(靑州刺史)를 내린 것이었다. 그것도 그날로 길을 떠나 청주로 가라는 엄명과 함께였다.

유종이 크게 놀라 사양했다.

"저는 벼슬하기를 바라지 않습니다. 다만 부모가 살던 땅을 지키며 살고 싶을 뿐입니다."

어제 한 말을 손바닥 뒤집듯 하는 사람이니 그 말을 듣고 청주로 갔다가 또 무슨 일을 당할지 몰라 사양한 것이었다. 조조가 차갑게 대답했다.

"청주는 천자가 계신 도성에 가까운 곳이네. 자네를 그리로 보내는 것은 조정에 딸린 벼슬아치로 삼으려는 것이지만 한편으로는 형주에서 벗어나게 해주려는 뜻도 있네. 여기 있으면 자네는 반드시 다른 사람에게 해를 입을 것이야."

그래도 유종은 두 번 세 번 사양했으나 조조는 끝내 허락하지 않았다.

이에 유종은 하는 수 없이 그 어머니 채부인과 함께 청주로 떠났다. 그들 모자를 호위하며 함께 간 것은 지난날 그의 장수였던 왕위뿐이었고 나머지 관원들은 강어귀까지만 전송한 뒤 모두 돌아갔다. 그런데 그들 모자가 아직 그리 멀리 가지 못했을 때였다. 조조가 가만히 우금을 불러 당부했다.

"그대는 경기(輕騎) 약간을 이끌고 유종 모자를 뒤쫓아 가서 죽여버려라. 후환을 끊어버리려 함이다."

이에 우금은 곧 군사들을 모아 유종을 뒤쫓았다. 유종 일행은 오래잖아 우금의 군사들에게 둘러싸였다. 우금이 나서더니 유종 모자를 가리키며 크게 소리쳤다.

"나는 승상의 명을 받들어 너희를 죽이러 왔다. 어서 목을 바쳐라!"

그 소리에 놀란 채부인은 유종을 껴안고 통곡했다. 유표의 둘째아들로 머물러 있었던들 그같이 죽지는 않았을 유종이었다. 그런데 여자의 허영과 투기가 겹쳐 억지로 형주의 주인을 만들었다가 끝내는 한번 꽃피워 보지도 못한 어린 나이로 목숨을 잃게 만들어버리고 말았다. 수십 년 싸움터를 누비며 사람 죽이기를 일삼아 온 우금이 그런 채부인의 어리석은 눈물에 마음이 흔들릴 리 없었다. 군사들을 호령해 유종 모자에게 손쓰기를 재촉했다. 홀로 옛 주인을 뒤따르며 호위하던 왕위가 노해 칼을 빼들고 맞섰으나 될 일이 아니었다. 수많은 군사들에게 둘러싸여 피투성이 싸움을 벌이다가 끝내는 창칼 아래서 외로운 충신의 넋으로 사라졌다.

왕위를 죽인 군사들은 뒤이어 유종과 채부인도 죽였다. 우금이 돌아가 조조에게 그 일을 알리니 조조는 무거운 상을 내려 우금의 공을 치하했다.

　하지만 사실 이 부분은 틈 있을 때마다 조조를 깎아내리기 위해 역사를 왜곡하고 있는 『연의』 가운데서도 가장 악의에 찬 부분 중의 하나이다. 정사의 기록 어디에도 조조가 유종과 채부인을 그토록 참혹하게 죽였다는 말은 없다.

　오히려 남아 있어 볼 수 있는 것은, 유종을 생각이 높고 뜻이 맑으며[心高志潔] 앎이 깊고 헤아림이 넓으며[智深慮廣] 영화를 가볍게 여기고 의를 무겁게 본다[輕榮重義]는 등으로 추켜세운 뒤 그를 간의대부(諫議大夫) 동참군사(同參軍事)로 삼아주기를 천자께 비는 조조의 표문뿐이다. 아마도 『연의』를 지은이는 결과적으로 유비의 자립을 더디게 만든 유종과 일평생 유비를 괴롭힌 조조에 대한 정신적인 앙갚음을 그 참혹한 얘기를 꾸며냄으로써 대신한 것 같다.

　그러나 이 사실 하나로 조조의 삶 군데군데에서 섬뜩한 빛을 뿜는 비정과 잔혹의 측면을 덜어주지는 못한다. 『연의』의 지은이가 미처 조조를 깎아내리는 데 써먹지 못한 정사의 기록도 있기 때문이다. 그중에서도 조조가 다른 형주 사람 주불의(周不疑)를 죽인 일은 그것만으로도 유종의 일에 갈음할 만하다.

　주불의는 영릉(零陵) 사람으로 자를 원직(元直)이라 했는데 어려서부터 남다른 재주를 보였다. 그런데 그 재주를 탐낸 조조가 주불의를 사위로 삼으려 하였으나 그는 마다하여 먼저 조조의 노여움을 샀다. 또 조조에게는 창서(倉舒)란 아들이 있어 재주가 또한 주불의와 짝이 될 만했으나 그 아들이 죽자 조조는 주불의가 살아 있는 것을 더욱 시샘하게 되었다. 그리하여 조조가 그를 죽이려 하니 큰아들 조비가 그걸 알고 말렸다.

"불의는 하늘이 낸 재주이니 죽여서는 안 됩니다. 살려두어 이 다음에 제가 쓰도록 해주십시오."

그 말에 조조는 차갑게 대답했다.

"그놈의 재주는 네 따위가 부릴 수 있는 게 아니다."

그러고는 기어이 자객을 보내 주불의를 죽여버렸다.

얘기가 빗나갔지만 어쨌든 유종을 죽여 후환을 없이 한 조조는 다시 사람을 융중으로 보내 제갈량의 가솔들을 잡아오게 했다. 그들을 인질 삼아 전에 서서를 불러들였던 것처럼 제갈량을 불러보고 안 되면 그들을 죽여 화풀이라도 할 작정이었다.

하지만 군사들이 융중으로 가보니 제갈량의 가솔들은 이미 어디로 갔는지 알 수가 없었다. 미리 그럴 줄 안 제갈량이 사람을 보내 삼강 안 깊숙한 곳으로 가솔들을 옮겨버린 까닭이었다. 조조로 보면 몹시 한스러운 일이었다.

양양이 어느 정도 안정되자 순유가 조조를 깨우쳐주듯 말했다.

"강릉은 형, 양 고을에서도 매우 중요한 땅으로 곡식과 돈이 많이 쌓여 있습니다. 만약 유비가 그 땅을 근거로 삼게 된다면 오래잖아 급한 난리가 일 것입니다."

"내가 어찌 그걸 잊고 있겠나?"

이미 생각하고 있었다는 듯 조조는 그렇게 대답하고 이내 양양성의 옛 장수들을 불러모았다. 그중에 하나를 뽑아 길잡이로 삼기 위해서였다.

　조조의 부름을 받자 양양의 옛 장수들이 모두 모였으나 오직 문빙(文聘)만이 보이지 않았다. 그러다가 조조가 사람을 시켜 막 찾으러 보내려 할 때에야 문빙이 조용히 나타났다.

　"그대는 왜 늦었는가?"

　조조가 이상히 여겨 물었다.

　"남의 신하가 되어 주인으로 하여금 그 땅을 지키게 하지 못했으니 실로 부끄럽고 슬픕니다. 무슨 낯으로 일찍 와서 승상을 뵈올 수 있겠습니까?"

　문빙은 그렇게 대답하고 문득 탄식하며 눈물을 흘렸다. 진심에서 우러난 탄식과 눈물이었다.

　"참으로 충신이로구나!"

　조조는 그렇게 감탄하며 문빙을 강하 태수로 삼음과 아울러 관내후에 봉했다. 그러고는 한 갈래의 군사를 이끌고 앞서서 대군이 갈 길을 열라 했다. 그때 유비를 살피러 갔던 군사가 말을 달려와 알렸다.

　"유비는 백성들을 데리고 가는 바람에 하루 종일 십여 리밖에 나아가지 못합니다. 지금까지 간 길이랬자 겨우 삼백 리를 조금 넘었을 뿐입니다."

　유비가 이미 가도 멀리 갔으리라 여겼던 조조는 한편 반가우면서도 한편으로는 새삼 유비가 두렵게 여겨졌다.

　'나는 가는 곳마다 백성들을 위해 제도를 고치고 세금을 덜었다. 무언가를 베풀려고 애쓰고 도움되기를 바랐다. 그러나 백성들은 고마워하기는 할지언정 나를 좋아하고 따르지는 않았다. 나는 그럼으로써 그들의 마음을 사려[買] 했기 때문이다. 백성들은 오랜 경험으로 결국 그러한 사고 팔기에서 보다 큰 이득을 보는 것은 사려고 애쓰는 쪽이라는 걸 알고 있기 때문이다……

그런데 유비는 다르다. 나는 한번도 그가 적극적으로 무언가를 백성들에게 베풀었다는 말을 듣지 못했다. 아니 어쩌면 그는 제도를 고쳐 백성들을 편하게 할 만한 안목도, 세금을 줄여 그들의 짐을 덜어줄 만한 재력도 없었다. 그가 한 것이 있다면 그것은 기껏 원래보다 더 나쁘게 만들지 않았다는 것 정도이다. 오히려 백성들로부터 부양을 받고 도움을 입는 것은 언제나 그쪽이었다. 그러면서도 백성들은 그를 좋아하고 따른다. 그는 민심을 사는 게 아니라 얻고 있다……

나는 처음 그것이 그의 오랜 곤궁과 불운에 대한 백성들의 단순한 동정이거나 그가 의지하고 있는 한실의 낡은 권위가 발하는 후광 때문인 줄 알았다. 그러나 이제 알겠다. 사고팔았던 사람들의 사이는 거래가 끝나면 모든 것이 끝난다. 그러나 주고받았던 사람들의 사이는 그 주고받음이 끝나도 이어지는 그 무엇이 있다. 나는 어떤 이득을 위해 백성들의 마음을 사려 했기 때문에 더 큰 이득에 내몰리면 그들을 팔아버릴 수도 있다. 하지만 그는 애초에 이득을 주고 사지 않았기에 이득으로 팔아버릴 수가 없다.

내가 유비라면 처음부터 백성들을 데리고 떠나는 일이 없었을 것이고, 그들이 굳이 따라오더라도 버리고 떠났을 것이다. 지금쯤은 강릉성에 들어 성벽을 높이고 녹각(鹿角)을 둘러세워 다가오는 적에 대해 만반의 준비를 갖추었을 것이다. 그런데도 유비는 코앞에 닥친 싸움에는 거추장스럽기만 한 그들 틈에서 헤어나지 못하고 아직 길 위에서 늑장을 부리고 있다. 그는 백성들의 마음속에서 강릉성을 얻고자 하고 있다.

물론 나도 그와 같은 치세의 원리가 있으며, 때로 그것은 내 자신이 믿는 원리보다 더 효과적임을 안다. 어쩌면 시절이 지금과 같지만 않았더라도 나 또한 그 원리를 따랐을는지 모른다. 하지만 지금은 난세다. 어지럽고 들떠 있는 백성들의 마음속에 성 하나를 얻는 것보다는 몇 만의 군사를 몰아 땅 위의 성 열 개를 얻는 게 훨씬 쉽다. 이제 나의 철기(鐵騎)가 태풍처럼 휘몰아가면 그대가 백성들의 마음속에 쌓고 있는 성은 먼지가 되어 흩어져버릴 것이다. 그런데도 유비, 새삼 그대가 두려워지는 것은 무슨 까닭인가…….'

조조는 속으로 그렇게 중얼거리다가 문득 마음을 다잡아 먹고 거느린 장수들을 모두 불러모았다.

"그대들은 각기 거느리고 있는 군사들 중에서 가장 날래고 굳센 철기만을 골라 뽑아 오천을 만들라. 그들로 하여금 밤낮을 가리지 않고 달려 하루 안에 유비를 뒤쫓아 잡게 한다. 나는 남은 대군을 이끌고 그 뒤를 이어 나아가리라."

조조의 그 같은 명이 떨어지자 장수들은 곧 거기 따랐다. 오래잖아 가리고 가려 뽑은 오천의 철기가 뿌연 먼지를 날리며 남쪽을 향해 태풍처럼 몰려갔다.

빛나는구나,
당양벌의 조운과 장비

한편 유비는 그런 줄도 모르고 여전히 십만이 넘는 백성들을 겨우 삼천여 군마로 돌보며 느릿느릿 강릉으로 가고 있었다.

장비가 뒤를 막고 조운이 늙은이와 어린이들을 보호하고 있었지만 이미 군대의 행진이라기보다는 피난민 행렬에 가까웠다. 유비와 말 머리를 나란히 하고 가던 공명이 문득 걱정스런 얼굴로 유비를 돌아보며 말했다.

"운장이 강하로 간 지 이미 여러 날 되었건만 아직 아무런 소식이 없습니다. 일이 어떻게 되었는지 알 수 없어 실로 궁금하기 짝이 없습니다."

"번거로우시겠지만 군사께서 몸소 한번 가보시지 않으시겠습니까? 가서 유기를 만나보십시오. 유기는 전에 공의 가르침을 받아 어려움에서 벗어난 적이 있으니, 만약 공께서 몸소 오신 걸 보면 결코 우리가 청하는 걸 거절하지 못할 것입니다. 이번 일이 잘 풀리게 하는 길은 오직 그밖에 없는 듯싶습니다."

유비가 한참을 생각에 잠겼다가 공명에게 그렇게 말했다. 공명도 그 길밖에 없다고 여겼다. 어차피 이쪽에서 빨리 갈 수 없다면 저쪽에서 빨리 와 강릉성의 구실을 해주어야만 머지않아 밀어닥칠 조조의 대군으로부터 유비를 구해낼 수 있을 것이기 때문이었다. 공명이 승낙하자 유비는 유봉에게 오백 군사를 딸려 강하로 가는 공명을 호위케 했다.

공명이 유봉과 더불어 강하로 떠난 바로 그날이었다. 유비가 간옹, 미축, 미방 등과 가고 있는데 홀연 미친 듯한 바람이 한차례 일더니 흙먼지를 휘몰고 하늘로 치솟아 붉은 해를 가려버렸다.

"이게 무슨 징조요?"

유비가 놀라 좌우를 돌아보며 물었다. 음양의 이치에 밝은 간옹이 신점을 한판 펴보더니 질린 얼굴로 대답했다.

"아주 좋지 못한 징조 같습니다. 오늘밤에 크게 흉한 일이 있을 것이니 주공께서는 얼른 백성들을 버리고 멀리 피해 가도록 하십시오."

"신야에서 여기까지 따라온 백성들인데 내가 어찌 차마 버릴 수 있겠소? 그럴 수는 없소이다."

유비가 한마디로 잘라 거절했다. 간옹이 안타까운 듯 유비를 재촉했다.

"만약 주공께서 버리고 가지 않으시면 머지않아 큰 화가 이를 것입니다. 어서 서두르도록 하십시오."

그러나 유비는 여전히 흔들림이 없었다. 한동안 묵묵히 앞쪽을 바라보다가 문득 좌우를 돌아보며 물었다.

"저 앞쪽은 어디요?"

"당양현(當陽縣)인데 보이는 산은 경산(景山)이라 불리고 있습니다."

누군가 그곳 지리에 밝은 사람이 그렇게 대답하자 유비가 얼른 영을 내렸다.

"저 산으로 들어가 잠시 쉬었다 가자."

그러고는 간옹이 더 권할 틈도 없이 군사들을 재촉해 백성들을 경산으로 이끌도록 했다. 이에 간옹도 하는 수 없이 입을 다물고 말았다.

때는 마침 늦가을에서 초겨울로 접어드는 계절이었다. 싸늘한 바람은 뼛속으로 스며드는데, 산중에는 의지할 움막 하나 없었다. 해가 지자 추위와 주림에 떠는 백성들의 울음소리가 골짜기를 메웠다.

그럭저럭 사경이 가까웠을 무렵이었다. 홀연 서북쪽에서 크게 함성이 오르더니 이어 점점 가까이 다가오기 시작했다. 크게 놀란 유비가 급히 말에 올라 자신이 이끌던 이천 군마를 이끌고 적을 맞으러 갔다.

이윽고 조조의 군사들이 거센 기세로 밀려왔다. 가리고 가려 뽑은 군사들인 데다 머릿수도 많아 유비의 이천 군마로는 감당하기 어려웠다. 유비는 죽을힘을 다해 싸웠으나 곧 위급한 지경에 빠지고 말았다.

그때 다행히 뒤처져 있던 장비가 군사를 이끌고 싸움터에 이르렀다. 장비는 몰려오는 조조의 군사들을 닥치는 대로 죽이며 겨우 한 줄기 길을 열고 유비를 구해 달아났다. 동남쪽을 바라보고 한참 정신없이 달리는데 문득 한 떼의 군마가 앞을 가로막았다. 조조에게 항복한 옛 형주의 장수 문빙(文聘)이 이끄는 군마였다.

"주인을 저버린 역적 놈아! 네 무슨 낯으로 사람의 앞을 가로막느냐?"

유비가 문빙을 알아보고 꾸짖었다. 문빙은 그래도 형주에서는 보기 드물게 의기로운 사람 가운데 하나였다. 얼굴 가득 부끄러운 빛을 띠더니 말없이 군사를 이끌고 동북쪽으로 가버렸다.

그렇지만 문빙이 길을 열어주었다고 해서 유비와 장비가 그대로 적진을 빠져나오게 된 것은 아니었다. 그 뒤로도 장비는 유비를 보호하며 수시로 길을 막는 조조의 군사들과 일면 싸우고 일면 달아나기를 거듭했다.

날이 희끄무레 밝아올 무렵에야 적군의 함성은 점차 멀어졌다. 그제서야 유비는 말을 멈추고 주위를 둘러보았다. 뒤따르는 것은 겨우 백 기 남짓했다. 십만이 넘는 백성들이며 미축, 미방, 간옹과 조운 및 그가 이끌던 일천 기는 어디로 갔는지 알 길이 없었다.

유비가 좌우를 돌아보며 눈물 섞어 탄식했다.

"십여 만의 목숨이 나를 따르다가 모두 이같이 큰 환난을 맞게 되었구나. 모든 장수들과 늙고 젊은 숱한 백성들이 살았는지 죽었는지조차 알지 못하니 비록 나무나 흙으로 빚은 사람이라 할지라도 어찌 슬퍼하지 않을 것인가!"

그 말에 모두 처량한 느낌이 들어 한숨짓고 있는데 홀연 미방이 나타났다. 살맞은 얼굴에 어디를 어떻게 찔리고 베었는지 몹시 절룩

거리고 있었다.

"조자룡이 우리를 저버리고 조조에게 항복하러 가버렸습니다."

미방이 쓰러지듯 유비 앞에 엎드리며 그렇게 알렸다. 고통으로 일그러진 가운데도 분한 기색이 얼굴에 뚜렷했다. 듣고 있던 사람들은 모두 그 뜻밖의 소리에 놀랐다. 그러나 유비만은 믿지 않았다. 오히려 미방에게 꾸짖듯 말했다.

"말을 삼가라! 자룡은 나와 오랜 벗같이 지내온 사이거늘 어찌 나를 저버릴 수 있겠는가?"

"우리가 세력이 궁하고 힘이 다해 보이니까 혹시 조조에게 항복해 부귀를 누리려 하고 있을지도 모르는 일 아닙니까?"

곁에 있던 장비가 미방을 거들고 나섰다. 그래도 유비는 조금도 흔들리는 기색이 없었다.

"자룡은 환란 속에서도 나를 따르는 마음이 쇠나 돌처럼 굳고 변함이 없었다. 부귀 따위에 움직일 사람이 아니다."

"제가 이 두 눈으로 똑똑히 보았습니다. 그는 분명 조조의 본진이 있는 서북쪽으로 말을 달려갔습니다."

미방이 거듭 우겼다. 장비가 그 말에 얼굴이 시뻘게지며 창을 꼬나잡았다.

"내가 그를 찾아보겠소. 만나기만 하면 한 창에 꿰어버릴 것이오!"

두 눈으로 똑똑히 보았다는 미방의 말에 조운이 변심한 게 틀림없다고 단정한 듯했다. 유비가 그런 장비를 달랬다.

"함부로 죄 없는 사람을 의심하지 마라. 너는 둘째 형 운장이 안량과 문추를 죽인 일을 잊었느냐. 남 보기에는 조조의 사람이 되어 그리한 것 같았지만 결국 운장은 내게로 돌아오지 않았느냐? 자룡이 서북쪽으로 갔다면 반드시 그 까닭이 있을 것이다. 자룡은 결코 나를 버릴 사람이 아니다!"

하지만 이미 심사가 뒤틀린 장비가 어찌 순순히 듣겠는가. 유비의 말을 듣는 둥 만 둥 이십여 기를 이끌고 장판교(長坂橋)란 다리 쪽으로 갔다. 아무래도 제 눈으로 봐야겠다는 태도였다.

장비가 장판교에 이르러보니 동쪽에 한 무더기 숲이 보였다. 장비는 문득 한 계교가 떠올라 데리고 간 군사들에게 말했다.

"너희들은 나뭇가지를 베어 말꼬리에 달아 끌고 숲속으로 이리저리 내닫거라. 되도록 먼지를 높게 치솟게 해서 그것을 본 조조가 숲속에 대군이 숨어 있는 것으로 믿게 해야 한다."

단순하고 성급하게만 뵈는 장비가 생각해낸 계교라고는 생각하기 어려울 만큼 놀라운 데가 있었다. 군사들이 영을 받고 물러나자 장비는 홀로 말을 탄 채 장판교 위로 올라갔다. 장팔사모를 비껴들고 조조의 군사들이 몰려오고 있는 서쪽을 쏘아보는 풍이 조금도 싸움에 져서 쫓기는 무리의 장수 같지가 않았다.

이때 조운은 참으로 위태로운 지경을 치닫고 있었다. 간밤 사경 무렵 조조의 오천 철기가 덮쳤을 때 조운은 거느린 군사들과 더불어 날이 새도록 힘을 다해 싸웠다. 그러나 밝은 뒤에 보니 주인 유비는 간 곳을 모르겠고 그의 늙고 젊은 가솔들도 찾을 길이 없었다. 기막힌 중에도 조운은 가만히 속으로 뜻을 굳혔다.

'주공께서는 내게 감(甘), 미(麋) 두 부인과 소주인(小主人) 아두(阿斗)를 당부하셨다. 그런데 이제 싸움터에서 모두 잃어버렸으니 내 무슨 낯으로 주공을 대하겠는가? 차라리 가서 싸우다 죽는 한이 있더라도 주모(主母)와 소주인이 계신 곳을 찾음이 옳으리라!'

그리고 좌우를 둘러보니 남은 군사는 겨우 삼사십 기밖에 되지 않았다.

그래도 조운은 두려워함이 없이 말을 박차 적진 속으로 뛰어들었다. 미리 유비의 군사들이 모두 달아나버린 탓인지 보이는 것은 다만 번성과 신야에서 따라온 백성들뿐이었다. 조조의 군사들에게 이리 베이고 저리 찔리면서 싸움터를 몰려다니는데 그들의 울음소리가 하늘과 땅을 흔드는 것 같았다. 화살을 맞고 창칼에 상한 채 아내와 남편이며 아들 딸도 버리고 이리저리 내닫는 게 차마 눈뜨고 보기 힘든 아비규환이었다.

조운은 그런 백성들 사이를 달려가다 문득 풀숲에 눈에 익은 사람 하나가 쓰러져 있는 걸 보았다. 일으켜보니 간옹이었다.

"두 분 주모를 보지 못하셨소?"

조운은 간옹의 상처도 살펴보지 않은 채 급하게 물었다. 간옹이 괴로운 신음을 억누르며 대답했다.

"두 분 주모께서 수레를 버리고 아두 아기씨를 품으신 채 걸으시기에 내가 말을 달려 뒤따르며 호위하려 했소. 그러나 산굽이를 지나는데 적장 하나가 나타나 한 창에 나를 찔러 말 아래로 떨어뜨리고 말은 그가 끌고 가버렸소이다. 내가 싸우려 한들 이 몸에 말도 없이 무슨 싸움을 하겠소? 그래서 하는 수 없이 죽은 듯 누워 있었소."

조운은 그 같은 두 부인의 소식을 듣자 마음이 더욱 급했다. 군사들이 타고 온 말 한 필을 내 간옹을 태우고 사졸 둘을 붙여 부축해

가게 하며 말했다.

"가서 주공께 전해주시오. 나는 하늘 끝과 땅 밑바닥까지 뒤지는 한이 있더라도 반드시 두 분 주모와 소주인을 찾아서 돌아가겠소. 만약 찾아도 찾아도 끝내 찾지 못한다면 내 몸은 죽어 이 모랫벌 위를 뒹굴 것이오!"

그리고는 그대로 말을 박차 장판파(長坂坡)란 언덕을 향해 치달았다. 한참 말을 달리는데 홀연 한 사람이 크게 소리쳤다.

"조장군께서는 어디로 가십니까?"

조운이 보니 길섶에 쓰러져 있던 자기편 군사였는데 낯은 익었으나 누군지 얼른 생각이 나지 않아 물었다.

"그대는 누구인가?"

"저는 유사군(劉使君) 밑에서 수레를 호송하던 군삽니다. 화살을 맞아 여기 이렇게 쓰러져 있습니다."

"두 분 주모께서는 어디로 가셨는가?"

"다만 감부인만을 뵈었을 뿐입니다. 감부인께서는 산발에 맨발로 한 무리의 아낙네들 틈에 끼어 남으로 가셨습니다."

그 군사는 상처가 무거운지 겨우겨우 말을 이어 나갔다. 그러나 마음이 급한 조운은 그를 돌보아줄 틈이 없었다. 그의 말이 끝나기 바쁘게 말을 박차 남쪽으로 달렸다.

오래잖아 한 무리의 백성이 황급히 남쪽으로 몰려가는 게 보였다. 남녀 합쳐 수백이나 되니 조운이 얼른 감부인을 찾을 수가 없었다.

"이 가운데 감부인은 안 계십니까?"

조운은 하는 수 없이 아낙네들 쪽을 보며 크게 소리쳐 물었다. 마침 무리 뒤편에 섞여 있던 감부인이 조운을 보고 방성대곡으로 응답을 대신했다. 말에서 내린 조운은 창을 땅바닥에 꽂고 울먹였다.

"주모를 잃어 이 지경에 빠지게 한 것은 실로 운의 죄입니다. 미부인과 작은 주인은 어디 있습니까?"

"나와 미부인은 적군에게 쫓기던 끝에 수레를 버리고 백성들 틈에 섞여 걸었소. 그런데 한 떼의 조조 편 군마가 나타나 함부로 죽이며 덤벼드는 바람에 모두 흩어져 미부인과 아두는 어디로 갔는지 모르겠구려. 정신없이 쫓기다 보니 나 혼자 이렇게 살아 있을 뿐이오……."

감부인도 눈물 섞어 그렇게 대답했다. 조운이 다시 미부인과 아두가 간 방향이라도 가늠하고자 무얼 물으려는데 문득 백성들의 고함 소리가 들렸다. 한 떼의 조조 편 군마들이 또다시 유비를 따른 죄밖에 없는 백성들을 짓밟으러 온 것이었다. 조운은 얼른 땅에 꽂았던 창을 빼어들고 말에 올랐다.

조운의 눈앞에 한 사람이 묶인 채 말 위에 실려오고 있는데 자세히 보니 미축이었다. 큰 칼을 빼어들고 천여 명의 군사를 호령하며 뒤따르는 장수는 조인의 부장 순우도(淳于道)였다. 미축을 사로잡고 으쓱해서 본진으로 공을 자랑하러 가는 길인 것 같았다.

처음에는 감부인만 지키고 되도록 큰 싸움은 피하려 한 조운이었으나 한솥밥을 먹던 미축이 사로잡혀 가는 걸 보자 참지 못했다. 한 소리 큰 꾸짖음과 함께 말을 박차 똑바로 순우도를 덮쳐갔다.

순우도도 마주 칼을 휘두르고 나왔으나 원래가 조운의 적수는 못 되었다. 조운은 한 창에 순우도를 찔러 죽인 뒤 미축을 구함과 아울러 말 두 필을 빼앗았다.

빼앗은 말에 감부인을 오르게 한 조운은 앞장서서 적군을 죽이며 길을 열었다. 자기들의 대장이 한 창에 찔려 죽는 걸 본 뒤라 조조의 군사들은 그런 조운을 감히 막지 못했다.

조운이 겨우 에움을 벗어나 장판교에 이르니 다리 위에서 홀로 말을 타고 서 있던 장비가 대뜸 창을 꼬나잡으며 호통을 쳤다.

"이놈, 조자룡아 너는 무슨 까닭으로 우리 형님을 저버렸느냐?"

피를 뒤집어쓰다시피 하며 감부인을 구해 나온 조운에게는 실로 뜻밖의 소리였다. 기막히기도 하고 분하기도 해서 마주 고함을 쳤다.

"주모와 작은 주인을 찾느라고 뒤처졌을 뿐인데 어찌 주인을 저버렸다 말하시오?"

그제서야 장비의 기세가 좀 누그러졌다.

"간옹이 먼저 와서 알려주지 않았더라면 나는 자네를 보자마자 손을 썼을 것이네. 내 손의 병기가 어떻게 가만히 있겠나."

그렇게 말했으나 마음 한구석에는 아직 의심이 남았다는 듯한 투였다. 그러나 장비를 잘 아는 조운은 굳이 장비를 탓하려 하지 않고 궁금한 것부터 물었다.

"주공은 어디 계시오?"

"이 앞 멀지 않은 곳에 계시다네."

장비가 다시 무뚝뚝하게 대답했다. 조운은 여전히 그런 장비에게 마음씀이 없이 미축을 보며 당부했다.

"미자중(子仲, 미축의 자)은 감부인을 모시고 먼저 가시오. 나는 미부인과 작은 주인을 찾은 뒤에 주공을 뵙겠소."

그러고는 겨우 몇 기만을 거느린 채 다시 말을 박차 온 길을 되짚어 갔다.

달린 지 얼마 안 돼 조운은 십여 기를 거느리고 말을 달려오는 적장 하나와 맞닥뜨렸다. 손에는 철창을 들고 등에는 장검을 멘 젊은 장수였다. 조운은 말을 주고받는 것조차 귀찮다는 듯 창부터 먼저 내밀었다. 상대편 장수도 철창을 들어 맞섰으나 둘의 말이 엇갈리기 무섭게 결판이 나고 말았다. 조운이 한 창으로 그 장수를 찔러 죽이고 따르던 군사들을 모두 흩어버렸다.

조운의 창에 죽은 자는 조조의 칼을 메고 조조를 따르는 장수인 하후은(夏侯恩)이었다. 조조에게는 의천검(倚天劍)이란 보검과 청홍검(靑紅劍)이란 보검이 있었는데 의천검은 조조 스스로 차고 청홍검은 하후은에게 주어 그걸 차고 항시 뒤따르게 해왔다. 따라서 하후은이 등에 메고 있는 것은 쇠를 진흙 베듯 하고 그 끝이 날카롭기가 천하에 비할 데가 없다는 바로 그 청홍검이었다.

그날 하후은이 조운의 한 창에 죽게 된 것은 자신의 용력만 믿고 보검을 등에 멘 채 졸개 약간과 더불어 노략질에 정신이 팔려 있다가 갑자기 조운과 부닥치게 된 까닭이었다. 벌써 십여 년을 싸움터를 누벼온 조운은 죽은 적장의 등에 있는 칼이 예사로운 물건이 아님을 한눈에 알아보았다. 얼른 빼앗아 칼을 살펴보니 칼등에 청홍(靑紅)이란 두 글자가 금으로 새겨져 있었다. 짐작대로 세상에 드문 보검임을 알 수 있었다.

조운은 보검을 거두어 꽂은 뒤 다시 창을 들고 겹겹이 둘러싸인 적진 속으로 뛰어들었다. 어느새 뒤따르던 몇 기마저 모두 죽고 오직 조운 혼자였다. 그러나 조운은 조금도 물러설 마음이 없이 적진 속을 누비고 다니며 미부인과 아두를 찾았다. 만나는 백성들마다 길을 막고 묻는데 문득 한 사람이 가까운 담장을 손가락질하며 일러주었다.

"한 부인이 어린아이를 안고 저쪽 담장 무너진 곳에 앉아 있었는데 미부인과 공자가 아닌지 모르겠습니다. 부인은 왼쪽 허벅지를 창에 찔려 걷지 못하는 것 같았습니다."

조운은 그 말을 듣기 바쁘게 말을 몰아 담장 있는 곳으로 갔다. 불탄 집을 두르고 있는 무너져 내리다 만 흙담이었는데, 그 담 곁에 있는 마른 우물가에서 미부인이 아두를 안은 채 흐느껴 울고 있었다. 조운은 급히 말에서 뛰어내려 미부인 앞에 엎드렸다. 미부인이 울음을 멈추고 말했다.

"이 몸이 장군을 만나게 된 것은 아두의 명이 아직 남은 덕택인가 합니다. 바라건대 장군께서는 이 아이가 황숙께서 반생을 이리저리 떠돌면서 얻은 한줌 혈육임을 가련하게 여겨주십시오. 장군께서 이 아이를 보호하시어 무사히 그 아버지와 만나게만 해주신다면 이 몸은 여기서 죽어도 아무 한이 없겠습니다."

이미 모든 것을 체념한 사람의 목소리였다. 조운이 펄쩍 뛰며 권했다.

"부인께서 이와 같은 어려움에 빠진 것은 모두 운의 죄입니다. 여러 말씀 마시고 어서 말에 오르십시오. 저는 걸으면서 죽기로 싸워 부인을 이 에움에서 빠져나갈 수 있게 하겠습니다."

조운의 그 같은 말에 미부인이 가만히 고개를 가로저었다.

"아니 됩니다. 장군은 말도 없이 어쩔 작정이십니까? 이 아이는 오직 장군의 보호하심에 의지하고 있습니다. 저는 이미 상처가 무거워 죽어도 애석할 게 없으니 바라건대 장군은 얼른 이 아이를 품에 안고 먼저 가십시오. 부디 이 몸이 아두를 살리는 데 어려움을 주었단 소리는 듣지 않도록 해주십시오."

"함성이 가까워집니다. 뒤쫓는 적군이 이미 이곳에 이르렀으니 어서 말에 오르십시오."

조운이 다시 급한 목소리로 권했으나 소용없었다. 미부인은 오히려 조운을 재촉하며 아두를 내밀었다.

"이 몸은 참으로 움직이기가 어렵습니다. 어서 이 아이나 받으십시오. 자칫하면 이 일 저 일 모두 그르치게 됩니다."

그래도 조운이 얼른 아두를 받지 않자 더욱 간곡하게 말했다.

"부디 서두르십시오. 이 아이의 목숨은 오직 장군에게 달려 있습니다."

조운이 세 번 네 번 말에 오르기를 간청했으나 미부인은 끝내 들으려 하지 않았다. 사방에서 다시 함성이 일었다. 조운도 마침내 언성을 높였다.

"부인께서 제 말을 듣지 않아 뒤쫓는 적군이 예까지 이르렀으니 이제 어쩔 작정이십니까?"

그러자 미부인은 아두를 땅에 내려놓고 몸을 뒤집어 마른 우물로 뛰어들었다. 몇 길 우물인 데다 바닥에 물이 없으니 미부인같이 성치 않은 몸으로 떨어져 살 리 만무였다. 조운이 놀라 내려다보았을 때는 이미 숨을 거두는 중이었다. 자기 몸을 죽여 유씨의 후사를 구하려 하였으니 그 용기와 결단은 실로 여장부라 할 만했다.

조운은 부인이 이미 숨진 걸 알자 조조의 군사들이 그 시체를 훔쳐갈까 두려웠다. 흙담을 밀어 무너뜨려 마른 우물을 덮어버렸다. 그리고는 갑옷끈을 풀어 엄심갑(掩心甲, 가슴을 보호하는 쇠판) 아래 아두를 품고 단단히 여몄다.

채비를 마친 조운이 창을 들고 말에 막 뛰어올랐을 때 적장 하나가 한 떼의 보군을 이끌고 다가왔다. 조홍의 부장 안명(晏明)이었다. 안명은 끝이 세 갈래 나고 양쪽으로 날이 있는 칼을 휘두르며 조운에게 겁없이 덤볐다. 그러나 겨우 삼 합으로 조운의 창에 찔려 넘어지고 그 졸개들도 사방으로 흩어져버렸다.

조운은 그 틈을 비집고 한 가닥 길을 열어 말을 달렸다. 하지만 오래잖아 다시 한 떼의 군사들이 앞을 막았다. 앞선 장수는 큰 깃발에 하간(河間) 땅의 장합(張郃)이라 뚜렷이 써서 자기 이름을 밝히고 있었다. 조운은 자신의 이름을 밝히지도 않고 곧바로 창을 들어 장합을 찔러 갔다. 장합이 약한 장수가 아니라 싸움은 십여 합이 되도록 결판이 나지 않았다. 조운은 품에 감춘 아두 때문에 싸움을 길게 끌고 싶지 않았다. 한차례 사나운 공격으로 장합을 주춤하게 한 뒤 말머리를 돌려 달아나기 시작했다.

장합은 그런 조운을 놓치지 않으려고 급히 뒤쫓았다. 거푸 말을 채찍질해 달아나던 조운이 갑자기 놀란 외침을 내며 말과 함께 커다란 흙구덩이로 떨어졌다. 장합은 이때다 싶어 창을 꼬나들고 흙구덩이 가로 갔다. 장합이 한 창에 조운을 꿰놓을 기세로 창을 내지르려 할 때였다. 홀연 한 줄기 붉은 빛이 흙구덩이 속에서 눈을 찌르듯 솟구치더니 말과 사람이 허공으로 뛰어올랐다.

그러고는 가볍게 구덩이를 벗어나 내닫기 시작했다. 뒷날 제호(帝號)를 쓰게 될 아두가 품에 있어 하늘이 조운을 도운 모양이었다.

그 광경을 본 장합은 크게 놀랐다. 조운을 뒤쫓을 마음을 버리고 군사들과 함께 돌아가버렸다. 장합을 따돌린 조운은 한층 급하게 말을 몰아 적진을 빠져나가려 애썼다. 한참 정신없이 달리는데 이번에는 등 뒤에서 두 사람의 목소리가 어우러져 뒤쫓아 왔다.

"조운은 달아나지 마라!"

뿐만이 아니었다. 앞에서도 두 사람의 적장이 내달아 창칼을 휘두르며 길을 막았다. 뒤에서 뒤쫓는 것은 마연과 장의요, 앞에서 막는 것은 초촉과 장남이었다. 모두 원소 밑에 있다가 조조에게 항복한 장수들이었다.

조운은 그들 네 장수를 만나 힘을 다해 싸웠다. 아무리 천하의 조자룡이라지만 넷이나 되는 적장과 한꺼번에 부딪치니 쉽게 길을 앗지 못했다. 그사이 조조의 군사들이 개미 떼처럼 몰려들어 그런 조운을 열 겹 스무 겹 에워쌌다.

조운은 날이 무디어진 창을 버리고 하후은에게서 뺏은 청홍검을 뽑았다. 과연 조조가 자랑할 만한 명검이었다. 조운의 손길이 한번 미치는 곳이면 어김없이 푸른 칼빛과 함께 적군의 갑옷이 쪼개지고 피가 튀었다.

그렇게 되자 조운을 에워싸고 있던 조조의 장졸들은 멈칫했다. 조운은 그런 적군을 더욱 매섭게 몰아붙이며 한 가닥 길을 열어 겹겹이 둘러쳐진 포위를 뚫고 나갔다.

이때 조조는 경산 꼭대기에서 싸움터를 내려다보고 있었다. 한 적장이 자기편 군사들 사이를 휘젓고 다니는데 그가 이르는 곳에는 아무도 그 위세를 당해내는 사람이 없었다. 그 바람에 그 적장을 눈여겨보고 있는데 갑자기 그 적장이 창을 버리고 칼을 뽑는가 싶더니 사람은 안 보이고 한 덩이 희푸른 칼빛만 수만 대군을 대쪽 쪼개듯 하며 빠져나가고 있지 않는가.

아무리 적장이라고는 하지만 조조는 그 용맹과 무예에 감탄했다.

"저 장수는 누군가?"

조조가 좌우를 돌아보며 급히 물었다. 그러나 거리가 멀어서 그런지 아무도 그를 알아보는 사람이 없었다. 곁에 있던 조홍이 말배를 차며 말했다.

"제가 알아보고 오겠습니다."

그리고 나는 듯 말을 달려 산을 내려온 조홍은 소리가 닿을 만한 곳에 이르자 조운을 보고 큰 소리로 물었다.

"지금 거기서 싸우고 있는 장수는 누군가? 이름 없는 졸개가 아닐진대, 어서 이름을 밝혀라!"

"나는 상산 땅의 조자룡이다!"

적장은 조금도 움츠러든 기색 없이 자기 이름을 밝혔다.

조홍은 돌아가 조조에게 알렸다.

"적장은 전에 공손찬 밑에 있다가 유비의 사람이 된 상산 땅의 조자룡이란 장수입니다."

"정말로 범 같은 장수로구나! 내 마땅히 저를 사로잡아 내 사람으로 만들리라."

조조는 그렇게 말하고는 곧 비마(飛馬)를 띄워 곳곳의 장졸들에게 알리게 했다.

"조자룡에게 이르더라도 활을 쏘아서는 아니 된다. 반드시 살려서 잡도록 하라."

그렇게 되자 조조의 군사들은 더욱 조운을 잡을 길이 없었다. 죽여서 잡기도 어려운 장수를 어떻게 산 채로 잡을 수 있겠는가. 덕분에 조운은 상처 하나 입지 않고 조조군의 포위를 뚫고 나올 수가 있었다.

그런데 한 가지 까닭 모를 일은 조조가 활을 못 쏘게 하여 조운이 무사히 빠져나갈 수 있었다는 대목이 정사에는 없는 점이다. 야사나 구전에 있는 것을 『연의』의 작자가 받아들인 것이라면 모르되, 꾸며 낸 이야기라면 앞뒤가 좀 맞지 않는 데가 있다. 조조라면 무조건 낮추고 헐뜯기를 서슴지 않으면서 유독 이 대목에서는 왜 조조에게 유리한 이야기를 꾸며넣었을까.

관운장에 대한 조조의 태도로 미루어 충분히 있을 법한 일이긴 하지만, 그것은 결국 조조란 인물의 크기를 더해주는 대신 그토록 힘들여 과장해둔 조운의 무예는 오히려 빛이 덜해지고 말았지 않는가.

하지만 조조의 군사들이 활을 쏘았건 아니 쏘았건, 그날 조운이 세운 무공은 실로 눈부신 데가 있었다. 후주(後主)가 될 아두를 품은 채 겹겹이 둘러친 포위를 뚫으면서 조운이 베어넘긴 대장기(大將旗)가 둘이요, 자기 창의 날이 문드러져 빼앗아 쓴 큰 창이 셋에다 창으로 찌르거나 칼로 찍어 죽인 조조 편의 이름 있는 장수가 쉰 명 남짓이었다. 뒷사람이 그 일을 노래했다.

> 전포와 갑옷 피로 물들이며 나아갈 제
> 당양의 누가 감히 그를 맞설 수 있었으리.
> 예와 지금을 둘러봐도
> 적진을 뚫고 위태로운 주인을 구한 이
> 오직 상산의 조자룡이 있을 뿐이네.

하지만 조자룡이 에움에서 벗어났다고 해서 그대로 유비의 진중에 돌아갈 수 있게 된 것은 아니었다. 이미 당양 장판벌 거의가 조조의 세력 아래 들어간 뒤라 아직도 남은 길은 멀고 험했다.

적의 피를 뒤집어쓴 듯한 꼴로 간신히 에움을 벗어난 조운이 어떤 산비탈을 지나갈 때였다. 두 갈래의 군마가 다시 조운의 길을 막았다.

앞선 두 장수는 하후돈의 부장인 종진(鍾縉), 종신(鍾紳) 두 형제였다. 하나는 큰 도끼를 휘두르고 하나는 화극을 겨누면서 목소리를 합쳐 소리쳤다.

"조운은 얼른 말에서 내려 포박을 받으라."

그러나 조운은 조금도 두려워 않고 창을 꼬나쥐며 싸울 채비를 했다. 앞서 덤빈 것은 큰 도끼를 든 종진이었다. 그러나 미처 창과 도끼가 세 번 어우르기도 전에 조운은 종진을 찔러 말 아래로 떨어뜨리고 길을 앗아 달아났다.

형이 죽는 꼴을 보고 눈이 뒤집힌 종신이 화극으로 그런 조운을 겨누면서 뒤따랐다. 조운의 말 꼬리에 그가 탄 말 머리가 닿을 만큼 바짝 뒤따르자 종신은 번쩍 화극을 들어 조운의 등판을 찌르려 했다. 그걸 느낀 조운이 급히 말 머리를 돌리니 두 사람의 거리는 타고 있는 말이 서로 가슴을 부딪칠 정도로 가까웠다. 조운은 얼른 왼손에 든 창으로 찔러오는 화극을 쳐내는 한편 오른손으로 청홍검을 뽑아 종신의 머리통을 후려쳤다. 쇠를 진흙 베듯 하는 청홍검이라 칼날은 종신의 투구를 쪼개고도 머리통을 두 쪽으로 갈라버렸다.

종진에 이어 아우 종신까지 처참한 몰골로 죽자 놀란 군사들은 그대로 흩어져 달아났다. 또 한차례 적군들 속에서 몸을 뺀 조운은 장판교를 바라보며 급히 달렸다.

하지만 미처 장판교에 이르기도 전에 또 한 떼의 군마가 함성과 함께 조운을 뒤쫓았다. 이번에는 유표의 장수였다가 조조에게 항복한 문빙이 이끄는 군마였다. 어지간한 조운도 그때는 타고 있던 말과 한가지로 지칠 대로 지쳐 있었다. 문빙과의 싸움 같은 것은 엄두도 못 내고 앞으로 내닫기에만 바빴다.

간신히 장판교 가에 이르니 저만큼 다리 위에 창을 낀 채 말을 타고 서 있는 장비가 보였다. 조운이 장비를 향해 급한 소리를 내질렀다.

"익덕은 어서 나를 도와주시오!"

조운의 모습만을 보고도 그때까지의 의심을 깨끗이 푼 장비가 호쾌하게 대답했다.

"자룡은 빨리 가라! 뒤따르는 적군은 내가 맡으리라."

이에 조운은 뒤를 장비에게 맡기고 급히 다리를 건넜다. 지친 말을 채찍질해 이십여 리쯤 가니 유비가 여럿과 함께 나무 아래서 쉬고 있는 게 보였다. 조운은 말에서 뛰어내려 땅에 엎드리며 울었다. 유비 역시 눈물을 감추지 못했다.

"조운의 죄는 만 번 죽어도 오히려 가볍습니다. 미부인께서는 몸에 무거운 상처를 입으신 채 제가 권해도 끝내 말에 오르지 않고 우물로 뛰어들어 돌아가셨습니다. 저는 흙담을 무너뜨려 우물을 봉한 뒤 겨우 공자만 구해 품에 품고 에움을 뚫었습니다. 주공의 홍복(洪福)에 힘입어 다행히 적진은 빠져나왔으나, 이제는 공자까지 무사하지 못한 것 같아 두렵기 짝이 없습니다. 조금 전만 해도 품속에서 울던 공자께서 지금은 아무런 소리도 없고 움직이지도 않으십니다."

조운은 그 말과 함께 급히 갑옷끈을 풀었다. 엄심갑 아래 품고 있던 아두를 꺼내놓고 보니 한참 달게 자고 있었다. 그사이 잠이 들어 아무 소리도 움직임도 없었던 것을 조운은 죽은 걸로 지레 짐작한 것이었다.

"다행히 공자께서는 아무 탈 없으십니다!"

조운은 기쁜 얼굴로 그렇게 소리치며 잠든 아두를 유비에게 두 손으로 받쳐올렸다. 그러나 유비는 아두를 받자마자 땅에다 내던지며 소리쳤다.

"이 보잘것없는 것아. 너 때문에 하마터면 훌륭한 장수 하나를 잃을 뻔하였구나!"

어찌 보면 비정을 느낄 만큼이나 철저하고 몸에 배인 유비 특유의 아랫사람에 대한 아낌과 사랑이었다. 동물적인 혈육의 정에 얽매인 속인들이야 어찌 흉내를 낼 수 있을 것인가.

"비록 땅바닥에 간과 뇌를 쏟고 죽은들 운이 어떻게 주공의 은의에 답할 수 있겠습니까?"

조운이 황망히 몸을 날려 땅에 떨어진 아두를 껴안고 울며 말했다.

어떤 사람에 따르면 뒷날 후주가 이따금씩 보이는 실책은 바로 이때 땅에 떨어지면서 머리를 상한 탓이라고 한다. 원래 어머니 감부인이 북두칠성을 머금은 꿈을 꾸고 얻어 아이 적 이름을 아두라 했던 후주는 남달리 영특했다는 게 그들의 주장이다.

한편 조운을 쫓던 문빙은 장판교에 이르러 주춤했다. 장비가 머리칼과 호랑이 수염을 빳빳이 곤두세운 채 손에는 창을 잡고 말 위에 홀로 앉아 있는데 다리 동쪽의 숲 뒤에서는 자욱이 먼지가 일고 있었다. 마치 수만 복병을 그 숲속에 숨겨놓고 장비 혼자서 조조군을 그리로 유인하려는 것 같은 인상이었다.

이에 더럭 의심이 든 문빙은 고삐를 당겨 말을 세우고 감히 장비에게로 다가가지 못했다. 조금 있으려니까 조인, 이진, 하후돈, 우금, 하후연, 악진, 장요, 장합, 허저 등의 맹장들도 각기 군사를 끌고 문빙 곁에 이르렀다. 하지만 그들도 문빙과 크게 다르지 않았다. 장비 홀로 두 눈을 부릅뜬 채 창을 비껴들고 말 등에 앉아 있는 걸 보자 역시 의심이 든 까닭이었다.

조조의 맹장 거의 모두가 수십만 대군을 이끌고 몰려오고 있는데도 장비 혼자서 눈 한번 깜박 않고 버티는 데서 온 의심이었다.

'아무래도 제갈량이 또 무슨 계교를 펼쳐놓고 우리들을 꾀어들이려는 수작 같다.'

그렇게 짐작한 조조의 장수들은 감히 다리를 건널 엄두를 내지 못하고 장판교 서쪽에다 진채를 내렸다. 그리고 한편으로는 급히 사람을 뽑아 나는 듯 조조에게 그 소식을 알렸다.

후군에 머물러 있다가 그 소식을 들은 조조는 급히 말에 올라 앞으로 나갔다.

장비가 고리눈을 부릅뜨고 가만히 보니 적군 뒤편에서 푸른 비단 일산(日傘)이 움직이며 그 뒤를 모월(旄鉞)과 정기가 뒤따르는 게 눈에 띄었다. 이는 틀림없이 조조가 의심이 일어 스스로 살펴보려고 오는 것이라 짐작한 장비는 짐짓 기세를 올려 큰소리를 쳤다.

"나는 연 땅 사람 장익덕이다! 누가 나와 한판 죽도록 겨뤄 보겠느냐?"

일부러 기세를 과장하고자 지르는 소리라 마치 큰 우레 같았다. 그 소리를 들은 조조의 군사들은 모두 얼굴빛이 변해 덜덜 떨었다. 조조도 까닭 없이 저려오는 오금을 애써 떼며 좌우에 영을 내려 일산이며 정기를 걷어치우게 했다. 혹시 장비가 그것을 보고 자신이 있는 곳을 짐작하여 덮칠까 두려웠던 까닭이다. 뿐만이 아니었다. 조조는 또 곁에 있는 장수들을 돌아보며 나직이 일러주었다.

"일찍이 관운장에게 들으니 장비는 백만 대군 가운데 있는 적장의 머리를 베어오기를 주머니 속의 물건 꺼내듯 하는 장수라 했다. 그 장비를 오늘 만났으니 결코 가볍게 여겨서는 아니 된다."

그때 장비가 다시 부릅뜬 눈으로 조조의 장졸들을 내려보며 한층 목청을 높였다.

"연나라 땅의 장익덕이 여기 있다. 누가 나와서 맞붙어 보겠느냐?"

조조는 장비의 기세가 그처럼 등등한 걸 보자 반드시 믿는 것이 있어서라 여겼다. 섣불리 말려들어 낭패를 당하느니 잠시 군사를 몰려 형세를 살피는 편이 나을 것 같았다. 가만히 영을 내려 군사를 물릴 채비를 하게 했다.

장비가 보니 조조군의 후미가 수런거리며 진채를 뽑는 게 자신의 계책대로 되어가는 것 같았다. 더욱 기세가 올라 창을 휘두르며 또 소리쳤다.

"싸우자고 해도 싸우려들지 않고, 그렇다고 물러나는 것도 아니니 도대체 어찌 된 셈이냐? 내가 가서 모두 죽여주랴?"

기세가 오를 대로 올라 목청껏 내지르는 소리라 앞서의 고함에 비할 바가 아니었다.

그 소리에 놀라 조조 곁에 있던 하후걸이란 못난 장수 하나가 말에서 거꾸로 굴러떨어졌다. 그러자 공포가 무슨 몹쓸 전염병처럼 삽시간에 조조군을 사로잡았다. 먼저 조조가 말 머리를 돌려 달아나고, 이어 그때껏 용맹을 뽐내던 뭇 장수들도 무엇에 홀린듯 겁에 질려 서쪽을 바라고 달아나기 시작했다.

장수들이 그 지경이니 사졸은 더 말할 나위도 없었다. 어린아이가 벽력 소리에 놀라고 병든 나무꾼이 호랑이나 표범의 울음에 넋이 빠진 듯 뒤돌아 내빼는데, 창칼을 내던지고 투구를 떨어뜨린 자만도 그 수를 헤아릴 수 없을 지경이었다. 뿐인가, 수십만의 군사가 한꺼번에 물러서자니 사람은 파도가 밀리는 듯하고 말은 산이 무너지는 듯했다. 저희끼리 짓밟히고 떼밀려 죽은 자 또한 적지 않았다.

조조의 꼴도 말이 아니었다. 장비의 위세에 쫓겨 급히 달아나느라 관이 벗겨지고 머리를 묶어주던 비녀가 빠져나가 산발이 되는 것도 몰랐다. 그렇게 한참을 달아나다가 장요와 허저가 달려와 말고삐를 잡아 세워서야 겨우 달아나기를 멈추었다.

지나친 헤아림의 병이었다. 만약 조조가 단순한 무장이었다면 일단 군사를 내어 장비와 부딪쳐보았으리라. 그러나 자신에 비추어 남을 헤아리다가 그처럼 뜻 아니한 낭패를 보게 된 것이었다. 장요가 그걸 깨달은 듯 조조에게 권했다.

"승상께서는 너무 놀라지 마십시오. 장비 한 사람을 무엇 때문에 그토록 두려워하십니까? 오히려 지금이야말로 급히 군사를 돌려 들이칠 때입니다. 반드시 유비를 사로잡을 수 있을 것입니다."

조조도 그제서야 퍼뜩 정신을 차렸다. 얼른 놀란 모습과 겁먹은 표정을 바로하고 허저와 장요에게 말했다.

"그 말이 옳아. 내가 잠시 무엇에 홀렸던가 보네. 그대들은 다시 장판교로 돌아가서 장비의 움직임을 살펴보고 오게."

한편 장비는 조조군이 한꺼번에 뒤로 물러나는 걸 보자 한층 호기가 솟구쳤으나 워낙 거느린 군사가 적어 감히 뒤쫓지 못했다. 말꼬리에 나뭇가지를 매달고 숲속을 내달으며 먼지를 일으키고 있던 이십여 기를 불러 겨우 장판교만 부수어버리고는 유비를 쫓아 뒤돌아갔다.

"내 아우가 용맹스럽기는 그지없이 용맹스러우나 애석하게도 계책을 베풂이 너무 서툴구나!"

뒤따라온 장비로부터 모든 것을 전해 들은 유비는 기쁜 중에도 그렇게 탄식했다. 먼지를 일으켜 의병을 삼은 일이며 거짓 위세로 조조의 대군을 홀로 물리친 일 따위로 무용뿐만 아니라 계교에서도 스스로 훌륭했다고 은근히 자랑스러워하던 장비가 그 같은 유비의 탄식을 듣자 이상한 듯 물었다.

"계책을 베푸는 데 서툴다니 형님 그게 무슨 말씀이시우?"

"조조는 꾀가 많은 사람이다. 너는 용케 그를 속였으나 다리를 부수고 온 게 큰 잘못이었다. 두고 봐라. 조조는 반드시 우리를 뒤쫓아 올 것이다."

유비가 그렇게 대답했다. 그래도 장비는 얼른 그 말을 알아듣지 못했다. 못마땅한 말투로 유비에게 대꾸했다.

"조조는 그 고함 소리 한번에 엎어질락 자빠질락 몇 리나 달아났습니다. 어찌 감히 다시 뒤쫓아올 마음이 나겠습니까? 더구나 다리까지 끊어놨는데……."

"바로 그 다리를 끊은 일 때문이다. 만약 네가 다리를 끊지 않았더라면 조조는 여전히 매복이 있을까 두려워 감히 군사를 내지 못할 것이다. 그런데 이제 네가 다리를 끊고 왔으니 조조는 우리가 군사가 없어 겁을 먹고 그랬다는 걸 눈치챘을 것이고, 따라서 반드시 뒤쫓아올 것이다. 거기다가 저쪽은 무리가 백만이나 된다. 비록 큰 강이라도 얼마든지 메우고 건널 수 있을 터인데 까짓 다리 하나쯤 끊어졌다 해서 무어 꺼릴 게 있겠느냐?"

유비는 그렇게 장비를 깨우쳐줌과 아울러 급히 몸을 일으켰다. 그리고 좌우를 돌아보며 영을 내렸다.

"이제는 샛길로 한진을 거쳐 면양으로 간다. 모두 서두르라!"

이때 장판교에 이른 장요와 허저는 장비가 다리를 끊고 달아난 걸 알았다. 곧 사람을 보내 조조에게 그 소식을 전했다.

"적이 다리를 끊고 갔다면 이는 틀림없이 거느린 군사가 없어 마음속으로는 우리를 겁내고 있다는 뜻이다. 얼른 뒤쫓아야 한다."

조조는 그렇게 말하고 곧 군사 일만을 뽑아 장판교가 끊어진 곳에다 세 개의 부교를 놓게 했다. 그날 밤으로 대군이 지나갈 수 있게 하라는 엄명과 함께였다. 이전이 그 같은 조조의 서두름을 말렸다.

"이것은 어쩌면 제갈량의 속임수인지도 모릅니다. 가볍게 군사를 내어서는 아니 됩니다."

조조가 껄껄거리며 고개를 가로저었다.

"아닐세. 내가 보니 이번 일은 제갈량의 꾀에서 나온 게 아니라 장비가 꾸민 것임에 틀림없네. 하지만 결국 장비는 한낱 용맹만 믿는 무장일 뿐일세. 또다시 무슨 속임수를 쓸 수 있겠는가?"

그러고는 다시 영을 내려 더욱 급하게 진병을 재촉했다. 이번에야 말로 반드시 유비를 사로잡고 말겠다고 뜻을 굳힌 것 같았다. 장비는 결국 한 가지를 잘못 헤아려 모처럼 계교로 이룩한 자신의 공은 물론 조운의 그 눈부신 무용까지 헛수고가 될지 모르는 위태로움을 불러들인 셈이었다.

달은 밝고 별 드문데
까막까치는 남으로 나네

조조의 용병은 실로 재빨랐다. 장졸을 휘몰아 그날 밤으로 강을 선넌 소소는 유비가 미처 한진에 이르기도 전에 뒤를 따라잡았다.

홀연 등 뒤에서 크게 먼지가 일며 북소리와 함성이 천지를 진동하자 유비는 조조의 군사가 이른 것을 알았다. 유비는 절로 탄식이 났다.

"앞에는 큰 강물이요, 뒤에는 적의 대군이로구나. 이제 어찌하면 좋단 말인가!"

하지만 역시 그는 숱한 어려움을 헤치고 살아남은 영웅다웠다. 아무래도 상대가 안 되는 싸움이었지만 앉아서 죽거나 사로잡히느니보다는 마지막까지 싸우는 쪽을 택했다.

"자룡은 어디 있는가? 어서 적을 맞을 준비를 하라!"

유비는 그렇게 영을 내려 조운으로 하여금 적의 예봉을 막게 한 뒤 남은 사람들을 모아 결사의 전열을 가다듬었다.

각오가 엄중하기는 조조도 마찬가지였다. 진격에 앞서 조조는 모든 장졸들에게 마지막으로 한 번 더 당부했다.

"이제 유비는 가마솥에 든 물고기요, 구덩이에 빠진 호랑이다. 하지만 만약 이번에 그를 사로잡지 못한다면 그 물고기는 놓여나 큰 바다로 들고 호랑이는 빠져나와 산으로 돌아가는 격이 된다. 여러 장졸들은 모두 힘을 다해 나아가 반드시 유비를 사로잡도록 하라!"

이에 모든 장졸들은 각오를 새로이 하고 유비 쪽을 향해 덮쳐갔다.

그런데 뜻밖의 일이 벌어졌다. 기세가 오를 대로 오른 조조의 군사들이 산굽이 하나를 돌았을 때였다. 산 뒤편에서 홀연 북소리가 울리며 한 떼의 군마가 쏟아져 나왔다.

"조조는 어디를 가는가? 내가 여기서 기다린 지 오래다!"

앞선 장수가 큰 종이 울리는 것 같은 목소리로 외쳤다. 모두 놀라 그쪽을 보니 그 장수는 다름 아닌 관우였다. 청룡도를 끼고 말 위에 높이 앉은 모습은 그 어느 때보다 당당하고 위맹스러워 보였다.

앞서 강하로 갔던 관우는 무사히 공자 유기로부터 일만의 군마를 빌릴 수 있었다. 그러나 워낙 거리가 멀어 당양 장판(長坂)의 싸움을 대지 못하고 이제야 겨우 그곳에 이른 것이었다.

조조는 그동안 보이지 않던 관운장이 나타나 길을 막자 곧 말을 멈추고 자기편 장수들을 돌아보며 분한 듯 내뱉았다.

"또 제갈량의 계책에 걸려들었구나!"

그러고는 한번 싸워 보지도 않고 영을 내려 대군을 급히 물렸다.

전에 데리고 있을 때는 숨막힐 듯하던 관운장에 대한 애정과 선망이 이제는 그만큼의 두려움으로 그를 무겁게 짓누른 데다 두 번씩이나 자신의 대군을 깨뜨린 공명의 지모가 새로운 두려움으로 조조의 전의를 앗아간 것이었다.

관운장은 그런 조조의 군사를 십 리나 쫓아버린 뒤에 군사를 돌려 유비에게로 갔다. 비장한 각오로 마지막 사투를 벌이려던 유비의 기쁨이 어떠했을까는 말하지 않아도 짐작이 가리라.

유비가 관운장의 호위를 받으며 한진에 이르니 이미 일행을 태울 배들이 넉넉히 준비되어 있었다. 관우는 유비에게 청하여 감부인과 아두를 배 안으로 들여 자리 잡게 한 뒤 물었다.

"둘째 형수님께서는 어찌 아니 보이십니까?"

오는 도중에 당양 장판에서 큰 싸움이 있었다는 것은 소문을 들어 대강 알고 있었지만 미부인이 죽은 것은 아직 모르고 있었던 까닭이었다. 유비가 어두운 얼굴로 당양에서 있었던 일들을 자세히 들려주었다. 다 듣고 난 관우가 원망 섞어 탄식했다.

"지난날 허전(許田)에서 사냥이 있었을 때 내 말대로 조조를 죽여 없앴다면 오늘 이 같은 변은 당하지 않았을 것입니다."

"아닐세. 그렇지는 않아. 그때 나는 쥐를 잡으려다 독을 깨게 되는 게 싫어서 그랬네. 또 자네가 손을 썼다 해도 반드시 우리 뜻대로 이루어졌으리란 보장도 없지 않은가?"

유비가 변명하듯 그렇게 대답했다. 그리고 두 사람이 다시 그간에 서로 궁금했던 일을 말로 주고받을 때였다. 문득 강 남쪽에서 북소리가 크게 울리며 돛을 활짝 편 배들이 개미 떼처럼 몰려오고 있었다.

유비는 깜짝 놀라 다가오는 배들을 살펴보았다. 혹시 조조가 그새 수군을 낸 게 아닐까 걱정이 된 까닭이었다. 하지만 유비의 지나친 기우였다. 다가오는 뱃전에서 흰 전포에 은투구를 쓴 장수 하나가 서 있다가 유비를 보고 소리쳤다.

"숙부께서는 그간 별일 없으셨습니까? 못난 조카가 늦어 큰 죄를 지었습니다."

유비가 보니 바로 공자 유기였다. 이어 유비의 배로 옮겨온 유기는 엎드려 울며 말했다.

"듣자니 숙부께서 조조 때문에 고단하시다기에 작은 도움이라도 될까 하여 이렇게 왔습니다."

그가 관운장에게 선뜻 군사 일만을 빌려준 것만도 고마운데 몸소 배를 이끌고 그곳까지 마중나오니 유비의 기쁨은 컸다. 곧 두 편 군사를 합쳐 함께 강을 내려가며 그간 있었던 일을 서로 얘기했다. 두 사람이 한창 이런저런 얘기로 정을 나누고 있는데 다시 서남쪽에서 한 떼의 싸움배가 갑자기 나타났다. 한 일(一) 자로 나란히 벌려선 채 바람을 타고 다가오는 기세가 한눈에도 만만찮아 보였다.

유기가 놀란 목소리로 유비에게 물었다.

"강하에 있는 군사와 배는 제가 모두 이리로 끌고 왔습니다. 그런데도 이제 또 싸움배들이 길을 막으니 이는 틀림없이 조조의 군사들이 아니면 강동 손권의 군사들일 것입니다. 어찌하면 좋겠습니까?"

그 말에 유비도 놀라 뱃전으로 달려 나갔다. 먼저 조조 쪽인지 손권 쪽인지부터 알아야 결단을 내릴 수 있기 때문이었다.

그러나 다가오는 배를 보니 어느 쪽도 아니었다. 앞선 뱃머리에 윤건 쓰고 도복을 입은 사람이 하나 앉았는데 다름 아닌 제갈공명이었다. 그리고 그 뒤에는 손건이 단정히 시립해 있었다.

유비는 한편 반가우면서도 한편 궁금해 급히 배를 옮겨간 뒤 공명에게 물었다.

"군사(軍師)께서는 어떻게 된 일입니까?"

공명이 가만히 웃으며 대답했다.

"양은 강하에 이른 뒤 먼저 운장을 한진으로 보내어 뭍에 올라 주공과 호응케 했습니다. 그러나 가만히 헤아려보니 조조가 주공을 급하게 쫓으면 주공께서는 반드시 강릉으로 가시지 않고 바로 한진으로 오실 것 같았습니다. 이에 특히 공자께 청하여 먼저 주공을 맞으러 가게 하고 나는 다시 하구에 들러 그곳 군사들을 모조리 거두어 온 것입니다."

공명의 그 같은 말을 듣자 유비의 기쁨은 실로 컸다. 조금 전까지도 겨우 수백의 군사로 조조에게 쫓기던 그이고 보면 공명까지 온 지금은 다시 천하를 되찾은 기분이라 해도 지나칠 것이 없었다.

공명이 이끌고 온 군사까지 합쳐 기세가 오른 현덕은 곧 여럿을 불러모아 놓고 조조를 깨뜨릴 의논을 시작했다. 공명이 먼저 말했다.

"하구는 성이 험하고 곡식과 돈이 넉넉해 지키기에 좋은 땅입니다. 주공께서는 잠시 하구를 빌려 쓰도록 하시는 게 좋겠습니다. 그리고 공자께서는 강하로 돌아가서서 싸움배를 손질하고 병기를 가다듬으신 뒤 주공께서 지키시는 하구와 더불어 서로 돕고 의지하는 형세를 이루도록 하십시오. 그리하면 조조를 넉넉히 당해낼 수 있을 것입니다. 양쪽이 함께 강하로 돌아가는 것은 오히려 우리의 세력을 외롭게 할 뿐입니다."

"군사의 말씀이 참으로 옳습니다. 하지만 제 어리석은 소견에는 숙부께서 잠시 강하로 드시어 군마를 정돈한 뒤에 하구로 가셔도 늦지 않을 것 같습니다."

공명의 말을 받아 유기가 그렇게 제안하자 유비가 선뜻 따랐다.

"조카의 말도 역시 옳다. 그렇게 하자."

공명도 그것까지는 막지 않았다. 그리하여 관우만 군사 오천을 거느리고 하구를 지키게 한 뒤 유비와 공명은 유기와 더불어 강하로 내려갔다.

한편 조조는 관우가 갑자기 나타나 길을 막자 복병이 두려워 감히 뒤쫓지는 못했으나 다 잡은 유비를 놓쳐버린 일이 여간 분하지 않았다. 거기다가 또 하나 걱정은 물길로 내려간 유비가 먼저 강릉을 빼앗아 새로운 근거로 삼는 일이었다. 형주의 곡식과 돈 태반이 강릉에 있어 만약 유비가 그곳에 자리 잡기만 하면 그를 잡기가 몇 배나 더 힘들어질 것이기 때문이었다.

이에 조조는 밤길을 마다 않고 군사를 몰아 강릉으로 갔다. 이때 강릉을 지키고 있던 이는 형주의 치중 등의(鄧義)와 별가 유선(劉先)이었다. 둘 다 양양성에서 일어났던 일은 이미 들은지라 조조에게 맞서 싸울 수 없다고 여겨 백성들을 이끌고 성을 나와 항복해버렸다.

성안으로 들어간 조조는 먼저 백성들의 마음을 가라앉히고 어루어 준 뒤, 지난날 기주에서 그랬던 것처럼 형주에서도 숨은 인재를 찾는 일에 들어갔다. 스스로 백성을 이끌고 항복해 온 형주의 이름난 선비 등의를 무겁게 씀은 물론 죄를 쓰고 갇혀 있던 한숭(韓嵩) 같은 선비도 대홍로 벼슬을 주어 제 사람으로 삼은 일 같은 게 바로 그랬다. 그리고 그밖에도 형주에서 벼슬살이하던 높고 낮은 관원들도 특별한 허물이 없는 한 각기 알맞은 벼슬과 상을 내려 주인이 바뀌는 데 따른 동요를 최소한으로 줄였다.

덕분에 강릉성을 비롯해 조조가 새로 손에 넣은 형주의 땅들은 곧 평온을 되찾았다. 그러자 조조는 다시 여러 장수와 모사들을 불러놓고 의논을 꺼냈다.

"지금 유비는 이미 강하로 몸을 의지해 갔소. 그러나 정말로 두려운 것은 유비가 강하의 유기뿐만 아니라 동오의 손권과 힘을 합쳐 내게 맞서오는 일이오. 이는 풀을 베되 뿌리를 뽑지 않아 다시 무성하게 만드는 격이니 마땅히 서둘러 손을 써야 하오. 어떻게 하면 그전에 유비를 깨뜨려 사로잡을 수 있겠소?"

순유가 얼른 일어나 말했다.

"우리 군사의 위세는 지금 세상을 크게 떨쳐 울리고 있습니다. 사람을 보내 강동의 손권에게 글로 청해 보도록 하십시오. 사냥을 구실로 강하에서 만나 함께 유비를 사로잡은 뒤 형주 땅을 나누어 가짐과 아울러 서로 동맹을 맺어 영구히 화친하자는 내용이면 됩니다. 그 글을 받은 손권은 놀랍고 두려워 반드시 승상께 달려와 항복할 것입니다. 구태여 거친 말로 손권을 격동시키지 않고도 우리 일을 풀어갈 수 있으니 좋은 방책이 아니겠습니까?"

조조는 그 같은 순유의 계책을 옳게 여겼다. 그날로 사람을 뽑아 격문을 주어 동오로 보내는 한편 마군, 보군, 수군 팔십삼만을 일으켜 백만 대군이라 거짓 소문을 퍼뜨리며 동오로 향하게 했다.

조조군의 진병은 실로 볼만한 것이었다. 강을 따라 물과 뭍으로 함께 나아가는데 배와 말이 나란히 줄을 잇고 있었다. 행군의 폭은 서로 형(荊), 섬(陝) 두 곳에 미치고 동으로는 기(蘄), 황(黃) 두 땅에 접했으며, 진채와 목책만도 삼백 리나 이어질 만큼 대단한 규모였다.

하기야 정사의 안목에서 보면 그 같은 조조군의 규모는 매우 과장된 것이었다. 오늘날 대부분의 사가(史家)들이 추정하는 조조군의 실제 세력은 이십오만 정도라고 한다. 그것도 십만 가량은 유종이 항복한 뒤 급히 긁어모은 형주 군사들이라 팔십만 또는 백만이란 숫자는 최소한 대여섯 배 이상 과장된 셈이다.

하지만 이십오만 또는 십오만이라 하더라도 계속된 전란으로 인구가 격감된 삼세기 초 중국의 상황으로 보면 놀라운 대군임에는 분명하다.

한편 동오의 움직임도 만만치는 않았다. 시상군까지 올라와 둔치고 있던 손권은 조조가 대군을 이끌고 양양으로 내려와 유종이 이미 항복했으며, 또 조조는 밤길을 달려 강릉까지 빼앗았다는 소식을 들었다.

북방의 세력과 동오 사이에 바람막이처럼 남아 있던 형주가 조조의 손에 떨어진다는 것은 이제 자신의 동오가 바로 조조의 칼끝과 마주하게 되었다는 뜻임을 아는 손권은 곧 모사들을 불러 모아놓고 조조를 막을 의논을 했다.

먼저 노숙이 일어나 말했다.

"형주는 우리와 이웃해 있는 땅으로, 강과 산은 지키기 좋게 험하면서도 백성들은 모두 살이가 넉넉한 곳입니다. 만약 우리가 근거지로 삼을 수만 있다면 제왕의 길에 이르는 밑천으로도 삼을 만한 땅이지요. 그런데 지금 그 땅의 주인이던 유표가 죽고 그를 돕던 유비는 조조에게 져서 쫓기고 있습니다. 바라건대 이 숙(肅)을 강하로 보내 유표를 조상하게 해주십시오. 그러면 저는 유비를 달래고 유표의 옛 장수들을 어루어 우리와 함께 조조를 치도록 만들어보겠습니다. 만약 유비가 기꺼이 우리 말을 따라만 준다면 조조를 막는 일은 그리 어렵지 않을 것입니다.”

　손권이 들어보니 그럴듯했다. 이에 그 말을 따르기로 하고 그날로 노숙을 강하로 보냈다. 겉으로는 예를 갖추어 유표의 죽음을 조상하는 동오의 사신으로서였다.

　이때 유비는 유비대로 공명, 유기와 함께 조조에게 맞설 계책을 짜내고 있는 중이었다. 공명이 먼저 입을 열었다.

　“조조의 세력이 너무 커서 급하게 맞서 싸우기 어렵습니다. 차라리 동오로 의지해 가서 손권의 도움을 받는 편이 낫겠습니다. 남과 북의 두 세력이 서로 맞서게 해놓고 우리는 그 가운데서 이득을 얻는다면 안 될 게 무엇이겠습니까?”

　“강동에는 인물이 매우 많아 반드시 멀리 내다볼 줄 알 것인데 어찌 그 같은 일을 용납하겠습니까?”

　유비가 걱정스러운 듯 반문했다. 공명은 그런 유비를 안심시키듯 자신있게 말했다.

　“지금 조조는 백만 대군을 이끌고 내려와 범처럼 강한에 웅크리고 있습니다. 강동인들 어찌 가만히 앉아서 망하기를 기다리고만 있겠습니까? 반드시 사람을 이리로 보내 조조의 허실을 탐지하려 할 것인즉, 그 사람이 오면 제가 한번 나서보겠습니다. 한 조각 돛배를 빌려 동오로 가서 세 치 썩지 않은 혓바닥으로 남과 북의 두 군사가 서로 싸우도록 하겠습니다. 남쪽이 이기면 함께 조조를 없애고 형주의 땅을 차지할 것이요, 북쪽이 이길 때는 그 승리를 틈타 강동을 차지하면 될 것입니다."

그래도 유비는 여전히 마음이 놓이지 않는 모양이었다.

"그 말씀이 매우 높은 식견에서 우러나온 것임은 알겠습니다만, 강동 사람이 정말로 오겠습니까? 그렇다고 우리 쪽에서 먼저 찾아가면 저쪽에서 선뜻 믿으려들지 않을 테고……"

그렇게 말끝을 흐리며 걱정스런 표정을 지우지 못했다. 그런 유비를 공명이 다시 좋은 말로 안심시키고 있는데 문득 사람이 들어와 알렸다.

"강동의 손권이 노숙을 시켜 조상을 보냈습니다. 그 배가 이미 나루에 닿았다고 합니다."

"그렇다면 큰일은 다 풀린 것이나 다름없습니다."

누구보다도 반가운 듯 공명이 빙긋 웃으며 유비에게 말했다. 그러나 유비는 노숙이 조상을 내세우는 바람에 그저 어리둥절할 뿐이었다. 공명은 다시 자신의 헤아림이 맞아떨어진 것을 유비에게 확인해주려는 듯이 유기에게 물었다.

"지난날 손책이 죽었을 때 형주에서도 사람을 보내 조상하였던가요?"

"아닙니다. 강동은 우리 형주를 아비 죽인 원수로 대했는데 어찌 경조사에 서로 예를 표할 리 있겠습니까?"

유기가 그렇게 대답하자 공명은 한층 밝은 얼굴로 말했다.

"그럼 노숙은 조상하러 온 게 아닙니다. 틀림없이 조조와 우리들의 허실을 살피러 온 것입니다."

그제서야 유비도 공명의 헤아림이 그대로 맞아떨어졌음을 알고 감탄해 마지않았다.

공명이 그런 유비에게 가만히 일러주었다.

"노숙이 와서 조조의 움직임에 대해 묻거든 주공께서는 다만 모른다고만 하십시오. 그래도 두 번 세 번 물을 때는 이 제갈량에게 물으라고 하시면 됩니다."

그러고는 사람을 보내 노숙을 성안으로 맞아들였다. 노숙은 먼저 유기를 찾아보고 유표의 죽음을 조상한 뒤 손권이 보낸 예물을 전했다. 유기는 그 자리에 유비를 불러들여 노숙과 서로 만나보게 했다.

예를 다한 뒤 후당으로 옮겨 술자리에 앉게 되사마사 노숙이 유비에게 말했다.

"황숙의 크신 이름을 들은 지 오랩니다만 인연이 없어 만나뵙지를 못했습니다. 이제 다행히 이렇듯 뵙게 되니 실로 기쁘기 짝이 없습니다. 요사이 듣자니 황숙께서는 조조와 여러 번 싸우셨다는데 어땠습니까? 반드시 적의 허실을 잘 아시리라 믿어 감히 묻습니다. 도대체 조조의 군사는 얼마나 되는 것 같습니까?"

유비는 미리 제갈량에게 들은 말이 있는지라 바로 말해주지 않았다.

"저는 군사가 적고 장수가 모자라 조조가 온다는 말만 들으면 바로 달아났기 때문에 그 허실을 알지 못합니다."

"듣기에 황숙께서는 제갈량의 꾀를 빌려 두 번이나 조조의 군사를 불태움으로써 조조의 간담을 서늘케 하였다는데 어찌 모른다고 말하십니까?"

노숙이 알 수 없다는 눈길로 유비를 보며 다시 물었다. 그러자 유비는 대답을 슬쩍 공명에게 넘겨버렸다.

"공명에게 물으면 자세한 걸 알 수 있을 것입니다."

"공명은 어디 계십니까? 바라건대 한번 만나보게 해주십시오."

궁금한 것부터 알아낼 욕심으로 노숙이 그렇게 청했다. 유비는 못 이긴 체 공명을 불러들이게 하여 노숙과 만나도록 해주었다. 노숙은 공명과 처음 보는 예를 끝내기 무섭게 물었다.

"선생의 재주와 덕망을 오래 사모해왔으나 여지껏 뵙지 못하다가 이제야 겨우 만나뵙게 되었습니다. 바라건대 이제 눈앞에 펼쳐지고 있는 천하의 큰일에 관해 선생의 말씀을 좀 듣고자 합니다. 그 위태로움과 평안함이 어떻게 될 것 같습니까?"

"조조의 간사한 꾀는 이 양이 이미 다 알고 있습니다. 다만 한스러운 일은 우리 힘이 그에게 미치지 못해 그때그때 피하기만 해야 하는 것입니다."

제갈량이 탄식처럼 그렇게 대답했다.

노숙이 무얼 생각했는지 문득 물음을 바꾸었다.

"황숙께서는 앞으로도 이곳에 머물러 계실 작정이십니까?"

"우리 주공과 창오 태수 오신(吳臣)은 전부터 아는 사이라 하니 다음에는 그리로 의지해 가볼까 합니다."

공명은 유비도 처음 듣는 소리를 해댔다. 노숙이 속을 드러내게 만들려고 짐짓 둘러댄 말이었다. 그러나 노숙도 얼른 속을 드러내지 않고 넌지시 물어올 뿐이었다.

"오신은 양식도 넉넉하지 못하고 군사도 적어 스스로를 지켜가기도 힘드는데 어찌 다른 사람까지 받아들이겠습니까?"

"오신의 땅이 비록 오래 있을 곳은 못 되나 이제 잠시 기댈 만은 하겠지요. 뒷일은 따로이 좋은 길이 날 것입니다."

제갈량은 여전히 시치미를 떼며 마치 유비가 오래전부터 창오로 갈 뜻을 정해놓은 듯 말했다. 그러자 마침내 노숙이 먼저 제 속을 드러냈다.

"우리 손장군께서는 강동 여섯 군을 범처럼 걸터 타고 계시는데, 군사는 날래고 양식은 넉넉합니다. 거기다가 또 우리 손장군께서는 어진 이를 우러르고 선비를 예로 맞으시니, 강동의 영웅들이 모두 그리로 모여들고 있습니다. 지금 선생께서 주군을 위해 베풀 수 있는 계책으로는 믿을 만한 이를 보내 동오와 약조를 맺고 함께 큰일을 도모하는 것이 가장 나을 것입니다."

바로 공명이 기다리고 있던 말이었다. 공명은 속으로는 기쁨을 감추지 못하면서도 한 번 더 뜸을 들였다.

"우리 주공과 손장군은 예부터 서로 가까이 지낸 바가 없으니 가봤자 공연히 언설(言說)만 허비하게 되지 않을는지요? 거기다가 동오로 보낼 만큼 믿을 만한 이도 따로 없으니 걱정입니다."

"선생의 친형님께서 지금 강동의 모사로 계시지 않습니까? 모르긴 해도 틀림없이 선생을 만나고 싶어 하실 것입니다. 따로이 믿을 만한 이가 없다면 선생께서 몸소 가보도록 하시지요. 제가 비록 재주 없으나 선생을 모시고 동오로 가서 손장군과 함께 큰일을 의논할 수 있도록 주선해보겠습니다."

공명 쪽에서 빌붙어야 할 일을 오히려 노숙 쪽에서 열을 올려 권한 셈이었다. 공명은 어지간히 됐다 싶었으나 이번에는 유비가 또 능청을 부렸다.

"공명은 내게 스승이나 다름없는 분이니 잠시라도 떨어져 있을 수가 없습니다. 어찌 그 먼 곳까지 보낼 수가 있겠습니까?"

그러고는 노숙이 두 번 세 번 권해도 공명이 동오로 가는 걸 허락하지 않았다. 실로 공명과 손발이 잘 맞는 능청떨기였다.

"일이 급합니다. 바라건대 명을 받들어 강동에 한번 다녀오게 해 주십시오."

이윽고 공명이 스스로 나서 유비에게 청했다. 그제서야 유비도 못 이긴 체 공명이 가는 것을 허락했다.

노숙은 곧 유비와 유기를 작별하고 공명과 더불어 동오로 향하는 배에 올랐다. 그로부터 육십 년 가까운 세월을 반복, 무상하게 이어 갈 유씨와 손가의 동맹이 첫걸음을 내디딘 셈이었다.

뒷날 조조는 「단가행(短歌行)」 또는 「횡삭부시(橫槊賦詩)」라고 불리는 노래를 지었는데 거기에 이런 구절이 있다.

달은 밝고 별 드문데　　　　　月明星稀

까막까치는 남으로 나네　　　　烏鵲南飛

어떤 사람은 그 구절을 단순히 조조가 그 노래를 짓던 밤의 우연한 풍경 하나를 읊은 것이라고 보기도 하지만 대개는 달리 풀이한다. 곧 달은 조조 자신이요, 달빛에 가리워 드물어 희미해진 별은 점차 사라져가는 군웅들이며 남쪽으로 날아가는 까마귀와 까치는 유비와 손권을 가리키는 것이란 풀이다.

이제 와서 조조의 원래 뜻을 밝히는 것은 어려우나 적어도 당시의 형세로 보면 조조의 엄청난 군세에 놀라 유비에게 다급하게 사람을 보낸 손권이나 그런 손권에게 황망하게 달려간 유비는 달빛에 깨어 밤하늘을 나는 까마귀나 까치에 견주어질 법도 하다.

시상으로 가는 배 위에서 공명과 노숙은 손권을 만나기 전에 먼저 두 사람의 의논부터 맞추었다.

"선생께서는 우리 손장군을 뵙더라도 결코 조조의 군사가 많고 장수가 흔한 걸 바로 말씀하셔서는 아니됩니다."

혹시라도 조조의 군세에 놀라 손권이 항복하려 들까 봐 두려운 노숙이 공명에게 미리 주의를 주었다. 겉으로 나타내지는 않아도 속으로는 일이 그렇게 되는 게 노숙보다 열배 백배나 더 두려운 공명이 빙긋 웃으며 노숙을 안심시켰다.

"자경의 당부가 아니라도 이 양에게는 미리 생각해둔 말이 있습니다. 그 일은 걱정하지 않으셔도 됩니다."

그러자 노숙도 마음이 놓이는 듯 그 일로 더 당부를 하지 않았다.

이윽고 배가 시상에 이르자 노숙은 공명을 역관에서 잠시 쉬게 하고 혼자서만 먼저 손권을 보러 갔다. 그때 손권은 문무의 여러 관원들을 모아놓고 당상에서 의논 중이었다. 노숙이 돌아왔다는 말을 듣자 급히 불러들여 물었다.

"그래, 자경께서 강하로 가서 허실을 알아보니 어땠소?"

"대략은 알아봤습니다만 천천히 말씀드리겠습니다."

노숙이 그렇게 대답하자 손권은 조조에게서 온 글 한 통을 가져오게 하여 노숙에게 보여주며 말했다.

"어제 조조가 사신을 통해 이 격문을 보내왔소. 나는 먼저 그 사신을 돌려보내 놓고 앞일을 의논 중인데 아직 어떻게 해야 할지 정하지 못했소이다. 자경께서도 한번 읽어보시오."

노숙은 손권이 내미는 격문을 받아 읽어보았다. 거기 담긴 뜻은 대략 이러했다.

'나는 천자의 명을 받들어 조칙을 앞세우고 죄 있는 자를 치러 왔소. 우리 군사의 깃발이 한번 남쪽에 나부끼니 유종은 스스로 두 손을 묶어 항복했고, 형주, 양주의 백성들도 바람에 쏠리듯 모두 귀순하였소. 이제 내게는 사나운 군사가 백만에 뛰어난 장수만도 천(千)이나 있소이다. 장군께 바라는 바는 강하(江夏)에서 나와 만나 사냥을 하면서 함께 유비를 치자는 것이오. 그런 연후 그 땅을 나누고 길이 화친을 맺는다면 그 아니 좋은 일이 있겠소이까? 부디 멀찍이서 보고만 계시지 말고 속히 좋은 회답을 내려주시기 바라오.'

한편으로는 겁을 주고 한편으로는 달래는 글이었다. 읽기를 마친 노숙이 손권에게 물었다.

"주공의 뜻은 어떠하십니까?"

"여럿과 의논해보았으나 아직 결정을 내리지 못했소."

손권이 무거운 어조로 그렇게 대답했다. 적잖이 마음이 흔들리고 있는 기색이었다. 허울좋은 말뿐일지는 모르지만 그래도 욕스런 항복이나 죽기 아니면 살기의 싸움이 아닌 또 다른 길이 있다는 게 그 까닭인 듯했다.

그 자리에 모여 있던 뭇사람들 속에서 문득 장소(張昭)가 일어나 말했다.

"조조는 백만의 무리를 거느린 데다 천자의 이름까지 빌려 사방을 평정해 오고 있습니다. 거기에 맞서는 것은 천명과 이치에 따르는 일이 못 됩니다. 거기다가 주공께서 큰 세력으로 조조에게 맞설 수 있게 해준 것은 장강이었습니다. 그런데 이제 조조가 이미 형주를 얻었으니, 장강의 험난함은 그와 우리가 함께 하게 되어 맞싸우기 어렵게 되고 말지 않았습니까? 어리석은 계책일지 모르나 지금으로서는 항복하는 게 가장 나을 듯합니다."

동오의 원로로서 손책의 고명(顧命)까지 받은 장소가 그렇게 말하자 그때껏 눈치만 보고 있던 다른 모사들도 속을 드러냈다.

"자포(子布)의 말씀이 바로 하늘의 뜻에 맞습니다. 그대로 따르십시오."

그러나 손권은 무겁게 입을 다물고 말하지 않았다. 부형 삼대에 걸친 창업의 어려움이 말할 수 없는 무게로 그를 짓누르고 있음에 틀림없었다. 장소가 그런 손권에게 다시 말했다.

"주공께서는 지나치게 깊이 생각하실 것 없습니다. 조조에게 항복하는 것이 곧 동오의 백성을 평안케 하고 강남의 여섯 군을 보전하는 길입니다."

그래도 손권은 깊게 머리를 수그린 채 대답하지 않았다. 아직 서른도 안 된 나이로는 드문 침착함과 아울러 만만찮은 수성의 자세를 보여주고 있었다.

이윽고 말없이 일어난 손권은 갑자기 옷을 갈아입겠다며 방을 나갔다. 노숙이 얼른 그런 손권을 뒤따랐다. 아무도 없는 외딴 방에 둘만 있게 되자 손권이 문득 노숙의 손을 잡으며 물었다.

"경은 어떻게 했으면 좋겠소?"

어느 정도 노숙의 뜻을 짐작하고 있는지 손권은 무언가 다른 말을 기대하는 눈치였다. 노숙이 결기 어린 목소리로 물음에 대답했다.

"지금 여러 사람들의 얘기를 들으니 주공을 그르쳐도 크게 그르치고 있습니다. 다른 사람은 모두 조조에게 항복할 수 있어도 주공께서는 결코 항복하실 수 없습니다."

"그건 무슨 뜻이오?"

반가운 중에도 영문 모를 소리라는 듯 손권이 다시 물었다. 노숙이 열 올려 까닭을 설명했다.

"이 노숙 같은 무리가 조조에게 항복한다면 조조는 저의 벼슬을 올려 고향으로 돌려보낼 것입니다. 곧 주도 군도 잃지 않게 되는 셈이지요. 그러나 주공께서 조조에게 항복한다면 다릅니다. 어찌 주공께서도 돌아가기를 바랄 수 있겠습니까? 작위랬자 겨우 후(侯)에나 봉해질 것이고, 수레 한 대에 말 한 필, 시중들며 따르는 자랬자 서넛일 것입니다. 남면(南面)하고 앉아 스스로를 고(孤, 왕이 자기를 가리켜 하는 말)라 부르기는 영영 틀린 일입니다. 저 사람들의 말은 모두 자기만을 위한 것이니 결코 들어서는 아니 됩니다. 주공께서는 어서 대계를 정해 저들이 딴소리를 못하게 하셔야 합니다."

그러자 손권이 탄식하듯 말했다.

"저들의 말이 내 바람에 크게 어긋나는 것도 사실이오. 자경께서 말씀하신 대계가 바로 내가 생각하는 바와 같소. 아마도 하늘이 내게 자경을 내려주신 것 같소……. 그러나 조조는 얼마 전에 원소가 이끌던 무리를 모두 얻은 데다 이번에는 또 형주의 군사들까지 아울렀소. 그 세력이 너무 커서 맞싸워도 당해내지 못할까 실로 두렵소."

노숙이 그런 손권을 격려하듯 그때껏 미뤘던 일을 얘기해주었다.

"그 일은 지나치게 걱정하지 마십시오. 제가 이번에 강하에 갔다가 제갈근의 아우인 제갈량을 이곳으로 데리고 왔습니다. 그에게 물으시면 조조군의 허실을 쉽게 알 수 있으실 것입니다."

"그러면 와룡선생이라 불리는 그 제갈량이 여기 와 있단 말이오?"

손권도 제갈량의 소문을 이미 들었는지 반갑게 물었다.

"그렇습니다. 지금 역관에서 쉬고 있습니다."

노숙이 그렇게 대답하자 손권은 기쁜 빛을 감추지 못했다. 그러나 무슨 생각을 했는지 제갈량을 보는 일만은 그리 서둘지 않았다.

"오늘은 이미 날이 저물어가니 불러볼 수가 없겠소. 내일 문무의 관원들을 모두 모아 장하에서 먼저 우리 강남의 빼어난 이들을 만나보게 한 뒤에 그를 당상으로 불러 일을 의논해봐야겠소."

어떤 면에서는 나이 든 노숙보다 더 신중한 태도였다.

와룡은 세 치 혀로 강동을 일깨우고

다음 날이 되었다. 노숙은 역관으로 찾아가 공명을 만나보고 또 당부했다.

"오늘 우리 주공을 뵙게 되더라도 조조의 군사가 많다는 소리는 결코 하지 마십시오."

"양은 때를 보아 알맞게 말하겠습니다. 잘못될 일은 없을 것이니 마음 놓으십시오."

공명이 빙긋 웃으며 한 번 더 노숙을 안심시켰다. 그제서야 노숙은 먼저 강동의 인걸들을 모두 모아놓은 장막으로 데려갔다. 전날 손권이 시킨 대로였다.

공명이 장막에 이르러보니 장소, 고옹을 비롯한 스무명 남짓의 문무 관원이 높은 관에 띠를 두르고 옷매무시를 가지런히 하여 앉아 있었다. 공명은 그들과 하나하나 만나 서로 이름을 대고 인사를 나눈 뒤 손님 자리에 가서 앉았다. 장소를 비롯한 강동 사람들은 공명의 풍채가 당당하고 우뚝하며 사람됨이 헌걸찬 걸 보고 곧 그가 세객(說客)으로 자기들을 달래러 온 것임을 알아보았다.

장소가 먼저 그런 공명의 기를 꺾어보려는 듯 입을 열어 넌지시 걸고 들었다.

"장소는 강동의 보잘것없는 선비올시다만 선생께서 융중에 높이 누워 지내신다는 소문은 일찍부터 들어왔습니다. 그때 선생께서는 스스로를 관중과 악의에 견주셨다는데 정말입니까?"

"그것은 제가 언제나 스스로를 다른 사람에 견주어 나타내는 데 써 온 말입니다."

제갈량이 조금도 머뭇거리지 않고 대답했다. 그러자 장소는 기다렸다는 듯 그 일을 물고 늘어졌다.

"요사이 듣자 하니 유예주께서는 세 번이나 선생의 초려를 찾아보고서야 겨우 선생을 얻고는 마치 고기가 물을 얻은 듯이나 기뻐했다고 합니다. 이는 형주와 양양을 손에 넣고자 함에서였는데 이제 그 땅은 도리어 조조에게로 넘어가버렸으니 어찌 된 셈입니까?"

관중과 악의 같은 인물이 왜 이 꼴이냐는 투의 빈정거림이었다. 공명은 속으로 가만히 생각했다.

'장소는 손권이 거느린 사람들 중에서 가장 뛰어난 모사라 할 수 있다. 만약 먼저 이 사람을 꺾지 못한다면 어떻게 손권을 달랠 수 있겠는가.'

그러고는 조금도 흔들림이 없는 어조로 장소의 말을 받았다.

"내가 보기에 한상의 땅을 얻는 것은 손바닥을 뒤집기보다 쉬운 일입니다. 그런데 우리 주공 유예주께서는 인의를 몸소 행하시는 분이시라 차마 같은 유씨의 땅을 뺏지 못하고 오히려 힘써 사양했던 것입니다. 그 바람에 결국 형주는 어린 유종에게 넘어가게 되었던 바, 유종은 못나게도 아첨하는 말만 믿고 몰래 조조에게 항복하여 조조의 세력을 이토록 크게 만들어주고 말았습니다. 하지만 우리는 강하에 자리를 잡고 따로 조조를 칠 좋은 계책을 마련하고 있습니다. 우리가 결코 일을 등한하게 하고 있는 게 아님은 누구라도 쉬이 알 수 있을 것입니다."

하지만 장소는 그 정도의 말로는 물러서지 않았다. 오히려 그쯤은 예측하고 있었다는 듯 심술궂게 공명의 말을 받았다.

"일이 그러하다면 그것은 바로 선생의 말과 행동이 어긋난다는 뜻입니다. 선생은 스스로를 관중과 악의에게 견주었으나, 관중은 환공을 도와 제후들을 억누르고 어지러운 천하를 단번에 바로잡았으며, 악의는 힘 없는 연나라를 떠받치어 제나라의 칠십여 성을 떨어 뜨린 인물입니다. 실로 두 사람 모두 세상을 바로잡을 만한 재주를 지녔다 할 수 있을 것입니다. 그런데 선생은 어떠합니까? 초려에 머물러 있을 때는 풍월이나 즐기고 무릎 쓸며 높이 앉았으면 되었을 것입니다. 하지만 지금 이미 세상에 나와 유예주를 돕게 된 마당에는 마땅히 천하의 뭇 생령을 위해 이로움을 더하고 해로움을 덜며 세상을 어지럽히는 역적의 무리를 쳐 없앴어야 하지 않겠습니까?

거기다가 유예주만 해도 선생을 얻기 전에는 그래도 천하를 종횡하며 의지할 성 몇쯤은 가지고 있었습니다. 그렇지만 지금 선생을 얻고 난 뒤는 어떠합니까? 사람들은 모두 선생을 우러러보았으며 키가 석 자 되는 어린아이들도 유예주께서 선생을 얻은 것은 호랑이나 표범의 등에 날개가 돋은 것이나 다름없다고 여겼습니다. 한실은 다시 일어나고 조씨는 곧 멸망할 것이라 여겼습니다."

말 속에 뼈가 있다든가 한껏 공명을 추키는 것 같으면서도 실은 공명이 아파할 곳을 골라 건드리고 있었다.

장소는 이어 말했다.

"어디 그뿐이겠습니까? 조정의 옛 신하들이며 산림에 숨어 있는 선비들까지도 하늘 가득한 구름이 걷히어 해와 달의 밝은 빛을 우러를 수 있기를 눈을 씻고 기다리지 않은 이가 없었습니다. 물불 속에 빠진 듯한 이 백성을 건져내고 천하를 이부자리처럼 편안한 곳에 두게 할 수 있는 이는 오직 선생뿐이라 믿으며 오늘에 이른 것입니다. 하지만 유예주께로 가신 선생은 조조의 군사가 한번 나타나자마자 바람에 휘몰리듯 달아나니, 위로는 유표에게 보답하여 그 백성들을 편안하게 해주지도 못했고 아래로는 유표의 외로운 아들을 도와 그 땅을 보전해주지도 못했습니다. 또 유예주는 유예주대로 신야(新野)를 버리고 번성으로 달아났다가 다시 번성을 버리고 오는 중에 당양(當陽)에서 조조에게 패하고, 이제는 하구까지 쫓겨와 그 몸둘 땅도 없을 지경입니다. 이는 유예주께서 선생을 얻은 뒤가 얻기 전보다 못하다는 것이 되니 관중과 악의가 언제 그 주인을 이렇게 섬겼습니까? 다만 이것은 저의 어리석고 굳은 소견에서 나온 말입니다. 너무 이상하게 여기지 마시고 몰라서 한 말이 있으면 깨우쳐주십시오."

그 자리에 있던 사람들은 모두 공명이 꼼짝없이 무안을 당하리라고 믿었을 만큼 빈틈없는 장소의 말이었다. 그러나 아니었다. 거꾸로 공명은 어이없다는 듯 좌중을 돌아보고 웃으며 말했다.

"대붕(大鵬)이 만리를 나는 뜻을 하찮은 새 떼가 어찌 알 수 있겠소? 그 일은 비유컨대 병든 사람을 치료하는 것과 비슷하다 할 수 있소. 사람이 큰 병이 났을 때는 먼저 미음과 죽을 먹게 한 뒤에 부드러운 약부터 써야 할 것이오. 그리하여 창자와 폐부가 제대로 움직이고 몸이 점차 회복이 되거든 고기를 먹여 그 힘을 돋우고 비로소 독한 약을 쓰는 법이오. 그래야만 병의 뿌리를 아주 뽑고, 사람을 온전하게 살려낼 수 있기 때문이오. 만약 병자의 기운과 맥박이 제대로 추스려지지도 않은 때에 서둘러 기름진 음식을 먹이고 독한 약을 쓴다면 그 병자를 구하기는 실로 어려운 일이 될 것이외다.

우리 주인 유예주께서는 지난날 여남(汝南)에서 패해 유표에게 의지하게 되었으니, 군사는 천을 채우지 못하고 장수는 관우와 장비에 조운이 있을 뿐이었소. 비유해 말하자면 병이 깊고 오래되어 매우 위태로운 지경에 있는 것과 마찬가지였소이다. 신야는 산골의 작은 현으로 백성의 수는 적고 먹을 것도 넉넉하지 못하니 잠시 빌려 몸을 쉴 땅일지언정 어찌 눌러앉아 오래 지킬 수 있는 땅이겠소? 그래도 유예주께서는 박망에서는 불을 지르고 백하에서는 물을 써서 하후돈과 조인의 무리를 염통과 간이 터지도록 놀라게 했습니다.

병갑(兵甲)은 갖추지 못하고 성곽은 튼튼하지 못하며 군사는 조련이 되지 못한 데다가 양식마저 댈 수 없는 처지에서 그 같은 승리를 거두었으니 관중과 악의가 살아와서 군사를 부렸다 한들 그보다 더할 수는 없었을 것이외다. 거기다가 유종이 조조에게 항복한 것은 실로 유예주께서 알지 못하는 사이에 일어난 일이오. 오히려 형주의 어지러움을 틈타 같은 종친의 기업을 빼앗는 일은 차마 할 수 없다 했으니 그야말로 대인이요, 대의가 아니겠소이까?

또 자포(子布)께서는 당양에서 패한 일을 말씀하셨으나 마찬가지로 그 일도 유예주의 대인, 대의함에서 비롯된 것에 지나지 않습니다. 의로움을 쫓는 수십만의 백성들이 어린것을 업고 늙은이를 부축하여 뒤따르매 차마 그들을 버리지 못해 하루 십 리밖에 가지 못한 탓에 조조의 군사들이 따라잡을 수 있었던 까닭이외다. 백성들을 버리고 급히 진군하여 강릉을 차지했으면 어려움을 면할 수 있었음에도 기꺼이 백성들과 함께하다 패하는 쪽을 택하셨으니 실로 그보다 더 큰 어짊과 의로움이 어디 있겠소이까?

더군다나 설령 군사가 적보다 적지 않더라도 싸움에서 이기고 지는 것은 매양 있는 일이외다. 지난날 고황제(高皇帝)께서는 여러 번 항우에게 지셨으나 해하성 한 싸움에 이김으로써 천하를 얻지 않으셨소이까? 또 한신은 좋은 계책으로 그 싸움을 승리로 이끌었으나 그때까지 오래 고황제를 섬기는 동안 다른 싸움에서는 그리 자주 이긴 편이 못 되었소이다……."

공명은 거기까지 말해놓고 문득 장소를 쳐다보며 되로 받은 빈정거림을 말로 돌려주었다.

"무릇 국가의 대계나 사직의 안위를 의논함에는 으뜸으로 정해 흔들리지 않는 모책(謀策)이 서 있어야 할 것이오. 떠벌리고 부풀리어 말하기 좋아하는 무리나 헛된 이름으로 사람을 속이는 무리가 끼어들어 이리저리 함부로 말하게 해서는 아니 되는 법이외다. 그런 무리는 앉아서 말로 하면 따를 사람이 없으나, 일이 닥쳐 맡겨보면 아무것도 해내지 못해 천하의 웃음거리가 될 뿐이기 때문이오."

장소는 그 같은 공명의 말에 은근히 노여움이 일었으나 얼른 대꾸할 말이 떠오르지 않았다. 그때 장소를 대신하듯 그 자리에 있던 사람 중에 하나가 큰 소리로 맞섰다.

"지금 조조는 군사가 백만이요 장수가 천이라 하오. 용이 날뛰고 호랑이가 노려보는 듯한 기세로 강하를 삼키려 하는데 공은 어떻다 보시오?"

공명이 보니 우번이었다. 장소가 긴 소리를 늘어놓다 낭패를 당하는 걸 보고 짧은 말로 당장 공명의 발등에 떨어진 불을 건드렸다. 공명이 호기롭게 대답했다.

"조조는 개미 떼같이 수만 많고 쓸모없는 원소의 군사를 끌어모은 데다 또 이번에는 까마귀 떼같이 시끄럽기만 하고 조련 안 된 형주의 군사들을 더했으니 비록 그 수가 백만이라 한들 두려워할 까닭이 무엇이겠소?"

그러자 우번은 기다렸다는 듯 차게 웃으며 비꼬았다.

"당양에서는 싸움에 지고 강하로 쫓겨와서는 계책까지 궁해 구구하게 다른 사람에게 구해주기를 빌러 왔으면서도 오히려 두렵지 않다고 하는구려! 선생이야말로 큰소리로 사람을 속이는 것이 아니고 무엇이오?"

공명도 지지 않고 맞섰다.

"겨우 수천의 의로운 군사로 우리 유예주께서 어떻게 조조의 거칠고 모진 백만의 대군에 맞서실 수 있었겠소? 그래도 강하로 물러나 지키고 계신 것은 때를 기다리기 위함이오. 하지만 여러분은 어떠하오? 이곳 강동은 군사가 날래고 양식이 넉넉한 데다 험한 장강까지 끼고 있지 않소? 그런데도 오히려 그 주인으로 하여금 역적 앞에 무릎을 꿇고 항복하기를 권하고 있으니 이는 실로 천하의 비웃음조차 돌아볼 줄 모른다 할 수 있소이다. 거기에 비하면 우리 유예주야말로 참으로 조조를 두려워하지 않는 분이라 할 수 있소!"

그러자 기세 좋던 우번 또한 머쓱해서 물러났다. 항복이란 말 속에 감추어진 치욕을 끄집어낸 반격이라 대꾸하기 어려웠던 것이다. 그 우번을 대신해 또 한 사람이 나섰다. 보질(步隲)이란 사람이었다.

"공명은 장의(張儀)와 소진(蘇秦)을 흉내 내어 우리 동오를 달래러 오셨소이까?"

"자산은 소진과 장의를 그저 말 잘하는 사람으로만 알 뿐 소진, 장의가 또한 호걸임을 모르시는구려. 소진은 여섯 나라 승상의 인(印)을 차고 장의는 두 번이나 진나라의 승상이 되어 나라와 백성을 일으키고 바로잡은 사람들이외다. 힘센 자를 두려워하고 약한 자를 깔보며 칼을 두려워 피하는 이들과는 견줄 수가 없을 것이오. 여러분은 조조가 거짓으로 지어 퍼뜨린 소문만 듣고도 겁이 나서 항복하려 들면서 어찌 감히 소진과 장의를 비웃을 수 있겠소이까?"

자산은 보질의 자였다. 교묘한 말재주보다 더 무서운 것은 강동에서 그리 알려지지 않은 보질의 자까지 공명이 알고 있다는 것이었다. 모르긴 하되 공명은 아마도 그 자리에 나올 법한 사람들에 관해 미리 세밀하게 알아두었음이 분명했다.

남의 신하 되어 주인에게 항복하기를 권하는 입장의 떳떳하지 못한 구석을 날카롭게 헤집고 드는 공명의 반격에 보질이 대답을 못하자 이번에는 설종(薛宗)이란 사람이 엉뚱한 물음으로 가로막고 나왔다.

"공명께서는 조조를 어떤 인물로 보시오?"

"조조가 한을 노리는 역적이라는 것은 천하가 다 아는 일이거늘, 무엇 때문에 물으시오?"

공명이 한마디로 잘라 대답했다. 그게 어찌 본심일까만, 설종이 슬그머니 그런 공명의 심사를 건드렸다.

"공의 말씀이 틀린 것 같소이다. 한은 여러 대를 전하여온 지금 천수가 다해가고 있소. 이에 비해 조조는 천하의 삼분지 이를 차지하였을 뿐만 아니라 사람들의 마음도 모두 그에게로 돌고 있소. 그런데도 유예주께서는 억지로 조조와 더불어 싸우려 하니 그것은 마치 계란으로 바위를 치는 것과 같소. 어찌 패하지 않을 수 있겠소이까?"

그러자 공명이 소리 높여 설종을 꾸짖었다.

"설경문(薛敬文)은 어찌 아비도 없고 임금도 없는 사람 같은 소리를 하시오? 무릇 사람은 하늘과 땅 사이를 삶에 있어 충성과 효도로써 몸을 일으키는 바탕을 삼아야 할 것이오. 공은 한의 신하 된 사람으로, 불충한 무리를 보면 함께 힘을 합쳐 죽일 것을 다짐하는 것이 신하된 자의 마땅한 도리가 아니겠소? 그런데도 지금 조조는 조상 대대로 한조의 녹을 먹었으면서도 그 은덕에 보답할 생각은 않고 오히려 역적질할 꿈만 꾸고 있소. 천하가 다 그 일을 분해하고 있건만 공은 오히려 하늘의 운수가 조조에게로 돌아가고 있다니 실로 아비도 임금도 없는 사람이구려! 입 섞어 말하기 싫으니 두 번 다시 입을 떼지 마시오.”

이에 설종도 얼굴 가득 부끄러운 빛을 띤 채 물러났다. 한번 슬쩍 건드려본다는 것이 여럿 앞에서 망신만 사고 만 셈이었다. 그를 이어 이번에는 윗자리에서 한 사람이 나왔다. 어렸을 적 원술을 보러 갔다가 귤을 대접하자 그것을 소매 속에 감추고 돌아와 모친에게 바친 일(회귤고사)로 이름난 육적(陸績)이었다.

“조조가 비록 천자를 끼고 제후를 호령하고 있기는 하나 상국 조참(曹參)의 후예임에는 틀림이 없소. 하지만 유비는 중산정왕(中山靖王)의 후예라고는 해도 거슬러 밝힐 길이 없고, 다만 지금 알 수 있는 것은 돗자리나 짜고 짚신이나 팔던 사람이었다는 것뿐이오. 어찌 조조와 나란히 저울질할 수 있단 말이오?”

앞서와는 달리 이번에는 출신을 들먹여 공명을 건드려본 것이었다.

말을 받는 공명의 태도는 설종 때와는 달랐다. 엄했던 안색을 풀며 웃음으로 대답했다.

“공은 일찍이 원술 앞에 앉아서 귤을 품어 효로 이름을 얻었던 그 육랑(陸郎)이 아니오? 바라건대 이번에는 내 앞에 앉아 말 한마디만 들어주시오.

조조가 조상국의 후예라면 대대로 한의 신하였던 셈인데도 그는 지금 권세를 멋대로 부려 임금을 속이고 아비를 욕뵈고 있소. 이는 임금이 없는 자일 뿐만 아니라 조상을 얕보는 자이며 한실을 어지럽히는 신하일 뿐만 아니라 조씨 문중의 못된 자식이 되기도 하는 것이오. 그러나 우리 유예주께서는 당당히 제실의 핏줄을 이으신 분으로 당금(當今)의 천자께서는 제실의 족보를 뒤져 항렬을 찾아내고 벼슬까지 내리셨소. 유예주의 핏줄을 거슬러 밝힐 수가 없다니 도무지 그게 무슨 말씀이시오?

또 우리 고조(高祖)께서는 비록 하잘것없는 정장(亭長)에서 몸을 일으키셨으나 마침내는 천하를 얻으셨소. 유예주께서 돗자리를 짜고 짚신을 파셨다 한들 그게 꼭 욕될 게 무엇이겠소? 공은 아직 소견이 어린아이와 같으니 학덕 높은 선비와는 더불어 얘기하기 어렵겠소이다."

마치 어린아이 달래듯 하는 말이었다. 육적 또한 말이 막히자 또 딴 사람이 나섰다.

"공명의 말씀은 한결같이 억지로 이치를 벗어났소. 모두 올바른 논의가 못 되니 거듭 말할 것도 없겠소이다만, 한 가지 묻고 싶은 게 있소. 공명께서는 도대체 어떤 경전을 공부하셨소?"

공명이 보니 엄준이란 선비였다. 글줄깨나 읽은 모양으로, 학식을 내세워 공명의 기를 죽여볼 속셈인 것 같았다. 공명은 미리 준비하고 기다리던 사람처럼 얼른 대답했다.

"책장이나 뒤적이고 남의 글귀나 따서 쓰는 것은 세상의 썩은 선비나 하는 일이니 어찌 나라를 일으키고 큰일을 옳게 해낼 수 있겠소? 옛날 신야에서 밭 갈던 이윤(伊尹, 은의 탕왕을 도와 걸을 친 재상)이나 위수(渭水)에서 낚시하던 자아(子牙, 강태공)며 저 한초의 장량(張良), 진평(陳平) 같은 이들에다, 등우(鄧禹, 후한 광무제를 도와 적미를 친 공신), 경감(耿弇, 역시 광무제 때의 창업 공신) 등은 모두 온 세상을 바로잡은 재주를 가진 이들이었으나, 아직껏 그들이 평생에 무슨

316

경전을 공부했단 소리는 듣지 못했소. 내 어찌 못난 서생처럼 붓과 벼루 사이에서 검은 것을 세고 누른 것을 따지며 글을 가지고 놀고 먹으로 장난질하는 걸 본받겠소?"

공명이 경전 이름을 대면 얼른 받아 아는 체나 좀 해보려던 엄준은 맥이 빠져버렸다. 구태여 경전을 끌어대 봤자 쓸데없는 일이란 걸 알고 머리를 수그린 채 대꾸하지 않았다. 그때 또 한 사람이 큰 소리로 떠들었다.

"공은 큰소리 치기를 좋아하지만 아무래도 참된 학문은 가진 것 같지가 않소. 세상 선비들의 웃음거리가 되는 게 두렵소이다."

여남의 정덕추(程德樞)란 사람으로 역시 엄준과 같은 선비였다. 공명이 그 말을 가볍게 받았다.

"선비에도 군자와 소인이 있소이다. 군자다운 선비는 임금에게 충성스럽고 나라를 사랑하며 바른 것을 지키고 그른 것을 미워합니다. 하는 일은 당대의 사람들에게 두루 혜택을 끼치고, 이름은 길이 후세에 남는 법이오. 그러나 소인인 선비는 오직 글줄이나 닦고 붓과 먹이나 매만지며, 젊어서는 부(賦)나 짓고 머리가 하얗게 세어서는 경전이나 파고드는 부류외다. 글로는 비록 천 자를 써내려가도 가슴에는 실로 한 가지 계책도 가진 바 없는 무리지요. 이를테면 양웅(楊雄) 같은 자들이니, 양웅은 문장으로 널리 세상에 이름을 얻었으나 왕망 같은 역적을 몸 굽히고 섬겨 마침내는 누각에서 몸을 던져 스스로 목숨을 끊게 되는 지경에 이르렀소이다. 이 같은 소인이라 이를 수 있는 선비라면 설령 하루에 만 마디의 부(賦)를 짓는다 한들 어디에다 쓰겠소?"

역시 실용과 임기응변에다 지조까지 내세워 눌러버리니 정덕추 같은 서생이 어찌 대답할 수 있겠는가. 그밖에 다른 사람들도 공명의 말이 워낙 물흐르듯 하니 모두 낯빛이 변할 정도로 놀라고 감탄했다. 다만 그때쯤에 기세를 회복한 장소와 또 한 사람 낙통(駱統)이란 벼슬아치만이 또 다른 어려운 물음을 생각해내고 다시 공명을 몰아붙이려 했다.

그러나 그들이 미처 입을 떼기도 전에 밖에서 한 사람이 뛰어들어오며 소리 높여 좌중의 사람들을 꾸짖었다.

"공명은 당세의 기재(奇才)인데 그대들은 서로 입씨름이나 벌이고 있구려! 이는 귀한 손님을 대접하는 예가 아니외다. 방금 조조의 대군이 국경에 이르고 있는데 적을 쫓아낼 의논은 않고 이 무슨 쓸데없는 말싸움질이란 말이오?"

모든 사람이 놀라 쳐다보니 손견 이래의 오래된 장수로 그때는 동오 양관(糧官)으로 있던 황개였다. 어떤 일로 그 모임에 빠졌다가 뒤늦게 끼어들게 된 것이었다.

황개는 또 공명에게 말했다.

"제가 듣기로 여러 말로 이득을 얻으려 하는 것보다는 입 다물고 말하지 않는 편이 낫다 했습니다. 그런데 선생께서는 어찌하여 저희 주인을 위해 값지고 귀한 말씀을 드리지는 않으시고 여기서 뭇사람과 쓸데없는 입씨름만 하고 계십니까?"

"여기 계신 분들이 세상일을 알지 못하고 여러 가지로 어렵게 묻는 바람에 대꾸하지 아니할 수 없었소이다."

공명이 빙긋이 웃으며 그렇게 대답했다. 황개가 그런 공명을 재촉했다.

"어서 우리 주공을 뵙도록 하시지요."

그리고 노숙과 더불어 공명을 손권에게로 데려갔다.

공명은 두 사람을 따라 들어가다가 중문에 이르렀을 때 제갈근을 만났다.

"너는 강동까지 와서 어찌 나를 보러 오지 않았느냐?"

공명이 예를 표하자 형으로서 자못 섭섭하다는 투로 제갈근이 물었다.

공명이 공손하게 대답했다.

"저는 이미 유예주를 섬겨 공사로 이곳에 왔으니, 마땅히 그 일을 먼저 하고 사사로운 일은 뒤로 미루어야 하지 않겠습니까? 아직 공사를 다하지 못해 감히 형제간의 사사로운 정을 먼저 드러내기 어려웠을 뿐입니다. 형님께서 너그럽게 헤아려주십시오."

실로 몇 년 만에 만난 아우로서는 매정하다 할 만한 변명이었다. 그러나 제갈근이 또한 그 말을 못 알아들을 만큼 미욱하지 않았다. 곧 얼굴빛을 부드럽게 하여 말했다.

"오후(吳侯)를 뵈온 뒤에는 나를 찾아보도록 해라. 오랜만에 이야기나 좀 나누도록 하자."

그러고는 공명을 더 지체시키지 않으려는 듯 휘적휘적 가버렸다. 제갈근이 가버린 뒤 노숙은 마지막으로 한 번 더 다짐을 받았다.

"어제 제가 당부한 말 부디 잊지 않도록 하십시오."

다시 말해 손권을 만나더라도 절대로 조조의 세력이 큼을 바로 말하지 말라는 것이었다. 공명은 말없이 고개를 끄덕여 그런 노숙을 안심시켰다.

당상에 이르니 손권이 몸소 계단 아래까지 내려와 공명을 맞아들였다. 공명이 예를 마치고 손권은 자리를 내어 공명을 앉게 했다. 뒤따라 문무의 여러 관원들이 좌우로 갈라서고 노숙은 특히 공명 곁에 붙어서서 그 하는 양을 살폈다.

공명은 유비의 뜻을 전하는 한편 세밀한 눈길로 손권을 살폈다. 눈은 푸르고 수염은 자줏빛에 당당한 풍채였다.

공명은 속으로 가만히 생각했다.

'이 사람은 생김새가 범상하지 않으니 감정을 격하게 만들어 우리 쪽에 유리하게 일을 끌어갈 수 있을지언정 달래기는 어렵겠구나. 알맞은 틈을 보아 말로 이 사람을 격동시켜야겠다.'

그러고 있는데 차가 나왔다. 손권은 찻잔을 놓기 바쁘게 공명에게 물었다.

"노자경을 통해 그대의 재주는 익히 들어왔소. 이제 다행히 만나게 되었으니 유익한 가르침을 듣고 싶소이다. 이 권(權)이 어리석다 물리치지 마시오."

그 말에 공명이 짐짓 겸양을 떨었다.

"재주 없는 것이 배운 것까지 적어 밝으신 물음을 욕되게 할까 두렵습니다."

"그대는 요사이 신야에 있으면서 유예주를 도와 조조와 싸웠다 하니 반드시 조조군의 허실을 잘 알고 계실 것이오. 그것만 들려주어도 내게는 큰 가르침이 될 것이오."

손권은 제갈량의 겸양을 듣자 좀더 구체적으로 알고 싶은 것을 밝혔다.

그러나 제갈량은 더욱 마음에 없는 대답을 했다.

"유예주께서는 군사가 적고 장수가 모자란 데다 신야는 또 성이 작고 양식까지 넉넉하지 못한 땅입니다. 어떻게 조조와 맞설 수 있겠습니까? 우리가 조조와 싸웠다는 것은 모두 부풀려진 소문일 뿐입니다."

"조조의 세력이 그렇게 크단 말씀이오? 도대체 그 군사가 얼마나 되오?"

손권이 알 수 없다는 표정으로 그렇게 물었다. 강동을 자기편으로 끌어들이려면 마땅히 조조의 세력을 낮춰 말해야 할 것인데도 공명이 그렇게 하지 아니한 까닭이었다. 그러나 어찌 된 셈인지 공명은 여전히 엉뚱한 소리만 했다.

"마군, 보군, 수군을 합쳐 백만이 넘었습니다."

"혹시 그것은 조조가 거짓말로 퍼뜨린 소문 아니오?"

손권이 더욱 괴이쩍다는 듯 물었다. 공명이 얼른 그 말을 받았다.

"결코 거짓이 아닙니다. 조조는 이미 연주(兗州)를 얻었을 때부터 청주군(靑州軍) 이십만이 있었습니다. 거기에다 원소를 토벌하여 오륙십만을 얻고 또 중원에서 새로 삼사십만을 뽑았지요. 어디 그뿐입니까? 이번에 형주에서 다시 이삼십만의 군사를 얻었으니 이 모두를 합쳐보면 아무리 적어도 백오십만은 됩니다. 제가 백만이라고 말한 것은 강동 사람들을 놀라게 할까 봐 오히려 줄여서 말한 것입니다."

조조의 세력을 줄여 말하기는커녕 오히려 몇 갑절이나 늘려 떠벌리는 셈이었다. 세 번씩이나 그 반대로 말하기를 당부했던 노숙으로서는 실로 어처구니없는 공명의 짓거리였다. 놀란 노숙은 공명에게 급한 눈짓을 보냈으나 공명은 그마저 못 본 체했다.

"조조 밑에 있는 자들 중에 싸울 만한 장수는 얼마나 되오?"

손권이 급한 물음을 계속했다. 공명은 여전히 부풀리기를 그만두지 않았다.

"지혜롭고 꾀 많은 모사와 어떤 싸움이든지 능히 치를 만한 장수만도 일이천이 넘는다고 합니다."

"그렇다면 이제 형초(荊楚) 땅을 평정한 조조는 달리 어떤 큰 뜻을 품고 있는 것 같았소?"

"지금 조조는 강을 따라 진채를 세우고 싸움배를 마련하고 있는 중입니다. 이 강동이 아니라면 그렇게 하여 얻을 땅이 달리 어디 있겠습니까?"

공명 자신을 빼놓고는 아무도 속뜻을 알 수 없는 대답이었다. 손권이 혼란된 얼굴로 말없이 있다가 이윽고 다시 물었다.

"만약 조조에게 우리를 삼키려는 뜻이 있다면 우리는 싸워야겠소? 싸우지 않아야겠소? 바라건대 그대가 한번 결정을 지어보시오."

손권은 호락호락한 사람이 아니라 공명의 속마음을 떠보려는 것 같았다. 거기서 공명은 잠시 뜸을 들였다.

"이 양이 한마디 드릴 말씀이 있습니다만, 장군께서 듣고 따라주지 않을까 두렵습니다."

"그게 무엇이오? 바라건대 높으신 뜻을 들려주시오."

손권이 대답을 재촉했다. 그제서야 공명은 전에 없이 신중하게 입을 열었다.

"지난날 세상이 크게 어지러울 때에 장군께서는 강동에서 몸을 일으키시고 우리 유예주께서는 한남(漢南)의 무리를 모아 조조와 더불어 천하를 다투게 되었습니다. 그런데 이제 조조는 여러 가지 큰 어려움을 없이 하고 대강 천하를 평정한 데다 가까이는 또 형주를 새로이 얻어 그 위엄이 온 세상을 크게 떨쳐 울리고 있습니다. 비록 영웅일지라도 거기에 의지해 군사를 기르고 싸워볼 땅이 거의 없어진 셈이지요. 우리 유예주께서도 그런 까닭에 조조에게 쫓겨 오늘이 마당에까지 이른 것입니다.

바라건대 장군께서는 장군께서 지닌 힘을 헤아리시어 조조에게 대처하도록 하십시오. 오월(吳越) 땅의 백성들을 이끌고 중원(中原)의 힘에 맞서 버티어낼 수 있다고 생각하면 일찍 조조와 오고 감을 끊는 게 낫습니다. 그러나 맞서 버틸 수 없다면 여러 모사들의 의논대로 따르지 못할 까닭이 어디 있겠습니까? 군사를 세워두고 갑옷을 묶어 바친 뒤 북면(北面)하여 조조를 섬기면 될 것입니다."

도무지 싸우라는 것인지 항복하라는 것인지 종잡을 수 없는 소리였다. 손권이 그 말의 참뜻을 헤아리느라 잠시 대답이 없자 공명이 다시 재촉하듯 덧붙였다.

"장군께서 겉으로는 조조에게 복종하시는 것 같으면서 속으로는 두 가지를 모두 의심하고 주저하시느라 시간을 끌어서는 아니 됩니다. 일이 급한데도 결단을 내리지 않으시다가 화(禍)가 이르게 되면 그때는 뉘우쳐도 미치지 못할 것입니다."

그러자 손권이 거기에 대한 대답 대신 불쑥 물었다.

"그대의 말이 정성된 것이라면 어찌하여 유예주께서는 조조에게 항복하지 않으셨소?"

바로 공명이 기다리던 물음이었다. 공명은 기다렸다는 듯 거침없이 대답했다.

"옛적에 전횡(田橫, 전국시대의 협객)은 한낱 제(齊)의 장사(壯士)에 지나지 않았지만 의(義)를 지켜 욕되지 않게 죽었습니다. 하물며 제실(帝室)의 후예요 세상의 뭇 선비들이 우러르는 영웅이신 우리 유예주께서 어찌 조조 따위에게 항복하는 욕됨을 입을 수 있겠습니까? 뜻대로 되고 안 되는 것은 하늘에 달린 일, 설령 끝내 싸움에 져서 죽게 되더라도 스스로 몸을 굽혀 다른 사람 밑에 설 수는 없는 일입니다."

한마디로 말해 자기 주인인 유비는 애초부터 손권과는 격이 다른 인물로 추켜세움으로써 손권을 겁 많은 졸장부로 만들어버린 셈이었다.

'너 정도의 인간은 항복한들 어떤가, 그러니까 잘 생각해서 항복하든지 말든지 하라.'

대강 그런 뜻이었다.

손권이 어찌 그 뜻을 알지 못하겠는가. 문득 노기로 낯빛이 변한 채 소매를 떨치며 일어났다. 그 자리에서 공명을 소리 높여 꾸짖지 않은 것만도 손권의 인품의 크기를 보인 것일 뿐이었다.

손권이 성나 자리를 떴으니 제갈량이 힘들여 강동까지 온 일은 일견 모두가 허사로 된 것처럼 보였다. 항복을 권하던 무리들은 그게 바로 자기들의 뜻대로 이루어진 것으로 알고 공명을 비웃으며 흩어졌다. 공명의 지나친 말이 일을 그르쳤다고 보는 것은 노숙도 마찬가지였다. 둘만 남게 되자 공명을 나무랐다.

"선생은 무슨 까닭으로 그렇게까지 말씀하셨소? 우리 주공께서 너그럽고 도량이 넓으셨기 망정이지 아니면 아까 그 자리에서 크게 꾸짖음을 받았을 것이오. 도대체가 선생의 말씀은 우리 주공을 너무 깔보는 것이었소!"

그러나 공명은 오히려 고개를 젖히고 껄껄 웃으며 말했다.

"어찌하여 그리도 남의 헤아림을 받아들이실 줄 모른단 말이오? 조조를 쳐부술 계책이 내게 있으나 그분은 내게 그것은 묻지 않으시고 항복할 것인가 아닌가만을 물으셨소. 그분이 묻지 않으시는데 내가 어찌 대답할 수 있겠소? 그 바람에 이야기가 잘못 흘러 그리된 것이오."

그 말을 듣자 노숙도 어렴풋이 짚이는 게 있었다. 얼른 낯빛을 바꾸고 매달리듯 공명에게 물었다.

"정말로 선생께 좋은 계책이 있다면 저는 마땅히 다시 말씀드려 주공으로 하여금 선생께 가르침을 구하도록 하겠습니다. 선생의 말씀을 믿어도 되겠습니까?"

"나는 조조의 백만 대군을 개미 떼만큼도 여기지 않소이다. 내가 한번 손을 댄다면 그것들은 가루가 되어 흩어질 것이오!"

공명이 자신에 넘치는 어조로 그렇게 대답했다. 결코 무턱대고 하는 큰소리 같지가 않았다. 이에 노숙은 공명을 남겨두고 손권을 보러 후당으로 들어갔다.

아직 노기가 가라앉지 않은 채로 앉아 있던 손권은 노숙을 보자 불쾌한 목소리로 내뱉었다.

"공명 그 사람이 나를 너무 심하게 속였소(얕보았소)!"

공명에 대한 꾸짖음을 노숙에게 대신하는 것 같았다. 노숙이 얼른 대답했다.

"저 역시 그 일로 공명을 나무랐습니다. 그런데 공명은 오히려 주공께서 남의 헤아림을 받아들여줄 줄 모른다며 웃었습니다. 공명이 비록 조조를 깨뜨릴 계책을 지녔다 한들 어찌 그것을 가볍게 말하겠습니까? 그런데도 주공께서는 그 계책을 묻지 않으시니 이야기가 빗나가 그리된 것입니다."

손권도 겉보기와는 달리 그 말을 금세 알아들었다. 성난 기색을 거두고 기쁜 빛까지 띠며 노숙의 말을 받았다.

"원래 공명은 좋은 계책을 지니고 있으면서도 일부러 나를 격동시켰구려. 그것도 모르고 나는 한때의 얕은 안목으로 그를 대했으니 하마터면 큰일을 그르칠 뻔하였소이다."

그러고는 곧 노숙을 내보내 공명을 다시 불러들이게 했다. 뒷날 수성(守成)의 명주(明主)로 알려지기에 족한 인물됨이었다.

노숙이 뛰듯이 돌아와 손권의 뜻을 전하자 공명도 못 이긴 체 따라 들어왔다. 손권은 그런 공명을 반가이 맞으며 말했다.

"아까는 선생의 맑고 엄숙한 뜻을 알아듣지 못해 맘에 없는 욕만 보인 꼴이 되었소. 부디 너무 허물하지 마시오."

그 부드러운 사과에 공명 또한 솔직하게 죄를 빌었다.

"양의 말이 높으신 위엄을 모독했습니다. 그 죄를 너그럽게 용서해주시기 바랍니다."

그러자 손권은 공명을 후당 안으로 청해 들인 뒤 술자리를 열고 마주 앉았다. 주인과 손이 권커니 잣거니 몇 순배 잔이 돈 뒤에 손권이 슬그머니 마음속의 얘기를 꺼냈다.

"조조가 평생토록 미워했던 자들로 꼽을 수 있는 것은 여포와 유표, 원소, 원술 그리고 유예주와 이 몸이었소이다. 그런데 이제 앞서의 네 영웅은 차례로 망하고 남은 것은 오직 유예주와 나뿐이오. 그것도 나는 오 땅을 온전히 보존하지 못해 남의 억누름을 당할 지경에 놓였소이다. 물론 내 뜻은 이미 정해져 있소. 나는 유예주와 함께 힘을 합쳐 맞서지 않으면 조조를 당해낼 수 없다고 여겨 그쪽으로 방도를 찾아보았소. 그러나 유예주가 이제 막 조조에게 패한지라 어떻게 이 어려움을 맞설 수 있을지 참으로 걱정스럽기 짝이 없소이다."

"유예주가 비록 조조에게 새로 패했다 하나 아직도 관운장은 일만의 정병(精兵)을 거느리고 있습니다. 유기(劉琦)도 강하에서 싸울 만한 군사를 거느리고 있는데 역시 일만에 모자라지는 않을 것입니다. 한편 조조의 군사들은 멀리서 와 지쳐 있을 뿐만 아니라 근래에는 우리 유예주를 쫓는다고 가벼운 차림으로 하룻밤에 삼백 리를 달렸습니다. 그런 군사들이 무슨 수로 싸움다운 싸움을 해낼 수 있겠습니까? 이는 이른바 강한 활에서 쏜 화살일지라도 끝에 가서는 부드러운 비단조차 뚫지 못한다는 것과 같습니다. 거기다가 조조의 군사들은 북쪽 사람들이라 수전에 익숙하지 못합니다. 물에 익숙하기로는 새로이 조조 밑에 들어간 형주의 백성들이 있지만 그들은 또한 조조의 위세에 눌려 따르고 있을 뿐 본심이 아니니 제대로 싸워줄

리 없습니다. 따라서 이제 장군께서는 진심으로 유예주와 한마음으로 힘을 합친다면 틀림없이 조조군을 깨뜨릴 수 있습니다."

조금 전과는 전혀 달리 그렇게 형세를 낙관하던 공명은 거기서 그치지 않고 조조와의 싸움에서 이긴 뒤까지도 거침없이 털어놓았다.

"싸움에서 지면 조조는 반드시 북쪽으로 돌아갈 것이니 형주와 동오의 세력은 오히려 전보다 커질 수 있습니다. 그것은 곧 천하를 조조와 우리 유예주 그리고 장군 셋이서 나누어 가지는 게 되니 바로 솥발[鼎足] 셋이 한솥을 떠받드는 형국이 되는 것입니다. 장군께서는 어서 결단을 내리십시오. 일이 그렇게 되고 안 되고의 기틀은 오늘 장군께서 내릴 결단에 달려 있습니다."

그 말을 듣자 손권은 어둡던 마음속이 일시에 확 개는 것 같았다. 어떤 면에서 오갈 데 없어 자신에게 빌붙으러 온 것으로 볼 수도 있는 유비까지 자신과 나란히 천하의 주인 노릇 하려는 게 아니꼬울 수도 있었으나, 당장은 조조의 발 앞에 무릎을 꿇지 않아도 되리라는 희망이 그 모든 것을 잊게 했다. 그저 얼굴 가득 기쁜 빛을 띠며 말했다.

"선생의 말씀은 욕심으로 흐려져 막힌 내 가슴속을 문득 밝게 열어주었소이다. 내 뜻은 이미 정해졌으니 달리 의심하지 마시오. 여럿과 의논하여 오늘로 군사를 일으키고 함께 조조를 쳐 없애도록 하겠소."

그러고는 노숙에게 명해 즉시로 그 같은 자신의 뜻을 문무의 관원에게 알리게 했다. 공명은 그런 손권의 배웅을 받으며 역관으로 돌아가 쉬었다.

한편 장소는 손권이 군사를 일으키려 함을 알자 여럿을 불러모으고 의논조로 걱정했다.

"공명의 계책에 우리 주군께서 걸리시고 말았구려! 이대로 있을 수가 없소."

그런 다음 급히 안으로 들어가 손권을 보고 말했다.

"이 소(昭)가 들으니 주공께서는 군사를 일으켜 조조와 싸우려 하신다는데 주공께서 스스로 생각하시기에 저 원소에 비해 어떻다 여기십니까? 지난날 조조는 강성한 원소도 많지 않은 장졸들로 북소리 한번에 깨뜨려버렸습니다. 거기다가 지금은 그 조조가 백만 대군을 몰아 남으로 밀고 내려오는데 어찌 가볍게 맞설 수 있겠습니까? 만약 제갈량의 말을 들어 함부로 군사를 움직였다가는 이른바 섶을 지고 불에 뛰어드는 꼴이 나고 말 것입니다. 주공께서는 부디 깊이 헤아려주십시오."

화친을 주장하는 무리의 우두머리로서 한 번 더 펴보는 설득이었다. 이미 뜻을 굳힌 바 있으나 장소의 말 또한 함부로 물리칠 게 못돼 손권은 머리를 수그린 채 생각에 잠겨 얼른 답하지 않았다. 고옹이 곁에서 거들었다.

"유비는 조조와의 싸움에 져서 고단해지자 강동의 군사를 빌려 맞서 보려 하는 것입니다. 그런데 주공께서는 어찌하여 그런 유비에게 이용당하려 하십니까? 바라건대 자포의 말을 받아들이도록 하십시오."

고옹까지 그렇게 나오자 손권의 얼굴은 더욱 침울해졌다. 이미 정한 뜻이 흔들렸다기보다는 대들보나 기둥 같은 문신들이 한결같이 항복을 권하고 있다는 데 대한 실망과 근심 탓이리라. 장소와 고옹을 침묵으로 돌려보내고 홀로 앉았는데 이번에는 노숙이 들어와 말했다.

"장자포 같은 사람들이 와서 다시 주공께 군사를 내지 말고 조조에게 항복하기를 힘써 권한 모양이나 주공께서는 그들의 말을 들으셔서는 아니 됩니다. 그들은 모두 몸이나 돌보고 처자나 지키려 드는 무리라 스스로를 위해 꾸민 계책일 뿐입니다."

그래도 손권은 대꾸가 없었다. 장소와 고옹의 말 때문에 마음이 흔들린 게 아닌가 두려워진 노숙이 한층 엄숙하게 손권에게 말했다.

"주공께서 만약 마음을 정하지 못해 시간을 끌다가는 항복을 주장하는 무리들 때문에 일을 그르치고 말 것입니다."

"경은 잠시 물러가 있으시오. 나는 세 번 고쳐 이 일을 생각해본 뒤에 결단을 내리겠소."

이윽고 손권은 그렇게 대답하고 노숙을 내보냈다. 아무래도 마음이 흔들린 모양이었다. 강동의 아홉 고을과 수백만 백성들의 안위는 물론 자신의 흥망이 달린 일이라 그런 것 같았다.

노숙은 적이 마음이 불안했지만 더는 손권에게 졸라대지 못하고 물러났다. 공명은 지혜와 변설을 다한 깨우침으로 강동을 일깨웠으나 아직도 그 주인 손권은 선뜻 떨치고 나서 조조와 한바탕 큰 싸움을 벌일 만큼 결심을 굳히지 못하고 있었다.

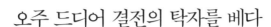

오주 드디어 결전의 탁자를 베다

　노숙이 물러난 뒤에도 한동안을 홀로 앉아 있던 손권은 이윽고 몸을 일으켜 안채로 들어갔다. 워낙 중대한 결정이라 그것이 매듭지어지지 않았으니 밥맛이나 잠자리가 제대로일 리가 없었다. 수저를 드는 둥 마는 둥하고 이부자리에도 길게 누워 있지 못했다.

　그러나 낮에 공명에게 잘라 말할 때와는 달리 마지막 결단은 쉽게 내려지지 않았다. 선택의 길이 있다는 게 손권에게는 오히려 혼란의 원인이 되었다. 함부로 변화에 기대를 걸지 않고 아홉의 낙관보다는 단 하나의 비관에 더 많은 배려를 보내는 그의 성격으로 보면 조조와의 결전은 참으로 피하고 싶은 모험이었다.

　자기 한 몸의 굴욕으로만 끝난다면 항복의 형식이라도 못할 게 없다는 생각마저 들었다. 하지만 역시 부형(父兄)과 자신 삼대에 걸

쳐 이룬 대업이 자신의 대에 이르러 마감하게 될지도 모른다는 불안이 들면 조조와의 화친은 천리 만리 생각에서 멀어졌다. 거기다가 소문으로 들은 형주 유종(劉琮)의 운명도 그에게는 섬뜩한 경계가 되었다.

이러지도 저러지도 못해 어두운 얼굴로 뜰안을 오락가락하는 손권을 보고 작은어머니인 동시에 이모이기도 한 오국태(吳國太)가 물었다.

"너는 마음에 무슨 걱정이 있길래 먹지도 자지도 않고 이리 서성거리느냐."

"지금 조조는 강한까지 군사를 거느리고 와 있는데, 아무래도 우리 강남을 엿보는 것 같습니다. 문무의 관원들을 모아놓고 의논하였던바, 어떤 이는 싸우자 하고 어떤 이는 항복하자 하여 주장이 갖가지로 어지럽습니다. 저도 맞서 싸우자니 힘이 모자랄까 걱정되고, 항복하자니 조조가 끝내는 지금대로 우리를 놓아두지 않을까 두렵습니다. 그 일을 얼른 결정하지 못해 이리 마음이 무겁습니다."

손권이 마음속의 일을 숨김없이 털어놓았다. 그러자 오국태가 손권을 깨우쳐주듯 말했다.

"너는 어찌 네 어머님께서 돌아가시면서 당부한 말을 잊었느냐?"

그 말을 들은 손권은 문득 술에서 깨어난 듯 생각나는 게 있었다. 그걸 한 번 더 분명하게 해주려는 오국태가 말을 이었다.

"네 어머님께서 돌아가실 적에 나라 안의 일은 장소에게 물어서 하고 바깥일은 주유에게 물어서 하란 말씀을 남기셨다. 조조에게 항복하고 안하고는 안에서 문신들의 말 몇 마디만 듣고 정할 일이 아닌 성싶다. 어찌하여 주공근(周公瑾)을 불러들여 물어보지 않느냐?"

손권은 오국태의 말을 기꺼이 따랐다. 깜박 잊고 있었지만 주유라면 옳은 결정을 내려줄 것 같았다. 그날로 사람을 파양으로 보내 주유를 불러오게 했다.

그러나 그때 이미 주유는 파양을 떠나 손권에게로 오고 있었다.

그곳에서 수군을 훈련하고 있다가 조조의 대군이 한수 가에 이르렀단 말을 듣고 밤길을 달려 시상으로 오는 중이었다. 조조의 뜻을 짐작하고 군사에 관한 일을 손권과 의논하려 함이었다.

손권이 사자를 미처 떠나보내기도 전에 시상에 이른 주유는 먼저 노숙을 찾아갔다. 여럿 중에서도 노숙과 가장 가까운 사이라 그로부터 일이 돌아가는 형편을 알아둔 뒤 손권을 만나려는 생각에서였다.

노숙은 조금도 숨김없이 그간에 있었던 일을 주유에게 자세히 일러주었다. 다 듣고 난 주유가 조용히 말했다.

"자경(子敬)은 너무 걱정하지 마시오. 이 주유에게도 생각이 있소이다. 되도록이면 그 공명이란 사람이나 빨리 만나게 해주시오. 먼저 그를 만나본 뒤에 주공을 뵈어야겠소."

그 말을 들은 노숙은 그 자리에서 말에 올라 공명에게로 달려갔다. 주유가 그동안이라도 좀 쉴 양으로 몸을 편히 쉬려는데, 장소, 장굉, 고옹, 보질 네 사람이 주유를 만나러 왔다.

주유와 손권의 사이를 잘 알고 있는 그들이라 주유가 어느 쪽을 편들지를 미리 알아두고 싶어서였다.

주유는 표정 없는 얼굴로 그들을 맞아들여 자리를 마주했다. 오래 떨어져 있다가 만난 사람들끼리의 의례적인 인사가 끝나기 바쁘게 장소가 입을 열었다.

"도독께서는 이번 일이 우리 강남에 이롭고 해로운 점을 모두 알고 계십니까?"

"잘 알지 못합니다."

주유는 자기 속마음을 조금도 드러내 보이지 않고 짧게 대답했다. 그 같은 어조를 아직 주유의 뜻이 굳혀지지 않은 것으로 받아들인 장소가 은근히 끌어들이듯 말했다.

"조조는 백만 대군을 이끌고 한상에 이르러 우리에게 격문을 보내왔소이다. 주공께 강하에서 모여 함께 사냥을 하자는 내용이었소. 설령 이 땅을 삼키려는 뜻이 있을지 모르나 아직은 전혀 그것을 드러내지 않고 있어 우리는 주공께 항복을 권했소. 그렇게 하여 잠시 화친이라도 맺어지면 강동이 화를 입지 않을 수도 있으리라 여겨서였소이다. 그런데 뜻밖에도 자경이 강하로 건너가 유비의 군사(軍師)인 제갈량을 데리고 왔소. 그는 우리의 힘을 빌려 조조에 대한 분함을 씻어볼 양으로 우리 주공을 격동시켜 강동을 조조와의 싸움에 끌어넣으려 하고 있소이다. 거기다가 자경 자신도 곁에서 그를 도우니 아직 주공께서는 마음을 정하지 못하고 있으시오. 아마도 도독께서 돌아오시기를 기다려 이 일을 매듭지을 작정이신 것 같소이다. 그래, 도독의 뜻은 어떠시오?"

그러나 주유는 대답 대신 모두를 돌아보며 물었다.

"공들의 뜻도 모두 여기 이 자포(子布)와 같소?"

"그렇습니다. 의논해본 바 일시 항복하는 체라도 하는 것이 강동을 보존하는 길이라 여겼습니다."

고옹을 비롯한 나머지 사람들이 입을 모아 대답했다. 그러자 주유는 참인지 거짓인지 모를 소리로 그들을 안심시켰다.

"실은 나 또한 항복을 생각한 지 오래외다. 공들은 이만 돌아가시오. 내일 아침 주공을 뵙고 의논을 정하겠소이다."

장소를 비롯한 네 사람은 주유의 그 같은 대답에 힘이 났다. 이제 일은 자기들의 주장대로 매듭지어질 것이라 생각하며 주유에게 감사하고 물러났다.

한참 있으려니 이번에는 정보, 황개, 한당 셋을 앞세운 한 떼의 장수들이 주유를 찾아왔다. 모두 강동의 손가(孫家)를 위해 피흘리며 싸운 사람들이었다. 주유는 그들을 반갑게 맞아들여 좋은 말로 그들의 수고로움을 위로했다. 주유의 위로가 끝나기 바쁘게 정보가 물었다.

"도독께서는 이 강동 땅이 오래지 않아 남에게 넘어간다는 것을 알고 있으시오?"

적지 않이 격해 있는 목소리였다. 그 뜻을 짐작하지 못할 바 아니나 주유는 짐짓 낯빛을 고치지 않고 대답했다.

"모르오이다."

"우리는 손장군께서 창업의 기초를 다질 때부터 그 뒤를 따르며 크고 작은 싸움을 수백 번이나 치러 겨우 강동 여섯 고을의 성과 땅을 차지할 수 있었소. 그런데도 지금 주공께서는 모사들의 말만 듣고 조조에게 항복하려 하니 이는 참으로 부끄럽고도 애석한 일이오. 우리들은 싸우다 죽을지언정 욕을 보아가며 살지는 않겠소. 바라건대 도독께서는 주공께 권해 군사를 일으켜 싸우는 쪽으로 계책을 정하도록 해주시오. 우리들은 다만 죽도록 싸워 더럽힘을 당하지 않으려는 것뿐이외다."

무장에 가까운 주유에게는 찌릿한 감동까지 주는 비장기가 서린 목소리였다. 그러나 주유는 이번에도 대답 대신 정보를 따라온 나머지 사람들을 돌아보며 물었다.

"장군들의 소견도 모두 같으시오?"

"이 머리는 자를지언정 조조에게 항복할 수는 없소!"

그들 가운데서 황개가 나서서 손으로 이마를 치며 소리쳤다. 다른 사람들도 입을 모아 황개와 뜻을 같이했다.

"우리도 모두 항복하고 싶지는 않습니다."

그러자 주유는 또 장소의 무리를 내보낼 때와 같이 그 사람들의 의견을 따르는 체했다.

"나도 지금이 바야흐로 조조와 한바탕 결전을 치러야 할 때라 여겼소. 항복이라니 어디 될 소리요? 그러니 장군들은 이만 돌아가주시오. 이 주유는 주공을 뵙는 대로 장군들의 생각에 따라 의논을 정해보도록 하겠소."

낯색 하나 변하지 않고 한 입으로 두 소리를 하고 있으니 참으로 알 수 없는 사람이었다.

정보를 비롯한 장수들이 물러가자 이번에는 또 제갈근과 여범을 앞세운 한 떼의 문관들이 주유를 찾아왔다. 주유는 그들도 반갑게 맞아들였다. 오랜만에 만난 예가 끝난 뒤 제갈근이 입을 열었다.

"제 아우 제갈량이 한상으로부터 와서 유예주가 우리 동오와 동맹을 맺고 함께 조조를 치고자 한다는 말을 전하기에 문무의 관원들이 모여 그 일을 의논했지만 아직 이렇다 할 결정을 못하고 있습니다. 저는 아우가 바로 사신이 되어 온 터라 감히 여러 말을 하지 못하고 다만 도독께서 오셔서 이 일을 매듭짓기를 기다려왔습니다. 도독께서는 뜻이 어떠하신지요?"

이미 장소를 비롯한 문관들의 주장과 정보를 앞세운 무관들의 주장을 고루 들어 알고 있으면서도 주유는 또 시치미를 뗐다. 아무것도 아는 게 없는 양 오히려 제갈근에게 물었다.

"공론은 어떠합니까?"

"항복하면 쉽게 평안함을 얻을 수 있으나 싸운다면 지키기조차 어려울 것이라고들 말하고 있습니다."

제갈근이 들은 대로 대답했다. 그러자 주유는 가볍게 웃으며 여전히 자신의 속마음을 밝히기를 미루었다.

"이 주유에게도 먹은 마음이 있소. 내일 모두 함께 모여 일을 매듭짓도록 합시다."

결국 제갈근을 비롯해 함께 찾아왔던 사람들 또한 주유의 속뜻을 모르는 채 물러나지 않을 수 없었다.

한참 있으려니 또 한패의 사람들이 주유를 보러 왔다. 여몽과 감녕을 앞세운 젊은 장수들이었다. 주유는 그들도 반갑게 맞아들이고 앞서와 다름없이 속을 떠보았다. 어떤 이는 항복하자 하고 어떤 이는 싸우자고 뻗대는데 모두 나름대로 근거를 내세웠다. 그들이 시끄럽게 서로의 주장을 펴는 걸 듣고 있던 주유가 이윽고 말했다.

"여기서 이러니 저러니 여러 말로 떠들 건 없소이다. 내일 주공을 모시고 함께 모여 결정하면 될 것이오."

그렇게 되니 여몽을 비롯한 젊은 장수들도 하릴없이 주유 앞을 물러났다. 주유는 그런 그들의 뒷모습을 보며 연신 차가운 웃음을 흘렸다. 위기를 만나서도 확고한 결단을 내릴 수 있는 의지의 오만인지 또는 혼란되어 우왕좌왕하는 동료들에 대한 비웃음인지 모를 냉소였다.

노숙이 공명을 데리고 주유를 보러 온 것은 여몽, 감녕의 무리가 나가고도 한참 뒤였다. 주유는 중문까지 나가 그들을 맞아들였다. 예를 마치고 주인과 손님이 각기 자리를 정해 앉은 뒤 노숙이 먼저 주유에게 물었다.

"이제 조조가 무리를 모아 남으로 밀고 내려오니 화친하자는 쪽과 싸우자는 쪽으로 의견이 나뉘어 주공께서는 아직 결정을 내리지 못하고 계십니다. 장군의 뜻을 한번 듣고 결정을 내리시려는 바, 장군의 뜻은 어떠하십니까?"

그러자 주유는 앞서 동오의 문무 관원들을 만날 때와는 전혀 달리 대답했다.

"조조는 천자의 이름을 빌고 있으니 그 군사에 맞서서는 안 될 것이오. 거기다가 그 세력까지 커서 가볍게 맞서 싸울 수도 없소이다. 다시 말해 싸우면 반드시 패할 것이고 항복하면 평안할 것이오. 내 뜻은 이미 결정되었으니 내일 주공을 만나뵙고 급히 사자를 보내 항복을 받아들이게 할 작정이외다."

뜻밖의 말에 노숙은 놀라 입이 절로 벌어졌다. 다 생각이 있다더니 그게 겨우 항복하자는 뜻이었던가 싶어 자신도 모르게 격한 목소리를 냈다.

"공근의 말씀이 틀렸소. 강동의 기업은 이미 삼대를 지난 것이거늘 어찌 하루 아침에 남에게 내줄 수 있겠소? 지난날 백부(伯符, 손책의 자)께서 돌아가실 때 바깥일은 장군께 당부하시는 말씀을 남기셨소. 강동은 이제 장군을 의지하기를 태산 의지하듯 하여 나라를 보전하려 하는데 장군께서 어찌 그런 소리를 하실 수 있단 말이오? 무슨 까닭으로 겁쟁이들의 의견을 좇아 이 땅을 역적에게 들어다 바치려 하는 거요?"

그러나 주유는 조금도 흔들리는 기색이 없었다. 차게 들릴 만큼 낮고 또렷하게 노숙의 말을 받았다.

"강동 여섯 고을에는 헤아릴 수 없이 많은 목숨붙이가 깃들이고 있소. 그런데 이 땅에 싸움을 끌어들여 그들의 목숨을 해친다면 원망도 모두 내게로 돌아오지 않겠소? 그 때문에 항복하는 계책을 주공께 권하기로 결정한 것이오."

"그렇지 않소. 장군 같은 영웅이 있고 또 적을 막기 좋은 지세의 험난함이 우리 동오에는 갖추어져 있소. 조조는 결코 쉽게 그 뜻을 이루지 못하리라!"

노숙이 한층 결기 어린 목소리로 주유의 말을 받았다.

그래도 주유는 여전히 제 뜻만을 고집했다. 따라서 자리는 한동안 주유와 노숙의 입씨름으로 이어졌다. 공명은 소매에 손을 집어넣고 차게 웃으며 그런 주유와 노숙을 보고만 있을 뿐이었다.

"선생은 어찌하여 웃고만 계시오?"

주유가 문득 그런 공명을 자기들의 얘기에 끌어들였다.

"양은 다른 사람을 웃은 게 아니라 바로 자경이 세상 형편에 어두운 걸 웃었소이다."

제갈량이 그렇게 대답했다. 노숙이 들으니 또 알지 못할 소리였다. 마땅히 자기를 편들어줄 줄 알았던 공명이 자기더러 오히려 세상 물정에 어둡다니 기막히지 아니한가. 이에 이번에는 공명에게 따지듯 물었다.

"선생은 무슨 까닭으로 오히려 나를 시무(時務)에 어둡다 하십니까?"

"공근께서 조조에게 항복하려는 것이 심히 이치에 합당하기 때문이외다."

제갈량이 눈 한번 깜박 않고 그렇게 대답했다. 노숙이 기가 막혀 입만 벌리고 있는데 주유가 넉살좋게 공명의 말을 받았다.

"공명은 실로 시무를 아는 분이오. 틀림없이 나와 뜻이 같겠소이다."

원래 주유가 노린 것은 노숙이 아니라 공명이었다. 이번에는 자신이 공명을 격동시켜 볼 양으로 겉과 속이 엇나가는 소리를 짐짓 해대는데 공명은 걸려들지 않고 노숙만 팻대를 세우고 있어 할 수 없이 제 쪽에서 공명을 끌어들여본 것이었다. 하지만 공명이 걸려들기는커녕 오히려 자기를 편들고 나서니 은근히 속이 켕겼다.

'역시 녹록한 무리가 아니로구나……'

주유가 속으로 그렇게 생각하며 다음 말을 생각하고 있는데, 아무것도 모르는 노숙이 뒤늦게야 공명에게 대들었다.

"공명, 그대가 어찌 그런 소리를 할 수 있단 말이오?"

적지 않이 분이 오른 목소리였다. 그러나 공명은 조금도 움츠러드는 기색 없이 주유를 보고 제 할 말만 했다.

"조조는 매우 군사를 잘 부려 천하에 그를 당해낼 사람이 없소.

지난날 여포, 원술, 원소, 유표 등이 감히 그에게 맞섰으나 지금은 모두 조조에게 멸망당해 아무도 남아 있지 않소이다. 다만 유예주 혼자만이 세상 물정을 모르고 강한 조조와 맞서 싸우다가 지금은 강하에서 외로운 몸이 존망조차 기약 없이 되어 있을 뿐이오. 그런데 이제 장군께서는 조조에게 항복하기로 결정했다니 넉넉히 처지를 보전하고 또 부귀도 잃지 않게 되겠소이다. 나라가 바뀌고 망하는 거야 천명에 달린 것이니 굳이 애석해할 게 무엇이겠소?"

거꾸로 주유를 격동시키는 소리였다. 주유가 맘에 없이 항복하기를 주장하는 체했다 해도 그 말을 듣고는 불끈하지 않을 수 없었다. 그러나 먼저 성난 소리를 내지른 것은 주유가 아니라 노숙이었다.

"그게 무슨 소린가? 그대는 우리 주인에게 역적 앞에 무릎 꿇는 욕을 권할 작정이었던가!"

정작 노리는 주유는 가만히 있는데 노숙만 팔을 걷어붙이고 나서자 공명은 생각을 달리했다. 예삿말로는 주유를 격동시킬 수 없다 여겨 진작부터 주유를 겨냥하고 마련해 간 모진 말을 슬며시 꺼냈다.

"꼭히 그렇게 생각하실 건 아니외다. 어리석으나마 내게 한 계책이 있으니 그대로 따라만 주신다면 구태여 양을 잡고 술을 걸러 차려 받들고 땅과 인수를 바치러 강을 건너실 필요가 없소. 사자 한 사람을 뽑은 뒤 조각배에 두 사람만 싣고 강을 건너가게 하시오. 조조가 만약 그 두 사람만 얻게 된다면 그의 백만 대군은 절로 갑옷을 벗고 기치를 싸말아 물러날 것이외다."

대답은 노숙을 보고 한 것이었으나 과연 먼저 나선 것은 주유였다. 주유는 공명의 그 엄청난 소리에 자신도 모르게 급한 물음을 던지고 말았다.

"그 두 사람이 누구요? 누구기에 그 두 사람만을 써도 조조의 군사를 물리칠 수 있다는 것이오?"

"강동으로 보면 그 두 사람이 간다 해도 큰 나무에서 잎새 하나 떨어지고 너른 창고에서 좁쌀 하나 집어내는 격밖에 되지 않을 것이오. 그러나 조조가 얻으면 크게 기뻐하여 반드시 군사를 돌릴 사람들이지요."

공명은 얼른 두 사람의 이름을 밝히지 아니하고 그렇게 주유의 궁금증만 돋우었다.

"그렇다면 과연 그 두 사람이 누구누구란 말씀이오?"

주유가 한층 달아 공명에게 거듭 물었다. 그제서야 공명은 못 이긴 체 대답했다.

"양이 융중에 있을 때 조조가 장하(漳河) 가에다 새로 동작대(銅雀臺)란 대를 쌓았다는 말을 들었소. 몹시 크고 화려하게 치장한 누대인데 그 안에는 천하의 미녀들을 가려뽑아 채웠다 했소. 조조가 원래 여자를 좋아하는 무리라 있을 법한 일이기는 하지만 특히 그 일을 말씀드리는 것은 이곳 강동과 무관하지 않기 때문이외다.

조조는 오래전부터 강동의 교공(喬公)에게 두 딸이 있어 큰 딸은 대교(大喬)요, 작은 딸은 소교(小喬)라 불리는데, 한가지로 고기가 물에 잠기고 기러기가 모랫벌에 내려앉는 것 같은 자태에 달이 빛을 잃고 꽃이 오히려 부끄러워할 만한 얼굴을 지녔다는 말을 들어왔다 하오. 그래서 서원(誓願)하기를 나의 큰 바람 하나는 사해(四海)를 쓸어 제업(帝業)을 이루는 일이고, 다른 하나는 강동 교공의 두 딸을 얻어 동작대에 두고 만년을 즐기는 일이니, 이 둘만 이루어진다면 죽은들 무슨 한이 있겠는가 하였다는 것이오. 지금 조조는 비록 백만의 무리를 이끌고 강동을 노려보고 있으나 실은 그 두 여인을 얻고자 함이라 해도 지나친 말이 아니외다.

장군께서는 어찌 교공을 찾아 천금을 주고 그 두 딸을 사서 조조에게로 보내지 않으시오? 조조는 그 두 여인만 얻으면 원래 마음속에서 구하던바를 다 얻은 셈이라 반드시 군사를 돌려 물러갈 것이외다. 이것은 바로 지난날 범려(范蠡, 월왕 구천의 모신)가 오왕(吳王)에게 서시(西施, 월의 미녀)를 바친 것과 같은 계책이니 되도록이면 빨리 시행하도록 하시오."

공명은 그래 놓고는 능청스레 주유를 바라보았다. 하지만 주유 또한 손책이 죽어가면서 강동의 바깥일을 맡긴 사람, 공명의 몇 마디 말에 바로 걸려들지는 않았다. 속으로는 무슨 생각을 하고 있는지 모르나 겉으로는 별다른 기색 없이 공명에게 물었다.

"떠도는 말을 어찌 다 믿겠소? 조조가 이교(二喬, 대교와 소교)를 얻고 싶어 하는 다른 증거가 있다면 대보시오."

"조조의 아들 중에 식(植)이 있는 데 자를 자건(子建)이라 쓰며 제법 문장을 이루었소. 조조는 일찍이 식에게 명해 「동작대부(銅雀臺賦)」를 쓰게 한 적이 있는 바 그 속에 바로 저희 집안이 천자의 집안이 되는 것과 이교 얻기를 서원한 게 있소이다."

공명의 그 같은 대답에도 주유는 여전히 아무런 내색 없이 묻기만을 거듭했다.

"그 「동작대부」인가 뭔가 하는 부를 공은 외고 있소?"

"그 문장이 하도 화려하고 아름답기에 사랑하게 되어 일찍부터 외워두고 있소이다."

주유의 속마음을 뻔히 들여다보면서도 공명 또한 대수롭지 않은 일 말하듯 그렇게 한가로운 대답을 했다. 그리고 주유가 한번 들려주기를 청하자 목소리를 가다듬어 읊기 시작했다.

밝은 임금을 좇아 노닐음이여	從明后以嬉游兮
높은 대에 오르니 정취 더욱 즐겁다.	登層臺以娛情
태부 넓게 열려 있음이여	見太府之廣開兮
성덕이 황송함을 본다.	觀聖德之所營
높이 세운 문 불쑥 솟아 있고	建高門之嵯峨兮
두 대궐 푸른 하늘에 뜬 듯하다.	浮雙闕乎太情
중천에 서서 황홀하게 보니	立中天之華觀兮
서성부터 공중누각이 잇대었구나.	連飛閣乎西城
장수의 긴 흐름을 끼고	臨漳水之長流兮
멀리 동산의 과일 영그는 걸 바라본다.	望園果之滋營
두 대를 좌우에 벌려 세우니	立雙臺於左右兮
옥룡과 금봉일세.	有玉龍與金鳳
이교를 동남에서 끌어와	攬二喬於東南兮
아침저녁으로 함께 즐기리라……	樂朝夕之與共……

공명이 거기까지 읊어갔을 때였다. 주유가 더 참지 못하고 벌떡 몸을 일으켰다.

"조조 이 늙은 역적 놈이 너무 나를 욕뵈는구나!"

주유는 불길이 이는 눈길로 조조가 있는 북쪽을 가리키며 소리쳤다.

원래 조식의 「동작대부」에는 '두 다리[二橋]를 동서에 놓아 잇고[連二橋於東西兮]'인 것을 공명이 '교씨(喬氏) 집 두 딸을 동남에서 끌어와서'로 슬쩍 바꾸고 그다음에는 생판 없는 '아침저녁으로 함께 즐기리라'는 구절까지 집어넣은 것이었다. 일부러 남의 글까지 바꾼 것으로 보면 분명 그걸로 노린 게 있었으나 공명은 여전히 아무것도 모르는 체하고 주유의 속을 한 번 더 뒤집어놓았다. 놀란 얼굴로 일어나 주유를 말리며 능청스레 묻는 것이었다.

"지난날 흉노족이 자주 국경을 침략하니 한의 천자는 공주를 그 우두머리에게 시집 보내가며까지 화친을 했소이다. 그런데 장군은 어찌하여 지금 한낱 백성의 두 딸을 가지고 이토록 애석해하십니까?"

그러자 주유가 버럭 소리 질러 대답했다.

"공은 모르는 소리 하지 마시오. 대교는 곧 돌아가신 손백부(孫伯符, 손책)의 부인이시고 소교는 바로 이 주유의 아내 되는 사람이외다."

바로 공명이 노린 것이 그것이었다.

강동의 대단찮은 선비까지 출신 내력을 훤히 알고 있는 공명이 어찌 손책과 주유의 그 유명한 혼사를 모르겠는가.

다만 알면서 그 일을 가지고 주유를 격동시키려 들기에는 민망한 구석이 있을 뿐만 아니라 자칫 효력도 줄어들까 싶어 짐짓 모르는 체했을 뿐이었다.

"양이 참으로 그걸 알지 못하고 잘못 어지러운 소리를 한 것 같습니다. 실로 죽을죄를 지었습니다."

제갈량은 펄펄 뛰는 주유에게 거짓으로 두렵고 놀란 표정을 지으며 죄를 빌었다. 그러나 주유가 워낙 성이 나 제갈량을 의심할 틈이 없었다. 이를 갈며 다만 조조를 한할 뿐이었다.

"내 맹세코 그 늙은 역적 놈과는 한 하늘을 이지 않으리라!"

그런 주유를 보고 마음을 놓은 제갈량이 한 번 더 성난 범의 콧등을 튀겼다.

"그렇지만 그와 싸우고 안 싸우고의 결정은 나라와 백성들에게 아울러 몹시 크고도 무거운 관련이 있습니다. 세 번 생각하시어 뒷날에 뉘우치는 일이 없도록 하십시오."

"나는 죽은 손백부로부터 뒷일을 당부받은 사람이오. 어찌 조조 따위에게 몸을 굽혀 항복할 까닭이 있겠소? 다만 지금까지 항복을 말해 온 것은 여럿의 속마음을 떠보기 위해서였을 따름이외다. 나는 이미 파양호를 떠날 때부터 북으로 치고 올라갈 마음을 먹고 있었소. 비록 칼과 도끼가 머리에 떨어진다 해도 이 뜻은 변함이 없을 것이오. 바라건대 공명도 한 팔의 힘을 빌려주시어 함께 조조를 깨뜨리도록 합시다."

먼저 공명을 격동시켜 무언가를 얻어보려던 처음의 뜻은 깨끗이 잊고 깨끗이 속마음을 드러내는 주유의 말이었다. 분노가 지나쳐 주유가 오히려 차게 가라앉는 걸 보고 공명도 더는 말과 뜻을 비틀지 않았다. 문득 엄숙한 얼굴로 주유를 바라보며 진정 섞어 말을 받았다.

"장군께서 버리시지 않는다면 개나 말의 힘일지라도 아끼지 않겠습니다. 머지않아 적을 내쫓을 계책을 듣게 되기를 바라 마지않습

니다."

"내일 주공을 들어가 뵈옵고 곧 군사를 일으키도록 하겠소."

주유는 다시 한번 자신의 뜻을 다짐해 밝히고 공명과 노숙을 내보냈다.

다음 날이 되었다. 날이 밝기 바쁘게 손권은 문무의 관원들이 기다리는 대청으로 나가 당에 올랐다. 왼편으로는 장소와 고옹을 비롯한 문관 삼십여 인이 늘어서고 오른편으로는 정보와 황개를 비롯한 무관 삼십여 인이 늘어섰는데 한결같이 의관을 가지런히 하고 엄숙하게 칼을 찬 모습으로 서 있었다.

오래잖아 주유가 들어와 손권에게 예를 하자 손권은 주유에게 위로의 말부터 건넸다. 주유는 손권의 말이 끝나기를 기다려 바로 현안에 들어갔다.

"요사이 듣자니 조조는 군사를 이끌고 한상에 이르러 이곳에 항복을 권하는 글을 보내왔다는데, 거기에 대해 주공의 뜻은 어떠하십니까?"

그러자 손권은 자신의 뜻을 밝히기에 앞서 조조에게서 온 격문을 가져다 주유에게 보여주었다. 다 읽고 난 주유가 차갑게 웃으며 말했다.

"늙은 역적 놈이 우리 강동에는 사람이 없는 줄로 여기는구나. 어찌 감히 이토록 우리를 깔본단 말이냐!"

"그렇다면 장군은 어찌했으면 좋겠소?"

주유의 태도를 보고 손권이 도리어 물었다. 그러나 주유는 대답 대신 되물었다.

"주공께서는 그동안 문무의 관원들과 의논해보지 않으셨습니까?"

"연일 이 일을 의논했으나 어떤 이는 항복하자 하고 어떤 이는 싸우자 하여 한가지로 결정을 내릴 수가 없었소. 그 때문에 공근을 불러 단번에 결정을 지으려는 것이오."

"항복을 권하는 이들은 누구누구였습니까?"

주유는 뻔히 알면서도 다시 물었다.

"장자포를 비롯한 몇 사람들이 그리 뜻을 밝혔소."

그러자 주유는 이번에는 장소를 돌아보며 전날 이미 들은 까닭을 한 번 더 물었다.

"바라건대 선생께서는 항복을 주장하게 된 까닭을 들려주시오."

"조조는 천자를 끼고 사방을 치는데 움직일 때는 반드시 조정을 받든다는 명분을 내세웁니다. 거기다가 또 근래에는 형주를 얻어 위세가 더욱 커졌습니다. 어디 그뿐이겠습니까? 원래 우리 강동이 조조에게 맞설 수 있었던 것은 장강이 있기 때문이었습니다. 그런데 이제 형주가 조조에게 떨어짐으로써 그 장강을 조조와 나누게 되고 크고 작은 싸움배도 천 척이 넘게 그 손에 들어갔습니다. 그런 조조가 뭍과 물로 군사를 몰아오는데 어찌 감당해낼 수 있겠습니까? 잠시 항복을 하고 뒷날을 도모함만 같지 못합니다."

하지만 장소에게 뜻밖인 것은 그 말에 대한 주유의 대꾸였다. 전날의 그 은근함은 간 곳 없이 날선 목소리로 주유가 말했다.

"실로 미덥지 못한 선비의 소리구려! 강동은 나라를 연 이래 이미 삼대가 지났소이다. 어찌 하루아침에 삼대의 공업(功業)을 없애버린단 말씀이오?"

"이 계책 말고도 달리 길이 있단 말이오?"

듣고 있던 손권이 슬몃 장소를 대신해 주유에게 되물었다. 주유가 대쪽을 쪼개는 듯한 기세로 말했다.

"조조가 비록 이름은 한의 승상이나 실은 한의 흉악한 도적입니다. 그에 비해 주공께서는 군사를 부림에 귀신 같고 영웅의 재질을 갖추신 데다 부형께서 남겨주신 기업에 의지하고 계십니다. 군사는 날래고 양식도 넉넉한데 어찌하여 떳떳하게 천하를 주름잡으며 나라를 위해 난폭한 무리를 없애려 하지는 않으시고 오히려 역적에게 항복한단 말씀입니까. 뿐만 아닙니다. 지금 조조는 비록 많은 군사를 이끌고 왔다 하나 여러 가지로 병가(兵家)에서 꺼리는 일들을 많이 저지르고 있습니다. 북쪽이 아직 평정되지 않아 마등과 한수가 근심거리로 남아 있는데도 오래 남쪽을 치고 있는 것이 그 첫째요, 북쪽 군사는 수전에 익숙하지 못한데 말[馬]을 버리고 배에 의지해 동오와 싸우려드는 게 그 둘쨉니다.

또 한창 추운 겨울철에 군사를 움직여 군마를 먹이고 재우는 데 쓰이는 풀이 없는 게 그 셋째요, 멀리 중원의 군사를 남쪽의 강호로 끌고 와 기후 풍토와 물이 맞지 않은 까닭에 병이 많이 날 것이니 그것이 넷째입니다. 조조는 이와 같은 군사를 부리는 사람이면 누구나 꺼릴 일을 한꺼번에 몇 가지나 어기고 있습니다. 비록 데리고 온 군사가 많다 해도 반드시 패하고 말 것이니 주공께서 조조를 사로잡을 수 있는 기회는 바로 오늘입니다. 이 주유에게 정병 수천만 주신다면 그들과 더불어 하구로 나아가 주공을 위해 조조의 대군을 깨뜨려 보이겠습니다."

실로 하늘을 찌를 듯한 기상이요 땅을 뒤집을 듯한 배포였다. 그리고 동시에 손권이 은근히 애태워 기다리던 대답이기도 했다. 드디어 마음속에 뚜렷한 결단을 얻은 손권이 벌떡 몸을 일으켰다.

"조조 그 늙은 역적 놈이 한을 없애고 스스로 천자의 자리에 앉으려 마음 먹은 지는 오래되었으나 두 원씨와 여포, 유표 그리고 이 몸이 두려워 감히 그러지 못했다. 이제 다른 영웅들은 모두 죽고 오직 이 몸만 남았으되 맹세코 이 몸은 그 늙은 역적과 함께 살기를 바라지 않으리라! 마땅히 조조를 쳐야 한다고 말한 경의 말은 바로 이 몸의 뜻과 같다. 경은 실로 하늘이 이 몸에게 내리신 사람이다!"

"저는 이미 주공을 위해 한바탕 혈전을 다짐했으니 만 번 죽더라도 마다하지 않을 것입니다. 다만 두려운 바는 주공께서 지나친 의심으로 결단을 정하시지 못하는 것뿐입니다."

주유가 손권의 말이 떨어지기 바쁘게 쐐기를 박았다. 그러자 손권은 차고 있던 보검을 뽑아 앞에 놓인 탁자[奏案] 모서리를 베며 소리쳤다.

"문관이든 무장이든 두 번 다시 조조에게 항복하자는 말을 꺼내는 자는 이 탁자처럼 될 줄 알라!"

행동으로 자신의 매서운 결의를 보여준 것이었다. 뿐만 아니라 그 자리에서 보검을 주유에게 넘겨주고 조조를 맞아 싸울 장렬(將列)을 정했다. 곧 주유를 대도독으로 삼아 전군을 거느리게 하고 정보를 전부도독, 노숙은 찬군교위(贊軍校尉)로 삼은 것이었다.

"문무를 막론하고 명을 어기는 자는 이 칼로 베시오."

그 같은 손권의 영과 함께 보검을 받은 주유는 곧 여러 벼슬아치를 돌아보며 엄숙히 말했다.

"나는 주공의 명을 받들어 군사를 이끌고 조조를 깨뜨리려 한다. 여러 장수와 벼슬아치들은 모두 내일 아침 강가의 군영으로 나와 영을 받들도록 하라. 늦거나 어기는 자가 있으면 칠금령(七禁令)과 오십사 참(斬)의 법에 따라 처단하리라!"

그런 다음 손권에게 감사하고 몸을 일으켜 부중을 나가니 나머지 문무의 벼슬아치들도 그 서슬에 눌려 입도 한번 떼보지 못하고 흩어졌다.

그런데 여기서 한번 살펴보고 싶은 것은 동오가 조조에게 항전하기로 결정하는 데 제갈량이 한 정사에서의 역할이다.

제갈량이 손권의 결의를 다져준 것은 정사 여기저기서 찾아볼 수 있고 노숙과의 관계도 대강은 맞다. 그러나 동오의 여러 선비들과 차례로 설전을 벌여 그들을 굴복시킨 것이나 이교의 일로 주유를 격동시킨 것은 모두 『연의』를 지은 이가 꾸며낸 듯하다. 제갈량을 미화하고 과장하려는 의도는 넉넉히 알 만하나 주유쯤이 되면 아무래도 억울할 성싶다. 주유가 원래 용렬한 위인이 아닌데 제갈량의 몇 마디 말에 격해 국가의 대사를 감정에 따라 결정한 것으로 되고 만 까닭이다. 실상 동오의 항전, 한 걸음 더 나아가 적벽(赤壁) 싸움의 빛나는 승리는 주유에게 으뜸가는 공이 돌아가야 함을 밝힌다면 그의 넋이라도 위로가 될까.

어찌 됐건 조조와 맞서 싸우는 것으로 동오의 국론을 결정한 주유는 거처로 돌아오자마자 공명을 청해 들였다. 이제는 한편이 되어 싸우게 된 그와 더불어 앞일을 의논하기 위함이었다.

공명이 오자 주유가 먼저 의논을 꺼냈다.

"오늘 부중에서 여럿의 논의는 이미 하나로 모아졌소. 바라건대 조조를 깨뜨릴 좋은 계책이 있거든 들려주시오."

"손장군의 마음이 아직 굳혀 있지 않은 듯하니 아직 계책을 결정하기 어렵겠소이다."

마땅히 자신의 말을 듣고 기뻐할 줄 알았는데 공명이 그렇게 대답하자 주유는 어리둥절해서 물었다.

"주공의 마음이 아직 굳혀 있지 않다니 그게 무슨 말씀이오?"

"마음속으로 아직 조조의 군사가 많음을 겁내 혹시 적은 군사로 당해내지 못할까 의심하고 계실 것이오. 장군께서 조조의 군사가 실상은 대단치 않음을 일러주시어 그분의 의심부터 먼저 풀어주도록 하시오. 그런 뒤라야 큰일을 해낼 수 있을 것이오."

공명은 마치 손권의 속을 들여다보고 온 것처럼 그렇게 말했다. 비록 차고 있던 칼까지 내어주며 자신의 결단을 밀어준 손권이었으나 주유도 공명의 말을 듣고 가만히 생각해보니 미심쩍은 것이 있었다. 결국 조조와의 결전을 내세운 것은 주유 자신이었으며, 손권은 행동으로 뒷받침했으나 얼굴에는 어딘가 한 가닥 어두운 기색이 있었던 걸 그제야 떠올렸다.

"선생의 말씀이 옳은 듯하오. 내 먼저 주공을 뵈온 뒤에 돌아오겠소."

이윽고 주유는 그 말과 함께 몸을 일으켜 방을 나갔다.

주유가 손권을 보러 가니 손권이 의아로운 얼굴로 맞으며 물었다.

"공근이 저물어 찾아온 걸 보니 반드시 무슨 일이 생긴 것 같구려. 그래, 무슨 일로 오시었소?"

"내일 군사와 말을 내려 하는데 아무래도 마음에 걸리는 게 있어서 왔습니다. 주공께서는 아직도 마음속에 의심을 품고 계시지 않으신지요?"

주유가 공명에게 들었다는 표정 없이 손권에게 바로 물었다. 손권이 머뭇거리다 털어놓은 듯 말했다.

"실은 조조의 군사가 많아 우리의 적은 군사로 당해낼 수 있을까 걱정이오. 그밖에야 달리 무슨 의심나는 일이 있겠소?"

그러자 주유가 밝게 웃으며 손권을 안심시켰다.

"바로 이러실 것 같아 제가 특히 주공을 뵈러 온 것입니다. 아는 대로 그 걱정을 풀어드리지요. 주공께서는 조조가 보낸 격문을 보신 까닭으로 거기서 말한 대로 군사가 백만이 되는 줄만 믿고 계십니다. 그 참과 거짓을 다시 한번 헤아려보시려고는 않으시고 걱정하고 두려워하시는 것입니다.

그러나 실상 가만히 헤아려보면 조조가 중원에서 이끌고 온 군사는 기껏해야 십오륙만에 지나지 않는데 그것도 이미 오래 지친 군사들입니다. 또 원씨를 멸망시키고 얻은 군사가 있다 하나 역시 칠팔만을 넘지 않을 뿐만 아니라 아직 조조를 믿고 따르지 아니합니다. 무릇 오랫동안 지쳐 있는 군사와 주인을 믿고 따르지 않는 군사는 비록 그 수가 많다 해도 크게 두려워할 바가 못 됩니다. 이 주유에게 군사 오만만 주신다면 넉넉히 깨뜨릴 수 있으니 바라건대 주공께서는 너무 걱정하지 마십시오."

결국 조조는 기껏해야 이십만 남짓의, 그것도 성치 않은 군사를 몰고 온 것에 지나지 않은 셈이었다. 물론 약간의 과장이야 있겠지만 그 말을 듣자 손권은 적이 마음이 놓였다. 밝은 얼굴로 자리에서 일어나 주유의 등을 쓸어주며 말했다.

"공근의 말을 들으니 마음속의 의심이 눈 녹듯 스러지는구려. 자포를 비롯한 무리는 헤아림이 모자라 이 몸의 바람을 크게 저버렸으나 오직 장군과 자경 두 사람만이 내 마음을 알아주었소. 장군은 자경, 정보와 아울러 어서 군사를 가려 뽑아 조조를 맞으러 나아가시오. 나는 이어 군사와 말을 더 뽑고 군기(軍器)와 양식을 넉넉히 마련하여 장군의 뒤를 받치리다.

만일 장군이 거느린 전군이 싸움에서 뜻대로 되지 않거든 얼른 되돌아와 이 몸이 거느린 군사와 합치도록 합시다. 그때는 이 몸이 스스로 앞장서 조조와 결판을 낼 것이오. 이 몸에게 다시는 아무런 의심이 없을 것이니 장군은 부디 마음 놓고 싸우도록 하시오."

낮에 탁자 모서리를 쪼갤 때보다 더 확고한 손권의 태도였다. 그제서야 안심한 주유는 손권에게 감사하고 그 앞을 물러나왔다. 그러나 막상 손권을 안심시키고 나자 새로운 걱정거리가 생겼다. 그것은 다름 아닌 공명이었다.

'공명은 가만히 앉아서도 우리 주공의 마음을 꿰뚫어보았다. 실로 놀라운 안목이요, 나를 한 수 앞지르는 재주다. 그러나 그는 결국 유비의 사람, 오래잖아 반드시 우리 강동의 걱정거리가 될 것이니 우리 손에 들어와 있을 때에 죽여버리는 게 낫겠다.'

주유의 생각은 이윽고 그렇게 돌아갔다. 그러나 혼자서는 바로 공명을 죽일 수 없어 먼저 노숙을 불러들이고 의논했다. 밤중에 불려온 노숙은 주유로부터 공명을 죽여야겠다는 말을 듣자 펄쩍 뛰었다.

"아니 되오. 아직 조조를 깨뜨리기도 전에 공명 같은 어진 선비를 죽여서는 크게 일을 그르치게 될 것이오. 그를 돌려보내 우리를 돕게 해야 하오."

"하지만 그가 돌아가 유비를 돕게 되면 뒷날 반드시 우리 강동의 걱정거리가 될 것이외다."

주유가 다시 그렇게 자기 뜻을 고집했다. 그러자 노숙은 문득 목소리를 낮추어 달래듯 말했다.

"지금 우리 막빈으로 와 있는 제갈근은 바로 그의 친형이오. 그를 시켜 공명을 달래 함께 동오를 섬기게 한다면 그 아니 묘하겠소?"

주유도 그 말을 듣자 고개를 끄덕였다. 공명을 죽이려는 것이 사감(私感)에서가 아니라 강동을 위해서였던 만큼 그를 살려 강동에 도움이 되도록 할 길이 있다면 구태여 죽일 까닭이 없었다.

큰 불길 속의 작은 불길

다음 날이 되었다. 주유는 아침 일찍 행영(行營)으로 나가 중군장에 높이 올려진 대도독의 자리에 앉았다. 좌우로는 칼과 도끼를 든 군사들을 벌려 세운 가운데 문관과 무장들을 모아들이고 영을 내리는데 그 위엄이 자못 크고 무거웠다.

이번 싸움에서 전부 도독을 맡게 된 정보는 원래 주유보다 나이가 많은 데다 손씨를 섬긴 지도 훨씬 오래인 장수였다. 정보가 아직 손권이 태어나기도 전 그 아비 손견이 황건적을 칠 때 따라나선 것에 비해 주유는 손견이 죽고도 몇 년 뒤 손책이 원술로부터 자립할 때에야 따라나섰고, 싸움터에서의 공도 정보가 주유보다 위면 위였지 아래는 아니었다.

그런데 이번에는 주유가 대도독이 되어 모든 군무를 관장하고 정

356

보는 그 아래서 전부 도독으로 싸우게 되었으니 마음이 즐거울 리 없었다. 아들 같은 주유 앞에 불려가 이래라 저래라 영을 듣는 게 싫어 병을 핑계하고 아들 정자(程咨)를 대신 내보냈다.

모든 문무의 관원들이 모이자 주유가 첫 번째 영을 내렸다.

"왕법(王法)은 더 친하고 덜 친하고를 살피지 아니하고 공변되니, 여러분은 모두 맡은 바 직분에 각기 힘쓰라. 지금 조조는 나라의 권세를 희롱하기가 동탁보다 심하여, 천자를 제 근거지 허창에 가두어 두고 포악한 군사를 내어 우리 경계에 이르렀다. 이제 나는 주공의 명을 받들어 그를 치고자 하거니와 여러분도 모두 있는 힘을 다해 앞으로 나아갈 일이다. 우리 대군이 이르는 곳에 백성들의 어려움이나 걱정이 더해져서는 아니 된다. 수고로움이 있는 곳에는 상이 따를 것이요, 죄가 있는 곳에는 벌이 이르리라. 이는 반드시 지켜질 군령의 큰 줄기인즉 터럭만큼도 어김이 없게 하라!"

주유는 먼저 그렇게 행군의 기본이 되는 영을 세운 뒤에 한당과 황개를 전부 선봉으로 삼고 그날로 모든 싸움배를 몰아 삼강구(三江口)로 내려갔다. 삼강구에 수채(水寨)를 내린 주유는 다시 군령을 내려 장수들의 자세한 배치를 정했다.

"장흠과 주태는 제이대를 이끌고 능통과 반장은 제삼대가 되며, 태사자와 여몽은 제사대가 되고 육손과 동습은 제오대가 되라. 여범과 주치는 사방순경사(四方巡警使)가 되어 대군의 경계와 아울러 정탐을 맡는다."

그런 다음 여섯 갈래의 군사를 재촉하여 물과 뭍으로 아울러 나아가게 했다.

진군을 위한 배치가 정해지자 모든 장수들은 각기 거느린 배와 군사들을 수습하고 진군할 채비를 시작했다. 아비 대신 나아가 영을 받은 정자는 집으로 돌아가 정보에게 말했다.

"오늘 주유가 군사를 부리는 걸 보니 움직이고 멈추는 데 한가지로 뚜렷한 법도가 엿보였습니다."

그러고는 자세히 보고 들은 것을 전했다. 다 듣고 난 정보가 크게 놀라 말했다.

"나는 평소 주랑(周郎)이 겁많고 약한 줄로 잘못 알아 장수감으로는 모자란다고 여겨왔다. 그런데 이제 네 말대로 그렇게 했다면 실로 훌륭한 장재(將材)다. 내가 어찌 굽히지 않을 수 있겠느냐!"

그러고는 몸소 주유의 행영을 찾아가 죄를 빌었다. 주유 또한 정보가 스스로 찾아와 잘못을 빌자 그 일을 문제삼지 않았다. 정보의 솔직하고도 당당한 태도를 높이 보았을 뿐만 아니라 늦게나마 자신을 인정해준 것에 오히려 감사했다.

그런데 정사의 기록은 주유를 좌도독(左都督), 정보를 우도독(右都督)으로 삼았다고 되어 있다. 좌우 도독 사이라면 구태여 위아래를 따질 필요가 없고 따라서 앞서와 같은 일도 없었을 성싶지만 반드시 그렇지는 않다. 경우에 따라서는 주유와 어깨를 나란히 하게 되었다는 것만으로도 정보 같은 원로에게는 불쾌할 수 있기 때문이다. 중요한 것은 싸움과 항복을 두고 문관과 무장의 주장이 엇갈렸던 것처럼 지휘권에 있어서도 노장층과 소장층의 알력이 있었던 것을 동오(東吳)가 스스로의 조정 능력으로 해결했다는 점이리라.

군사를 내기 위한 배치가 대강 마무리되자 주유는 곧 제갈량을 동오로 끌어들이는 일에 손을 댔다. 제갈근을 가만히 불러 그 아우를 달래보도록 권한 것이었다.

"선생의 아우 공명은 왕좌(王佐)의 재주를 지녔는데 어찌하여 유비 같은 자를 몸 굽혀 섬기는지 모르겠구려. 마침 이곳 강동에 와 있으니 선생께서 번거로우시더라도 한번 그를 찾아 달래보십시오. 아우를 달래 유비를 버리고 우리 동오를 섬기게만 할 수 있으면 주공께는 좋은 도움을 드리는 일이요, 또 선생으로 보면 형제가 함께 일하게 되니 어찌 아름답지 않겠습니까? 부디 공명을 한번 찾아보시도록 하십시오."

이미 몇 년째 손권의 막빈으로 있는 제갈근이 주유의 그 같은 권유를 마다할 까닭이 없었다.

"근(瑾)이 강동에 온 이래 한 치 공도 세운 게 없어 부끄럽기 짝이 없더니 이제 그 부끄러움을 씻을 기회가 온 모양입니다. 장군의 당부가 아니라 한들 어찌 힘을 다하지 않을 수 있겠습니까?"

그러고는 그 자리에서 말에 올라 공명이 묵고 있는 역관으로 갔다. 어려운 일을 겨우 되도록 돌려놓은 뒤에 한숨 돌리고 있던 공명은 제갈근을 반갑게 맞아들였다. 각기 섬기는 주인이 다르나 형제의 정이야 다르겠는가. 공명은 울며 절하고 형을 본 뒤 오래 떨어져 있어 나누지 못했던 정을 되살렸다. 제갈근도 눈물을 감추지 못하며 자기가 떠난 뒤의 고향 소식과 친지의 안부를 물었다.

하지만 아무래도 제갈근은 가슴속에 다른 뜻을 감추고 온 사람이라 언제까지고 사사로운 정이나 나눌 수만은 없었다. 이윽고 눈물을 거두며 공명에게 말했다.

"너는 백이(伯夷)와 숙제(叔齊)를 아느냐?"

그 갑작스런 물음에 형제간의 정에만 취해 있던 공명도 퍼뜩 정신이 들었다.

'틀림없이 주유가 형님을 시켜 나를 달래보려고 보냈구나……'

속으로 그렇게 헤아리고는 얼른 대답했다.

"백이 숙제라면 옛날의 어진 선비들이 아니겠습니까?"

"그렇다. 백이와 숙제는 비록 수양산 아래서 굶어 죽었으나 그래도 형제 두 사람이 한곳에 있었다. 그런데 지금 너와 나는 한 몸에서나, 같은 젖을 먹고 자랐으면서도 각기 섬기는 주인이 다르니 아침저녁으로 만나볼 길이 없구나. 저 백이 숙제로 본다면 실로 부끄러운 일이 아니겠느냐?"

제갈근이 그렇게 말하며 공명을 보았다. 얼른 들어서는 그럴듯하면서도 실은 억지로 끌어붙인 얘기였다. 공명이 표정을 엄숙히 하여 대답했다.

"형님께서 말씀하시는 것은 정이나 제가 지키려 하는 것은 의입니다. 형님이나 저는 한의 사람이고 유황숙께서는 한실의 종친입니다. 만약 형님께서 동오를 떠나 저와 함께 유황숙을 섬기신다면 위로는 한의 신하로서 부끄러울 게 없고 아래로는 골육이 함께 모이게 되니 또한 아름답지 않겠습니까? 그렇게만 되면 정과 의를 모두 보전할 수 있게 되는 일이지만 형님 뜻은 어떤지 모르겠습니다."

거꾸로 제갈근더러 유비에게로 오라는 말이었다.

'내가 저를 달래러 왔는데 오히려 제가 나를 달래려 하는구나. 더

말해봐야 소용없겠다.'

제갈근은 속으로 그렇게 생각하고 대답 없이 몸을 일으킨 뒤 아우와 작별했다.

제갈근이 돌아가니 주유가 기다리고 있다가 결과를 물었다. 제갈근이 공명에게서 들은 대로 전하자 듣고 난 주유가 살피는 눈길로 물었다.

"그래 공의 뜻은 어떠시오? 공명을 따라 유비에게로 가시려오?"

"저는 손장군으로부터 두터운 은의를 입었습니다. 어찌 저버리고 갈 수 있겠습니까?"

제갈근이 펄쩍 뛰며 손을 내저었다. 그러자 주유는 짐짓 담담한 얼굴로 말했다.

"공이 이미 충성스런 마음으로 주공을 섬기고 계시다면 달리 여러 말할 필요가 없소. 나도 공을 믿소이다. 공명을 처리할 계책은 따로 있소."

그리고 마음속으로는 다시 공명을 죽일 생각을 굳혔다.

다음 날 모든 장수와 사졸을 점검한 주유는 떠나기에 앞서 손권을 찾았다. 손권은 그런 주유를 맞아 위로와 격려를 거듭한 뒤 말했다.

"경은 먼저 떠나시오. 이 몸도 곧 군사를 모아 뒤를 따르겠소."

손권 앞을 물러나온 주유는 곧 노숙과 정보를 데리고 군사를 몰고 나아갔다. 이때 주유는 공명도 함께 가기를 청했는데, 공명은 그 속셈을 아는지 모르는지 기꺼이 따라나섰다. 장졸이 모두 오른 뒤에 돛을 올리자 배들은 늠름하게 잇대인 채 하구를 바라고 나아갔다.

삼강구를 떠나 오륙십 리 되는 곳에 이르러 닻을 내린 주유는 그곳에다 진채를 세웠다. 물가 서쪽 산에 의지해 군영을 얽고 그곳을 중심으로 빙 둘러 군사를 주둔시키는 형태였다. 이때 공명은 작은 배 안에서 쉬고 있었다.

진채를 세우는 일을 대강 끝낸 주유는 곧 공명을 불러 의논을 시작했다.

"지난달 조조의 군사는 적고 원소의 군사는 많았는데도 오히려 조조가 원소를 이긴 것은 허유가 낸 꾀를 써서 조조가 먼저 오소로부터 오는 원소군의 양식을 끊어버린 데 있소. 그런데 지금 조조는 군사가 팔십삼만이요, 우리는 겨우 오륙만이니 그때처럼 군사의 머릿수로는 우리가 조조를 당해낼 길이 없소. 역시 먼저 조조의 군량이 오는 것을 끊어버려야만 그 군대도 깨뜨릴 수 있을 것이오. 나는 이미 조조군의 양식과 말먹이 풀이 모두 취철산에 있음을 정탐해두었소이다. 선생께서는 오래 한상(漢上)에 계셨으니 그곳 지리에 밝으실 것이오. 번거로우시겠지만 선생께서 관우, 장비, 조운 등을 데리고 밤을 틈타 취철산으로 가서 조조군의 양도(糧道)를 끊어주시오. 나도 군사 천 명을 내어 선생을 도우리다. 나나 선생이나 모두 그 주인을 위해 일하는 것이니 행여라도 평계를 대어 이 일을 마다하지 않기 바라오."

시작은 의논조였으나 끝나고 보니 마다할 수 없는 군령이었다. 공명은 가만히 주유의 속셈을 헤아려보았다.

'이것은 나를 꼼짝하지 못하게 해놓고 해치려는 계책이로구나. 만약 내가 평계를 대어 하지 않겠다면 비웃음을 당할 것이니 그대로 따르니만 같지 못하다. 나를 지킬 계책은 따로 생각해내면 될 것 아

닌가.'

그러고는 또 기꺼이 그 영을 받아들였다. 생각보다 쉽게 공명이 제 꾀에 걸려드는 걸 보고 주유는 속으로 몹시 기뻤다. 그러나 공명은 아무것도 모르는 체 주유를 작별하고 자기 배로 돌아가버렸다.

공명이 나간 뒤 무언가 이상한 낌새를 느낀 노숙이 주유에게 물었다.

"장군께서 공명을 시켜 조조군의 양식을 빼앗게 하시는 데는 딴 뜻이 있는 듯싶습니다. 그게 무엇입니까?"

"나는 공명을 죽이고 싶으나 세상 사람들이 비웃을까 두려워 그리 못하고 있소. 그런데 이제 조조의 손을 빌어 공명을 죽이고 뒷날의 걱정거리를 없애려 하오. 조조가 어떤 인간인데 대군의 젖줄과도 같은 군량과 마초를 허술히 지키겠소?"

주유가 차갑게 웃으며 까닭을 일러주었다. 노숙 또한 동오의 사람이라 구태여 그런 주유를 말리고 나설 수는 없었지만 속으로는 공명을 죽이는 게 아까웠다. 그러나 그 아까운 마음 못지않은 것은 공명이 과연 주유의 그 같은 속셈을 알고 있는가 모르는가에 대한 궁금함이었다.

그 바람에 노숙은 누가 시킨 것도 아닌데 공명을 찾아가 그 하는 양을 살폈다. 공명은 정말로 아무것도 모르는 것 같았다. 조금도 어려운 기색 없이 군사와 말을 점검하며 떠날 채비를 하고 있는 까닭이었다. 노숙은 죽을 것도 모르고 떠나려는 공명이 몹시 안타까웠다. 참지 못하고 무언가를 넌지시 알려주는 말투로 공명에게 물었다.

"선생께서는 이번에 가서 공을 이룰 수 있으시리라 믿으십니까?"

그런데 공명의 대답이 뜻밖이었다. 빙그레 웃으며 철없는 아이 가르치듯 말했다.

"나는 수전, 보전, 마전, 거전 어느 것도 그 묘리를 알지 못하는 게 없소. 이번 싸움이 무엇이길래 공 이루지 못할까를 걱정하겠소? 공이나 주랑(周郞) 같은 강동 사람들이 한가지 싸움에만 능한 것에 견주어 생각하지 마시오."

지금까지 공명을 위해 안타까워하던 노숙이었으나 공명이 너무 자기들을 얕보아 말하자 자신도 모르게 불끈했다.

"나와 공근이 어째서 한가지 싸움밖에 할 줄 모른단 말씀이오?"

노숙이 그렇게 묻자 공명은 전에 없이 제법 거드름까지 피우며 대답했다.

"나는 강남의 아이들이 하는 노래를 들은 게 있소.

'길에 복병을 묻고 관을 지키는 데 뛰어난 것은 자경이고 강에서 수전 잘하기로는 주랑이 있네'라는 노래였소. 이 노래는 다시 말해 공은 육지에서 싸워도 그저 겨우 지켜내기만 할 뿐이요, 주랑은 다만 물에서 하는 싸움뿐 뭍에서의 싸움은 잘하지 못한다는 뜻이 아니겠소? 철없는 아이들이 터무니없이 지어낸 노래라고 말한다면 모르나……."

하지만 공명이 그렇게 철없는 아이들 핑계를 대고 슬몃 물러나 앉아버리니 노숙도 더는 따지고 들 수 없었다. 말없이 돌아서기는 해도 그대로 마음속에서 삭여버리기는 힘들었다. 곧 주유에게로 돌아가 공명에게서 들은 말을 그대로 전했다.

그게 바로 공명의 계략에 빠지는 것이라는 것도 모르고 주유는 얼굴이 시뻘겋게 성을 냈다.

"어째서 내가 뭍에서는 싸울 줄 모른단 말인가! 아니 되겠소. 내 스스로 일만 마군을 이끌고 취철산으로 가서 조조군의 군량 나르는 길을 끊어보이리다."

그렇게 소리치고는 공명에게 시키려던 일을 스스로 떠맡았다. 노숙은 주유가 그렇게 나서자 그러면 그렇지 싶었다.

얼른 공명에게 돌아가 은근히 주유를 추켜세우듯 들은 말을 전했다. 주유도 뭍에서 하는 싸움을 이만큼 잘할 수 있다는 것을 알려주려는 뜻에서였다.

그러나 노숙의 말을 들은 공명은 뜻밖에도 한동안을 껄껄거리더니 말했다.

"공근이 나더러 조조군의 양식 나르는 길을 끊으라고 한 것은 기실 조조의 손을 빌어 나를 죽이려고 한 것이었을 따름이오. 그래서 일부러 우스갯소리를 해본 것뿐인데 공근이 그걸 용납하지 못했구려. 지금 형세로 보면 오후(吳侯)와 유사군의 사람들이 모두 한마음이 되어 일해야 공을 이룰 수 있을 것이오. 만약 서로가 각기 해칠 것을 꾀한다면 큰일은 그르쳐지고 맙니다. 이제 이렇게 되었으니 말씀드리거니와 조조가 어떤 사람이오? 그는 꾀가 많을 뿐만 아니라, 평생을 싸우면서 남의 군량 나르는 길을 끊는 짓을 버릇처럼 해왔는데, 어찌 자기 군량 나르는 길을 허술히 대비하겠소이까? 반드시 군사를 풀어 대비하고 있을 것이니 이번에 가신다면 반드시 조조에게 사로잡히게 될 것이오.

가서 공근에게 이르시오. 지금 우리가 먼저 해야 할 것은 한바탕 수전을 벌여 먼저 북쪽에서 온 군사들의 예기를 꺾어놓는 길이라고. 그다음에 따로 묘책을 찾아 조조군을 완전히 부수어버리는 것이오. 자경께서 잘 말씀하셔서 공근이 그대로만 해준다면 이보다 더 큰 다행이 없을 것이외다.”

완전히 주유를 손바닥 안에 쥐고 노는 듯한 공명의 헤아림이었다. 노숙은 감탄 못지않게 은근히 부아까지 치밀었으나 더욱 급한 것은 조조와의 싸움에 이기는 일이었다. 그 밤으로 곧 주유를 찾아보고 공명이 한 말을 전했다.

주유는 그제서야 공명에게 놀림을 당했음을 알았다. 분을 못 이겨 머리를 내젓고 발을 구르며 말했다.

“저 사람의 견식이 나보다 열 갑절은 낫구려. 이제 없애지 않으면 뒷날 반드시 우리나라에 큰 화가 되겠소!”

노숙이 그런 주유를 말렸다.

“아직도 못 알아들으셨습니까? 지금 사람을 쓰는 데는 오직 나라를 앞세워 생각해야 합니다. 먼저 조조의 군사를 깨뜨린 뒤에 그를 죽일 것을 꾀한다 해도 늦지 않습니다.”

공명에 비해 재주가 모자라나 그래도 강동의 큰 그릇인 주유였다. 그 같은 노숙의 말까지 알아듣지 못할 정도로 속이 좁아터진 사람은 아니었다.

“알겠소.”

그 한마디로 공명 죽이는 일을 더는 서두르려 하지 않았다.

오월동주(吳越同舟)라 할까, 원래부터 서로 이익이 다른 두 세력이 한데 합쳐 한 강적에게 맞서고 있었으니 내부로는 충돌과 갈등이 없을 리 없었다. 다만 외부의 더 큰 불길 때문에 내부의 작은 불길이 드러나지 않을 뿐이었다. 하지만 그 작은 불길은 그 뒤에도 거듭 피어나다가 큰 불길이 꺼지자 마침내 새로운 큰 불길로 자라게 된다.

이때 유비는 공자 유기에게 강하를 지키고 있게 한 뒤 자신은 여러 장수들과 군사를 이끌고 하구로 내려와 초조한 마음으로 공명의 소식을 기다리고 있었다. 공명이 떠난 지 여러 날이 되도록 조조와 손권이 아무런 움직임이 보이지 않아 과연 오와의 동맹이 제대로 이루어졌는지 걱정스러웠던 까닭이었다. 만약 손권이 자신을 받아들여주지 않는다면 남은 길이 막막했다.

그러던 어느 날 강남의 언덕을 바라보니, 기치들이 희끗희끗 움직임과 아울러 줄지은 창칼의 숲이 뒤따르고 있었다. 유비는 그것을 보고 동오가 이미 군사를 움직였다는 걸 알았다. 곧 강하의 유기에게 그 전갈을 보내고 모든 군사를 이끌고 번구로 나와 진치게 했다. 조조와의 싸움이 시작된다면 강하보다는 그쪽으로 옮겨오는 것이 서로 돕고 의지하기에 나을 것 같아서였다.

하지만 한편으로 더욱 궁금해지는 것은 공명의 소식이었다. 동오와 연결을 맺게 된 자세한 경과도 궁금하려니와 이제 군사를 움직이게 된 이상 공명은 누구보다도 곁에 있어야 할 사람이었다.

이에 유비는 여럿을 불러놓고 의논했다.

"공명은 한번 강동으로 간 뒤로 아무런 기별이 없으니 일이 어떻게 되어가는지 궁금하기 짝이 없소. 누가 다시 강동으로 가서 공명의 안부와 더불어 그쪽의 허실을 한번 알아오겠소?"

"제가 한번 가보겠습니다."

미축이 선뜻 나서며 그렇게 대답했다. 유비도 그가 알맞은 인물이라 여겨 곧 허락하고 고기와 술을 예물로 마련해주었다. 강동의 군사들을 배불리 먹이고 위로하려 한다는 걸 구실로 삼기 위해서였다. 명을 받은 미축은 그날로 배 한 척을 내어 예물을 실은 뒤 흐르는 물을 타고 내려 주유의 대채에 이르렀다. 군사들이 들어가 미축이 왔음을 알리자 주유는 미축을 안으로 불러들였다.

미축은 두 번 절하며 주유를 보고 현덕의 경의를 전함과 더불어 가져간 술을 올렸다. 주유는 기꺼이 예물을 받고 술자리를 열어 미축을 대접했다. 술이 몇 순배 돈 뒤 미축이 조심스레 입을 열었다.

"공명이 이곳에 와 있은 지 오래됩니다. 우리에게도 꼭 필요한 분이니 바라건대 이번에 저와 함께 돌아가게 해주십시오."

"공명은 바야흐로 나와 함께 조조를 칠 계책을 짜고 있는데 어찌 그리 빨리 돌아가실 수 있겠소? 오히려 나는 유예주까지 뵙고 함께 조조를 칠 좋은 계책을 의논하고 싶으나 대군을 거느리고 있는 몸이라 잠시도 이곳을 떠날 수가 없구려. 만약 유예주께서 몸소 이곳까지 와주신다면 그 위에 더 바랄 게 없겠소이다만 그리될 수 있을는지요?"

주유가 그렇게 대답했다. 공명을 보내기는커녕 유비까지 불러들이겠다는 뜻이었다. 미축은 미심쩍은 데가 있었으나 주유로서는 그렇게 할 수도 있는 말이라 하는 수 없이 응낙했다.

미축이 주유에게 절하고 하구로 돌아간 뒤 노숙이 주유에게 물었다.

"공은 유현덕을 보고자 하시는데, 그를 만나 무엇을 의논하려 하십니까?"

주유가 갑작스레 유비를 불러들이려 하는 게 이상스러웠기 때문이었다. 주유가 차게 웃으며 말했다.

"현덕은 세상이 알아주는 영웅이라 없애지 아니할 수 없소. 이번에 틈을 보아 그를 죽여 이 나라의 큰 걱정거리 하나를 미리 덜어두려는 것이오."

"아직 서로 힘을 합치기도 전에 유비를 먼저 죽여 어쩌려고 그러십니까?"

노숙이 놀라 다시 그렇게 물었다. 그러나 주유는 이미 뜻을 굳힌 모양이었다.

"조조는 우리 힘만으로도 막을 수 있소. 다소 힘이 부치더라도 홀로 조조를 상대하는 편이 병든 호랑이를 고쳐주어 우리에게 덤비게 하는 것보다는 나을 것이오!"

주유는 그렇게 대답하며 노숙이 두 번 세 번 말려도 들으려 하지 않았다. 오히려 노숙이 보는 앞에서 사람을 불러 가만히 영을 내렸다.

"현덕이 오거든 먼저 벽에 처둔 휘장 뒤에 칼과 도끼를 든 군사 쉰 명을 감춰두고 방안으로 맞아들이도록 하라. 군호는 술잔이니, 내가 술잔을 던지거든 얼른 손을 써서 그를 죽여라."

그렇게 되니 노숙도 더는 말릴 수 없었다. 어쨌든 그도 동오의 사람이었다.

한편 아무것도 모르는 미축은 유비에게 돌아가 주유가 한 말을 전했다.

"주유는 오히려 이마를 맞대고 조조 칠 것을 의논하겠다는 것입

니다."

유비도 미심쩍은 데가 있었으나 그 같은 주유의 청을 마다할 수 없었다. 곧 빠른 배 한 척을 내게 하여 주유에게로 갈 채비를 하게 했다. 운장이 걱정스런 얼굴로 그런 유비에게 말했다.

"주유는 꾀가 많은 사람입니다. 거기다가 공명이 직접 써서 보낸 글이 없으니 어떤 속임수가 있을까 두렵습니다. 가볍게 갈 일이 아닌 듯싶습니다."

"나는 지금 동오와 힘을 합쳐 조조를 치려 하고 있다. 그러면서도 주랑이 그 일로 나를 만나고자 하는데 아니 갈 수 있겠느냐? 그것은 서로 힘을 합치고자 하는 뜻이 없음을 말하는 것이 된다. 양쪽이 서로 의심하고 시기하면 일은 아무것도 되지 않을 것이다."

유비가 조용한 목소리로 그렇게 대답했다. 어쩌면 주유가 노린 것도 바로 그런 점이었을 것이다. 그러나 운장은 못내 마음이 놓이지 않는 듯했다.

"형님이 굳이 가실 뜻이 있으시다면 아우가 함께 가겠습니다."

운장이 그렇게 말하자 곁에 있던 장비도 덩달아 떠들고 일어났다.

"나도 따라가겠소. 어느 놈이든 형님의 터럭 하나 건드리면 그 자리에서 박살을 내버리리다."

그러자 유비가 잠깐 무엇을 생각하는 듯하더니 천천히 입을 열었다.

"그렇다면 운장만 따라오도록 하라. 익덕은 자룡과 더불어 이곳에 남아 진채를 지키고 간옹은 악현을 지키도록 한다. 나도 갔다가 얼른 돌아오마."

그렇게 되자 장비도 어쩌는 수가 없었다. 각기 들은 대로 지켜야 할 곳으로 떠난 뒤 유비는 관운장과 군사 스무남은 명만 거느리고 작은 배에 올랐다.

배는 나는 듯 노를 저어 어느덧 강동에 이르렀다. 유비는 강동의 크고 작은 싸움배들이 위세 좋게 줄지어 서 있는 것이며 기치와 갑옷 입은 군사가 좌우로 나란히 늘어서 있는 것을 보자 마음속으로 기쁨을 이기지 못했다. 그들과 함께라면 조조의 대군이라도 넉넉히 이겨낼 수 있을 것 같았다.

강 언덕을 지키던 군사들이 나는 듯 주유에게 달려가 알렸다.

"유예주께서 오셨습니다."

"끌고 온 배들은 얼마나 되더냐?"

주유는 먼저 그것부터 물었다. 군사는 본 대로 대답했다.

"겨우 배 한 척에 따르는 이도 스무남은 명이 있을 뿐입니다."

그 말에 주유는 됐다 싶었다. 빙긋 웃으며 혼자말로 중얼거렸다.

'이자도 이제는 목숨이 다했구나!'

그러고는 먼저 도부수를 휘장 뒤에 숨긴 후에 진채를 나가 유비를 맞아들였다.

유비는 관운장과 이십여 명의 종자만 데리고 똑바로 주유가 있는 중군(中軍)의 장막에 이르렀다. 서로 처음 보는 예를 한 뒤에 주유는 유비를 윗자리로 청했다. 유비가 사양했다.

"장군의 이름은 이미 천하가 다 알고 있습니다. 비같이 재주 없는 자가 어찌 감히 장군의 윗자리에 앉을 수 있겠습니까. 예를 너무 무겁게 하시면 제가 감당하기 어렵습니다."

그러고는 주유와 똑같은 곳에 주인과 손님으로 자리를 나누어 앉았다. 주유는 미리 짜둔 대로 술자리를 열어 유비를 대접했다.

이때 공명은 우연히 강변을 거닐다가 유비가 와서 주유와 만나고 있다는 말을 들었다. 주유의 속셈을 짐작한 공명은 그 말에 은근히 놀랐다. 곧 유비가 들어 있다는 중군의 장막으로 가서 가만히 안을 엿보았다.

안에서는 주유가 웃으며 술을 따르고 있으나 그 얼굴에는 살기가 그득했다. 양쪽 벽에 둘러친 휘장 뒤에도 칼과 도끼를 든 군사들이 숨어 있는 게 눈으로 보는 것보다 더 뚜렷하게 느껴졌다. 어느 정도 주유의 속셈을 짐작하기는 해도 일이 그토록 엄중하게 벌어진 줄은 몰랐던 공명은 더욱 놀랐다.

'일이 이렇게 되었으니 이제 어찌해야 좋은가!'

공명은 속으로 그렇게 탄식하며 유비 있는 쪽을 살펴보았다. 유비는 자기가 빠져 있는 처지를 아는지 모르는지 태연한 얼굴로 웃으며 주유와 얘기를 나누고 있었다.

공명은 안타까움에 발을 동동 구르고 싶은 심경으로 유비의 주위를 살펴보았다. 그런데 바로 유비의 등 뒤에 한 장수가 늠름한 기세로 칼을 짚고 서 있는 게 보였다. 봉의 눈에 대춧빛 얼굴, 휘날리는 삼각의 수염―바로 관운장 그 사람이었다. 그제서야 공명은 비로소 마음을 놓았다. 기쁨을 이기지 못해 마음속으로 가만히 중얼거렸다.

'우리 주인이 위태롭지는 않겠다!'

그러고는 다시 강변을 나아가 전처럼 이리저리 거닐며 지세를 살피기를 계속했다. 자신까지 그 장막 안으로 들어가 유비를 살리기 위해 애쓸 필요가 없다고 여긴 까닭이었다.

한편 술자리에서는 주유가 겉으로는 정답게 술잔을 나누면서도 속으로는 때가 오기만을 노리고 있었다. 몇 바퀴 술이 돈 뒤에 주유는 슬며시 몸을 일으켰다.

들고 있던 술잔을 던져 숨겨놓은 도부수들에게 군호를 보내려는 생각이었다. 그런데 유비의 등 뒤를 보니 한 장수가 칼을 짚고 서 있는 게 보였다. 그때까지 눈여겨보지 않았으나 예사로운 장수 같지가 않았다.

"저 장수는 누구십니까?"

주유가 황망히 잔을 내리며 유비에게 물었다. 유비가 별다른 생각 없이 대답했다.

"내 아우 관운장입니다."

"그렇다면 전날 안량과 문추를 베어 죽인 그 관운장이란 말입니까?"

주유가 더욱 놀라 거듭 물었다. 유비가 그렇다고 대답하자 주유는 자신도 모르게 등줄기로 식은땀을 흘렸다.

만일 멋모르고 잔을 던졌더라면 유비를 죽이기는커녕 오히려 자신의 목숨이 위태로웠을 것이기 때문이었다.

"이거 알아뵙지 못해 죄송스럽소. 늦은 대로 사죄를 대신해 한잔 권하고자 하니 물리치지 마시오."

주유는 그렇게 얼버무리며 던지려던 잔을 오히려 관우에게 권했다.

술자리는 다시 일없이 이어졌다. 얼마 뒤에 노숙이 들어왔다. 차마 눈앞에서 유비가 죽는 꼴을 보지 못해 자리를 피했다가 오랜 시간이 흘러도 아무 기척이 없어 들어와본 것이었다. 전에 본 일이 있는 사람이라 유비가 노숙을 반겨 맞으며 물었다.

"공명은 어디 계시오? 번거로우시겠지만 자경께서 한번 만나보게 해주시오."

"조조를 깨뜨릴 때까지만 기다려주십시오. 그때 가서 공명과 만나도 늦지 않으실 것입니다."

주유가 좋은 낯으로 노숙을 대신해 대답했다. 주유의 그 같은 말에 유비도 두 번 말하지 못하고 공명 만나는 것을 뒤로 미루었다. 그때 무언가 이상한 낌새를 느꼈는지 관운장이 유비에게 눈짓을 보내왔다. 유비는 그 뜻을 알아차리고 몸을 일으켰다.

"이제 유비는 떠날까 합니다. 적을 깨뜨리고 공을 거두신 뒤에 다시 뵙고 경하드리도록 하겠습니다."

유비가 그렇게 작별을 고하자 주유도 굳이 붙들지 않았다. 이왕 죽이지 못할 바에야 유비가 자신의 속셈을 눈치채기 전에 보내는 게 상책이라 생각한 것이었다. 주유는 몸소 진문 밖까지 유비를 바래다주었다.

유비는 주유와 헤어진 뒤 운장과 더불어 강변에 이르렀다. 공명이 언제 왔는지 먼저 배 안에서 유비를 기다리고 있었다. 유비는 오랜만에 공명을 만나보게 돼 몹시 기뻤다. 그간에 밀린 얘기를 시작하려는데 공명이 먼저 물었다.

"주공께서는 오늘 얼마나 위태로운 곳을 왔다가 가게 되셨는지 아십니까?"

"모르겠소. 그게 무슨 말이오?"

생각보다는 별다른 일 없이 떠나게 되어 마음이 느긋해져 있던 유비가 놀라 물었다.

"만약 운장이 없었더라면 주공께서는 오늘 틀림없이 주유에게 해를 입었을 것입니다."

그 말을 듣자 유비도 마음속에 짚이는 게 있었다. 운장의 눈짓도 그런 심상치 않은 낌새를 느낀 데서 온 것임에 분명하였다.

"주유가 이미 나를 해칠 마음을 품었다면 선생이라고 가만히 둘리 있겠소? 차라리 우리와 함께 돌아가 번구로 가시지요."

유비가 공명이 걱정되어 그렇게 권했다. 그러나 공명은 무겁게 고개를 가로저었다.

"양은 비록 범의 아가리 속에 있으나 안전하기가 태산과 같습니다. 다만 주공께서 이번에 돌아가시면 군마와 싸움배를 수습해두셨다가 동짓달 스무날 갑자일에 자룡이나 이 남쪽 언덕으로 보내주십시오. 자룡과 함께 작은 배 한 척만 보내시면 될 일이지만, 결코 이 날짜를 잊으셔서는 아니 됩니다."

말투로 보아 공명에게는 이미 자신의 몸을 지킬 계책은 물론 동오에서 빠져나갈 날짜까지도 잡혀 있는 모양이었다. 그러나 얼른 그 뜻을 알아듣지 못한 유비가 더듬거리며 말했다.

"잊을 리야 있겠소만 얼른 알아들을 수가 없구려. 선생의 뜻을 자세히 일러주시오."

"이 자리에서 길게 얘기할 틈이 없습니다. 어쨌든 동남풍이 크게 일면 제갈량은 반드시 돌아갈 것입니다."

그래도 마음을 놓지 못한 유비가 거듭 그 시각을 물었으나 공명은 다만 유비가 얼른 배를 띄우기만을 재촉한 뒤 돌아가버렸다.

유비는 불안한 대로 운장과 이십여 명의 군사들을 데리고 배에 올랐다. 돛을 달고 물길을 거슬러 오르기 몇 리나 되었을까. 문득 상류에서 오륙십 척의 배가 떼지어 몰려 내려오고 있었다. 뱃머리에 한 장수가 창을 짚고 서 있었는데 다름 아닌 장비였다. 행여라도 유비의 일이 잘못되어 관우 혼자로는 견뎌내지 못할까 봐 특히 도우러 달려온 길이었다.

이에 물 위에서 다시 만난 삼형제는 한층 기세를 올리며 진채로 돌아갔다.

한편 닭 쫓던 개 모양이 된 주유는 별로 유쾌하지 못한 심경으로 유비를 보내고 군막으로 돌아와 앉아 있었다. 노숙이 들어와 그런 주유에게 물었다.

"공께서는 어찌하여 이미 유비를 꾀어 들여놓고도 손을 쓰지 않으셨습니까?"

"관운장은 세상이 다 아는 호랑이 같은 장수요, 현덕이 앉으나 서나 따라다니니 만약 손을 썼더라면 오히려 내가 저에게 해를 입었을 것이외다."

그 말을 듣자 노숙도 적이 놀랐다.

이어 주유와 노숙이 이런저런 얘기를 나누고 있는데 홀연 사람이 와서 알렸다.

"조조가 사자를 보내왔습니다. 글을 가지고 온 것 같습니다."

"들라 이르라."

주유가 선뜻 그렇게 말했다. 유비에게 풀지 못한 살기가 다시 양미간에 어렸다.

조조의 사자가 들어와 글을 올렸다. 봉투 위에 보니 '한의 대승상 조조가 주도독(周都督)에게 보내니 뜯어보라'는 글귀가 씌어 있었다. 그러지 않아도 불쾌한 기분이던 주유는 그 거만한 글귀를 보자 왈칵 성이 났다. 봉투를 뜯어보지도 않고 글을 찢어발겨 방바닥에 집어던 졌다. 그리고 사자를 가리키며 소리쳤다.

"아무도 없느냐? 어서 저놈을 목 베어라!"

유비에게 못 푼 살기가 임자를 만난 셈이었다. 노숙이 그런 주유 를 말렸다.

"두 나라가 서로 싸우더라도 사자로 온 사람은 죽이지 않는 법입 니다. 고정하십시오."

그러나 주유는 차게 내뱉었다.

"사자를 목 베 위엄을 보이는 것도 나쁘지는 않을 것이오."

그러고는 끝내 사자를 목 베 그가 데리고 온 종자에게 주어 돌려 보냈다. 뿐만 아니었다. 주유는 감녕을 선봉으로 삼고 한당을 좌익 에, 장흠을 우익에 세운 뒤 스스로 여러 장수를 거느리고 조조를 맞 을 채비에 들어갔다.

다음 날이었다. 사경에 장졸들의 밥을 지어 먹이고 오경에 배를 낸 주유는 기세 좋게 북을 울리고 함성을 지르며 나아갔다.

조조는 조조대로 주유가 자신의 쓴 글을 찢고 사자까지 목 베었 단 말을 듣자 크게 노했다. 곧 채모와 장윤 등 형주의 항장(降將)들 을 앞세우고 스스로는 후군이 되어 전선을 내었다. 스스로 후군이 된 것은 아직 수전에 익숙하지 못한 까닭이었다.

삼강구에 이르자 동오의 배들이 보였다. 아득히 강을 덮고 내려오는데 기세가 만만치 않았다. 앞선 뱃머리에 한 장수가 앉아서 크게 소리쳤다.

"나는 감녕이다. 누가 나와 더불어 결판을 내보겠느냐?"

이를 본 조조 쪽의 장수 채모는 아우 채훈을 내보내 감녕과 싸우게 했다.

채훈의 배가 가까워오자 감녕은 활에다 살을 먹여 쏘아대기 시작했다. 화살이 이르는 곳마다 어김없이 조조 편의 군사들이 피를 쏟으며 나뒹굴었다. 거기서 더욱 기세를 얻은 감녕은 배를 있는 대로 몰아 앞으로 나오며 수만의 쇠뇌를 일제히 쏘아 붙였다.

조조의 군사는 그 기세를 당하지 못해 곧 어지러워지기 시작했다. 동오의 장수 한당과 장흠은 좌우에서 똑바로 그런 조조군 사이를 들이쳤다. 이때 조조군은 태반이 청주병(靑州兵)이었다. 모두 물에서의 싸움에 익숙하지 못해 큰 강 위에서는 맥을 추지 못했다. 배가 조금만 흔들려도 이리저리 내달으며 싸우기는커녕 제 몸 하나 추스리지 못할 지경이었다.

감녕과 장흠 한당이 이끄는 동오의 싸움배들은 세 갈래로 나뉘어 그런 조조군의 배 사이를 휘젓고 다녔다. 거기다가 주유가 또 배를 재촉해 달려와 싸움을 도우니 조조군은 화살과 돌에 맞아 죽는 사람만도 그 수를 헤아리기 어려울 정도였다.

아침나절에 시작된 싸움은 미시(未時, 오후 세 시경)까지 계속되었다. 주유는 싸움이 비록 자기편에게 유리했으나 워낙 조조의 군사가 대군이라 마침내는 머릿수로 당해내지 못하는 경우가 벌어질까 두려웠다. 때를 보아 징을 쳐 군사를 거두고 배를 돌렸다.

싸움에 지고 있던 중이어서 비록 동오의 군사들이 물러나도 조조는 쫓을 수가 없었다. 하릴없이 군사를 돌려 진채로 돌아온 조조는 군사를 정비하는 한편 수전을 도맡은 채모를 불렀다.

"동오의 군사가 많지 않았는데 오히려 우리가 졌으니 이는 그대들이 마음을 다해 싸우지 않은 까닭이 아닌가?"

그렇게 묻는 조조의 말투에는 나무람이 다분히 섞여 있었다. 채모가 몸둘 바를 몰라하며 대답했다.

"형주의 수군은 오래 조련을 하지 못했고, 청주와 서주에서 온 군사는 원래가 수전에 익숙하지 못한 것이 우리가 지게 된 까닭입니다. 지금 급한 것은 먼저 수채부터 세우는 일입니다. 그리하여 형주 군은 수채 밖을 지키고 청주와 서주에서 온 군사는 수채 안에서 매일 조련을 시킨다면 비로소 수전에도 쓸 수 있을 것입니다."

그러자 조조는 기색을 누그러뜨리며 말했다.

"그대는 이미 수군을 맡은 도독이다. 조련이 필요하다면 마음 내키는 대로 시키면 될 것이지 나한테 물어보고 할 까닭이 무엇이냐? 당장이라도 수채를 열고 뜻대로 조련시키도록 하라."

이어 채모와 장윤은 그 길로 조조군의 수군을 조련할 수채를 열었다. 강에 이어 스물네 개의 수문을 만들고 큰 배를 밖에 세워 성곽을 대신하게 한 다음 작은 배는 안에 두어 그 문을 통해 나다니게 했다. 동오의 배들이 갑작스레 쳐들어와도 혼란되지 않고 훈련을 받을 수 있는 배치였다.

밤이 되어 그 모든 배에 불을 밝히니 등불은 수면으로부터 하늘 가운데까지 붉게 비쳤다. 거기다가 수채가 삼백여 리에 뻗치니 그

길이만큼 연기와 불길이 끊이지 않았다.

한편 주유는 싸움에 이긴 군사를 데리고 진채로 돌아가 술과 밥을 배불리 먹이고 오후에게도 사람을 보내 첫 싸움에 이긴 걸 알렸다. 그런데 그날 밤이었다. 주유가 높은 곳에 올라 서쪽을 바라보니 불빛이 하늘을 찌르듯 솟아오르고 있었다.

"저게 무슨 불빛이냐?"

주유가 좌우를 둘러보며 물었다.

"모두 북군의 배에 매단 등불입니다."

곁에 있던 군사가 그렇게 대답했다. 주유는 마음속으로 적지 않이 놀랐다. 생각보다 적의 군세가 너무 큰 것같이 여겨지는 까닭이었다.

다음 날 주유는 몸소 조조군의 수채를 정탐해보기로 했다. 큰 누선(樓船) 한 채를 끌어낸 뒤 북과 징을 가득 싣고 씩씩한 장수 몇만 실었다. 모두 강한 쇠뇌와 굳센 활을 지니게 한 채였다.

조조의 수채 곁에 이른 주유는 닻을 내리게 명함과 아울러 배 위에서 일제히 북과 징을 울리게 했다. 그리고 조조군이 어리둥절해 있는 틈을 타 가만히 수채를 살폈다.

삼국지 5
세 번 천하를 돌아봄이여

개정 신판 1쇄 발행 2020년 3월 25일
개정 신판 12쇄 발행 2025년 1월 2일

지은이 나관중
옮기고 엮은이 이문열

발행인 양원석
펴낸 곳 ㈜알에이치코리아
주소 서울시 금천구 가산디지털2로 53, 20층 (가산동, 한라시그마밸리)
편집문의 02-6443-8842   **도서문의** 02-6443-8800
홈페이지 http://rhk.co.kr
등록 2004년 1월 15일 제2-3726호

ISBN 978-89-255-6915-4 (전 10권)